KB079380

한국 현대 작가 연구

송 기 한

지식과교양

한국 현대 작가 연구

머리말

　근래에 들어 민족주의라는 말이 머리 속에 계속 머무는 현상을 경험하게 된다. 한때는 이 말이 부정적으로 쓰이거나 혹은 필자에게 부정적으로 들릴 때도 있었다. 이런 혼돈에는 분명 민족을 위한 것들에 대한 배타적 정서가 들어가 있는 까닭이다. 한때 범사회적인 것에 관심이 더 집중되던 시대에는 특히 그러했다. 하지만 시간이 흐르고 점점 나이가 들면서 과거에는 부정적으로 수용되던 것들이 지금에 이르러서는 그렇지 않게 받아들여지곤 한다. 어떻든 부정적인 정서로 남아 있던 민족주의가 긍정적인 정서로 바뀌게 된 것은 이런 인식의 변화에 따른 결과였다.

　그렇다면, 지금에 이르러 왜 민족적인 것에 대한 애착, 혹은 민족주의가 새로운 화두로 등장하게 되었는가. 잘 알다시피 우리 사회는 지난 몇 세기 동안 민족주의를 요구받고 있었고 또 그로부터 벗어나는 것을 가급적 금기시해왔다. 특히 외세의 지배를 받던 시절에는 이러한 감각들이 더욱 유효했다. 하지만 암흑의 시절에 필연적으로 요구받던 민족주의는 자유롭고 또 분명하게 제시되기는 어려웠다. 그것이 행동으로 나가면 투쟁이 되는 것이고, 문학으로 나아가게 되면 저항이 될 것이다.

잘 알려진 대로, 우리 문학사에서 저항의 범주에 묶어둘 수 있는 문학은 많지가 않다. 흔히 알려진 2대 저항시인, 혹은 3대 저항시인이라는 말에서 알 수 있는 것처럼 이러한 부류에 묶어둘 수 있는 시인은 손에 꼽을 정도로 드물었다. 이는 저항이 갖고 있는 위험성과 그에 따른 한계가 빚어낸 결과였을 것이다.

하지만 문학이 갖고 있는 의장에 기대게 되면, 저항의 범주는 얼마든지 확장 가능하다. 이를 단적으로 보여주는 예가 바로 문학 속에 구현되는 민족주의가 아닐까 한다. 민족주의는 배타성이 전제되는 것이긴 하지만 위기의 순간에는 그러한 한계를 뛰어넘어 긍정의 영역으로 넘어오게 된다. 뿐만 아니라 빈약하게만 보였던 억압의 시대를 민족적인 자부심으로 채울 수 있는 근거가 되기도 한다. 그러니까 그것은 숨겨진 저항의 장치로서 의미가 큰 경우라 할 수 있다.

억압이 지배하는 곳에 가장 필요한 것은 아마도 모순 관계일 것이다. 일제 강점기가 대표적으로 그러하지 아니한가. 한 민족과 다른 민족의 관계이니 이는 분명 민족 모순으로 얼마든지 설명할 수 있기 때문이다. 비록 이 개념이 갖고 있는 급진성 혹은 선진성으로 말미암아 약간의 거부감이 있을지라도 민족주의가 이를 가볍게 초월할 수 있는 매개 혹은 수단으로 가능하는 것은 당연하다고 하겠다. 민족주의는 이렇듯 시대에 응전하는 한국시문학사의 외연을 확장시켜주는 좋은 계기가 된다고 할 수 있다.

민족주의가 싹트기 시작한 것은 근대 사회가 성립되면서부터이다. 민족이 소유하고 있는 영토라든가 언어, 고유성이 크게 부각되기 시작하면서 근대 사회가 태동했기 때문이다. 그러나 민족이라는 단일성의 관점에서 볼 때는 이것이 긍정적인 함의와 역할 등에서 그칠 것으로 기대되었지만, 그 영역이 단순화되고 배타성이 확대되면서 부정적인 결과들을 낳고 말았다. 근대 초기의 제국주의가 바로 그러하다. 그런데 그 부정적인 환경에서 다시 민족주의가 생겨나기 시작했다. 이런 아이러니컬한 상황이란 민족주의의 또 다른 결과일 것이다.

우리의 민족주의는 개항 이후 시작된 것이지만, 그것이 가장 강력히 표출되기 시작한 것은 3.1운동의 실패에 따른 좌절과 밀접한 연관성을 갖고 있다. 이 이후로 형성된 담론들이란 표면의 의미와 이면의 의미가 절대적으로 부조화되는 아이러니컬한 상황들의 연속이었다. 그 공백

을 뚫고 들어간 것이 민족에 대한 애틋한 정서와 향수임은 잘 알려진 일
이다.

이 시기 이를 대표하는 시인이 수주 변영로였거니와 그의 그러한 담
론은 이후 시인들에게 하나의 모범으로 기능하게 된다. 이렇게 지속된
민족주의의 흐름들은 해방 이후부터는 새로운 국면을 맞이하게 된다.
그 강도가 현저하게 약화된 것인데, 대신 그 헐거워진 자리를 들어온 것
이 이념이었고 분단과 전쟁을 거치면서 이 자리는 더욱 조밀하게 채워
지기 시작했다. 민족이라는 것들을 단선적인 이데올로기가 대번에 집
어삼키는 형국이 되어 버린 것이다. 적어도 4.19혁명이 일어나기 전까
지는 말이다. 4.19혁명은 이념의 벽을 무너뜨리고 다시 민족주의가 자
리잡을 수 있는 공간을 마련해주었다. 남과 북이라는 공간이 이념이 아
니라 민족으로 거듭 태어날 수 있는 기회를 제공한 것이다. 하지만 잠시
쿠데타에 성공한 군부 통치는 이 민족주의적인 요소를 다시 약화시키
는 계기를 만들었다.

역사는 이렇듯 반복되어 왔고, 또 앞으로도 그럴 것이다. 이런 틈바구
니에서 민족을 향한 발걸음들은 경우에 따라 빨라지기도 하고 또 느려

지기도 할 것이다. 하지만 중요한 것은 어떠한 경우에도 민족을 향한 것들은 결코 희석되거나 약화되지 않는다는 사실이다. 오랜 시간의 편차를 두고 등장한, 이 책의 주인공들의 작품에서 이를 끊임없이 확인할 수 있기 때문이다.

2024년 봄

| 차례 |

제1장

김억 시론과 시의 사회적 의미

김 억 연보

1896년 평북 정주군 출생

1904년 7살 연상의 박씨와 결혼

1907년 오산학교 입학

1914년 일본 경응의숙(慶應義塾) 입학, 2월『학지광』창간호에「離別」
발표

1916년 오산학교 교수 부임

1918년『태서문예신보』를 창간하여 프랑스 상징주의 문학 등을 소개

1921년 최초의 역시집『오뇌의 무도』간행(광익서관)

1925년 시집『금모래』간행(조선문단사)

1929년 시집『안서시집』간행(한성도서)

1934년 역시집『망우초』간행(한성도서)

1939년 소월의 유작을 정리하여 편저로『소월시초』간행(박문서관)

1947년 시집『먼동이틀제』를 간행(백민문화사)

1948년 시집『민요시집』간행(한성도서)

1950년 전쟁 중에 납북

김억 시론과 시의 사회적 의미

1. 서구적인 감각의 수용

김억은 1896년 평안북도 정주군 출신이다. 그러니까 그는 서북 출신의 문인인 셈인데, 한국 근대문학사에서 이 지역 출신이 갖는 의미는 결코 작은 것이 아니다. 근대 문학의 개척자인 이광수도 이곳에서 태어났으며, 소월 또한 마찬가지이다. '바다'가 근대에 대한 새로운 통로로 자리잡기 이전까지는 대부분의 신문화들이 중국 대륙을 거쳐 오게 되었고 그 통로 역할을 한 것이 서북 지역이다. 김억이 새로운 문화에 적응하면서 근대 시단의 중심 문인으로 자리한 것도 이런 지역적 분위기에서 받은 영향이 크다고 하겠다.

김억은 근대 시사에서 개척자 내지는 선구자의 위치에 놓이게 되는데, 그 앞에 최초라는 레테르가 여러 차례 붙여지는 것도 이 지역이 갖는 환경과 밀접한 관련이 있다. 그는 처음으로 근대시를 개척했는가 하면, 보다 근대화된 서구 문학을 처음으로 소개하기도 했다[1]. 뿐만 아니

---

1) 그가 번역한 최초의 번역 시집은 『오뇌의 무도』(광익서관, 1921. 3.)이다.

라 최초의 개인 창작 시집인 『해파리의 노래』[2]를 상재하기도 했다. 근대 시를 향한 그의 열정은 해방 이후 북으로 간 이후까지 약 24권에 걸친 번역 시집, 창작 시집을 간행하는 데까지 나아가게 한다. 적어도 이런 분량은 한국 근대 시사에서 처음 있는 시도라는 점에서 그 의미가 있는 것이라 하겠다[3].

이런 양적 풍부함과 함께 그동안 김억의 작품 세계에 대한 연구들은 많이 진행된 편이다. 한 권의 단행본으로 나온 경우가 있는가 하면[4], 단편적인 논문 형식으로 연구된 경우도 제법 많기 때문이다[5]. 이들 연구들은 대부분 안서가 도입한 서구시, 그 가운데 상징주의 시론과 아더 시몬즈의 시론이 김억 시에 미친 영향들, 그리고 다른 한편으로는 그러한 시론이 안서의 창작 시에 준 영향들에 집중되었다. 물론 여기에는 그의 문학이 갖고 있는 긍정적인 측면과 부정적인 측면들이 함께 제시되기도 했다. 전자의 경우는 근대시의 개척과 그것이 자유시로 이행하는 과정에서 보여준 그의 역할에 대해 주목했고, 후자의 경우는 그의 작품 속에서 드러나는 센티멘털한 정서의 과잉과, 새로운 형태의 정형시로 다시 회귀하는, 그리하여 근대적 의미의 자유시로 이행되지 못했다는 퇴행적 국면에 주목한 바 있다.

이런 연구 과정에 특히 주목의 대상이 되는 부분이 그의 대표시론이

---

2) 조선도서, 1923.6.
3) 김용직, 「시인의 발자취와 공적」, 『김억작품집』, 범우, 2022, p.270.
4) 김학동편, 『김안서 연구』, 새문사, 1996.
　최라영, 『김억의 창작적 역시와 근대시 형성』, 소명출판, 2014.
5) 오세영, 「안서의 리듬의식과 미학」, 『한국현대시사연구』, 일지사, 1983.
　곽명숙, 「김억의 조선적 시형에 대한 고찰」, 『인문연구』55, 2008.12.
　오문석, 「근대 초기 시론의 탈근대적 성격」, 『비평문학』, 2011.12.
　여태천, 「조선어 인식과 근대 민족시론의 형성」, 『비평문학』, 2011.9.

라 할 수 있는 율격론이었고, 대부분의 경우는 이에 대해서 부정적인 평가를 한 바 있다. 이런 면들은 안서가 득의의 영역으로 인식하고 설파해 나갔던 격조시론을 사회적인 맥락으로부터 분리시켜 논의한 것에서 온 것인데, 이에 대해서는 반론도 제기된 바 있다. 다시 말하면 안서의 격조시론은 문학 내적인 국면에 가둘 것이 아니라 외적인 국면으로 그 인식을 확대해야 하며 그렇게 되면, 분명, 문화적 저항의 한 국면으로 이해될 수 있을 것이라는 사실이다[6].

김억이 근대시의 한 형태로 격조시, 보다 정확하게는 새로운 형태의 정형시로 나아갔다는 것은 근대적 의미에서 일보 후퇴한 것임은 분명 부인할 수 없는 사실일 것이다. 이는 그가 줄기차게 주장했던 근대시의 한 단면으로 제시했던 면들, 가령 개인의 정서적 표출이 근대시 내지는 자유시의 한 특성이라는 인식과는 거리가 있는 것이기 때문이다. 뿐만 아니라 근대시가 어떤 수단이나 도구가 될 수 없다고 하면서 "시란 독립적 목적과 가치가 있다"[7]는 자신의 문학관과도 배치되는 것이기도 했다. 마치 칸트가 말한 근대 예술의 특징, "무목적이 합목적"이라는 견해에 철저하게 동조하고 있는 것에서 알 수 있는 것처럼, 김억은 근대 예술이 갖고 있는 정합적 의의에 대해서 누구보다도 잘 알고 있었기 때문이다.

이런 사실을 염두에 두게 되면, 김억의 시론을 이해하기 위해서는 다음과 같은 전제가 반드시 필요하게 된다. 개인의 생리적 리듬에 반응하는 자유율과 집단의 정서에 따라 움직이는 정형률 사이에서 형성되는,

---

6) 이런 견해에 대해 주목할 만한 연구로는 조용훈의 「근대시의 형성과 격조시론」을 참고할 만하다. 김학동 편, 『김안서 연구』 참조.
7) 김억, 「현시단」, 『김억 작품집』, p. 239.

김억 시에서 펼쳐지는 이런 모순에 대한 적절한 설명이 요구될 수밖에 없는 현실에 직면하게 된다. 그리고 다른 하나는 그가 격조시에 담고자 했던 내용들에 대한 이해이다. 리듬의 국면에서 정형률이란 집단의 정서를 떠나서는 설명할 수 없는 영역이다. 이는 분명 개인의 생리적 반응에 뿌리를 두고 있는 자유율과는 동일한 지대에서 섞일 수 없는 부분이라 할 수 있다. 그러니까 김억은 규칙적인 율격, 혹은 집단화된 율격 속에서 개인만이 유희할 수 있는, 개인마다 내장된 생리적인 국면들은 궁극에는 도외시했을 가능성이 큰 경우였다고 할 수 있다. 따라서 집단의 반응을 전면에 내세우는 정형률과 그에 상응하는 내용을 갖추게 된다면, 김억이 묘파해나갔던 새로운 형태의 정형률, 곧 격조시는 분명 그 시사적 의미가 수면 위에 떠오르게 될 것이다.

2. 자유시에서 격조시로의 이행

1) 자유시에 대한 이해

새로운 문물이 홍수처럼 몰려들어왔던 개화기를 거친 다음, 국가는 상실되었고, 그에 응전하던 수많은 문화 조류들도 수면 위로 가라앉게 되었다. 그럼에도 근대에 대한 이해와 이에 조응하는 문화의 열기가 완전히 잠복한 것은 아니다. 새로운 형식과 내용에 기반을 둔 문학 형태들은 계속 창작되었기 때문이다.

잘 알려진 대로 근대 문학의 뿌리랄까 그 기원에 대한 움직임들이 처음 등장하기 시작한 것은 조선 후기이다. 성리학을 중심으로 한 구심적인 힘들이 해체되면서 점점 밖으로 향하는 원심적인 힘들이 계속 팽창해나가기 시작한 것이 이때였기 때문이다. 시조나 가사가 그 고유한 형식을 잃어버리고 산문 형식으로 바뀐 것도 이 시기이다. 하지만 이런 원심적인 문화들은 국가가 위기에 처하면서 다시 구심적인 것들을 요구하게 되었고, 개화기는 오히려 이런 힘들이 더욱 강해지는 시기였다. 그 여파로 나온 것이 정형률에 대한 새로운 인식이었다. 개화기의 시가 형식들이 모두 규칙화된 정형률로 다시 회귀한 것은 이런 사회적인 분위기와 무관한 것이 아니었다.

하지만 이런 문화 현상도 국권이 상실되면서 구심적으로 향하던 힘들은 점점 또다시 소모되는 현실을 맞이하게 되었다. 그러한 도중에 나온 것이 근대시에 대한 새로운 인식이었다. 근대시란 그 형성 요건에서 보면, 내용보다는 형식에 보다 주안점이 놓이는 경우였다. 그러니까 전통적인 4.4조나 혹은 4.3조와 같은 율격들로부터 어떻게 일탈하느냐의 문제에 집중되었던 것이다. 그 결과 가장 주목의 대상으로 떠오른 것이 형식의 파괴라든가 시가 형태의 새로움이었다. 어떤 창작시가 이전의 시기와 비교하여 전연 다른 형식을 취하고 있었다면, 그것은 자유시로 향하는 도정으로 이해되었던 것이다. 그 결과 최초의 근대시에 대한 다양한 논의들이 형태의 파괴적인 국면에서 시작되었던 것도 이와 밀접한 관련이 있다고 하겠다[8].

이 시기 김억이 시도했던 작품들과, 이를 뒷받침하는 시론들이 주목

---

8) 그래서 이승만의 「고목가」라든가 주요한의 「불놀이」 등을 최초의 근대시 내지는 자유시로 자리매김하려고 한 시도들은 이런 저간의 사정에서 기인한 것들이라 하겠다. 여기서는 최초의 자유시가 무엇인가 하는 발생론적 기원을 다루는 것이 아니므로 이런 논의는 생략하기로 한다.

의 대상이 된 것도 이런 문단의 흐름과 무관한 것이 아니었다. 잘 알려진 대로 김억은 서구의 상징주의를 소개하고 그들의 작품을 꾸준히 소개해 온 터이다. 그 노력의 결과가 『오뇌의 무도』라는 작품집으로 나왔거니와 실상 이 역시집이 의미있는 것은 그것이 근대시에 끼친 형태상의 영향 때문이었다. 물론 서구의 시가 형태가 우리 시단에 준 영향은 이때가 처음은 아니다. 이미 개화기에 찬송가를 비롯한 서구의 노래 등이 번역, 소개되어 왔기 때문이다. 하지만 이는 어디까지나 표면적인 것이었고, 그것이 창작에 깊은 영향을 준 것은 아니었다. 번역과 창작이란 엄연히 구분되고 있었기에 그러한 것인데, 이러한 경계가 무너진 것도 김억에 이르러서이다. 김억은 번역을 어떤 기계적인 차원의 것으로 방치해두지 않았다. 그는 번역을 언어와 언어 사이에 이루어지는 단순 복사의 차원으로 이해하지 않았는데, 이는 이 시기 그가 발표한 여러 글에서 쉽게 확인할 수 있는 부분이다.

이와 같은 시가를 어떻게 옮겨 올 수가 있겠습니까. 절대로 옮겨 올 수가 없는 일이외다. 어떻게든지 할 수 없는 일을 기어이 어떻게든지 한다고 하면 그곳에는 파괴해 버리고 새로이 건설이 있을 뿐이외다. 다시 말하면 두드려 부수고 그 자리에다 새로이 건설이 있을 뿐이외다. 다시 말하면 두드려 부수고 그 자리에다 새로이 자기식의 집을 세울 수밖에 없는 일이외다. 창작적 노력으로만 시가는 옮겨올 수가 있는 것이요. 다시 말하면 역자는 창작할 때와 마찬가지로 어떠한 것을 그 원시에서 발견했는가, 또는 어떠한 평가, 믿을만한 감동을 믿었는가, 그것을 시상으로 시작하지 아니할 수 없는 일이외다.[9].

9) 김억, 「역시론」, 앞의 책(김용직편), p.242.

이 연장선에서 그는 역시가 창작시 못지않게 개성이 중요하게 발현되는 장르임을 이야기한 바 있다. 김억은 "이름은 역시라 할망정 그 실은 전혀 역자의 시적 소질로의 개성을 거쳐 된 창작물"[10]이라고 함으로써 역시를 새로운 창작의 한 단계로 보고 있는 것이다. 번역에 대한 그의 사유는 그의 글 도처에서 발견되는데, 『잃어진 진주』의 서문에서도 "시의 번역이라는 것은 번역이 아닙니다, 창작입니다"[11]로 규정해버리기까지 하고 있는 것이다. 그가 번역을 창작의 한 과정으로 이해하는 것은 번역자의 주관이 개입될 수밖에 없기 때문이라고 보는 것인데, 이 말이 시사해주듯, 그는 번역을 번역자의 주관이나 서정을 통한 두 번째 단계의 창작이라고 보았다.

역시를 창작으로 이해한다는 것은 그만큼 번역자의 주관이나 서정을 존중한다는 뜻인데, 실상 이런 관점은 그가 서정시를 이해하는 준거틀로 간주하고 있다는 점에서도 주목을 요하는 것이라 할 수 있다. 김억이 시인 자신의 서정적 주관을 얼마나 중요시했는가는 자유시를 정의하는 과정에서도 그대로 드러나게 된다.

> 자유시는 누가 발명하였느냐? 람보의 산문시에서 발명하였다. (중략) 다시 말하면 평측이라든가 압운이라든가를 중시치 아니하고 모든 제약, 유형적 율격을 바리고 미묘한 언어의 음악으로 직접 시인의 내부생명을 표현하랴 하는 산문시다[12]

---

10) 윗글, p.242.
11) 「잃어진 진주」, 앞의 책, p.187.
12) 「프란스시단」, 『태서문예신보』, 1918.2.

이 글은 자유시에 대한 김억의 견해를 알 수 있는 글인데, 그가 이해한 자유시는 두 가지이다. 하나는 그것이 산문시의 범주에 있다는 것, 다른 하나는 그것이 시인의 내부 생명을 표현하는 것이라는 사실이다. 김억이 이해한 자유시는 일반적으로 흔히 수용되는 장르 개념과는 좀 다른 경우였다. 자유율에 기초한 것이 자유시고, 그것은 온갖 정형률이 내포된 시형식과는 상대적인 자리에 놓이는 것이 자유시인 까닭이다. 그 연장선에서 그는 자유시를 산문시라고도 했고, 근대화된 민요시 또한 자유시라고 이해하기도 했다.[13] 그러니까 4.4조 혹은 4.3조 형태로 된 전통적인 정형시형 이외의 모든 율조를 자유시형으로 본 것이다. 그리고 이 자유시형을 매개하고 있는 것이 '시인의 내부 생명'이라고 인식했다.

개인의 생리적 반응에 의해 형성되는 것이 자유율이고 보면, 김억의 자유시관은 그 나름 타당한 근거를 갖고 있다. 따라서 어쩌면 칸트적 사유에 입각한 자유시에 대한 정의란 이 시기에서 보면, 매우 선구적인 것이었다고 할 수 있다. 김억은 서구 시집의 번역 과정을 통해 개인의 주관이나 정서의 중요성을 이해했고, 또 그러한 감각을 새로운 자유시형에 대한 사회적 욕구가 강렬했던 시대정신 속에 편입시킬 수 있었다. 말하자면 전통적인 정형시형에 대한 탈피를 개인의 내부 정서를 통해 극복할 수 있다고 본 것이다. 그의 첫 창작 시집이었던 『해파리의 노래』에서 드러나는 여러 시형에 대한 실험 의식은, 그가 강조해온 개인의 내부 정서가 만들어낸 결과물들이라 할 수 있다. 그의 후기 시들이 나아간 방향을 고려하게 되면, 『해파리의 노래』에서 보이는 이런 다양한 시형식들이 예외적으로 비춰지는 현상이 이상하지 않을 정도이다. 뿐만 아니

---

13) 조용훈, 앞의 논문, p.117 참조.

라 「북방의 따님」이라는 제목으로 나온, 비교적 짧은 형식의 서사시 형태를 쓴 이유도 여기서 찾을 수 있을 것이다. 따라서 개인의 생리적 정서, 고유한 감정은 김억의 자유시 개념에서 절대 지점에 놓이는 것이라 할 수 있다.

2) 격조시로의 전변

김억은 근대에 꼭 들어맞는 자유시형을 전통적인 정형률의 파괴에서 탐색했다. 그러니까 전통적인 율조와 시형식을 벗어난 난 것을 자유시로 간주했기에 산문시라든가 혹은 근대성이 가미된 민요조 서정시 등을 자유시의 범주에 포함시킨 것이다. 하지만 그의 이러한 시도는 곧 새로운 장벽에 봉착하게 된다. 그 원인은 대개 세 가지 측면에서 살펴볼 수 있는데, 하나는 자유시형에 대한 뚜렷한 정형이 만들어지지 못한 현실과, 1920년대 중반부터 유행처럼 번지기 시작한 소위 조선적인 것에 대한 열풍이다. 그리고 마지막 하나는 객관적 현실이 주는 위기감에서 찾을 수 있을 것이다.

실상 자유시형이 어떤 것이 되어야 하는 것인가 하는 것, 다시 말하면 어떤 뚜렷한 정형이 존재하지 않는다는 것은 상식에 속하는 일이다. 개인의 생리적 반응에 의해 이루어지는 것이 자유시형이기 때문에 어떤 규칙성이 담보되는 것은 아닌 까닭이다. 그는 「시형의 운율과 호흡」에서 "시라는 것은 찰나의 생명을 찰나에 느끼게 하는 예술입니다."이라고 정의하고 있는데, 여기서 '찰나'라고 하는 것은 서정적 자아의 극적 순간

내지는 황홀을 의미한다[4]. 그러니까 대상을 통해서 얻어지는 순간을 포착해서 이를 회감의 형식으로 표출하는 것, 그것을 서정시의 근본 특성으로 이해한 것이다. 여기서 알 수 있는 것처럼, 자유시, 곧 서정시는 어떤 특별한 규율 속에서 작동하는 장르가 아닌 셈이다. 김억 자신도 이점에 대해서는 익히 이해하고 있었던 것처럼 보인다. "자유시라는 것은 규율에 대한 상반어"[15]라고 하고 있는 까닭이다.

그런데 개항 이후 자유시에 대한 논의들은 계속 있어 왔지만, 그 향방이 1920년대 중반에 이르러서도 여전히 진행 중인 상태였다. 특히 1920년대 복고풍의 열기로 제기되기 시작한 전통 시형에 대한 관심들은 그나마 진행되었던 자유시형에 대한 율격 논의들을 제자리로 되돌려 놓아야 하는 상황으로 바꾸어 놓았다. 여기서 개인의 서정을 강조했던 김억의 사유들은 새로운 단계를 맞이하게 되는데, 바로 개인이 아니라 집단의 정서에 대한 관심이다. 이른바 이 시기에 풍미한 집단에 대한 새로운 관심 내지는 환기, 곧 조선주의의 열풍이 낳은 결과이다.

조선 사람으로는 어떠한 음율이 가장 잘 표현된 것이겠나요. 조선말로는 어떠한 시형이 적당한 것을 먼저 살려야 합니다. 일반으로 공통되는 호흡과 고동은 어떠한 시형을 잡게 할까요. 아직까지 어떠한 시형이 적합한 것을 발견치 못한 조선 시문에는 작자 개인의 주관에 맡길 수밖에 없습니다.[16]

---

14) 슈타이거, 『시학의 근본개념』(이유영 외역), 삼중당, 1976, pp.95-96.
15) 「『잃어진 진주』서문」, 앞의 책, p.205.
16) 「시형의 운율과 호흡」, 김억작품집, p.233.

조선적인 것에 대한 김억의 관심은 한 순간의 사유에서 그치는 것이 아니었다. 그는 「밟아질 조선 시단의 길」[17]에서 시가 나아갈 길을 세 가지로 제시하고 있는데, 첫째는 조선말의 존중, 둘째는 민족적 개성을 위한 향토성의 강조, 셋째는 우리의 사상과 감정, 호흡을 위한 고유한 시형의 개발 등이다. 김억의 이러한 논의를 종합하게 되면, 근대시가 나아가야 할 방향이 어떤 것인가를 알 수 있게 되는데 우선, 조선말이 존중되어야 하고, 민족의 개성을 드러내기 위한 향토성이 있어야 하며, 궁극에는 이 두 가지를 제대로 담아낼 형식, 곧 조선시만의 고유한 시형을 만들어내야 한다는 것으로 요약된다. 이는 다른 말로 하면 내용과 형식을 모두 조선주의로 채워진 시가형식이어야 한다는 결론이 나오게 된다.

근대시의 선구자로서 김억은 시가 갖추어야 할 덕목들에 대해 그 나름의 강박관념을 갖고 있었다. 시인의 내부 생명이 만들어낸 자유율에 바탕을 둔 자유시, 그것이 김억이 끊임없이 사유한 시형식이었다. 하지만 그의 이러한 희망은 이른바 조선적인 것들에 대한 가열찬 욕구가 분출하기 시작하면서 새로운 전기를 맞이하게 된다.

조선적인 것이란 집단의 감각을 요구하는 정서이다. 말하자면 개인의 내부 생명과는 거리가 있는 것이었다. 이 괴리를 어떻게 극복할 것인가가 1920년대 중반 이후 김억의 고민거리였고, 그 결과가 만들어낸 것이 바로 격조시형이었다. 그런데 오랜 사유의 끝에 도달한 김억의 격조시형을 응시하는 기왕의 평가들은 상당히 부정적인 것이었다. 가령, 그의 시는 시론과 어긋나는 것이라고 하면서 그의 시는 서구편향적인 데 비하여 시론은 한국적인 것의 필요 욕구에 의해서 쓰여졌다는 것, 그리하

---

17) 《동아일보》, 1927.1.2.-1.3.

여 상호 모순을 일으켰다는 것이고[18], 자유시의 창안자가 궁극에는 정형률로 회귀하면서 자유시 시형에 실패했다는 것[19]이 그 본보기들이다. 물론 이에 대한 긍정적인 시각도 존재하는데, 그의 시론과 시들을 문화적 저항의 한 단면으로 이해해야 한다는 판단이 바로 그러하다[20].

리듬의 사회적 기능이 갖고 있는 특징에 비춰볼 때, 집단의 정서를 구현하기 위해서는 개인의 내부 생명에서 표출되는 자율율로 성취하는 것은 대단히 어려운 일이다. 개인마다 갖고 있는 고유의 정서로 어떻게 집단이 요구하는 정서를 모두 대변할 수 있는 것인가. 앞서 언급대로 김억은 자유시를 말하는 자리에서 개인의 내부 생명, 곧 충동을 강조한 바 있다. 그러나 집단에서도 이 충동은 여전히 강조되는데, 그에 의하면 집단의 충동은 공통의 지대에서 솟아나는 것이라고 이해한다. 김억은 이를 실현하기 위해 "한 민족의 공통되는 충동은 같다"라고 전제한 다음, "공통되는 호흡과 고동은 어떤 시형으로 잡을 것인가"[21]가 이후 시형의 과제라고 인식하고 있는 것이다.

공통의 정서를 드러내기 위해서는 개인만의 고유한 정서만으로는 불가능하다. 모두가 공유하는 리듬을 구비해야 하는 것인데, 이는 김억이 다시 정형률로 회귀할 수밖에 없는 준거틀로 작용하게 된다. 하지만 개인의 생리적 리듬에 바탕을 둔 자유시를 개척한 김억에게 또 다시 정형률로 회귀하는 일은 퇴행이자 어쩌면 전통적인 4.4조나 4.3조와 같은 전통 시형으로 되돌아가는 일이 된다. 자유율에 대한 한계와 전통적인 정

---

18) 김용직, 앞의 글, p.286.
19) 오세영, 앞의 글, p.86.
20) 조용훈, 앞의 논문 참조.
21) 「시형의 운율과 호흡」, p.232.

형률이 갖고 있는 이 모순을 어떻게 극복할 것인가가 김억 시론의 최대 난점으로 다가온 것이다. 그런데 이런 모순을 타개할 수 있는 근거가 된 것이 바로 격조시론에 대한 개발이었다.

격조시론은 시대가 요구하는 공통의 호흡과 고동을 만족시켜 주는 새로운 시형이었다. 그것은 이전의 전통 율조도 아니기에 수구적이라거나 회고적이라고 비난받을 일도 아니었다. 뿐만 아니라 그것은 공통의 정서가 요구하는 시대 정신에 충분히 부응하는 것이기도 했다. 말하자면 격조시론은 새로운 시대정신이 만들어낸 김억만의 고유한 시론이었다는 데 그 의의가 있는 것이었다. 그러니까 자유시를 향한 거대한 흐름과 민족주의라는 시대의 요구가 만들어낸 새로운 시형식, 그것이 곧 격조시론이었던 것이다. 이런 의미에서 보면, 이는 제국주의에 대한 문화적 저항이면서, 자유시를 향한 근대시의 요구에 부응하는 김억만의 득의의 영역으로 자리하게 되는 것이다.

3. 김억 시에 나타난 공통의 정서들

1) 님에 대한 그리움

김억의 첫 창작 시집은 『해파리의 노래』이다. 이 시집이 1923년에 간행되었으니 그의 제자 소월의 『진달래꽃』보다 2년이나 앞서서 상재되었다. 이 시집은 근대 시사에서 최초의 개인 서정시집이라는 점에서도 의미가 있지만, 이후 1920년대 풍미한 여러 개인 시집들의 방향을 제시해주었다는 점에서도 의미가 있는 경우이다. 이는 형식적인 측면에서도 그러하고 내용적인 측면에서도 그러하다.

『해파리의 노래』에는 김억이 의도했던 여러 실험적 시형들이 마치 축제처럼 다양하게 펼쳐져 있다. 그의 의도대로 여기에는 개인의 내부 정서들이 언어라는 여러 옷을 걸치고 펼쳐져 있는 것이다. 그러니까 이 시집은 『오뇌의 무도』를 소개하는 과정에서 얻어진 여러 시형식들이 제시되어 있는 것인데 여기에는 자유시에 가까운 서정시가 있는가 하면, 어느 정도 규칙화된 리듬으로 되어 있는 정형시 형태도 있고, 또 서사시 형식을 갖춘 실험시도 있다. 그 가운데 하나가 「북방의 따님」이다. 이 작품은 아마도 이후에 쓰여진 파인 김동환의 「국경의 밤」[22]에도 일정 부분 영향을 주었을 것으로 판단된다. 김억의 시에서는 쉽게 볼 수 없는 장시 형태를 취하고 있다는 점이 그러하고, 여기에 담겨진 내용 또한 집단의 정서로부터 크게 자유로운 것이 아니기 때문이다.

이런 형식적인 국면과 더불어 이 시집에서 주목해서 보아야 할 부분이 내용적인 국면이다. 이 시집은 당대의 시대정신에 가장 부합한 것이라 했거니와 이후 상재된 여러 시집들의 지침서와 같은 구실을 했다고 해도 무방한 경우이다. 이 시집에는 다양한 형태의 정서들을 담은 시들이 담겨져 있었는데, 그 가운데 하나가 세기말 사상이며, 이를 대표하는 시가 「죽음」이다.

죽음이란 잠일까,
꿈도 없는 새까만 잠일까?
그렇지 않으면 꿈일까,

---

22) 이 작품이 나온 것은 1925년 한성도서에서이다.

새까만 잠속에 생기는 밝은 꿈일까?

우리들은 그것을 모른다, 알수가 없다.

그러기에 죽음이란다.

그것이 죽음이란다.

「죽음」 전문

이 시기 풍미한 세기말 사상은 염세주의가 낳은 결과이며, 가장 극렬
한 센티멘털의 정서로 표방된다. '사의 찬미'라든가 '사의 예찬'이 유행
했던 것은 이런 저간의 사정을 잘 말해준다. 이 작품이 이러한 시대 풍
조로부터 벗어날 수 없음은 이 정서에 대한 긍정적 시선에서 이해할 수
있는데, 가령, 죽음을 '잠'으로 사유한다든지 '꿈'이라고 인식하는 데에
서 잘 드러난다. 죽음과 같은 어두운 정서를 유아적 사유 태도로 응시한
다는 것 자체가 긍정의 정서로 비춰진다는 뜻이 될 것이다. 그런데 서정
적 자아는 여기서 한걸음 나아가 이를 "새까만 잠속에 생기는 밝은 꿈"
으로 승화시키기까지 한다. 이런 감각은 당대를 풍미했던 세기말 사상
을 벗어나서는 그 설명이 불가능하다. 어쩌면 이런 정서란 아직까지 완
성되지 않은, 그러니까 진행형에 놓여있는 김억의 의식을 잘 보여주는
단면이 아닐까 한다.

김억의 정제되지 않은 이런 사유 태도는 우울의 정서를 표현한 시들
에서도 확인할 수 있다. 김억 시의 특징 가운데 하나는 앞서 언급대로
짙은 페이소스에 기반한 센티멘털한 정서에서도 찾을 수 있다. 이런 감
각 역시 기왕의 연구들은 긍정적인 시선을 보내지 않았다. 이를 두고 막

연한 고독과 비애라든가 까닭 모를 공포 등으로 이해하거나[23] 현실이
나 역사, 상황에 무관심하면서 관념적 미학과 환상적 꿈의 세계를 추구
했다[24]고 이해한 것이다. 또 서구 상징주의의 특색인 우울의 미학에서
찾기도 한다[25].

> 빈들을 휩쓸어 돌으며,
> 때도 아닌 낙엽을 최촉하는
> 부는 바람에 좇기여
> 내 청춘은 내 희망을 버리고 갔어라
>
> 저멀리 검은 지평선우에
> 소리도 없이 달이 울을 때
> 이러한 때에 나는 고요히 혼자서
> 옛곡조의 피리를 불고 있노라
>
> 「피리」 전문

이 작품을 비롯하여 김억의 시들을 일별하고 나면, 그의 시를 두고 부
정적으로 한 평가들이 크나큰 무리가 아님을 알게 된다. 그러나 이런 이
해들은 문학을 그저 내적 테두리에서만 응시하려는 태도에서 나오는
단견에 불과하다. 가장 초보적인 관점에서 보아도 문자 행위란 사회적
상호작용의 결과이기 때문이다. 뿐만 아니라 1920년대는 분명 이러한

---

23) 조용훈, 「한국 시의 원형 탐색과 그 의의」, 『김안서 연구』, p.28.
24) 오세영, 앞의 글, p.103.
25) 김용직, 앞의 글, 참조.

정서를 유발케 하는 상황적 요인들이 내재하고 있던 시기이다.

「피리」를 이해하기 위해서는 적어도 두 개의 잣대가 요구된다. 하나는 존재론적인 것이고, 다른 하나는 시대 속에 편입된 자아의 정서이다. 전자의 경우는 어느 시대 속에 자아가 놓여 있든 간에 늘상 다가오는 항상적이고 근원적인 문제이다. 그것은 인간이라는 존재가 결코 피해갈 수 없는 원초적인 것이다. 그런 면에서 김억 시를 두고 알 수 없는 서러움 속에 놓여있다는 말이 성립하기는 어려운 일이다. 그리고 다른 하나는 시대 상황 속에 편입된 자아의 모습이다. 김억의 초기 시들이 세기말 사상과 분리하기 어려운 것이라고 했거니와 「피리」 역시 이런 음역으로부터 결코 자유로운 시가 아니다. 3.1운동의 좌절이라든가 국가라는 부권의 상실이야말로 이런 정서를 만들어내기 위한 필요충분 요건이 되기 때문이다.

이런 감각의 연장선에서 김억의 시에서 드러나는 '님'의 의미가 부상하게 된다. 잘 알려진 대로 1920년대는 이른바 '님'을 상실한 시대로 규정된다. 여기서 '님'의 의미는 여러 다층성을 갖고 있지만, 그것에 내포된 대표적인 의미는 아마도 조국일 것이다. 3.1운동의 실패와 그에 따른 좌절의 정서가 '님'의 상실로 이어졌다는 것이 학계의 공통된 의견이기 때문이다. 뿐만 아니라 이에 대한 감각을 효과적으로 전달하기 위해서 시의 화자가 여성으로 되어 있음 또한 잘 알려진 일이다.

시집 『해파리의 노래』 속에 구현된 주된 소재랄까 주제 역시 주로 님과 관련되어 있는 것들이다. 이를 대표하는 시가 바로 「나의 이상」이라는 작품이다.

그대는 먼곳에 반듯거리는

내 길을 밝혀주는 외롭은 벗,
한줄기의 적은 빛을 그저 따르며
미욱스럽게도 나는 걸아가노라.

그대가 있기에 쉬임도 없고
그대가 있기에 바램도 있나니,
아아 나는 그대에게 매달리여
티끌가득한 내 세상에서 허덕이노라.

나는 아노라, 그대의 곳에는
목숨의 흐름이 문의곱은 물결을 짓는
아름답은 봄날의 꽃밭속에서
화평의 꿈이 웃음으로 맺어짐을.

나의 발은 피곤에 거듭된 피곤,
나의 가슴에는 가득한 새까만 어둠!
아아 그대 곳 없다면, 나의 몸이야
어떻게 걸으며 어떻게 살으랴

아아 애닲아라, 그대의 곳은
한끝도 없는 머나먼 지평선 끝!
그러나, 나는 그저 걸으랴노랴,
눈먼 새 외동무를 따라가듯이.

「나의 이상」 전문

이 작품의 님은 "내 길을 밝혀주는 외로운 벗"과 같은 존재이다. 그래서 서정적 자아는 막연히 "한줄기의 적은 빛을 그저 따르고저" 한다. 뿐만 아니라 이 님은 자아에게는 휴식의 공간을 제공해주기도 하고, '바램'을 주는 희망의 존재이기도 하다. 그러니까 시적 자아가 지금 현존하는 이유 역시 모두 이 님이 있기에 가능하다는 것이다.

그렇다면 시적 자아가 이렇게 님을 애타게 그리워하고 이에 기투하고자 하는 이유란 무엇일까. 아마도 그것은 지금 이곳이 '티끌가득한 세상', 곧 불온한 세상이기 때문일 것이다. 따라서 여기서 티끌가득한 세상이 무엇을 의미하는지에 대해 굳이 물을 필요가 없을 것이다.

자아가 갈급하는 '님'이란 이러한 현존으로부터 벗어나게 해주는 유일한 수단이 된다. 만약 그가 존재하지 않는다면, "나의 몸이야, 어떻게 걸으며 어떻게 살으랴"라는 데에서 알 수 있는 것처럼 존재론적 완성뿐만 아니라 실존적 삶을 영위해나가는 것조차 불가능하다. 님은 이렇듯 서정적 자아에게 절대적인 존재로 구현된다.

김억이 정서화하는 님의 존재는 이 시기 님을 추구한 다른 시인에 비하여 절대적이며 또한 주관적으로 구현되는 것이 특징이다. 이는 소월의 님과 다른 것이고, 또한 파인이나 노작의 님과도 다른 경우이다. 이들의 님이 상호간의 실존에서 빚어진 보다 현실적인 관계 속에서 형성된 것이라면, 김억의 그것은 일방적인 정서에 의해 형성된 것이기 때문이다. 그런 면에서 그의 님은 만해의 님과 가까운 것이 된다. 만해가 도를 구하는 승려 신분임을 감안하면, 그의 님에서 표출되는 이런 절대성은 일면 수긍되는 면이 있다. 하지만 김억은 만해와 다른 처지에 놓인 세속인이다. 따라서 그가 추구한 님은 관념성을 벗어나지 못하는 것이며, 그가 님을 향한 도정을 '이상'이라고 절대화시킨 것이 아닌가 한다.

2) 향토성의 구현

시론에서 살펴본 것처럼, 김억은 어떻게 하면 조선인의 정서에 맞는 운율에 접근할 것인가를 탐색한 시인이다. 특히 상실된 민족 정서를 어떻게 하면 복원할 것인가를 끊임없이 추구한 시인이었다. 그러한 탐색의 과정에서 나온 것이 격조시론이었거니와 이는 조선적인 것의 부활과 집단의 정서를 효과적으로 드러내기 위한 김억만의 고유한 시론이었던 것이다. 그러니까 민족주의 관점에서 보면, 그의 격조시론은 한 민족에 드러나는 고유한 충동을 붙잡아낸 그만의 고유한 율격이라고 할수 있다.

김억은 조선 민족의 시혼과 시미(詩味)를 이 격조시론에서 찾은 것인데, 이는 단지 형식 차원에서만 그치는 것이 아니었다. 여기에는 이러한의도를 담아내야 할 내용 또한 구비되어야 했다. 그는 이를 민족적 개성이라고 불렀거니와 이를 가장 잘 대변해주는 정서로 향토성[26]을 제시한바 있다. 김억에 의하면, 향토성이란 민족 모두가 공유하는 삶의 지대이다. 그것은 경험적 차원에서도 그러하고 심정적 차원에서도 그러하다고했다. 그렇다면, 이 두 가지를 만족시키는 것이야말로 '민족적 개성을 위한 향토성'이 될 터인데, 그는 이를 잘 구현하는 매개로 자신의 고향을예로 들었다. 어쩌면 김억 시의 주된 특징이 이 감각에 있다고 해도 과언이 아닐 정도로 이 소재는 가장 많은 비중을 차지한다.

기나긴 긴허리의 길을 다 지낸뒤에는

---

26) 「밝아질 조선 시단의 길」 참조.

외마대의 골짜기되는 큰고리로 들어라,

그러고는 웃고섰는 높은령의 달바위재를

한걸음, 한걸음 숨차게 올라서면은,

하얀一바다, 넓기도 하여라,

이는 나의 고향의, 황포의 바다

「황포의 바다」 전문

이 작품의 소재가 된 '황포'란 김억의 고향 앞바다를 지칭한다. 일제
강점기에 고향이 갖는 소재적, 혹은 주제적 의미란 무엇일까. 이 시기 고
향이란 단지 생물학적 영역에서 의미화되지 않는 것은 당연한 일인데,
실제로 이 시기 많은 시인들이 적어도 한두 번 이상은 고향의 감각을 작
품화한 것으로 알려져 있다[27]. 말하자면 이 시기 고향은 고향 이상의 어
떤 것을 내포하고 있었던 것이다.

『해파리의 노래』를 비롯한 김억의 첫 창작집이 이후 시인들이 펼쳐나
가는 시세계의 지침이나 준거틀로 그 영향을 주었다고 했거니와 이런
감각은 고향의 정서 혹은 소재도 동일하게 드러나게 된다. 김억은 이 작
품에서 황포 바다를 나의 고향이라고 직접적으로 발언하고 있다. 이런
무매개성이 말해주는 것이야말로 걸러지지 않은 정서의 즉자성, 흥분을
말해주는 것이 아닐 수 없다. 그러니까 김억은 자신의 작품에서 민족이
서로 호흡할 수 있는 향토성을 드러내기 위해 절제되지 않은 감정의 홍
수를 드러내고 있었던 것이다. 이는 곧 충동의 넘쳐남이자 고향에 대한
조급한 애착이 빚어낸 결과일 것이다.

---

27) 고향에 대해 가장 많이 서정화한 시인은 오장환이지만, 일제 강점기 대부분의 시인
　　들은 고향에 관한 작품을 많이 창작한 바 있다.

고소한 참살구씨라고
서로 아껴가며 까먹든 것이
나중에는 두알밖에 안남았을 때에
이것을 심었다가 종자를 하자고
네 살우되는 누이님이 나를 권했소

살구씨를 심은지가 몇해나 되었는지,
그 살구나무에 하얀꽃이 피게된지도 오래였소

맛있는 참살구라고
어린동생들이 귀해하며
해마다 늦보리가 익었을때에
그들은 종자하자는 말도 없이,
야단을 하면서서 번갈아 따먹소

누이님이 돌아가신지 몇해나 되었는지
해마다 살구꽃이 진뒤에는
그무덤에 이름모를꽃이 피게된지도 오래였소
「참살구」 전문

「황포의 바다」에 비하면 인용시는 고향의 감각이 비교적 우회적으로 드러나 있는 경우이다. 말하자면 한층 절제된 인식으로 고향을 서정화시킴으로써 감정의 과잉을 어느 정도 감춘 것처럼 보인다. 이 작품은 '경험의 동일체'가 만들어내는 '정서의 동일체'를 실현하고 있다는 점에서 의미가 있는 시이다. 여기서 이를 가능케 하는 것이 경험이고, 이

를 더욱 효과적으로 배가시켜주는 것이 이른바 감각적 이미지들이 주
는 정서의 공동체이다. 그 토대가 되고 있는 것이 맛이라는 일차적 이미
저리이다. 그러한 감각을 서정적 자아도 잘 이해하고 있는 듯한데, 가령,
"맛있는 참살구"를 통해서 "어린동생들이 귀해하며/해마다 늦보리가
익었을 때에/그들은 종자하자는 말도 없이,/야단을 하면서 번갈아 따먹
는" 경험의 동일체 의식을 이루면서 자아와 가족은 하나로 묶이게 된다.
  물론 이런 서정화가 시인 자신의 개인적 정서와 경험의 지대에서 종
료되는 것은 아니다. 이런 경험은 누구나 할 수 있는 것이기에 이런 감
각의 환기를 통해서 서정적 자아와 독자는 하나의 공동체로 묶일 수 있
기 때문이다.

    오다가다 길에서
    만난이라고,
    그저보고 그대로
    예고 말건가

    산에는 청청
    풀잎사귀 푸르고
    해수는 중중
    흰거품 밀려든다.

    산새는 죄죄
    제흥을 노래하고
    바다엔 흰돛

옛길을 찾노란다.

자다깨다 꿈에서
만난이라고
그만잊고 그대로
갈줄아는가.

                    「오다가다」전문

이 작품은『안서 시집』에 실려 있는, 김억의 시 가운데 비교적 친숙한
시이다. 널리 알려진 대로『안서 시집』은 격조시형이 실험된 무대이다.
이 시집은 엄격한 형태의 정형률에 의해 쓰여진 시집이거니와 그 율격
또한 부채살처럼 퍼져나가는 모양으로 다양하게 제시되어 있다. 가령,
7.5조를 토대로 여러 양식들이 구현되어 있는가 하면 5.4조라든가 민요
조 형식 등등도 제시되고 있다. 정형률이 갖고 있는, 여러 이질적인 요인
들을 하나로 묶어내는 기능에 기대게 되면, 향토적인 공유지대를 향한
김억의 열정을 잘 읽어낼 수 있는 대목이라 할 수 있을 것이다.
이 작품의 무대 역시 바다이다. 그 지명이 구체적으로 드러나 있지 않
긴 하지만 앞의 인용시들처럼 아마도 그의 고향 황포 앞바다가 아닌가
추측된다. 이 작품 역시 경험의 감각 없이는 성립되기 어려운 시인데, 가
령, 뒷 산의 푸른 모습이라든가 혹은 바다가 일으키는 하얀 거품 정도는
적어도 누구나 경험할 수 있는 것들이기 때문이다. 뿐만 아니라 이런 경
험적 지대 속에서 우연히 일어날 수 있는, 하지만 거의 일상화되고 있는
한 시절의 짝사랑 정도도 누구든 경험할 수 있는 영역이라는 점에서 그
러하다.

김억은 한민족에게서 공통되는 경험의 지대를 이렇듯 자신이 경험했던 향토성에서 탐색하고자 했다. 그러한 구현을 통해서 그는 시대가 요구했던 조선주의에 부응하고, 자신이 희구했던 조선적 정서에 맞는 시형에 도달할 수 있을 것이라 이해했던 것으로 보인다. 그는 이러한 시도를 통해서 조선적인 것과 외래적인 것의 혼합으로 점점 그 경계가 없어지는, 그리하여 조선적인 것을 회복할 수 있을 것으로 판단했을 개연성이 크다.

황포 바다에
내리는 눈은
내려도 연해
녹고 맙니다.

내리는 족족
헛되이 지는
황포의 눈은
가엾습니다.

보람도 없는
설은 몸일래
일부러 내려
녹노랍니다.

「눈」 전문

이 작품 역시 『안서 시집』에 실린 시이고, 2.3조 내지는 3.2조를 교차 반복시켜 놓은 격조시의 형태를 갖추고 있다. 이 작품의 소재 역시 그가 이 시기 즐겨 사용했던 자신의 고향, 황포를 배경으로 하고 있다. 눈의 일반적 섭리를 다루고 있기에 이 작품 또한 일상의 어느 곳에서나 경험할 수 있는 것들을 작품화하고 있는 것이다.

향토성을 작품화해서 이를 조선적인 호흡과 고동으로 연결시키고자 한 김억의 의도는 집요하고 가열차게 이루어진다. 이는 조선의 부활이라는 시대 정신에 기대게 되면, 그 나름 대단히 의미있는 작업이라고 할 수 있을 것이다.

하지만 이들 작품이 갖고 있는 한계 또한 분명하다. 「눈」에서 알 수 있는 것처럼, 고향의 감각을 드러낸 김억의 시들에서 자연스럽지 못한 단면을 읽어내는 것은 어려운 일이 아니다. 이 작품은 눈의 일반적 현상에 자신의 고향 황포 바다를 기계적으로 연결시키고 있을 뿐이다. 이런 부자연스러움이 고향의 맛과 정서를 살린다고 생각하는 것은 지나치게 소박하다는 것이다. 적어도 고향의 감각을 다룬 시라면, 그 감각 속에 타자의 경험이 자연스럽게 합쳐질 수 있어야 하기 때문이다. 어쩌면 이런 어색함이 김억의 고향시, 보다 구체적으로는 향토시가 갖고 있는 한계라고 할 수 있을 것이다.

4. 민요시로의 반전

김억의 작품 활동은 꾸준히, 그리고 줄기차게 이루어져 왔다. 그 결과가 이 시기 가장 많은 시집의 상재로 이어진 것이 아닌가 한다. 김억의 마지막을 대표하는 시집은 『민요시집』으로 알려져 있다[28]. 이 시집은 제목에서 시사되는 바와 같이 민요와 시를 결합한, 민요시 내지는 민요조 서정시이다.

그의 이 시집은 김억 시의 종착역으로 흔히 수용되고 있다. 율격이라는 측면에서 보면, 이는 분명 그가 의욕적으로 시도했던 격조시형으로부터의 후퇴라고 보아도 크게 틀린 말은 아닐 것이다. 여기에는 분명 다른 이유가 있었을 것이다. 우선 김억은 자유시형을 개척해가는 과정에서 전통 시형을 부정해 왔는데, 전통의 해체와 그에 따른 율격의 해체야말로 자유시로 나아가는 지름길로 이해했기 때문이다. 그런데 후기에 이르러 그가 부정해마지 않았던 민요조로 자신의 서정시를 후퇴시킨 것이다.

하지만 김억 시의 흐름으로 이해하게 되면, 민요시로의 회귀란 결코 과거로의 후퇴라고 말할 수는 없을 것이다. 김억은 자신의 시작 과정을 두 가지 목표에 두고 있었다. 하나는 조선말의 존중과 민족적 개성을 위한 향토성의 발굴, 그리고 다른 하나는 그러한 우리의 사상과 감정, 호흡을 위한 고유의 시형의 발굴이다. 그러한 목적을 이루기 위해 그는 자신의 근거지였던 고향 의식을 드러내보였고, 그에 걸맞은 격조시형을 펼쳐보였다. 이를 대표하는 것이 『안서시집』이었다. 하지만 고향의식을 묘사한 그의 시들이 갖고 있었던 한계에서 알 수 있었던 것처럼, 그의 고향 묘사는 표피적, 형식적인 면을 벗어나기 힘든 경우였다. 이런 한계

---

28) 이 시집이 나온 것이 해방 직후인 1948년이고 이후 한권의 시집이 더 나왔는데, 『옥잠화』가 바로 그러하다. 그러나 이 시집은 창작집이 아니라 번안 시집이다. 이 시집은 1949년 3월에 나왔으니 『민요시집』이 나온 몇 개월 후이다. 김억의 시의 전개 과정으로 볼 때, 특히 격조시론과의 관련 양상으로 설명하게 되면, 『민요시집』이 그의 시정신의 단계로 마지막이라고 하는 편이 옳을 것으로 판단된다.

로 점증하는 대외적 환경과 대결하기는 어려울 것으로 판단했던 것처럼 보였다. 다시 말하면 격조시형보다 더 강하게 일반 대중에게 감응력을 주는 시형식이 필요한 상황을 맞이했다고 판단했을 것이다. 그러한 요구 조건에 걸맞은 것은 아마도 집단의 정서에 깊이 남아있는 시형식이었을 것이고, 그러한 필요에 의해 격조시형보다는 민중들에게 익숙한 민요 시형이 필요하다고 이해한 것으로 보인다.

> 삼수갑산 가고지고
> 삼수갑산 어디메냐
> 아하 산첩첩에 희구름만 쎄고쌨네
>
> 삼수갑산 보고지고
> 삼수갑산 아득코나
> 아하 촉도난(蜀道難)이 이보다야 더할소냐
>
> 삼수갑산 어디메냐
> 삼수갑산 내못가네
> 아하 새드라면 날아날아 가련만도
>
> 삼수갑산 가고지고
> 삼수갑산 보고지고
> 아하 원수로다 외론꿈만 오락가락
>
> 「삼수갑산」 전문

이 작품은 전통적인 4.4조 형식에 후렴구를 붙이고 있는 시이다. 그러니까 모두 엄격한 정형률을 바탕으로 자신의 고향 감각을 노래하고 있는 것이다. 이렇게 친숙한 율조가 집단의 정서에 즉자적인 감응 효과를 가져올 수 있다고 판단했던 것은 아닐까. 그러한 결과가 만들어낸 것이 민요와 고향에 대한 결합이었던 것으로 보인다.

김억은 근대 시사에서 선구적 인물에 해당한다. 그는 최초로 근대화된 서구시를 소개했는가 하면, 이에 바탕을 두고 최초의 개인 서정 시집을 발간했다. 이 시집은 개인의 정서와 자유율에 토대를 둔 자유시였다는 점에서 의미가 있는 것이었고, 또 이후 나오는 여러 다른 개인 시집들의 지침 내지는 방향을 일러주었다는 점에서도 의미가 있는 것이었다.

김억이 관심을 두고 있었던 것은 조선적인 말과 이를 담아내는 장치였다. 이런 목적들은 그로 하여금 그가 탐색했던 개인의 내부 정서보다는 집단의 정서에 보다 가깝게 가도록 만들었다. 그러한 것이 계기가 되어 김억은 개인의 생리적 리듬에 바탕을 둔 자유율보다는 집단의 정서에 보다 밀착된 정형률에 관심을 기울이게 된 것이다. 그의 시들이 점점 정형화의 길을 걸었던 것은 집단에의 관심, 곧 민족주의 의식이 만들어낸 불가피한 결과였다. 그것이 김억 시의 장점이자 한계였고, 또 시사적으로 의의가 있는 점이었다.

제2장

변영로 시에 나타나는
민족주의의 층위

변영로 연보

1898년 5월 9일 서울 가회동 출생

1904년 서울 재동 보통학교 입학

1907년 중앙 고보 입학

1912년 이흥순과 결혼

1918년 중앙 고보 영어 교사 부임

1920년 동인지 『폐허』 참여

1921년 동인지 『장미촌』 참여

1923년 이화여전 교수 부임

1924년 시집 『조선의 마음』 발간(평문사)

1933년 동아일보 입사

1934년 부인과 사별

1935년 양창희와 재혼

1946년 성균관대 영문과 교수 부임

1953년 대한공론 이사장 취임

1959년 『수주 시문선』 간행

1961년 사망

1983년 『차라리 달 없는 밤이드면』 간행(정음사)

2010년 『수주 변영로 시전집』 간행(부천문화원)

변영로 시에 나타나는 민족주의의 층위

1. 님을 상실한 시대

변영로는 1897년 서울 가회동에서 아버지 변정상과 어머니 진주 강씨 사이의 셋째 아들로 태어났다. 호는 수주(樹州)이며 기왕의 문학사에서는 「논개」를 지은 시인으로 잘 알려져 있다. 「논개」가 국정 교과서에 수록됨으로써 해방 이후 그는 민족주의를 표방한 대표적인 작가의 반열에 오른 시인 가운데 하나이다.

하지만 「논개」를 지은 작가, 일제 강점기 민족주의를 대표하는 작가라는 명성에도 불구하고 그에 대한 연구는 영성하거니와 그가 남긴 작품 또한 많지 않은 편이다. 작품의 양이 연구의 풍성함으로 연결되는 것이 당연한 일이고, 대중의 지지를 얻고 있는 명작 또한 마찬가지이다. 그러니까 변영로는 작품의 양에서 오는 것이든 혹은 그 반대의 경우에서 오는 것이든 작가적 역량이 충분하게 검증되지 못한 시인이었다.

우선, 변영로의 작품이 작가로서의 활동 기간에 비춰볼 때, 매우 적은 편이다. 그는 잡지 『청춘』에 영시 「Cosmos」[1]를 발표하면서 문단에 등장했다. 첫 작품이 영시라는 점도 이채롭거니와 이는 변영로의 세련된 감각을 말해주는 것이기도 하다. 이런 언어 감각이 그로 하여금 1931년 미국 유학[2]으로 이끈 계기가 되기도 했다. 하지만 비교적 빠른 등단에도 불구하고 그가 남긴 시집은 1924년 평문관에서 나온 『조선의 마음』이 유일하다[3].

　변영로에 대한 본격적인 연구는 전작 시집 『차라리 달 없는 밤이드면』[4]이 간행된 이후에 시작된다. 여기에는 그의 최초의 시집이었던 『조선의 마음』뿐만 아니라 시집에 수록되지 않았던 해방 이전의 시들과, 이후의 시들이 모두 편집, 수록되어 있다. 물론 여기에 작품들만 수록된 것은 아니고, 기왕에 진행된 그의 작품들에 대한 연구 글들도 대부분 실려 있다. 그러니까 이 전작 시집은 변영로 문학에 대한 총체적인 접근을 가능케 한 것이라 해도 과언이 아닌 셈이다. 어떻든 이 전집이 만들어진 이후 변영로의 시들은 활발히 연구되기 시작했는데, 그 흐름은 대개 두 가지 방향으로 이어졌다. 하나는 그의 시집에 드러난 내용적인 국면들, 곧 '님'에 대한 의미론적인 국면들이고[5], 다른 하나는 기법이 가져오는 효과에 대한 형식론적 탐색이었다[6]. 하지만 후자의 연구 글도 궁극에는 변영로 시의 전략적 소재인 님의 의미에 대한 모색으로 점철된 것이었

---

1) 1818년 6월.
2) 변영로는 이때 미국 캘리포니아에 있는 산호세 대학에서 수학한 것으로 알려져 있다.
3) 물론 1959년 『수주시문선』에 나오긴 했지만, 이는 어디까지나 선집에 불과할 뿐 독창적인 창작집이 아니다.
4) 정음사, 1983.
5) 이를 대표하는 글이 최호영의 「수주 변영로의 초기 문학에 나타난 방랑과 이상적 공동체론」, 『인문논총』 73권 3호, 2016.8.
6) 오세인, 「변영로 시 연구」, Journal of Korean Culture, 2013.

다. 이런 결론이 말해주는 것은 분명하다. 그것은 곧 변영로의 시들이 님의 음역에 갇혀 있다는 뜻이기 때문이다.

변영로의 시들이 님이라는 소재에 집중되어 있음은 틀림없는 사실이다[7]. 그런데 이 시기 님과 관련된 소재나 주제의식이 변영로에만 국한되는 문제는 아니었다. 1920년대를 '님이 상실된 시기'라 부르는 보편화된 흐름에서 알 수 있는 것처럼, 이 때 대부분의 시들이 이 감각을 서정화하고 있었기 때문이다. 이를 대표하는 시인들이 김억, 김소월, 한용운, 김동환, 주요한, 홍사용, 이상화 등등이었다. 물론 님이라는 구체적 대상에 한정시키지 않는다면, 이때 활동한 시인들 대부분이 이 소재에 갇혀 있었다고 해도 무방한 경우이다. 님의 서정화를 구현한 변영로의 시들이 이 연장선에 놓여 있음은 물론이다.

하지만 님이라는 동일한 소재를 서정화했다고 해서 이들 시인이 노래한 님의 의미가 모두 단일하게 나타난 것은 아니었다. 이런 이해는 변영로의 경우에서도 마찬가지이다. 그는 님을 관념의 영역으로부터 구출한, 이 시기의 대표적 작가로 알려져 있는데, 이를 확증하는 것이 '논개'의 발견이었다. 다시 말하면, 님이 갖고 있는 관념적, 추상적 영역을 초월해서 역사적, 구체적 영역으로 자리하게 된 것이 '논개'의 발견에 의해서 가능해진 것이고, 이를 담담한 것이 변영로의 시사적 의의라는 것이다[8]. 이를 두고 관념의 구체적 감각화라고 불렸거니와, 그 감각이 변영로 문학이 갖는 기념비적 위치라는 것이다. 이런 평가는 일견 타당한 것

---

7) 김영민은 시집 『조선의 마음』에 실린 작품 가운데 님 심상과 관련된 시들이 거의 반가까이 될 정도로 상당부분 차지한다고 보고 있다. 김영민, 「좌절과 절망 속의 기다림」, 『차라리 달없는 밤이드면』, p.264.
8) 김윤식, 「변영로의 문학사적 위치」, 앞의 전집 참조.

이다. 이 시기의 대표적 담론인 님이 어떤 구체성을 갖지 못하고, 관념화 내지는 추상화의 흐름 속에서 흔들리고 있을 때, 변영로에 의해서 그러한 한계들이 극복되었기 때문이다.

그럼에도 불구하고 많지 않은 변영로의 문학이 모두 해명된 것은 아니다. 그의 작품들은 양적인 면에서 매우 적다고 했거니와 그 소략한 작품들 가운데에서도 이 시기 그 자신만의 고유한 세계관 등이 개별적으로 표명된 작품들이 있었는데, 이에 대한 평가가 미흡했기 때문이다. 그 하나가 모더니즘에 대한 감각이다. '조선심'이라는 토착적인 정서, 님이라는 관념적인 정서의 한계에 갇힌 시인이 근대성에 대해 감각하고 있었다는 사실이란 일견 비합리적인 사유로 비춰질 개연성도 분명 있을 것이다. 만약 이런 전제가 성립될 수 있다면, 님을 노래한 시편들에 대해서도 마찬가지의 해석이 가능할 것이다. 변영로의 시에서 모더니즘에 대한 감각이랄까 근대성에 대한 인식을 간취할 수 있는 대목은 그의 데뷔작이 영시였다는 사실과 무관한 것이 아니다. 물론 영시를 이해하고 이를 창작했다고 해서 그것이 곧바로 근대성의 맥락으로 곧바로 편입되는 것은 아니다. 그럼에도 이 감각을 전혀 무시할 수 있는 것은 아닌데, 가령, 「그 때가 언제나 옵니까」 등에서 이를 확인할 수 있다.

그리고 다른 하나는 시조 양식이다. 님에 대한 그의 조선심이 시조 형식의 창작과 무관하지 않음은 이미 지적된 바 있다[9]. 하지만 시조가 갖는 장르적 특성과, 그것이 주는 사상적 표백에 대한 끈끈한 고리에 대해서는 여전히 해명되지 못하고 미완인 채로 남아 있다. 뿐만 아니라 그러한 장르적 선택이 1930년대 이후 펼쳐진 변영로의 정신 세계와의 관련

---

9) 최호영, 앞의 논문, pp.172-173 참조.

성도 해명을 요구하고 있거니와 소위 일제 암흑기에 더 이상의 언어 행위가 이루어지지 않은 상황과의 연계성도 밝혀져야 할 것으로 보인다. 말하자면, 변영로의 시들은 시기별, 주제별의 연구는 제법 이루어진 편이지만, 이들 각각의 단편들이 어떤 연결 고리를 갖고 있는가에 대한 유기적 연구 체계는 여전히 미흡하다는 것이 필자의 판단이다.

2. 님의 지형도

1920년대의 서정적 주제는 님이었다. 이는 대부분의 작품들에서 확인할 수 있는데, 변영로의 경우도 이 주제의식에서 벗어나는 것이 아니었다. 그만큼 이 소재가 보편적이었다는 뜻이 되는데, 그럼에도 각각의 시인들마다 표명되는 님의 의미는 동일한 것이 아니었다. 그러한 비동일성을 보증하는 것이 시간성의 영역이었는데, 님을 과거적으로 보는가, 혹은 미래적으로 보는가, 아니면 과거와 현재, 미래의 영역에 동시적으로 존재하는 복합성으로 보는가로 구분되고 있었다. 이런 시간적 구분에 의하면, 변영로의 시에서 구현되는 님의 시간성은 과거성에 놓여 있었다. 그런 면에서 그의 님은 소월의 님과 동일한 것이었다고 하겠다.

하지만 이런 동일성에도 불구하고 변영로 시에서의 님은 이 시기 다른 시인들의 그것과 구별되는 점이 분명 존재한다. 그 하나가 경험성이다. 이를 대표하는 작품이 「버려지도 싫다하올 이 몸이」이다.

1
버러지도 싫다하올 이몸이

불현듯 그대 생각 어인 일가
그리운 마음 자랑스럽습니다.

촛불 밝고 마음 어둔 이밤에
당신 어디 계신지 알길 없어
답답함에 이내 가슴 터집니다,

2
철 안나 복스럽던 옛날엔
그대와 나 한 동산에 놀았지요
그 때는 꽃빛도 더 짙었읍니다.

언젠가 우리 둘이 강가에 놀 때
날으던 것은 흰 새였건만은
모래 위 그림자는 붉었읍니다.

바로 그 때 난데없는 바람 일어
그대와 나의 어린 눈 흐리워져
얼결에 서로 손목 쥐었읍니다.

3
그러나 바람이 우리를 시기하였던가
바람은 나뉘어 불지 아니하였으련만
찢기이는 옷 같이 우리는 갈렸읍니다.

이제 것도 그리움이 눈 흐리울 때
길에서 그대같은 이 보건만은
아니실 줄 알고 눈 감고 곁길로 가옵니다.
　　　　　「버려지도 싫다하올 이 몸이」전문

　인용시는 변영로 시 가운데 비교적 긴 편에 속하는 경우이다. 짧은 시 형식을 즐겼던 변영로의 시에서 이런 장시 형식의 시는 예외적인 것이다. 이는 곧 서사성이 담보되고 있기에 그러한 것인데, 이런 서사성 속에 녹아들어가 있는 것이 님이 구체적인 모습이거니와 거기서 변영로 시에 드러나는 님의 특징적 단면이 구현된다. 이 시에서 자아는 죄인 의식에 빠진 존재이고 경우에 따라서는 스스로를 비하시키는 존재이다. 서정적 자아가 이렇게 최저 수준으로 전락한 데에는 그만한 이유가 있다. 바로 님을 지켜내지 못한 까닭이다.

　님과 자아의 관계는 성서에 나오는 에덴 동산의 그것을 연상시킨다. 인류의 원죄를 뒤집어 쓰고 유토피아를 잃어버리기 전의 모습이 이 작품에는 고스란히 구현되어 있는 까닭이다. 변영로 시에서 서구적 감수성과 모더니티의 감각이 여러 군데서 포착되는 바, 이 작품에서도 그러한 단면이 잘 드러나 있는 것이다. 서정적 자아와 님은 "철 안나 복스럽던 옛날엔/그대와 나 한 동산에 놀았던" 시절이 있었던 것처럼, 수평적 관계, 유토피아적 이상 세계 속에 살고 있었다. 그런데 어느날 "난데 없는 바람 일어" 서정적 자아와 님의 관계는 파탄을 맞이하게 된다. "찢기이는 옷 같이 우리는 갈렸기" 때문이다. 이 이별을 통해서 님은 서정적 자아에게 그리움의 대상으로 남게 되고, 그러한 님을 지켜내지 못한 자아는 '버러지보다 못한 이 몸'으로 실존적 추락을 경험하게 된다.

이 작품은 1920년대 변영로가 추구했던 님이 어떤 존재인가를 잘 말해준다는 점에서 주목을 요하는 시이다. 우선, 님이 갖고 있는 경험성이다. 1920년대 님을 노래한 시인들에게서 님의 경험성을 이해할 수 있는 부분이 나타난 경우는 매우 드물다. 그렇다고 해서 전혀 없는 것도 아닌데, 가령, 만해 한용운의 시가 그러하다. 「나룻배와 행인」에서 보듯 님과 서정적 자아의 관계는 다른 시인들에게서 흔히 볼 수 없는 경험성과 구체성이 어느 정도 구현되어 있는 까닭이다. 하지만 이 관계가 어떤 경험을 매개로 하여 형성된 것인지는 무척 애매하게 표현되어 있다. 나룻배로 구현된 자아와 행인으로 상징된 님이 추상적이고 관념적으로 처리되어 있기 때문이다.

하지만 「버려지도 싫다하올 이 몸이」에서의 님과 자아의 관계는 관념을 초월한 지대에서 형성된다는 점이 주목된다. 이들은 한때의 공간을 향유했을 뿐만 아니라 '난데 없는 바람'으로 말미암아 이 관계가 해소되는 아픈 경험을 공유하고 있기 때문이다. 이런 경험적인 국면이야말로 변영로 시의 특징적 단면을 말해주는 시사적 의의라고 할 수 있을 것이다.

다음으로 지적될 수 있는 것 역시 이 경험성에서 논의될 수 있는 것인데, 님의 지시적인 의미가 곧바로 민족 모순 관계를 향하고 있다는 점이다. 이는 변영로의 『조선의 마음』이 상재된 이후 이 시집이 곧바로 판매 금지 처분을 받은 데에서 확인할 수 있다. 이 시기 민족 모순에 기반을 두고 작품들이 발표되거나 상재된 것은 당연한 일이었다. 자아와 세계 사이에 놓인 화해할 수 없는 거리에서 서정시가 창작된다고 한다면, 이 거리를 객관적 현실과 분리해서 생각하기는 어렵기 때문이다. 문제는 그러한 모순이 지시하는 구체성일 것이다. 변영로의 시집의 제목이 『조

선의 마음』이기도 했지만 실제로 작품의 면면을 보아도 조선이라는 민
족주의를 쉽게 환기할 수 있는 것이 변영로 시의 특색이다.

「조선마음」을 어디가 찾을까?
「조선마음」을 어디가 찾을까?
굴 속을 엿볼까, 바다 밑을 뒤져볼까?
빽빽한 버들가지를 헤쳐볼까?
아득한 하늘가나 바라다볼까?
아, 「조선마음」을 어디 가서 찾아볼까?
「조선마음」은 지향할 수 없는 마음, 설운 마음!

　　　　　　　　　　　　　　　「서 대신에」 전문

시집 『조선의 마음』의 서문에 실린 글, 다시 말하면 서시격에 해당하
는 글이 이 부분이다. 서정적 자아는 자신의 시정신이 "조선의 마음"을
찾는 데 있음을 뚜렷이 밝히고 있다. 여기서 조선의 마음이 저항성이나
민족 의식을 초월한 자리에서 형성되는 것이 아님을 알 수 있다. 이런
구체성이 노골적으로 드러나 있기에 그의 작품집은 검열의 칼날을 피
해갈 수 없었을 것이다.

변영로의 시가 관념으로부터 한걸음 비껴서 있었다는 것은 이런 특징
적 단면이 있었기 때문이다. 다시 말하면 '조선의 마음'이라는 관념을 시
로 만들기 위해, 곧 관념을 감각화시켜 구체적 실체로 오버랩시킨 것이
변영로 시의 특성이라는 것이다. 그 연장선에서 나온 것이 '논개'의 발
견이다[10]. 변영로의 시에서 드러나는 님의 실체를 밝힘에 있어 작품 「논

_____

10) 김윤식, 앞의 글 참조.

개」가 주요 근거로 제시되는 것도 이 때문이다.

　　거룩한 분노는
　　종교보다도 깊고
　　불붙는 情熱은
　　사랑보다도 강하다
　　아, 강낭콩꽃보다도 더 푸른
　　그 물결 위에
　　양귀비꽃보다도 더 붉은
　　그 마음 흘러라.

　　아리땁던 그 娥眉
　　높게 흔들리우며
　　그 石榴 속 같은 입술
　　죽음을 입맞추었네!
　　아, 강낭콩꽃보다도 더 푸른
　　그 물결 위에
　　양귀비꽃보다도 더 붉은
　　그 마음 흘러라.

　　흐르는 江물은
　　길이길이 푸르리니
　　그대의 꽃다운 혼
　　어이 아니 붉으랴
　　아, 강낭콩꽃보다도 더 푸른

그 물결 위에

양귀비꽃보다도 더 붉은

그 마음 흘러라!

　　　　　「논개」 전문

　이 작품은 여러 면에서 문제적이다. 먼저, 1920년대 중반에 이만한 정도의 민족 의식이 표명된 작품을 찾기 어렵다는 점에서 그러하다. 물론 이런 감각은 변영로보다 약간 앞선 시기에 문단에 나온 심훈의 시에서 찾아볼 수 있기에 새롭다는 측면이 희석될 수도 있을 것이다[11]. 하지만 형식주의에서 흔히 운위되는 문학성의 맥락에서 이해하게 되면, 「논개」 앞에 놓이는 문학적 성과를 보인 작품은 거의 없다고 해도 틀린 말은 아닐 것이다. 이는 곧 한국 근대 시의 수준과도 관련되는 것인데, 가령 이 때까지만 해도 한국 시는 센티멘털한 감수성으로부터 자유롭지 않았던 것은 잘 알려진 일이다. 말하자면, 정서의 직접적인 노출은 가능할지언정 이를 걸러서 감각으로 승화시켰던 사례는 거의 나타나지 않았기 때문이다. 하지만 「논개」는 서정적 자아가 갖고 있는 정서의 깊이를 감각적 이미지로 처리함으로써 정서의 직접적인 노출은 피하면서, 오히려 그 깊이는 더욱 깊게 가져오는 효과를 불러일으킨다. 정서와 감각의 완전한 결합, 그것이 「논개」가 갖고 있는 작품의 우수성일 것이다.

　두 번째는 형식적 완결성이다. 이 작품은 자유시형과 정형시형이 교묘하게 결합된 시이다. 변영로가 시단에 등장한 시기를 전후하여 한국 시단은 여전히 자유시의 행보에 대한 다대한 논의가 진행되고 있었다.

---

11) 심훈의 민족주의 의식은 1920년대 초반부터 표명되기 시작했는데, 이를 대표하는 작품이 「북경의 乞人」이다.

어떤 시형이 진정한 자유시형이고, 그 연장선에서 전통시형을 초월하는 형식이란 무엇인가에 대한 문단적 합의가 거의 없는 상태로 논의들만 무성하게 오가던 시기가 이때인 까닭이다. 이런 단면은 개항 이후 전개된 자유시와 이를 담보하는 시형식이 어떤 것인가에 대한 뚜렷한 자각의 부재와도 밀접한 관련이 있는 것이었다. 그리하여 그 변증적 합일 가운데 하나로 민요시형이 제시되는가 하면, 김억의 격조시가 등장하기도 했다[12]. 뿐만 아니라 전통적인 것과 외래적인 것의 기묘한 형태로서 7.5조가 나타나기도 했다[13].

「논개」는 3연으로 되어 있고, 앞의 4행은 비교적 리듬이 규격에 구애받지 않는 자연스러운 시형으로 되어 있고, 나머지 4행은 후렴구 형식으로 제시되어 있다. 자유시형과 후렴구로 대표되는 정형시형의 결합으로 된 것이 「논개」의 형식적 단면인데, 보다 엄격하게 말하면 정형시형에 가까운 모양새를 취하고 있다고 보는 편이 옳을 것이다. 이런 단면은 1920년대 시가들이 자유로운 리듬보다는 정형시에 가까운 리듬을 보인 것과 동일한 연장선에 놓여 있다. 정형시형에 가까운 것이라고 해도 자유시로 향하는 거대한 흐름에서 볼 때, 이를 후퇴한 사례로 이해하는 것은 곤란하다고 할 수 있다. 1920년대라는 시대적 상황에서 볼 때, 이질적인 요인들을 하나로 묶어내는 사회적 요구들, 곧 민족 의식이 강력히 요구되던 시기이기 때문이다. 하지만 「논개」가 정형시형에 가까운 시형식을 보였다고 해도 내용과 리듬의 교묘한 결합, 그리고 일차적 이미저리에서 환기되는 효과가 매우 뚜렷하게 제시되고 있다는 점에서 보면

---

12) 김억, 「시형의 운율과 호흡」, 『김억작품집』(김용직편), 범우, 2022, 참조.
13) 이 시형을 완성한 사람은 소월이다.

매우 우수한 시이다. 그러니까 내용과 형식의 조화가 잘 갖춰진 것이 이 작품의 특징인 셈이다.

3. 원시주의에서 오는 반근대성

변영로의 시에서 반근대적 사유, 곧 모더니즘의 감각을 읽어내는 것은 쉬운 일이 아니다. 그가 애써 강조하고 있는 조선심이라든가, 님에 대한 간곡한 사유가 현대적 감각을 대표하는 이들 사조와 곧바로 연결되어 있는 것은 아니기 때문이다. 하지만 그것은 어디까지나 표면적인 것일뿐, 변영로가 근대라든가 모더니즘과 연결될 수 있는 고리들은 얼마든지 찾아낼 수가 있다. 그 하나가 시인의 영시에의 관심이다. 그가 문단에 처음 등장한 것이 영시를 통해서 였던 것에서 알 수 있는 것처럼, 그의 시선이 늘상 조선적인 것에 한정되어 있었던 것은 아니었기 때문이다. 당시 세계적인 언어였던 영어에 관심을 갖고 있었다는 것, 그리고 이에 대한 이해도가 상당히 높았다는 사실이 그로 하여금 미국 유학을 가능케 한 동인이 되었다. 그가 미국 유학을 한 것이 1931년이니까 이 시기 미국 유학 그룹에 속해있던 설정식의 경우보다 몇 년 앞선 경우였다[14].

영어와 미국 체험이야말로 변영로의 시에서 엑조티시즘의 감각을 이끌어낼 수 있는 유일한 수단이라고 할 수 있다. 하지만 그의 시에서 곧바로 이런 감각을 발견하는 것은 쉬운 일이 아니다. 그가 적지 않은 영

---

14) 설정식이 연희전문을 졸업하고 미국 오하이주 마운트유니언 대학에 유학간 것이 1937년이었다.

시를 창작했음에도 불구하고 모더니즘의 정신이나 기법을 자신의 창작에 곧바로 도입하지는 않은 까닭이다. 하지만 『조선의 마음』에 수록된 작품을 꼼꼼히 읽게 되면, 그가 근대적인 것들과 거기서 파생되는 제반 문제들에 대해 결코 외면하지 않았음을 알 수 있게 된다. 이런 면이야말로 변영로 시가 갖는 참신성의 한 국면이 될 것이다.

> 그대와 나 사이에
> 모든 가리움 없어지고,
> 넓은 햇빛 가운데
> 옷으로 가리우지 아니한
> 발가벗은 맨몸으로
> 얼굴과 얼굴을 대할
> 그 때가 언제나 옵니까
>
> 「사랑」과 「믿음」의 불꽃이
> 낡은 「말」을 사루어
> 그대와 나 사이에
> 말없이 서로 알아듣고,
> 채침없이 서로 붙잡고,
> 음욕없이 서로 껴안을
> 그 때가 언제나 옵니까
>
> 오, 그대! 나의 靈魂의 벗인 그대!
> 우리가 그리우는 「그때」가 오면,
> 「우리 世紀의 아침」이 오면

그 때는 그대와 내가

부끄러워 눈을 피하지 않을 터이지요.

두려워 몸을 움츠러뜨리지 않겠지요

오, 그대! 언제나 그 때가 옵니까?

「그 때가 언제나 옵니까」 전문

변영로의 시가 기독교의 영향으로부터 자유롭지 않은 것은 작품을 읽어 보면 금방 알 수 있는 일이다. 인용시의 경우도 예외가 아닌데, 이 작품의 배경으로 되어 있는 것이 에덴 동산으로 되어 있는 까닭이다.

우선, 이 작품이 이야기하고자 하는 것은 원죄이다. 인간이 신의 계율을 어기고 에덴 동산으로부터 추방된 것이 이 죄의 감각이다. 원죄가 있기에 인간에게는 속죄양 의식이 생겨나게 된다. 지금 서정적 화자가 그리워하는 것은 이 의식으로부터 나온 에덴 동산이라는 유토피아에 대한 감각이다. "그대와 나 사이에/모든 가리움 없어지고,/넓은 햇빛 가운데/옷으로 가리우지 아니한/발가벗은 맨몸으로/얼굴과 얼굴을 대할" 순간이 바로 유토피아이기 때문이다. 이를 가능케 하는 것이 '사랑'과 '믿음'의 불꽃이다. 그 반대에 놓여 있는 것이 '낡은 말'인데, 이런 감각에서 이해하게 되면, 「그때가 언제나 옵니까」는 성서의 이야기를 떠나서는 성립할 수 없는 작품이다. 에덴 동산에서 저지른 죄가 이후 계속 쌓여나가면서 현재의 인간 군상을 만들었기 때문이다.

언어에 죄가 스며들어 있다는 것, 그리하여 언어에 때가 묻어 있다는 것은 프로이트적인 무의식과 관련된 것이면서, 다른 한편으로는 모더니즘의 사유와도 불가불 연결되는 부분이다. 순수의 언어로 되돌아가는 일이 이성에 의해 억눌린 본능의 세계를 회복할 수 있는 길이기 때문이다[15].

모더니즘의 관점에서 보면, 욕망이 없이, 순수한 육체로 서로 결합하여 유토피아의 세계로 틈입할 수 있는 것이야말로 대단히 선구적인 발자국이라 할 수 있다. 이는 곧 근대 이성에 대한 비판과도 분리하기 어려운 것인데, 이성의 전능이 가져온 것이 근대의 종말이기 때문이다. 뿐만 아니라 변영로의 이런 시적 세계는 1960년대 신동엽의 「껍데기는 가라」에 곧바로 영향을 주었다는 점에서도 의미가 큰 경우라고 할 수 있다. 이는 신동엽의 「껍데기는 가라」의 구성을 보면 대번에 알 수 있게 된다.

껍데기는 가라
四月도 알맹이만 남고
껍데기는 가라

껍데기는 가라.
東學年 곰나루의, 그 아우성만 살고
껍데기는 가라.

그리하여, 다시
껍데기는 가라.
이곳에선, 두 가슴과 그곳까지 내논
아사달 아사녀가

---

15) 초현실주의에서 말하는 무의식의 전능 현상도 의식이나 이성에 대한 안티의식에서 발생한 것이다. 이런 맥락에서 이해하게 되면 변명로의 시들을 모더니즘의 맥락에서 이해하는 것이 무리는 아니다.

중립의 초례청 앞에 서서
부끄럼 빛내며, 맞절할지니

껍데기는 가라.
한라에서 백두까지
향그러운 흙가슴만 남고
그, 모오든 쇠붙이는 가라.
　　　　　　　「껍데기는 가라」 전문

　이 사유의 핵심은 순수 그 자체이다. 이성도, 원죄도 아닌, 최초의 사
랑이다. 신동엽이 묘파해낸 '초례청에서 발가벗은 채 마주한 사람'이란
변영로의 "옷으로 가리우지 아니한/발가벗은 맨몸"으로부터 자유로운
것이 아니기 때문이다[16].

어느 찌는 듯 더웁던 날 그대와 나 함께
손목 맞잡고 책이나 한장 읽을가
수림 속 깊이 찾아 들어갔더니

틈 잘타는 햇발 나뭇잎 새이어
앉을 곳을 쪽박벌레(甲蟲) 등같이
아롱아롱 흔들리는 무늬(紋) 놓아

그대의 마음 내마음 함께 아롱거려

---

16) 『신동엽전집』, 창작과 비평사, 1975, p.67.

열없어 보려던 책 보지도 못하고

뱀몸(蛇)같은 나무에 기대 있었지.

「어느 날」전문

　인용시는 「그때가 언제나 옵니까」의 연장선에 놓여 있는 작품이다. 지금 시적 화자는 어느 무더운 날 '그대'와 더불어 책을 읽고자 숲으로의 여행을 떠난다. 여기서 "틈 잘타는 햇발 나뭇잎을 새이어/앉을 곳을 쪽박벌레 등같이/아릉아릉 흔들리는 무늬 놓"는다. 말하자면 자연과 하나되는 존재론적 변이를 이루어내는 것이다. 그런 다음 정작 읽고자 하는 책은 보지 못한 채, "뱀 몸같은 나무에 기대서" 꿈같은 전원의 하루를 향유하게 된다.

　이 작품의 특색은 우선 근 도시적이라는 사실이다. 그래서 근대성의 대항 담론으로 읽히게 된다. 이 작품을 두고 전원시나 서정시로 치부할 수 없음은 「그때가 언제나 옵니까」라는 작품이 있었기에 가능하다. 따라서 이 작품은 반대성의 한 자락인 원시주의로 이해할 수 있고, 그 연장선에서 오늘날 문제시되는 생태주의적 맥락에서 이해할 수도 있을 것이다.

4. 반근대와 조선심의 구현으로서의 시조 형식

　『조선의 마음』 이후 변영로가 관심을 기울인 장르는 시조 양식이었다. 물론 이 시집에서도 시조 형식이 전혀 없는 것은 아니었다. 가령, 「고운 산길」 같은 작품의 경우가 그러하다. 하지만 『조선의 마음』 이후 변영로가 주로 관심을 갖고 창작을 한 분야는 시조 형식이었다. 시조가 우리 시문학사의 가장 중요한, 그리고 오래된 시형식 임을 감안하면, 시인이 관심을 가져왔던 '조선심'의 연장선에서 이해할 수 있을 것이다. 내용적인 측면이 아니라 형식적인 측면에서 시조 양식만큼 조선적인 것을 대표할 수 있는 장르는 없기 때문이다.

그렇다면, 변영로가 시조 형식에 대해 관심을 갖게 된 계기는 무엇일까. 우선, 첫째는 반근대에 대한 대항담론으로서의 시조 형식이다. 시조가 전통적인 형식임은 자명한 일인데, 시인이 이 형식에 관심을 두었다는 것은 근대적인 것들과 일정한 거리를 두고 있었다는 의미로 이해할 수 있을 것이다. 변영로가 이성이라든가 그것의 도구성과 같은 문제에 대해 표나게 이야기한 적은 없다. 뿐만 아니라 그 초극을 위해서 소위 근대적인 것과 반근대적인 것 사이에 내재된 긴장 등에 대해서도 따로 표명한 적이 없다. 다만, 「그 때가 언제나 옵니까」 등의 작품에서 문명 이전의 세계에 대한 그리움과, 원시주의적 생태주의를 표방했을 뿐이다. 이것이 근대에 대한 내용주의적 대응이었다면, 그리고 그것이 자유시형이었다면, 이에 대한 대항담론이 전통적인 정형시임은 지극히 당연할 것이다.

그리고 두 번째는 집단의 단일체를 구현하기 위한 형식으로서의 시조 양식이다. 시조란 전통적인 양식이거니와 조선적인 것을 대표하는 양식이고, 또 이를 가능케 하는 규칙적인 리듬, 곧 정형률을 기반으로 하고 있는 양식임은 잘 알려진 일이다. 그러니까 자유율에 기반을 둔 자유시에의 저항이면서 '조선의 마음'으로 통하는 매개임은 당연할 것이다. 그 한 사례를 보여주는 작품이 「백두산 갔던 길에」이다.

登山 第一日에 넘은 甲嶺 재

鐵嶺 아니어든 어이 이리 힘드는가
鐵嶺은 님 여의고 울며 넘던 설운 재나
甲嶺은 님 뵈려 넘는 바쁜 고개이어니.

豆滿江 上流 끼고 가며

제대로 시름없이 空谷 울려 흐르런만
솟은 바위 내민 돌에 여울하여 울 제마다
昔日恨 뇌는 듯하여 가슴 무거지더라.

草原의 靜寂

太古寂 인연 없이 찾을 길 없드러니
無邊草原 예 이르러 分外清福 누리나다
어디서 사슴이 울어 靜寂 더욱 깊더라.

密林

빽빽도 하올시고 앞선 동무 안 보인다
뒤진양 대어가니 배인 숲 날 속였네
이같이 잃고 찾는 맛 가본 이만 알리라.

온 高原이 꽃으로 덮임

1
갖은 빛 갖은 맵시 이루 헤도 못하려든
오느 놀란 솜씨 이 저없이 지으신고
때 잃고 바라다보니 가슴 겨워지더라.

2
보다가 눈 어려워 부비고 다시 보니
볼수록 짙어지고 헬수록 수효 느네
이 꽃밭 지나는 이 복 너나 대어 비길까.

　　　　壯麗한 單調

白頭山 가는 길 장려한 채 지루하다.
넙는 제 건너는 물 앞 막는 숲 가오뇐력
끝없이 가고 또 가도 번갈아로 나서네.

　　　　神武時 지나 上里許에 白頭를 遙望함

뵈인 숲 트이며 幻出天外 우리 白頭
雄大도 雄大러냐 저 어언 優美인고
머리에 雲巾을 쓰니 壯嚴마저 하더라.

　　　　松奇生의 憂愁美

날릴 듯 하면서도 날리잖는 松絡타래

羅衣 같이 가벼운 채 설움 같이 드리웠네
어느 뉘 꽃만 사랑터뇨 松絡美觀 뵈리라

無頭峰上에서 天坪一帶를 俯瞰함

1
무틀峰 기어올라 千里天坪 내다보니
넓기도 너를시고 우리 옛터 예 아닌가
인 興이 잦기도 전에 눈물 벌써 흐르네.

2
우리 님 歸天한 후 몇몇 滄桑 지냈관대
옛 神墟 어디 가고 滿限蒼鬱 樹林뿐가
생각이 예로 달리니 아득아득 하여라.

定界碑

一片石 말이 없다 못든는 체 하지마라.
마음귀청 울리나니 마디마디 옛수치를
二百해 風雨 겪기로 어눌할 줄 있으랴.

大將峰 위에서

山이면 다 山이오 물이면 이만 물가
九千尺 솟은 峰우 滉漾碧潭 어이없네

들을 제 못 믿었던 것 와서 보고 놀래라.

　　　天池가에 누워

가파른 비탈 나려 峰峰剛壁 울울하고
쪽빛 같은 神潭가에 팔베개로 누웠으니
안 진 죄 지은양하여 가슴 자로 뛰더라
　　　　　　　　　「白頭山 갔던 길에」 전문

『조선의 마음』에서 조선심의 구체적 발견이 '논개'였다면, 후기 시의 그것은 바로 '백두산'이다. 그러니까 '논개'가 '백두산'으로 대치된 형국인 셈이다. 백두산이 우리 민족에게 어떤 의미를 갖고 있는 것인지는 굳이 긴 설명이 필요치 않다. 이에 대한 언급만으로도 그것은 민족주의에 대한 환기가 되는 것이기 때문이다.

변영로는 '백두산'에서 환기되는 조선의 마음, 민족주의를 시조 형식에 담아내었다. 그러한 까닭에 시조는 그에게 있어 전통의 단순한 복원이 아니라 이념적인 것, 곧 민족주의로까지 의식의 전이가 확장되어 나아가게 된다.

그리고 1930년대 말기와 1940년대 초기 변영로의 시조 형식에서 또 하나 의미있는 영역이 환기된다. 시조 형식이긴 하지만 그것에 담겨진 내용에서 이를 간취해낼 수 있다. 이 시기 그의 작품들은 주로『문장』을 통해서 이루어졌다. 이 잡지가 가람 이병기를 중심으로 정지용, 이태준이 그 구성원으로 참여한 것은 익히 알려진 바이다. 그리고 이들이 추구한 정신 세계는 탈속의 세계였다. 가람은 이를 '난초'의 세계에서 구했고, 이태준은 골동품의 취미에서 찾았다. 그리고 정지용은 '장수산'이나 '백록담'과 같은 원시 자연의 세계에서 이 정신을 탐색했다[17].

변영로가 이 잡지에 적극적으로 참여한 것은 아니었지만, 여기에 작품을 주로 발표했다는 것은 변영로의 시정신이 이 잡지가 추구했던 세계와 이들 구성원이 표명했던 정신 세계와 분리되지 않음을 시사한다. 이 시기 변영로가 발표한 작품 가운데 대표적인 것이 「昆虫九題」이다.

자 벌 레

숲속에 홀로 누워 내 보았다 유심히도
치(寸) 올라 자(尺) 나리되 쉬지 않는 자벌레를
나무야 오르든 마든 그 뜻 못내 부러라.

딱정벌레

노란 등 깜은 斑點 迷彩일시 분명하다
꽃빛과 잎그늘에 아롱아롱 섞일러니
재바른 새 눈에 띄어 온데 간데 없더라.

반 딧 불

칠같이 검은 밤에 켰다 껐다 작은 燈불
풀잎에 걸리일까 妖精의 길 밝힘인가

17) 송기한, 『정지용과 그의 세계』, 박문사, 2014, pp.219-278 참조.

그 불빛 따라만 가면 시를 닐가 하노라.

말똥구리

여름날 村길 우에 그악쟁이 말똥구리
잠신들 제 일 쉬움 어느 뉘 보았는다
이름이 점잖지 않다 낮보지는 못하리.

불 나 비

어둠에 쫓긴 나비 불빛 찾어 날아들어
깃만을 태우던가 몸마저 사루우네
어두면 어두운대로 살아보면 어떠리.

오줌쌔기

머리는 적은 것이 허리춤은 기단 것이
제 무엇 믿기관대 앞발 세고 일어선다
바퀴야 저의 威嚴쯤 안 적이나 있으랴

베 쌍 이

풀빛 베쌍이 풀잎에 매달리어
찌르르 울을제에 난데없는 凉味 돈다
처마 끝 발 들이니 시원 더욱 하고나

門閣氏

누구의 죽은 넋이 門閣氏로 태어나서
秋夜長 긴 긴 밤에 남의 心思 흔드는다
밤중만 도드락 소래에 잠 못이뤄 하노라

소금쟁이

물우에 성큼성큼 長脚 濶步 소금쟁이
진종일 물에 살되 물 한방울 적실소냐
어즈버 渡世하는 법 네게 빌가 하노라.

개 고 리

혼자냥 池塘가를 低頭 沈思 거닐러니
무삼것 뛰어들어 鏡水 無風 소래 내네
어이타 경망한 개고리 나의 꿈을 깨는다.

개고리 저 개고리 水陸 自在 부러우나
붙은 발 굽은 등에 腹背 빛깔 다른데다
솟긴 눈 이저리 굴려 믿긴 어려 하노라.

「昆虫九題」 전문

  제목에서 알 수 있듯이 작품의 소재는 곤충이다. 모두 아홉마리의 곤
충이 소재로 제시되어 있다. 곤충에 대한 자세한 응시가 작품을 지배하

고 있지만, 여기서 어떤 형이상학적 의미가 도출되고 있는 것은 아니다. 사물의 카메라적 제시, 곧 기계적인 미메시스의 영역만이 남아 있는데, 이는 가람이 제시했던 난초의 세계와 동일한 의장이다. 뿐만 아니라 이태준의 골동품에 대한 취미 수준과도 비견될 수 있는 부분이다.

탈속의 세계란 세속으로부터의 거리두기이다. 그런데 이 정서적, 형이상학적 거리란 단순히 물리적인 차원의 그것에서 그치는 것이 아니다. 거기에는 반드시 형이상학적인 정서가 내재될 수밖에 없는데, 이런 의미망이란 곧 1940년대 시대 상황과 곧바로 대응하기 때문이다.

5. 해방과 '또 다른 조선의 마음'

변영로는 1940년대 『문장』지가 추구했던 세계관과 비슷한 행보를 보여주었다. 현실과 거리두기, 곧 근대에 대한 초극의 사유를 보여준 것인데, 이는 가람을 비롯한 『문장』지 구성원의 행보와 동일한 것이었다. 현실과의 철저한 거리두기였던 것이다. 이런 자의식은 「昆虫九題」이외에도 이 시기 발표된 「四壁頌」에서도 확인할 수 있다.

밖엔 비가 오는지도 모른다
또는 바람마저 부는지도 모른다
단 한간인 내 房에 壁안만은
千尋 물속 같이 고요킬래.

남의 곡식 먹는 참새같이

나면서 가난한 나인 바에
이 누리안 의지할 곳 어데인가
이 누리안 고마울 것 무엇인가
초라한 채 몸 담은 이 네 壁 뿐을.

바람만 뚫지 않고
비만 스미지 않는다면.
아아 이 네 壁의 「守護」 없든들
내 이제 어데를 헤매었을고
생각만 하여도 놀라웁고녀.

네 壁이 나를 지키이매
내 또한 네 壁을 길이 지키리라.
寸步라도 네 壁을 내어디디면
그 네 壁 밖은 殊土요 異鄕이리.

「四壁頌」 전문

이 작품이 발표된 것은 1943년이다[18]. 이때는 한국어로 된 각종 신문
과 잡지 등이 모두 폐간된 이후이다. 이른바 암흑의 시대가 도래한 것이
다. 이런 환경에서 개인에게 요구되는 것, 혹은 선택할 수 있는 것은 한
계가 있을 수밖에 없다. 그 가운데 대표적인 것이 현실의 장으로 나아가
타협하는 일과, 한발 물러서 현실과 거리를 두는 일, 자연으로 나아가는
일일 것이다. 전자의 행보가 친일의 유혹으로부터 자유롭지 않은 일이

---

18) 『春秋』, 1943. 7.

되고, 후자는 그 반대의 경우가 된다.

해방 이전의 변영로의 행보는 해방 이후라고 해서 크게 달라지지 않는다. 해방 직전에 변영로가 선택한 것 역시 현실과의 거리두기였기 때문이다. 현실에 대한 초월과 사물에 대한 취미 수준의 응시가 그러했다. 이런 세계관을 잘 보여주는 작품 가운데 하나가 해방 이전에 발표된 「사벽송」이다. 현실과 철저한 거리두기는 이 시기 김영랑의 그것과 동일한 것이었다. 외부 세계와 차단한 자아로 자신의 실존적 삶을 살아간 영랑의 삶과 변영로의 그것은 꼭 닮아 있기 때문이다. 이런 절대 고립의 세계가 있었기에 세속의 온갖 유혹으로부터 자유로울 수 있었던 것이다.

해방이 되었다. 익히 알려진 대로 해방은 문인들 각자에게 선택이 요구되는 시기였다. 그래서 〈문학가동맹〉으로 가기도 하고, 〈청년문필가협회〉로 가기도 했다. 해방된 현실에서 자신이 선택하는 이념의 방향에 따라 스스로의 길을 간 것이다. 하지만 변영로는 이 시기 어떤 문학 단체에도 가입하지 않은 것으로 되어 있다. 그가 이 시기 선택한 것은 대학 강단이었다. 성균관대학교 영문학과에 부임한 것이 그것이다. 그는 영어를 잘 했기에 대학 이외의 선택도 가능했을 것이다. 설정식의 경우처럼 미군정청에 몸담을 수도 있었기 때문이다. 하지만 그는 해방 공간의 현실에서도 여전히 현실과 거리를 두고 있었다. 이런 정서는 이미 해방 이전에 형성된 것이라는 점에서 의미가 있고, 또 그러한 의식 세계가 해방 이후에도 고스란히 이어지고 있다는 점에서도 의미가 있는 경우였다.

어느덧 돎은 되었건만
이 아기 가여운 요 아기

걷기는커녕 기지도 못하네
기기는커녕 서지도 못하고
서기는커녕 앉지도 못하며
앉기는커녕 엎치지도 못하네
무삼 아기 이리도 늦되는가

아비 탓일까? 어미 까닭일까?
이도 그도 저도 아니라면
애받이(産婆) 서툴러서일까?
가난한 집에 기구 있을리 없건만
부르지 않은 애받이 둘이나 되어!
서로 받고 서로 씻기며
한 胎를 둘이 가르는 서슬
어느 틈 어느 겨를 어느 사이엔지
아기 모양 야릇케도 된데다가
서고 기고 앉고 엎치기는새례
눈도 못뜨고 귀조차 트이지 않었네
어느덧 돓은 되었건만!

「돓은 되었건만」 전문

    해방 직후 변영로는 이전과 마찬가지로 현실로부터 떨어져 있었다. 세속과 거리두기가 해방 직후에까지 이어진 것인데, 이 작품은 이 시기 변영로의 그러한 감각을 잘 대변한 시이다. 해방된 현실을 보는 시인의 시선은 기대했던 것들과 어긋나는 현실에 대한 탄식이고, 애처로움이다. 그러니까 하나의 민족, 올곧은 국가가 만들어지지 못한 것에 대한 서정적 자아의 센티멘털한 감수성이 잘 드러나 있는 것이다. 서정적 자아가 강조하고 있는 것은 이념도 아니고, 자신이 선호하는 정치 체제에 대한 선호도를 말하고자 하는 것도 아니다. 민족에 대한 순수한 사랑만이 표백되어 있는 것이다.

해방 공간에서 변영로가 적극적으로 표명한 것도 또다른 의미에서의 '조선의 마음'이다. 일제 강점기가 잃어버린 조선의 마음에 대한 찾기였다면, 해방 공간에서는 하나된 '조선의 마음'이었을 것이다. 그런면에서 변영로의 민족주의는 연속성을 갖고 있는 것이라 할 수 있다.

6. 시사적 의의

변영로는 많지 않은 작품을 남긴 시인이다. 그럼에도 그의 문학사적 위치는 결코 소홀히 취급되지 않는다. 그러한 이유 가운데 가장 첫 번째에 놓이는 것이 민족주의이다. 이 감각이 민족 모순에 의해 형성된 것이라면, 그는 아마도 시사에서 가장 먼저 이 영역에 편입된 시인이라고 해도 과언이 아닐 것이다.

물론 이 이전에 이러한 의식을 대변한 시인으로 심훈의 사례가 있긴 하다. 하지만 그의 조선주의는 관념지향적 성향이 농후한 것이었다는 점에서 변영로의 그것과는 차이점을 보인다. 그리고 조선이라는 말과, 그 경계에 대해 뚜렷히 표명했다고 보기도 어려운 일이다. 하지만 변영로는 시집의 제목 자체가 『조선의 마음』이거니와 또 '조선의 마음'이 주는 관념적 한계를 극복하기 위해 '논개'라는 역사성을 발견하기도 했다. 따라서 그의 시가 관념에서 구체성으로 넘어오는 주요 계기가 '논개'였다고 할 수 있다.

그리고 또 하나 『조선의 마음』에서 주목해서 보아야할 부분이 반근
대성의 문제이다. 변영로의 작품 세계에서 근대성이라든가 모더니즘과
같은 사조를 발견하는 것은 어려운 일이다. 하지만 그의 시는 비록 성서
체험에서 오는 것이긴 하지만 반근대적 사유와 이를 대변하는 원시주
의적 사유를 잘 구현해내고 있었다. 이런 단면은 기왕의 연구에서 고려
의 대상이 되지 못했다. 하지만 그의 시세계를 일별할 때, 반근대적 사유
가 조선주의를 구현하는 민족주의와 전연 다른 지점에 놓여 있는 것이
아니다. 이성의 도구적 형태가 제국주의이거니와 그것이 파생시킨 것이
민족주의에 대한 환기였기 때문이다. 그렇기에 변영로의 시에서 민족주
의와 반근대성은 동일성의 차원에서 고려의 대상이 되어야 한다고 본
다.

세 번째는 양식상의 문제이다. 변영로는 1940년대 전후로 자유시보
다는 시조 양식에 보다 큰 관심을 두고 창작에 매진해왔다. 시조가 정형
시의 한 양식이고, 그것이 전통적인 양식을 대변하는 것이라는 사실을
염두에 두게 되면, 그가 시조 형식으로 귀의한 일은 『조선의 마음』의 연
장선에 놓여 있다고 보아야 한다. 공동체의 이상을 구현하기 위해 표명
된 것이 '조선의 마음'이었듯이 집단의 기억에 의존하는 정형률 또한 이
에 준하는 역할을 하는 것이기 때문이다. 그는 시조 형식에 두 가지 사
유의 흔적을 담아내었다. 하나는 백두산과 같은 구체적인 지명을 소재
로 채택하는 일과 다른 하나는 자연물을 세밀하게 관찰하여 이를 시속
에 편입시키는 일이다. 전자가 조선주의에 관계된 것이라면, 후자는 탈
속과 관련된 일이라는 점에서 주목을 요한다. 이 시기 변영로의 작품들
이 주로 『문장』을 통해서 발표되었는데, 이 잡지가 지향하는 것은 현실

을 초극하는데 있었다. 가령, 가람의 난초 세계, 이태준의 골동품 취미, 정지용의 산수 취향이 그러한데, 이런 감각들이란 모두 탈현실의 공간, 초월의 공간에 놓이는 것이었다. 그러한 공간에서 일상의 현실이 감각되지 않는 것은 당연할 터이다. 변영로는 이들과 동일한 경로를 겪게 되었는데, 그것이 자연물에의 적극적인 관심과 묘사, 이른바 곤충에의 탐닉이었다. 이는 어쩌면 현실을 우회하기 위한 전략, 탈현실로 나아가기 위한 전략적 경로였다는 점에서 그 의미가 있는 것이라 할 수 있다.

변영로는 이런 행보를 통해서 일제 말기의 암흑기를 넘어설 수 있었던 것이고, 이런 감각은 해방 직후에까지도 그대로 이어지게 된다. 변영로는 해방 직후 유행하던 어떤 문학 단체에도 가입하지 않은 것으로 되어 있다. 그는 곧 상아탑의 세계로 귀의했는데, 이런 행보는 경우에 따라 그가 일생 동안 추구했던 민족주의와 일정 부분 관계가 있었던 것은 아닐까. 조선의 마음이라든가 민족주의란 두 개의 조국, 분단의 현실을 용인할 수 없는 것이었기 때문이다. 그러한 감각을 잘 보여주는 시가 「돐은 되었건만」일 것이다. 싸우는 주체들은 어른의 시각, 혹은 민족주의적 관점에서 볼 때 어린 애의 행위만로 비춰졌을 것이다. 어른되기란 그러한 싸움을 멀찍이서 응시하는 일 가운데 하나가 아닐까. 그리고 이를 가능케 했던 것이 시인이 평생동안 갈구했던 '조선의 마음'이 아니었을까 한다.

제3장

주요한 시의 집단회귀 도정

주요한 연보

1900년 평양 출생

1912년 도일(渡日)

1918년 일본 동경 제1고보 입학

1919년 시「불놀이」발표(『창조』창간호), 『창조』동인으로 활동

1924년 시집『아름다운 새벽』간행(조선문단사)

1925년 상해 호강(滬江) 대학 졸업

1926년 동아일보 기자

1929년 이광수, 김동환과 더불어 『삼인시가집』 간행(삼천리사)

1930년 시집 『봉사꽃』 간행(세계서원)

1958년 제4대 민의원

1968년 대한해운공사 사장

1979년 사망

주요한 시의 집단회귀 도정

1. 주요한 시의 층위들

주요한은 1900년 평양에서 출생하여 이곳에서 학교를 마친 뒤 곧바로 이른 시기에 일본 유학 경험을 한 시인이다. 그러니까 그는 이 시기 흔히 불렸던 선구자, 혹은 상승기에 놓여 있던 부르주아였던 셈이다. 그리고 문인 그룹으로서는 최남선과 이광수 등을 잇는 2세대 유학생 측에 속한다. 주요한은 일본 유학 중에 『창조』를 발간하는데 주도적인 역할을 했고, 여기에 그의 대표시 가운데 하나인 「불놀이」 등을 발표하게 된다. 이 작품은 한 때 우리나라 최초의 자유시라고 불릴만큼 많은 주목을 받은 작품이다[1]. 물론 이런 형태의 작품들이 이전에 발표된 적이 있어서 최초의 자유시라는 지위를 내려놓는 우여곡절을 겪긴 하지만 말이다. 그 발표 서열이 어떠하든 간에 「불놀이」가 우리 시사에 끼친 영향은 다대한 것이었다. 근대시로 나아가는 과정에서 어설프게 도입되었던 율

---

1) 이런 평가는 백철이 자신의 문학사에서 처음 제기해서 그대로 수용된 것인데, 이 작품에 앞서 다른 작품들이 발굴됨으로써 이런 시사적 의미는 퇴화하게 된다. 백철, 『신문학사조사』, 백양당, 1949 참조.

격들이 이 작품에 이르러서는 기존의 자유시형들과 판이하게 구분되었거니와 작품 속에 표명된 내용 또한 신선한 충격을 주었기 때문이다. 개인의 생리적 리듬에 의해 구현되는 것이 자유시의 가장 큰 특징이라면, 「불놀이」는 적어도 이런 요구 사항에 충실히 답하고 있었다.

「불놀이」를 통해 자신의 시세계가 갖고 있는 장점이랄까 시사적 위치를 세상에 드러낸 주요한은 이후 다양한 형태의 시형식을 내놓게 된다. 그의 시세계는 크게 네 가지로 구분된다고 알려졌는데, 「불놀이」, 「채석장」을 중심으로 한 산문시 계열, 시집 『아름다운 새벽』에 실려있는 자유시 계열, 민요시 계열의 작품들, 그리고 1930년 전후에 중점적으로 발표한 시조 계열의 작품들이 바로 그러하다[2]. 이런 다양한 형태의 시정신을 보여준 주요한은 시조 형식을 끝으로 더 이상의 창작 생활은 하지 않은 채 친일의 길을 걷게 된다. 일제 말기 〈문인보국회〉에 적극 가담함으로써 민족의 기대와는 다른 방향으로 나아가게 된 것이다.

주요한 시세계를 거칠게 구분한다면, 자유시 계열에서 전통시 계열로 진행되었다는 것인데, 실상 이러한 도정은 우리 근대 시사가 거쳐온 도정을 이해하게 되면 매우 예외적인 경로라 할 수 있을 것이다. 이 시기 대부분의 시인들이 전통시에서 자유시로, 혹은 경우에 따라서 7.5조 같은 율조에 바탕을 둔 새로운 정형시 형식으로 나아갔기 때문이다. 이를 두고 국민 문학으로서의 정형시 확립을 위한 과도기적 현상으로 설명하기도 하지만[3] 그것은 어디까지나 보다 진전된 형태의 시형식으로 나아갔을 때에나 가능한 이해 방식이다. 여기에는 분명 이렇게 될 수밖에

---

2) 정효구, 「서구정신과 민족혼 사이에서」, 『불놀이』, 미래사, 1991, p.142.
3) 오세영, 『한국 낭만주의 시 연구』, 일지사, 1983 참조.

없는 필연적인 동기랄까 이유가 있었을 터인데, 하나는 자유 시형이 갖고 있는 한계와 관련이 있고, 다른 하나는 민족적인 것에 대한 향유에서 파생된 필연적 결과와 관련된다. 그의 시들이 규칙적인 정형률과 비규칙적인 자유율로 단순히 이분화된 구조로 이해되긴 하지만, 그런 이분법은 절대적 경계선이라든가 서로 넘나들 수 없는 평행선 속에 놓여 있는 것이 아니라는 점은 무엇보다 강조되어야 할 필요가 있다고 본다.

2. 혼재된 초기시의 시의식

주요한이 『창조』를 발간하는 데 있어서 중요한 역할을 했거니와 이 잡지에 주로 서북 지방 출신의 문인들이 중심이 된 것은 마땅히 강조될 필요가 있다고 본다[4]. 이 잡지에는 주요한 이외에도 이광수나 김동인 등이 주로 관여했는바, 이들이 모두 이 지역 출신이었던 것이다. 서북 지역이란 개화의 물결을 다른 어느 지역보다 쉽게 접할 수 있거니와 이는 또 다른 신문물에 대한 갈증을 쉽게 불러오게끔 했다. 그래서 이들 대부분이 일본 유학을 한 것은 결코 우연이라고 할 수 없을 것이다. 이런 개방성이야말로 다른 어떤 문인보다도 근대 문학에 대한 인식이랄까 그것이 요구하는 시정신에 대해 충실히 답할 수 있는 요건을 갖출 수 있게끔 만들었다.

그리고 다른 하나는 이 시기에 달라진 문화 환경이 주요한 문학에 끼친 영향이다. 잘 알려진 대로 1919년은 3.1운동이 거세게 일어났고, 그

---

4) 김윤식, 『(속)한국 근대 작가 논고』, 일지사, 1990, p.130.

결과 일제는 조선 반도를 무단 통치가 아니라 문화 통치로 바꾸어야만 하는 전략적 후퇴를 시행하게 되었다. 말하자면, 문화에 의한 소통이나 개인들의 의사 표현이 이전 시기와는 비교할 수 없을 만큼 자유로운 환경이 마련되었던 것이다. 하지만 그 이면에 자리한 것이 3.1운동의 실패에 따른 좌절의 정서가 깊이 녹아들어가 있음도 부정하기 어려울 것이다. 어떻든 이런 여러 총체적인 결과가 만들어낸 것이 『창조』의 발간이었고, 「불놀이」의 창작이었다고 할 수 있다.

　　아아 날이 저문다, 서편 하늘에, 외로운 江물 우에, 스러져가는 분홍빛 놀……아아 해가 저물면 날마다, 살구나무 그늘에 혼자 우는 밤이 또 오건마는, 오늘은 四月이라 파일날 큰길을 물밀어가는 사람소리는 듣기만 하여도 흥성스러운 것을 왜 나만 혼자 가슴에 눈물을 참을 수 없는고?

　　아아 춤을 춘다, 춤을 춘다, 시뻘건 불덩이가, 춤을 춘다. 잠잠한 城門 우에서 나려다보니, 물냄새, 모래냄새, 밤을 깨물고 하늘을 깨무는 횃불이 그래도 무엇이 不足하여 제 몸까지 물고 뜰 때, 혼자서 어두운 가슴 품은 젊은 사람은 過去의 퍼런 꿈을 찬 江물 우에 내어 던지나 無情한 물결이 그 그림자를 멈출 리가 있으랴? ……아아 꺾어서 시들지도 않는 꽃도 없건마는, 가신 님 생각에 살아도 죽은 이 마음이야, 에라 모르겠다, 저불길로 이 가슴 태워버릴까, 이 설움 살라버릴까, 어제도 아픈 발 끌면서 무덤에 가보았더니 겨울에는 말랐던 꽃이 어느덧 피었더라마는 사랑의 봄은 또다시 안 돌아오는가, 차라리 속시원히 오늘밤 이 물 속에……그러면 행여나 불쌍히 여겨줄 이나 있을까……할 적에 퉁, 탕 불티를 날리면서 튀어나는 매화포, 펄떡 精神을 차리니 우구우구 떠드는 구경꾼의 소리가 저를 비웃는 듯, 꾸짖는 듯 아아 좀 더 强烈한 熱情에 살고 싶다, 저기

저 횃불처럼 엉기는 煙氣, 숨막히는 불꽃의 苦痛 속에서라도 더욱 뜨거운 삶을 살고 싶다고 뜻밖에 가슴 두근거리는 것은 나의 마음…….

四月달 따스한 바람이 江을 넘으면, 淸流碧, 모란봉 높은 언덕 우에 허여옇게 흐늑이는 사람떼, 바람이 와서 불 적마다 불빛에 물든 물결이 미친 웃음을 웃으니, 겁 많은 물고기는 모래 밑에 들어박히고, 물결치는 뱃슭에는 졸음 오는 「이즘」의 形像이 오락가락―어른거리는 그림자 일어나는 웃음소리, 달아논 등불 밑에서 목청껏 길게 빼는 여린 기생의 노래, 뜻밖에 情慾을 이끄는 불구경도 이제는 겁고, 한잔 한잔 또 한잔 끝없는 술도 이제는 싫어, 지저분한 배밑창에 맥없이 누우며 까닭 모르는 눈물은 눈을 데우며, 간단없는 장고소리에 겨운 男子들은 때때로 불 이는 慾心에 못 견디어 번뜩이는 눈으로 뱃가에 뛰어나가면, 뒤에 남은 죽어가는 촛불은 우그러진 치마깃 우에 조을 때, 뜻있는 듯이 찌걱거리는 배젓개 소리는 더욱 가슴을 누른다…….

아아 강물이 웃는다, 웃는다, 괴상한, 웃음이다, 차디찬 강물이 껌껌한 하늘을 보고 웃는 웃음이다. 아아 배가 올라온다. 배가 오른다, 바람이 불 적마다 슬프게 슬프게 삐걱거리는 배가 오른다.

저어라, 배를 멀리서 잠자는 綾羅島까지, 물살 빠른 大同江을 저어오르라. 거기 너의 愛人이 맨발로 서서 기다리는 언덕으로 곧추 너의 뱃머리를 돌리라 물결 끝에서 일어나는 추운 바람도 무엇이리오, 怪異한 웃음소리도 무엇이리오, 사랑 잃은 靑年의 어두운 가슴속도 너에게야 무엇이리오, 그림자 없이는 「밝음」도 있을 수 없는 것을―. 오오 다만 네 確實한 오늘을 놓치지 말라.

오오 사르라, 사르라! 오늘밤! 너의 빨간 횃불을, 빨간 입술을, 눈동자
를, 또한 너의 빨간 눈물을…….

「불놀이」 전문

우선, 이 작품에서 가장 먼저 눈에 띄는 것은 연이나 행구분이 없는
자유시형이다. 근대시로의 여정이 전통적인 율조, 곧 정형률의 탈피에
있다고 한다면, 「불놀이」는 적어도 그러한 틀로부터 자유로운 것처럼
보인다. 그리고 정형률에 바탕을 둔 시들이 주로 집단 의식과 연결되어
있고, 개인의 정서와 무관한 것이 일반적인데, 「불놀이」에는 율격의 자
유로움과 함께 개인의 정서가 충실히 반영되어 있는 것이다. 개성과 자
유율이라는 측면에서 보면 「불놀이」는 개화기 이후 모색되어 근대시,
곧 자유시에 가까운 양식을 보여준 독보적 작품이라 할 수 있다.

형식과 더불어 연구자들이 「불놀이」에 대해 가장 많이 주목한 부분
은 '불'의 이미지이다. 이 불을 '억압된 리비도'의 상징으로 읽거나 '정화'
의 이미지로 읽어낸 바 있기 때문이다[5]. '불'이 갖고 있는 상징성이나 이
미지에 기대게 되면, 기왕의 이러한 해석이 크게 틀린 것이라고는 볼 수
없을 것이다.

하지만 불의 이미지를 개인의 심리적 국면으로 이해하는 것은 「불놀
이」가 갖고 있는 내포를 크게 축소하는 결과를 가져올 위험성이 큰 경우
이다. 앞서 언급대로 이 작품이 발표된 것은 3.1운동과 전연 무관한 것
이 아닌 까닭이다. 3.1운동의 실패와 그에 따른 좌절이 1920년대 시의
특수한 국면, 곧 '님을 상실한 시대'를 만들었던 것처럼, 「불놀이」 역시

---

5) 이에 대해서는 오세영, 앞의 책 참조.

이 음역에서 결코 자유로울 수 없다는 사실이다. 그 단적인 예가 되고 있는 이 작품에서 드러나는 시적 화자의 좌절 의식이다. 1연에서 드러나는 "왜 나만 혼자 가슴에 눈물을 참을 수 없는" 정서가 그러하고, "가신 님 생각에 살아도 죽은 이 마음이야, 에라 모르겠다"는 자포자기의 정서가 또한 그러하다. 그런데 이런 좌절의 정서를 초월시켜주는 것이 바로 '불꽃'의 이미지이다. 서정적 자아는 활활 타오르는 불꽃에 자신을 기투시킴으로써 현재의 좌절로부터 벗어나고자 의욕을 보여준다. "구경꾼 소리가 저를 비웃는 듯한" 환영을 물리치면서 "좀 더 강렬한 열정에 살고 싶다"는 의지의 표현으로 나아가고 있는 것이다.

이런 초월의식이야말로 시대성과 분리하기 어려운 것인데, 그만큼 「불놀이」에 담겨있는 정서는 당대의 시대정신과 밀접히 결부되어 있는 것이라고 하겠다. 이런 시대성을 주요한의 감정의 자유로운 분출 속에서 읽어내고자 했는데, 실상 이 작품에서 드러나는 산문의 흐름, 자유로운 호흡, 자연 연상에 가까운 수법들의 구사는 시대를 향한 열정이나 대화 속에서 나온 것이라 해도 무방한 경우이다.

팔자란 것이 있느냐고
아들놈은 그러지만
없다는 것 거짓말이

지난해 풍년 들어
곡식말 남았던 것
팔아서 호미 사니
호미값이 더 비쌌네

안 팔고 겨울나면
비싼 값 받을 것을
누구는 모를까봐
핏집 볏집 노적가리
난데없는 불에 타니
불은 웬 불인가
이것이 팔자의 불

올해도 풍년일세
빚 갚고도 남은 것은
큰년의 혼수흥정
옥에 가서 삼 년이나
못 나오는 아들놈의
옷이라도 들여볼까

침침칠야 잠든 밤에
된 소나기 웬일이냐
동이 터졌고나
산이 떠나가나보다
구들에 물들었다
일어나라
사람 살려라

번갯불 번쩍 할 적마다
미친년 머리같이

흐트러진 양버들나무
한길 넘는 모래에
곡식도, 집도, 세간도
큰년, 작은년
할미강아지, 검정소
다 묻히고 남은 것은
지붕하고 내하고라

먹을 것 망쳤으니
사람까지 잘 삼켰지
이 몸 혼자 살았으니
이것이 팔자의 목숨
황금 같은 벼를 베어

도조 주고 빚 물면
남을 건 무엇 있나
남을 것 없을 바엔
물 속에 잘 썩었지

살아서 굶을 바엔
물귀신 잘되었지

　　　　　　　「늙은 농부의 한탄」 부분

　주요한의 시들이 당대에 풍미했던 여러 시대정신들과 결코 분리될 수
없는 것은 틀림없는 사실인데, 그러한 단면들은 「늙은 농부의 한탄」에

서도 잘 드러난다. 그 정신이란 당시에 유행하던 계급 문학에 대한 경사도이다. 주요한이 1925년 결성된 카프 문학에 가담했다는 뚜렷한 근거는 보이지 않는다. 그는 이 조직에 이름을 넣고 있지 않을 뿐만 아니라 이에 기반한 글을 남긴 적도 없기 때문이다. 그럼에도 그가 카프의 활동과 완전히 거리를 두었다고 단정하기는 어려운 것인데, 「늙은 농부의 한탄」이 그런 저간의 사정을 말해주는 것이어서 주목된다. 카프에 공식적으로 가입하지는 않았지만, 이 조직이 내세우는 강령이나 나아갈 방향에 대해서 어느 정도 긍정적 시선을 보내는 것은 얼마든지 가능한 일이었고, 실제로 이런 방향으로 나아갔던 작가들은 제법 많이 존재해 왔다. 이들 부류를 동반자 작가로 분류할 수 있는데, 채만식이나 유진오, 이효석 등등이 이에 속하는 것으로 알려져 있다. 하지만 비공식적으로는 이들 부류와 동일한 것으로 묶어도 하등 이상할 것이 없는 작가들도 있었는데, 가령, 소월[6]이라든가 이상화 등등이 바로 그러하다. 카프는 당대에 유행했던 주도 담론이었기에 이에 관심을 갖는 것은 당연한 일이었고, 또 그것이, 힘없는 자들이 그 상대적인 자리에 놓인 자들에 대해서 할 수 있는 정당한 투쟁 수단이었다는 점에서 일제 강점기의 대다수 문인들이 관심을 가질 만한 사안들이었다. 이를 두고 신경향파의 문학, 곧 자연발생기의 문학으로 간주할 수도 있는데, 이는 필연이 아니라 우연에 의한 것이었다는 점에서 그 정합성을 갖는 것이라 하겠다.

이런 맥락에서 당대에 유행했던 카프 문학에 대해 주요한이라고 해서 예외적으로 비껴갈 수 있는 문제는 아니었다. 「늙은 농부의 한탄」이란

---

6) 소월의 경우도 이런 경향의 작품을 쓴 바 있는데, 가령, 「제비」라든가 「옷과 밥과 자유」 등등이 그러하다.

카프가 융성하던 시기에 창작된 것으로, 이 시기 주요한의 사유를 잘 반영하는 작품 가운데 하나라는 점에서 그 의의가 있는 작품이라 할 수 있는데, 그러한 의식이 가장 극명하게 드러난 부분이 "도조 주고 빚 물면/남을 건 무엇 있나/남을 것 없을 바엔/물 속에 잘 썩었지"라는 부분이다. 그러니까 아무리 열심히 일을 해도 궁극에는 지주에게 모두 빼앗기고 남을 게 없다는 소작인의 한탄이라든가 비애 등이 잘 드러나 있는 것이다.

그러나 주요한이 카프가 요구하는 문학 정신과 그 방법적 의장에 대해 충실히 받아들였다고 볼 수는 없다. 이 작품에서 그러한 단면을 잘 보여주는 것이 이른바 숙명론에 대한 자의식이다. 개인의 숙명이 사회적 고리와 연결되지 않고, 개인의 한계 속에 머무는 점이야말로 그의 시들이 카프와 연결될 수 없는 가장 큰 원인이라 할 수 있을 것이다.

봄날에 달을 잡으러
푸른 그림자를 밟으며 갔더니
바람만 언덕에 풀을 스치고
달은 물을 건너가고요—

봄날에 달을 잡으러
금물결 헤치고 저어갔더니
돌 씻는 물소리만 적적하고
달은 돌 넘어 재 넘어 기울고요—

봄날에 달을 잡으러

「밤」을 기어 하늘에 올랐더니

반쯤만 얼굴을 내다보면서

「꿈이 아니었더면 어떻게 왔으랴」—

봄날에 달을 잡으러

꿈길을 헤어 찾아갔더니

가기도 전에 별들이 막아서서

「꿈이 아니었더면 어떻게 왔으랴」—

「봄 달잡이」 전문

　자유시 혹은 산문시와 더불어 주요한 초기 시에서 흔히 드러나는 또
다른 경향의 작품은 바로 민요시 계통들이다. 여기에 덧붙여 1920년대
를 풍미한 낭만적 이상을 담은 작품들도 주목의 대상이 된다. 「봄 달잡
이」는 완전한 형태의 민요시라고는 할 수 없지만, 그에 가까운 정형 시
형을 보여주는 작품이라는 점에서 의미가 있는데, 이렇듯 초기부터 주
요한은 「불놀이」와 같은 완전한 형태의 자유시를 쓰기도 했지만, 전통
적인 율조에 가까운 정형률의 작품들도 제법 창작했다. 여러 양식에 대
한 이런 도전 의식이 말해주는 것은 무엇보다 주요한이 탐색해나간 근
대시로의 여정이 아직 완성의 단계에 이르지 못했다는 것을 보여주거
니와 그는 여전히 근대시라든가 자유시의 형태들에 대해 계속 실험하
고 모색했다는 것을 보여주는 증좌라 하겠다.
　그리고 이런 시정신과 더불어 「봄 달잡이」에 드러나는 낭만적 이상
에 대한 그리움 또한 검토의 대상이 된다. 그는 「불놀이」에서 시대의 아
픔에 대한 좌절 의식을 보여주기도 하고, 다른 한편으로는 「늙은 농부의

한탄」에서는 프롤레타리아 의식을 표현하기도 했지만, 낭만적 동경에 대한 인식도 결코 외면하지 않았다. 주요한을 김소월 등과 더불어 1920 년대 주요 민요시파 혹은 낭만적 동경의 시인으로 분류하는 것도 여기에 그 원인이 있는데, 그러한 특징적 단면을 가장 잘 드러낸 시가 「봄 달 잡이」이다.

'달'을 잡는다는 것은 유년적 발상일 뿐 현실에서는 결코 가능하지 않은 행위이다. 그럼에도 서정적 자아는 그 불가능한 꿈에 대한 집착을 버리지 못한다. 그리하여 꿈이라는 비현실적 공간에서나마 그 완성을 보게 된다. 이런 도정이야말로 낭만적 이상 혹은 그리움이 없이는 불가능한데, 1920년대 시인들이 이런 낭만적 이상에 집착한 것 역시 시대 정신과 결코 분리되는 것이 아니었다.

이상에서 알 수 있는 것처럼, 주요한 초기 시들은 다양한 시형식과 시정신이 혼재하고 있었다. 이런 편재성이야말로 아직 완성되지 않은 시인의 시정신이 갖는 한계라 할 수 있는데, 적어도 이런 시정신의 다양성은 『아름다운 새벽』이 간행되기까지 계속 되었던 것으로 생각된다. 그러니까 주요한의 문학은 다른 문인들이 초기에 보여주었던 다양한 시정신을 동일한 방식으로 반복하고 있었다고 할 수 있다. 이것이 초기 주요한 시의 주요 특색이라 할 수 있으며, 이런 도정은 자신이 펼쳐나갈 이상 세계와 그에 조응하는 시형식의 발견에 이르기까지 계속 모색되고 있었다.

3. 건강한 자연을 향한 길

　초기 시에서 보여준 주요한 시들의 다양한 갈래들은 『아름다운 새벽』 이후에는 하나의 방향성을 갖기 시작한다. 이와 관련하여 이 시집의 발문에 쓰인 주요한의 글이 시사하는 바가 큰데, 주요한은 이 글에서 두 가지 시형식들에 대해 반대의 입장을 표명했다. 하나가 〈데카당스〉적인 경향의 시들이고 다른 하나는 〈개념〉으로 된 시 형식이었다. 1920년대 전후 세기말 세상이 반영된 퇴폐적 경향의 시들과 신경향파를 중심으로 퍼져 나가기 시작한 민중지향적인 시들이 유행처럼 퍼져나가고 있던 것은 잘 알려진 일이다. 삶에 대한 긍정성을 애써 부정하는 시들, 개념 위주의 시는 필연적으로 자아를 속박하는 까닭에 이런 경향의 시들을 쓰는 것이 서정시의 본질이 아니라는 것이다[7]. 대신 개인의 감정에 충실한 시들을 쓸 것을 강조한 바 있는데, 이는 근대 예술이 말하는 자율적, 생리적 반응에 기인하는 예술관과 일정 부분 연결되는 것이기도 하다.

　하지만 주요한이 개인적 서정에 바탕을 둔 시들에 대해 옹호의 견해를 피력했다고 해서 사회와의 관련성을 완전히 부정한 것은 아니었다. 그가 반대한 것은 개념으로서의 민중시였을 뿐 민중의 생활 정서를 반영한 시들에 대해서는 적극적으로 옹호한 바 있거니와 자신의 시도 그러한 방향으로 나아가고 있음을 말하고 있었기 때문이다[8]. 다시 말하면, 전달 위주의 개념을 중시하는 시가 아니라 정서를 바탕으로 한 민중지

---

7) 주요한, 「아름다운 새벽 발문」, 조선문단, 1924.
8) 위의 글 참조.

향적 시들에 대해서는 그 필연성을 인정하고 있었던 것이다. 어떻든 동반자적인 입장에서 쓰여진 「늙은 농부의 한탄」과, 데카당스적인 페시미즘을 초월하고자 하는 의지를 표명한 「불놀이」는 이런 정신사적 기반 위에서 생산되었음은 분명하다.

자유시란 내용과 형식에 있어서 기존의 굳어진 틀을 과감하게 벗어던지는 일일 것이다. 형식적인 국면에서는 전통적인 정형률에 대한 부정이라 할 수 있고, 내용적인 측면에서는 집단화된 이념에 대한 탈피라 할 수 있을 것이다. 자유시를 향한 이런 도정은 주요한의 작품이나 문학관에서는 어느 정도 도달한 것처럼 보인다. 그는 앞서 언급한 「불놀이」에서 자유분방한 형식미를 구현한 바 있고, 그 내용 또한 개인의 자율적, 생리적 반응에 의한 국면들을 작품 속에 분명하게 제시한 바 있기 때문이다. 그런데 자유시를 향한 이런 도정에서 또 하나 간과할 수 없는 것이 당대의 시대상일 것이다. 그런 시대적 임무에 대해서 주요한은 결코 외면할 수 없었는데, 그 하나가 예술과 사회가 필연적으로 얽힐 수밖에 없다는 것과, 다른 하나는 민중적 정서를 작품 속에 담아내야 한다는 것이었다[9]. 이는 다른 말로 하면 이 시대가 요구하는 정신일 것이다.

> 전원으로 오게, 전원은 우리에게
> 새로운 기쁨을 가져오나니.
> 익은 열매와 붉은 잎사귀—
> 가을의 풍성은 지금이 한창일네.

---

9) 위의 글 참조.

아아, 도회의 핏줄 선 눈을 버리고
수그러진 어깨와 가쁜 호흡과
아우성치는 고독의 거리를 버리고
푸른 봉우리 솟아오른 전원으로 오게, 오게.

달이 서리 온 밭도랑을 희게 비추고
얼어붙은 강물과 다리와 어선 우에
눈은 나려서 녹고 또 꽃 필 적이
우리들의 깊이 또 고요히 묵상할 때일세.

전원으로 오게 건강의 전원으로
인공과 암흑과 시기와 잔혹의 도회
잠잘 줄 모르는 도회달과 별을 향하여
어리석은 방항을 하는 도회를 떠나오게.

노래는 드을에 가득히 산에 울려나고
향기와 빛깔은 산에서 드을로 퍼져간다
아름다운 봄! 양지에 보드랍게 풀린
흙덩이를 껴안고 입맞추고 싶은 봄.

그러나 보라 도회는 피 빠는 박쥐가 깃들인 곳
흉한 강렬의 신 앞에 사람사람이
피와 살과 자녀까지 바쳐야 하는
도회는 문명의 막다른 골, 무덤.

전원으로! 여기 끊임없는 샘물이 솟네,

여기 영원한 새로움이 흘러나네,

더운 태양과 강건한 대지의

자라나는 여름의 전원으로!

아아, 그때에 새 예언자의 외치는 소리가

봉우리와 골짜기를 크게 울리리니

반역자가 인류의 유업을 차지하리니

위대한 리듬의 전원으로 오게, 오게.

「田園頌」 전문

　제목에서 잘 드러나 있는 바와 같이 이 작품은 전원 예찬의 시이다. 그 연장선에서 목가풍의 작품에서 흔히 발견되는 낭만적 이상을 그려 낸 작품으로 읽히기도 한다. 하지만 이 작품을 당대가 요구하는 사회성의 맥락에 편입시키게 되면, 「전원송」은 그저 가능하지 않은 이상에 대한 막연한 유토피아를 노래한 것이 아님을 알게 된다.

　우선 이 작품은 반근대성의 사유를 표나게 드러내고 있다는 점에서 그 의의가 있는 경우이다. 부정적인 도시의 모습은 2연에서 이해할 수 있는데, 서정적 자아가 응시하는 도시란 "인공과 암흑과 시기와 잔혹"이 넘쳐나는 곳이고, "피 빠는 박쥐가 깃들인 곳"이거나 "피와 살과 자녀까지 바쳐야 하는" 냉혹한 곳이기도 하다. 다시 말하면, "도회는 문명의 막다른 골, 무덤"이라고 보는 것이다.

　도시에 대해 긍정적인 시선을 보내지 않는 것은 이 시기 대부분의 시인들에게서 드러나는 공통적인 사항이라는 점에서 특별히 새로울 것이 없는 것이라 할 수 있다. 그럼에도 주요한의 반도시성이 의미를 갖는 것은 우선 시기상의 측면에서 찾아진다. 도시를 작품 속에 편입시켜 의미화한 작가들은 주로 모더니스트들임은 잘 알려진 일이다. 하지만 도시에 대한 안티담론이 이루어진 것은 대부분 1930년대에 이르러서이다. 그 이전에는 도시에 대해 부정적 시선을 보이지 않았거니와 경우에 따라서는 신기성이나 혹은 명랑성의 차원에서 응시하기도 했다. 우리 시사에서 엑조티시즘이라는 조류가 형성된 것도 이와 밀접한 관련이 있다고 하겠다. 그런 만큼 도시는 근대성의 한 국면으로, 긍정적으로 수용된 것이다.

하지만 주요한의 시에서 도시는 근대가 파생한 부정적 국면으로 적극 묘파된다. 도시를 이렇게 병리적인 측면에서 응시한 것은 주요한에 의해 처음 시도되었다는 측면에서 그 시사적 의의가 있는 것이라 해도 무방한 경우이다. 반면 자연은 도시의 안티 담론에 자리한다. 그러한 까닭에 전원이 생산적이고, 긍정적인 대상으로 자리하는 것은 자연스럽다. 반도시적 감각이 그러한 것처럼, 이에 비례해서 자연적인 것들이 이렇게 긍정적으로 제시된 것도 주요한의 「전원송」이 갖는 시사적 의의일 것이다. 자연은 도시의 반생명적 환경을 부정하는 긍정적인 공간이다. 그래서 그것은 절대 치유의 공간으로 새롭게 자리한다.

> 어떤 이는 무리진 달을 사랑하고
> 안개 끼인 봄밤을 즐기지마는―
> 어떤 이는 봄물에 드린 버들개지를
> 황혼의 그윽한 그림자를
> 오동잎 떨어지는 가을을

소 소리 처량한 가을의 저녁을
떠나는 목선의 배따라기를
그 끊였다 잇는 곡조를 사랑하지마는
오, 조선의 자연이여 오직 나는
너의 위대한 여름을 껴안으련다.

논물에서 떠오르는 김도 뜨겁고
붉은 산에 쬐이는 햇빛은 더 붉어
솔나무 향기가 코를 찌르고
석양 맞은 황소의 큰 울음 할 제
아아, 너의 홍수와 소낙비와
기운찬 바람 뜨거운 바람 돌개바람
번갯불 우레소리 뭉게뭉게 오르는 구름
산과 골짜기 뻗어나가는 산맥들과
또 시냇물과 다리와 나룻배와

기심꾼의 구슬땀과 노랫가락
그늘진 나무와 샘물과 폭포와
바위에 기는 덩굴과 우거진 수풀

보라, 저기 아침해가 땅을 물들이니
벌판으로 가득한 곡식들의 행진곡
수수는 깃발 들고 벼는 발을 맞춰
물결처럼 군대처럼 열을 지어서
앞으로 앞으로 영원한 「희망」으로

조선사람의 가슴을 채워주는—

아, 여름은 나의 고향 나의 조국
그의 품은 나를 단련하는 풀무 불
해외에 떠다닐 때에 생각을 이끌어가고
일에 지쳐 곤할 때에 새 기운을 돋우는
나의 집, 나의 어머니, 조선의 여름—

어떤 이는 봄과 달을 사랑하고
처량한 가을을 노래로 읊지마는
조선의 자연이여, 오직 나는
너의 위대한 여름을 껴안으련다.

「조선」전문

　주요한 시인이 이해한 자연이란 그 경계 내에서 머무는 것이 아님은 당연할 것이다. 하나가 반근대성의 영역이라면, 다른 하나는 민족적인 영역과 겹쳐진다는 점에서 그러하다. 인용시에서는 작품의 제목을 '조선'이라고 시대적 환경에 대한 고려없이 적나라하게 붙여 놓았다. 국권이 없는 시기에 이런 제목을 붙이는 것 자체가 모험이고 용기가 필요했을 터인데, 시인은 이에 대해 아무런 자의식 없이, 그것도 용감하게 붙여 버린 것이다.

　이렇듯 주요한은 이 작품에서 조선을 자연과 곧바로 대치시켜버렸다. 자연을 사랑한다는 것이고, 그러한 가운데 특히 여름에 대한 강렬한 애착의 정서를 표명한 것이다. 여름이란 신화적 의미에서 가장 힘있는 성장의 계절이다. 그러한 여름을 서정적 자아는 "여름은 나의 고향 나의

조국"이라고 했다. 그런 다음 "그의 품은 나를 단련하는 풀무 불"이라고
도 했고, "해외에 떠나닐 때에 생각을 이끌어가고/일에 지쳐 곤할 때에
새 기운을 돋우는/나의 집, 나의 어머니, 조선의 여름"이라고도 했다. 그
러니까 자연은, 그리고 그 한자락인 여름은 자신의 근원이면서 어머니
와 같은 존재라고 이해한 것이다. 이런 모성적 상상력이 자신의 뿌리나
근원 의식 없이는 성립 불가능한 것이며, 당시의 시대정신과 분리될 수
없는 것은 자명할 것이다.

시인은 「아름다운 새벽」 발문에서 자신이 표명하는 시정신이 민중적
인 것과 밀접히 결부되어 있음을 말한 바 있다. 그가 말한 민중은 개념
의 카프 집단이 말하는 프롤레타리아 의식에 바탕을 둔 민중성일 수도
있고, 일반적 의미의 조선 민족 전부를 지칭하는 것일 수도 있다. 아니면
이 시기 대다수의 전형화된 의식의 한 단면들, 이른바 보편적 다수에 대
한 막연한 지칭을 이야기하는 것일 수도 있다. 그것이 어떠하든 간에 시
인은 이 시대가 요구하는 것들의 집단적 정서를 민중이라고 지칭한 것
은 분명하다고 하겠다. 이 시기 민중성이란 3.1운동의 좌절에 따른 실망
감과 연계되어 있을 개연성이 큰 경우이다. 시인은 그러한 시대적 요구
에 대해 뚜렷한 해법을, 긍정적 비전을 제시할 필요성이 있었을 것이다.
다만 그것은 개념으로써 제시되는 민중성이 아니라 정서로 순화되는
민중성이지 않을까 한다.

핑, 핑, 핑, 지구의 근육을 뚫는 강철의 소리 여름날 뜨거운 빛이 뜨
거운 바위에 부어나릴 때 푸른 숲과 흰 들의 중간에서 인생의 합창소리
는 일어난다.
「노래하자 태양아, 나무숲아, 흐르는 시내야 올라가자 선구자야

깨트려라 새 길을,

우리에게 주라, 위대한 힘을 막을 자 없는 힘을」

핑, 핑, 핑, 꾸준히 쉬지 않고, 거기 기울여라 너의 전부를,

바위를 깨무는 의지를 신념을, 강철의 심장을, 그날에 산은 평지가 되고 바다와 바다가 서로 통하리니

「노래하자 바람아, 소낙비야, 무성한 숲들아, 올라가자 선구자야

깨트려라 새 길을,

우리에게 주라, 위대한 힘을 막을 자 없는 힘을」

여름날 뜨거운 볕이 구릿빛의 근육을 태운다 흰 들, 붉은 흙, 푸른 산소리와 빛깔의 군악

여름이다 여름이다 그늘 깊은 산의 여름, 광활한 드을의 여름

생명은 한낱의 기구다, 닳아서 버리는 「정」과 같이 우주의 의지에 그 전체를 싸워 희생하는 행진곡이다.

그러나 얼마 없어 해결은 오리니, 화강석의 길은 뚫리리니

「노래하자 우렁찬 시절아, 불타는 여름아 올라가자 선구자야

깨트려라 새 길을,

우리에게 주라, 위대한 힘을 막을 자 없는 힘을」

핑, 핑, 핑, 최후의 일격이다 준비는 다 되었다,

폭약은 장치되었다 불을 그어댈 사람은 나오라, 위대한 승리에 취할 사람은 나오라, 나오라, 나오라,

여름날 자연은 모두가 잠잠하게 불붙는 광경 잠잠한 것은 힘세다, 위대하다, 오, 잠잠한 합창의 소리

너는 듣느냐 그 소리를 「최후의 일격이다, 준비는 다 되었다」

「노래하자 태양아, 나무숲아, 흐르는 시내야, 올라가자, 선구자야

깨트려라 새 길을,

우리에게 주라, 위대한 힘을, 막을 자 없는 힘을」

「채석장」 전문

1929년 『조선지광』에 발표된 인용시는 주요한이 써내려간 민중지향적 성향의 마지막 장을 장식하는 작품이다. 『조선지광』이라는 잡지가 카프의 준기관지 성격인 까닭에 이 작품이 담고 있는 사유가 민중적 정서에 바탕을 두고 있음은 어렵지 않게 짐작할 수 있다. 실제로 여기에는 근로하는 사람에 대한 아름다운 예찬의 정서가 그대로 드러나 있는데, 가령 "여름날 뜨거운 볕이 구릿빛의 근육을 태운다"라거나 "불을 그어댈 사람은 사랑은 나오라, 위대한 승기에 취할 사람은 나오라" 등등이 그러하다. 또한 카프 시에 편입될 성격의 작품이라면, 미래에 대한 낙관적 전망 또한 읽어낼 수 있기도 한데, 이런 면들은 "얼마 없어 해결은 오리니, 화강석의 길은 뚫리리니"라든가 "최후의 일격이다 준비는 다 되었다"라는 부분에 잘 구현되어 있다.

이 작품은 민중적 세계관에 토대를 두고 있음에도 불구하고 주요한이 그렇게 배제하고 싶었던 개념 위주의 시로부터는 한발 물러서 있다. 적어도 여기에는 개념을 내세우기 위한 장치들은 발견되지 않기 때문이다. 하지만 민중에 대한 부드러운 서정화에도 불구하고 이 작품은 자연이 갖고 있는 건강성을 노래한 시들의 연장선에 놓여 있다는 사실이다. 주요한은 이 작품에서 폭약의 힘도 강조하고 있지만, 이를 정서화한 여름의 건강성이라든가 힘의 논리 또한 매우 중시하고 있기 때문이다. 「조

국」이라는 시에서 보여준 조선적인 것들에 대한 정서가 이 시에도 그대로 구현되어 있다고 보아야 한다. 그러한 까닭에 이 작품은 계급성을 강조한 카프 시의 연장으로만 이해하는 것은 난점이 따른다고 하겠다. 뿐만 아니라 「채석강」은 「불놀이」의 연장선에 놓여 있는 작품으로 이해할 수 있기도 한데, 우선 산문적 호흡으로 되어 있다는 점이 그 하나이고, 좌절과 우울의 정서 속에 갇히지 않고 "강렬한 정서" 속에 자아를 추동하고자 했던 의지의 표명이 다른 하나이다. 이를 「불놀이」의 세계와 구분시키는 것은 어려운 일이다.

4. 집단적 의식으로 회귀

「아름다운 새벽 발문」이후 주요한 자신의 시세계와 관련하여 또 하나의미있는 글을 발표했는데, 바로 「노래를 지으시려는 이에게」라는 글이다. 그는 이 글에서 앞으로 자유시가 나아갈 방향에 대해서 두 가지를 제시하고 있는데, 하나는 민족적 정조와 사상을 바로 해석하고 표현하는 것이고, 둘째는 조선말의 미와 힘을 서로 찾아내고 지어내는 것이라 했다[10]. 방향은 두 가지로 제시했지만 실질적으로는 하나의 방향이라고 해도 좋을 만큼 그의 세계관은 이 시기에 현저하게 민족적인 것으로 그 관심사가 기울어져 있었다.

이런 사상적 변모는 길지 않은 그의 시세계에 커다란 변화를 가져오게 하는 바, 바로 전통적인 시가 형식으로의 귀환이라는 도정이었다. 물

---

10) 주요한, 「노래를 지으시려는 이에게」, 『조선문단』, 1924, 10-12.

론 그가 전통적인 시 형식의 대표격이라 할 수 있는 시조 형식으로 회귀한 데에는 이런 요인 이외에도 다른 요인이 있었을 것으로 추정된다. 근대 이후 시도되어 왔던 자유시형에 대한 한계 의식이다. 물론 이 문제는 주요한 자신에게만 국한되는 것으로 보기는 어려운 측면이 있다. 1920년대 전문단적으로 확산되기 시작한 민요조에 대한 과도한 집착 현상이 이를 말해준다. 물론 시가 형식 민요조로 기울어진 데에는 당대가 요구했던 시대 정신과 분리하기 어려운 측면이 있는데, 3.1운동 실패 이후 필연적으로 요구되었던 민족적인 것들, 곧 민족주의 바람이 거세게 요구되었던 환경에서 자유로운 것이 아니었기 때문이다. 이는 전통으로의 회귀가 수구적인 자세나 현실의 벽에 가로막힌 패배주의에서 온 결과로만 해석할 수 없는, 전통을 통한 국권회복 의지와 밀접하게 맞물려 있는 것이기도 했다.

그리고 민요조와 같은 전통 율문 양식으로의 회귀는 개항 이후 전개된 이 시형에 대한 실패도 어느 정도 영향을 주었던 것으로 판단된다. 새로운 실험과 그것이 정착되지 못했을 때 다가오는 리듬의 공백 상태를 어떤 형식으로든 메울 필요가 있었고, 그 대안으로 제시된 것이 민요조라든가 시조, 혹은 7.5조와 같은 율문 양식의 등장이었을 것이다. 김억이 보여준 일련의 시가들과 산문 양식들[11], 그리고 소월을 비롯한 여러 민요 시인들의 등장과 민요조에 대한 집착 현상은 이 시기 율격의 진공 상태에서 가져온 결과라 해도 과언이 아니라 할 수 있다.

이런 문단적 상황에 비추어 보면, 1930년대 전후 주요한이 펼쳐보인 정형률에의 경사 현상은 결코 우연의 결과로 볼 수는 없을 것이다. 그

---

11) 김억, 「시가의 운율과 호흡」, 『조선문예』, 1919.2.

러니까 규칙적인 리듬에 대한 회귀는, 자유시형의 실패에 따른 필연적인 결과에 의한 것이라 할 수 있다. 그리고 다른 하나는 「노래를 지으시려는 이」에서 말한 민족적인 것들에 대한 표명 의지이다. 정형률이란 집단의 정서를 대변하는 것이고, 그러한 집단에 대한 강력한 회귀 의지를 가진 시인이 선택할 수 있는 장르란 선택지가 거의 없는 것이 사실이다. 지금껏 알려진 전통적인 시양식, 곧 시조라든가 민요와 같은 장르로 나아가는 일이다.

1
까맣게 덮누르어 퍼부어 나리는다
먼 거리 암암하고 행인조차 끊겼으니
장안이 빈들 같아야 가슴 활닥하고녀

2
저녁녘 된바람에 쌓인 눈 보라치네
밤 눈을 밟고 가니 빠각빠각 소리난다
두어라 예 듣던 소리로다 내 반기어 하노라

3
녹이다 남은 눈이 기와 끝에 엎드렸네
앓아서 누운 아이 창문으로 내다보며
꼬리 긴 강아지 같다고 혼자 좋아하더라

4
인왕뿌리 깔린 눈을 무심하게 보지 마소

작년 이맘때 그 속에서 보던걸세
아직껏 남아 있는 그들 역시 저 눈 볼 것을

5
눈 녹아 길이 지니 찬 날이 되려 좋다
털조끼 껴입고 아쉰 소리 하지 마라
불땔 것 없는 동포가 하나 둘만 아니다

6
오늘도 신문 보니 몽고라 시비리는
영하 칠십 도 춥던 중 첨이란다
집 없는 망명객들을 생각하며 사노라

7
불끄고 누워봐도 눈이 말똥말똥하네
밤 귀에 완연한 것 눈 나리는 소리로다
세상한(恨) 도맡은 듯하여 잠 못 이루어 하노라

「눈오는 날」 전문

이 작품은 주요한 후기 시를 대표하는 것인데, 바로 시조 형식으로 되어 있다. 그가 「노래를 지으시려는 이」에서 말한 우리 시가 나아가야 할 두 가지 방향, 곧 민족적 정조와 사상을 바로 해석하고 표현하는 일과 둘째는 조선말의 미와 힘을 서로 찾아내서 이를 작품화하는 일에 꼭 맞는 형식이 요구되었던 바, 「눈오는 날」은 그런 환경 속에서 창작된 것으로 보인다.

이 작품은 연시조의 형태로 되어 있는데, 이런 양식은 이미 1920년대 시작된 시조부흥운동의 연장선에서 이루어진 것이다. 다시 말하면, 복잡해진 현대인의 감수성을 대변하기 위해서는 과거의 짧은 시형식만으로는 가능하지 않기에 장형화에 대한 필요성이 제기되었고, 그 결과 현대의 시조는 보다 긴 형태의 연시조 형식을 취하는 것이 마땅하다는 것이다. 이런 맥락에서 보면, 「눈오는 날」은 시조부흥운동에서 제기된 여러 제반 요소를 충실히 반영한 작품이라 할 수 있다.

이 작품은 시대 배경을 상징하는 것으로 '눈'을 의미화하고 있거니와 그 연장선에서 "집 없늠 망명객을 생각"하는 애틋한 정서를 담아내고 있다. 율격은 전통적인 질서를 따르고 있지만, 작품의 내용은 시대성을 충실하게 반영하고 있는 작품이라는 점에서 그 의미가 있는 시라고 할 수 있다. 그리고 다른 하나는 '님'에 대한 새로운 발견이다.

본 적이 없건마는 늘 보던 얼굴이요
뵌 듯도 하지마는 보았을 리 만무하니
아마도 님과 이 몸이 둘 아닌가 하노라

뵌 적도 없는 님이 그리울 리 없건마는
이없이 그리움은 이 어찌한 그림일까
마음에 그린 얼굴이 뵈인 듯도 하여라

못 뵌님 그리움이 뵌님보다 더한지요
뵌 후에 그리움이 이보다 못하다면
안 뵙고 지나는 것이 더 좋을까 합니다

눈감고 생각하니 다시 없는 님이오나
만나서 뵈올 때는 더 좋을 듯싶으오니
살아서 못 뵐 것이면 어서 죽어 뵙고저

못 뵙고 그리워도 몸이 여위오니
뵈온 뒤 그림에는 목숨도 없을세라
그리워 죽는 한이라도 한 번 뵙기 원이라

뵈옵지 못한 님을 마음에 그려보니
더할 수 없을 뜻이 훌륭한 님이시라
뵈와서 못한다 하면 뵙지 말고 지낼까

뵙지도 못한 님께 뵐지도 모를 님께
온갖 것 바쳤다고 미련타 말으소서
맘으론 벌써 뵈었으니 몸 바친들 어떠리

「보지 못한 님」 전문

　시대가 주는 내포들에 대해 '눈'의 상징을 통해 읽어낸 것이 「눈오는
날」이라고 한다면, 「보지 못한 님」은 전통적인 시형식과 그것이 언제나
담고 있었던 '님'의 의미를 묘파하고 있다는 점에서 그 의미가 있는 시
이다. 잘 알려진 대로 1920년대는 '님을 상실한 시대'로 규정되거니와
그러한 님이 이 시기에 무엇을 상징하는가에 관해서는 굳이 이야기 하
지 않아도 된다. 이런 저간의 사정을 고려하게 되면 주요한이 펼쳐보인
「보지 못한 님」의 시적 성과는 충분히 도달했다고 보아도 무방한 경우
이다. 우선, 집단의 정신을 하나로 구현할 수 있는 정형 양식을 통해서

'민족적인 정조와 사상'을 충실히 구현하는 한편, 당대의 중요 지표 가운데 하나였던 '님'에 대한 그리움의 정서를 표명하고 있기 때문이다.

주요한이 시를 생산한 시기는 비교적 짧은 것으로 알려져 있다. 이를 두고 대부분의 연구자들은 시인이 갖고 있었던 작가적 역량의 한계라든가 자유시를 실험하는 과정에서 오는 좌절 등으로 이해하기도 한다. 그러한 좌절이 그로 하여금 더 이상 창작 생활을 영위하기가 어렵게 만들었다는 것이다. 그러나 이런 평가는 오히려 단편적이라는 점에서 그 한계 또한 분명하다고 하겠다. 그는 자유시의 실험과 그러한 실험을 통해서 자신이 구현하고자 했던 의도에서 비교적 성공한 사례에 속하기 때문이다. 「노래를 지으시려는 이」에서 알 수 있는 것처럼, 그가 의도했던 창작의 목적은 첫째, 민족적 정조와 사상을 바로 해석하고 표현하는 것이고, 둘째는 조선말의 미와 힘을 서로 찾아내고 이를 언표화하는 일에 있었기 때문이다. 그는 「불놀이」에서 시작된 자유시가 후기의 정형 시형인 시조에서 마무리됨으로써 자신이 의도했던 것들은 일정 부분 얻어내는 성과를 보여주었다. 그러한 성공이 어쩌면 그로 하여금 더 이상 창작 행위를 무의미하게 만든 것인지도 모른다.

5. 힘의 논리가 갖는 한계

주요한은 근대 시사에서 자유시를 개척한 선구자로 인정받아 왔다. 그의 대표시 가운데 하나인 「불놀이」는 우리 최초의 산문시라고 해도 무방할 만큼 형식과 내용 면에서 완벽한 것이었다. 하지만 이는 어디까지나 실험의 도정에서 나온 것이고, 궁극에는 다시 전통적인 시형식인 시조로 회귀함으로써 어느 정도 한계점을 보여주기도 한다.

자유시에 대한 선구자 역할을 충실히 수행했던 주요한은 1930년대를 전후해서 시인으로서의 길을 포기하고 더 이상의 문학 활동을 하지 않은 것으로 되어 있다. 물론 이 뒤에도 간헐적으로 창작 생활을 영위해 나간 바 있지만, 그가 생산해낸 분량이 작가의 범주에 묶어도 좋을 만큼 충분한 것이 못되었다. 그래서 그의 문학 활동은 1930년대를 전후해서 일단락 된 것으로 받아들여진다. 대신 이후 그의 행보는 자신이 한평생 일구었던 민족적인 것들과 그것이 요구하는 것과는 반대 방향의 길을 걷게 된다. 그는 이후 다른 누구보다도 친일에의 길을 열렬히 걸었을 뿐만 아니라 해방 이후에도 현실 정치로부터 결코 멀리 비껴서 있지 않았다. 도대체 이런 결과는 어디서 배태된 것일까.

주요한 시들이 힘의 논리에 기대고 있음은 여러 편의 작품들에서 확인할 수 있는 바였다. 가령, 그는 계절 가운데 여름을 서정화하는 데 남다른 열정을 가졌거니와 그러한 힘을 현실 개척 의지를 「채석장」 같은 작품을 통해서 확인시켜주었기 때문이다. 도대체 그가 열렬히 옹호했던 힘이란 어떤 것일까. 현실을 변혁할 수 있는 것은 어쩌면 강력한 힘밖에 없을지도 모른다. 그러니 단재 신채호가 역사를 투쟁의 도정으로 규정하고 양육강식론이라는 철학에 매달린 것이 아닐까.

주요한의 힘에 바탕을 둔 현실변혁론은 단재의 그것으로부터 분리하기 어려운 것이지만 그 인식론적 기반은 현저히 다른 경우였다. 단재는 인과론을 수용하기는 했지만 궁극에는 그것을 포기하고 아나키즘으로 인식의 변화를 시도했다. 하지만 주요한의 경우는 단재와 같은 존재론적 변이의 과정이 없었거니와 그의 사상적 근거 가운데 하나였던 카프의 인식론과도 엄격히 구별되는 것이었다. 카프는 현상 변경을 과학적

인식을 통해서 수행하는 것이지만, 주요한에게는 카프 구성원 같은 과학적 인식이 전연 내재해 있지 않았다. 그는 개념에 의한 민중시에 대한 거부감을 표시했을 뿐, 그에 조응하는 마땅한 대안을 제시하지 못한 것이다. 그는 그저 어떤 커다란 힘에 절대적으로 의존하는, 이른바 현실을 획기적으로 변화시킬 수 있는, 막연한 영웅대망론에 기대고 있었을 뿐이다. 만약 이 영웅대망론이 과학적 근거 없이 지탱될 때, 그 나아갈 방향이 어디로 갈지는 너무나 뻔한 것이었다. 강력한 힘의 실체로 쉽게 넘어갈 수밖에 없는데, 그것은 바로 친일에의 길이었다. 그런데 시인이 갖고 있었던 인식의 허약성은 이후의 삶에도 고스란히 내재되어 나타나게 되는데, 해방 이후 현실 정치 주변에서 끊임없이 맴돌았던 이유도 여기서 그 원인을 찾아야할 것으로 보인다. 시대가 요구했던 것들을 한때는 충실히 반영하면서 당대를 선도했지만, 이를 추동할 만큼 객관적, 과학적 근거가 없었기에 그는 역사의 뒷자락에 늘상 머물 수밖에 없는 국외자였던 것이다.

제4장
김동명 시의 순수와 저항, 가치중립적인 균형감각

김동명 연보

1900년 강원도 강릉 출생

1908년 함경남도 원산으로 이주

1909년 원산소학교 입학

1921년 홍남시 동진소학교 교사

1923년 「당신이 만약 내게 문을 열어 주시면」, 「나는 보고 섰노라」 등을
『개벽』에 발표

1925년 일본 야오야마 학원(靑山學院) 입학

1930년 첫시집『나의 거문고』간행(신생사)

1937년 대표시 「내 마음은」을 『조광』에 발표

1938년 『파초』간행(신성각)

1946년 흥남 여중 교장, 함흥 의거로 교화소에 구금

1947년 월남, 세 번째 시집 『삼팔선』 간행(문륭사)

1948년 이화여대 교수 부임, 네 번째 시집 『하늘』 간행(문륭사)

1954년 시집 『진주만』 간행(이화여대출판부)

1955년 정치평론집 『적과 동지』 간행(창평사)

1957년 여섯 번째 시집 『목격자』 간행(인간사)

1968년 사망

2013년 김동명 문학관 건립, 김동명 학회 출범

2022-3년 『김동명 전집』 간행(김동명선양사업회)

김동명 시의 순수와 저항, 가치중립적인 균형감각

1. 김동명 시의 위치

김동명은 1900년 강원도 강릉에서 태어났다. 그는 이곳에서 유년기를 보낸 다음 가족을 따라 함흥으로 이주했고, 영생학교를 졸업했다. 그리고 홍남 지역에서 교육자 생활을 하며 많은 시간을 보냈다. 그러니까 그는 자신의 고향인 강릉보다 함흥 등의 지역에서 보다 오랜 세월을 보낸 것이다. 말하자면, 함흥은 그에게 있어 제2의 고향과 같은 곳이다.

문인으로서 김동명의 활동은 잘 알려진 대로 1923년 『개벽』에 세 편의 작품을 발표함으로써 시작된다. 「당신이 만약 내게 문을 열어주신다면」, 「나는 보고 섰노라」, 「애닯은 기억」[1] 등이다. 그런데 시인의 의욕에도 불구하고 이 작품들은 습작기의 수준을 벗어나지 못한 것으로 평가받고 있다. 하지만 작품의 수준이 어떤 것이든 간에 등단작이 갖는 의의는 아무리 강조해도 지나치지 않은데, 그것은 이후 전개되는 시인의 세계관을 읽어낼 수 있는 열쇠가 되기 때문이다.

---

1) 『개벽』, 1923.10.

이때 발표된 작품 가운데 가장 주목의 대상이 되는 작품은 「당신이 만약 내게 문을 열어주신다면」일 것이다. 작품의 부제에서 알 수 있듯이 이 시는 보들레르에게 헌사된 것이다. 보들레르가 서구에서 모더니즘의 선구자임은 잘 알려진 일인데, 김동명이 보들레르를 의식했다는 것은 그 스스로가 모더니즘의 영향으로부터 자유롭지 않음을 일러주는 대목이라 할 수 있다. 이러한 면은 작품 속에서도 알 수 있는데, 여기에는 다소 감상적인 측면이 드러나 있긴 해도 현대적 감수성에 대해서는 비교적 뚜렷이 의식하고 있는 것이다.

김동명은 문단에서 비교적 소외된 존재이다. 그러한 존재성은 몇 가지 이유에서 비롯되는데, 우선 그는 적극적인 문단활동을 하지 않았다는 점을 들 수 있다. 이 시기 유행하던 여러 문단 유파나 계보학에서 그의 이름을 발견할 수 없거니와 그 스스로도 여기에 적극적으로 매달리지 않은 것이다. 이는 아마도 문화의 중심 지역인 서울이라든가 평양으로부터 그가 거리를 두고 있었기 때문일 것이다. 김동명은 강릉에서 함흥 지역으로 이주한 뒤, 여기서 학교에 다니고, 또 작장 생활을 하는 등 중심과는 거리가 있는 활동을 했다. 그러니까 그는 해방 이후에 이르기까지 이 지역을 거의 벗어나지 않은 것이다. 이런 지리적 한계가 그로 하여금 문단과 거리를 두게 한 것으로 보인다.

그리고 두 번째는 사회라든가 정치에 대한 그의 관심도이다. 김동명은 한편으로는 시인이었지만, 다른 한편으로는 정치평론가였다. 김동명은 1964년 간행된 정치평론집 『나는 증언한다』에서 이렇게 말한바 있는데, 이는 생리적으로 정치에 관심을 두고 있다는 정서적 편향성을 드러낸 것이라 할 수 있다.

이 글은 내가 조국에 바치는 나의 시요. 또 이 책은 내가 겨레에게 보내는 나의 제 7시집인 것이다[2].

문학 행위가 흔히 선비적인 것에 비유되고, 경우에 따라서는 고고한 정신 세계를 대변하는 것의 하나로 수용되던 전통적 관점에서 보면, 김동명의 이런 이단아적인 성향이야말로 문단에서는 쉽게 수용되기 어려웠을 것이다. 문학과 사회의 관계를 부정하는 것은 아니지만, 사회, 정치적인 평론을 서정시와 곧바로 등가 관계에 두는 것은 문학의 존재 의미를 지나치게 확대시킨 것이기 때문이다.

김동명에 대한 연구는 다른 어떤 작가보다도 비교적 활발히 연구된 편이다. 특히 그의 고향인 강릉 지역을 중심으로 학회가 결성되고, 이 학회의 발표 결과물들이 매년 지면으로 나왔기 때문이다[3]. 6권에 이르는 김동명의 시집과 정치 평론집 등이 다양한 시각에서 연구되었던 것이다. 김동명 문학은 일제 강점기에 쓰여진 시편들과, 해방 이후의 시편들 사이에 커다란 낙차가 있는 것으로 알려져 왔다. 전기의 시들이 주로 순수한 정신 세계를 드러낸 것들로 채워져 있다면, 후기의 시들은 현실참여적인 정신 세계를 보였다는 것이다[4]. 이렇게 분기되는 정신 세계가 어떤 매개고리 없이 고립되어 있다는 것이다. 그 결과 그의 시들은 파편적으로 구성되어 있다고 하거나 혹은 외적 상황의 변화에 따른 추수적 변화 정도로 이해되고 있는 것이다.

---

2) 『나는 증언한다』, 신아사, 1964, p.178.
3) 학회지는 『김동명문학연구』라는 제목으로 2014년 제1권이 발간된 이후로 지금에 이르기까지 거의 매년 상재되고 있다.
4) 장은영, 「김동명시선」 해설, 지식을 만드는 지식, 2012. 이러한 시각은 김동명의 작품 세계를 탐색한 대부분의 연구자들이 동의하는 바다.

하지만 어느 특정 시인의 정신 세계를 객관적 현실의 변화에 대한 단순한 조응 정도로 보는 것은 너무 편의적인 구분법에 불과할 뿐 아무런 설득력을 보여주지 못한다. 시인이든 혹은 그렇지 않든 간에 한 인간의 정신 세계는 쉽게 조각나는 것이 아니기 때문이다. 그런데 이러한 한계를 딛고 넘어선 연구 결과도 분명 존재한다. 그의 시에 나타난 은유의 방법적 의장에 주목하여 시인의 정신 세계를 하나의 스펙트럼으로 고찰한 경우이다. 잘 알려진 바와 같이 김동명이 즐겨 사용하던 시의 의장은 은유였다. 좀 더 정확하게 말하면 비유의 의장인데, 하나의 대상을 다른 대상으로 치환 내지는 변화하여 전자의 대상, 곧 주체를 구체적으로 규정하는 것이 비유의 특징적 단면이다. 김동명은 주지, 곧 원관념을 매체로 치환하여 자신의 사유를 넓혀 나가는 수법을 주로 사용했는데, 이는 자신의 세계관을 뚜렷하게 만들어나가기 위한 방법적 의장이었다. 이런 시각을 확보하게 되면, 자아와 대상 사이의 끊임없는 합일을 시도했던 그의 시적 전략들이 하나의 일관성을 갖게 된다. 그러니까 전기 시의 자아를 규정하려고 하는 능동적이고 적극적인 은유의 전략이 후기 시의 현실 참여로 연결되었다는 것이다[5] 이렇게 되면, 김동명의 시들은 전기 따로, 후기 따로 분리되지 않는 시적 성취를 확보하게 된다.

이 글은 김동명의 시가 연속성을 갖고 있다는 점에 착목하여 연구의 방향을 잡고자 한다. 이 또한 그의 시들에서 주로 펼쳐지는 은유의 전략과 무관하지 않은 것인데, 이는 능동적이고 적극적인 자아의 모습에 사회적 의미를 부여하여, 그 시적 의미의 연속성을 탐색해 들어가고자 하는 의도에서 비롯된다. 이렇게 되면, 현실과 자아의 관계, 그리고 그러한

---

5) 김윤정, 「김동명 시에 나타난 주체의식 연구」, 『김동명 문학 연구』1. 2014.

관계 속에서 펼쳐지는 정신의 스펙트럼이 유기적 연속성을 확보할 수 있는 근거를 마련할 수 있게 된다. 그러니까 김동명의 시들은 자아와 현실의 끊없는 길항관계 속에서 형성된 동일한 지평 속에서 형성된 것임을 이해할 수 있을 것이다.

2. 원시적 공간에 대한 자아의 투영

김동명의 첫시집은 1930년에 출간된 『나의 거문고』로 알려져 있다. 하지만 이 시집은 그동안 행방이 묘연한 상태로 남아 있다가 2019년에 비로소 발견되는 우여곡절을 겪게 된다.[6] 김동명 자신도 소지하지 못한 시집이라는 사실에서 알 수 있는 것처럼, 이 시집은 대부분 습작기의 수준을 넘지 못한다는 것이 기왕의 평가이다. 이 시집 이후 김동명을 시인의 반열에 굳게 올려 놓은 것이 1938년에 간행된 『파초』이다[7].

조국을 언제 떠났노
파초의 꿈은 가련하다.

남국을 향한 불타는 鄕愁
너의 넋은 수녀보다도 더욱 외롭구나

---

6) 이 시집은 2019년에 발간된 『김동명 문학 연구』 6집에 그 전문이 실려 있다.
7) 이 시집은 김동명의 활동 근거지였던 함흥에서 출판되었다. 작품집의 제사에 드러나 있는 것처럼, 「파초」는 김동명을 일약 유명 시인으로 만든 작품이 된다.

소낙비를 그리는 너는 정열의 여인
나는 샘물을 길어 네 발등에 붓는다.

이제 밤이 차다
나는 또 너를 내 머리맡에 있게 하마

나는 즐겨 너를 위해 종이 되리니,
너의 그 드리운 치맛자락으로 우리의 겨울을 가리우자
「파초」전문

　이 작품은 습작기의 수준에 머물러 있던 김동명의 작품 세계를 한 단계 올려 놓은 수작일 뿐만 아니라 이후 그의 시세계를 이해할 수 있는 지표라는 점에서 주목되는 시이다. 우선, 이 작품에서 가장 먼저 지적되어야 할 부분은 조국 상실의 정서이다. "조국을 언제 떠났노/파초의 꿈은 가련하다"에서 알 수 있는 것처럼, 고향 상실, 조국 상실에 대한 애틋한 정서가 '파초'에 직접적으로 감정 이입되어 나타나 있는 것이다. 감시와 검열이라는 억압적 기제가 항상, 그리고 기계적으로 작동하고 있는 현실에서 이런 정서를 표현하는 것 자체가 놀라운 일이다. 비록 은유적 기제를 통해서 자신의 정서를 간접적으로 표현한 것이긴 하지만, 이런 의도를 모르고 넘어가는 경우의 수를 발견하기는 어렵기 때문이다.
　그리고 이 작품의 또 다른 의미는 작품 속에 구현된 수법에서 찾아진다. 김동명의 시들이 주로 은유라는 수사법을 통해서 시인의 정서적 의도를 구현하고 있는데, 「파초」는 그 단면을 예각적으로 다양하게 보여준 작품이기 때문이다. '파초'가 시인 자신의 감춰진 자아이기에 여기에는 다양한 시인의 정서적 음영이 투영되어 있는데, 가령 "남국을 향한 불타는 향수"라든가 "네의 넋은 수녀보다도 더욱 외롭구나"라고 하는 것, 그리고 "소낙비를 그리는 너의 정열의 여인" 등등이 그러하다. 이런 감정의 조각들이 시인 자신의 정서와 그대로 조응되고 있는 것임은 당연할 것이다. 뿐만 아니라 시인 자신은 이렇게 자신의 근거지를 잃어버린 '파초'의 처지를 이해하면서, 그것이 온전히 자랄 수 있는 환경에 대한 극복 의지를 적극적으로 드러내 보이는 사회적 의미망을 환기하기도 한다.

「파초」에서 읽어낼 수 있는 것처럼 김동명의 시들이 천착하는 부분들은 주로 자연적인 것들과 밀접한 관계를 맺고 있다. 그리고 그러한 관계 속에서 시인의 정서는 그것이 표명하는 형이상학적인 의미들, 혹은 영역들에 적극적으로 부응하고자 하는 의도를 표명한다. 이런 맥락에서 김동명의 시들이 낭만적 의도와 그것이 지향하는 유토피아를 담아내고 있다고 이해하기도 한다[8]. 낭만적 태도가 현실의 불온성과 그에 대한 적극적 탈피의지와 불가분의 관계에 놓여 있는 사실을 감안하면, 시인의 작품들이 이런 낭만적 의도와 밀접하게 연결되어 있음은 충분히 짐작할 수 있는 일이다. 이런 단면들은 1920년대의 낭만주의자들, 가령, 소월이나 파인의 시세계와 밀접히 닿아있는 부분들이라 할 수 있다.

김동명의 시와 낭만적 관계가 갖는 정합성에도 불구하고 그의 시들을 이렇게 초월적인 영역에만 가두기에는 무언가 미흡한 면이 있는 것 또한 사실이다. 현실에 적극적으로 대응하지 못하는 자아는 소극적이고 무력한 모습으로 남는 한계 속에 갇히기 때문이다. 김동명의 시들은 현

---

8) 박호영, 「김동명 시에 나타난 낭만주의적 시의식」, 『김동명 문학 연구』2, 2015.

실에 뒤처지는 힘없는 자아들의 군집이 모여있는 무대가 아니다. 시인은 모호할 수 있는 자아의 형상을 주변의 사물을 통해 적극적으로 규정해 온 터이기 때문이다. 그것이 곧 시인이 즐겨 구사했던 은유의 수법이거니와 그는 이 의장을 통해서 세계와 교섭하고자 하는 의도를 적극적으로 드러내고자 했다[9].

여보,
우리가 만일 저 호수처럼 깊고 고요한 마음을 지닐 수 있다면
별들은 바닷불처럼 날아와 우리의 가슴 속에 뼈져 주겠지---

또,
우리가 만일 저 호수처럼 맑고 그윽한 가슴을 가질 수 있다면
비애도 아름다운 물새처럼 조용히 우리의 마음속에 깃드려 주겠
지---

그리고 또,
우리가 만일 저 호수처럼 아름답고 오랜, 푸른 침실에 누을 수 있다면
어머니는 가만히 영원한 자장노래를 불러 우리를 잠드려 주겠지---

여보, 우리 이 저녁에 저 호수가로 가지 않으려오, 황혼같이 활려한 방황을 가지기 위하야--
물결이 꼬이거던, 그러나 그대 싫거던 우리는 저 호수가에 앉아 발만 잠급시다그려
「호수」 전문

---

9) 김윤정, 앞의 논문, pp.191-197.

김동명 작품 속에 주로 인유되는 시의 소재들은 자연물이다. 물론 자연이 이렇게 시의 소재로 자주 등장하는 일이 김동명에 이르러 처음 시도되는 것은 아니다. 1920년대 낭만주의자들, 그리고 1930년 순수 시인들의 시에서도 자연은 전략적 소재로 계속 은유되고 있는 까닭이다. 김동명의 시에서 자연이 시의 소재나 방법적 의장으로 등장하는 것에는 몇 가지 의도가 있어 보인다. 그 하나는 모더니즘의 감각에서 찾아진다. 김동명의 시적 출발이 모더니즘적인 것에 그 인식론적 기반이 있었다는 것은 그의 데뷔작이었던 「당신이 내게 문을 열어주신다면」에서 이해할 수 있었던 대목이다. 이 작품이 모더니스트였던 보들레르에게 헌사된 것임은 앞서 지적한 바 있는데, 이런 정서의 표백이야말로 그가 모더니즘의 인식론적 기반으로부터 자유롭지 않음을 말해주는 대목이기 때문이다.

근대에 대한 안티적 사유와 그 대항담론으로 등장한 것이 모더니즘이다. 그렇기에 이에 대한 비판적 인식을 갖게 되면, 이와 대립되는 지점에 놓인 것들에 사유의 그늘이 스며드는 것은 지극히 자연스러운 일이 된다. 김동명의 시들에서 자연이라는 소재가 지속적으로 그리고, 전략적으로 등장하는 것은 이 때문이라 할 수 있다.

그 연장선에서 또 하나 주목해야 할 것이 자연이 갖고 있는 의미, 곧 순수에 대한 감각이다. 이 감각이 모더니즘의 발생론적 근거와 분리하기 어려운 것이긴 하지만 시대적인 맥락과 밀접히 연결되어 있는 것 또한 사실이다. 이 시기 자연이 갖고 있는 순수성에 주목하여 시작활동을 한 대표적 시인으로 김영랑을 들 수 있다. 영랑은 맑고 수순한 것에 자아를 연결시킴으로써 세속화된 현실, 강압적 현실로부터 벗어나고자 했다[10]. 김동명이 자연을 전략적 소재로 수용한 것은 김영랑이 시도했던 전략과 크게 다른 것이 아니다. 하지만 순수를 지향했다고 해도 김동명의 방식과 영랑의 그것은 엄격한 의미에서 구별된다. 영랑은 자연을 우러러만 보았고, 그 결과 맑고 순수한 세계는 숭배의 대상이 되었다. 영랑은 그 순수한 세계에 자아를 기투시켜 세속과 자아를 구별시키고자 했던 것이다. 이렇게 지켜진 순수성으로 시인은 현실과 타협하지 않고, 자신의 고결함을 지킬 수가 있었다[11].

하지만 이런 유사성에도 불구하고 영랑과 김동명 사이에 내재하는 간극은 분명 존재한다. 특히 자아와 대상 사이에 형성되는 정서의 이입이나 밀착도에서 구분되는데, 대상에 대한 김동명의 정서화는 숭배의 방식이 아니라 동일성의 전략에 입각한 자아화라고 하는 점이다. 이는 곧 은유의 의장에서 비롯되는데, 김동명은 원관념에 해당하는 자아를 뚜렷하게 규정하고자 했다. 그러니까 모호한 자아가 아니라 규정되는 자아, 개념화되는 자아로서 새롭게 자기 정립를 시도한 것이다. 이를 대표하는 작품이 「내마음은」이다. 이 작품에서 시인은 '내마음'은 '호수'요, '촛불'이요, '나그네'로 존재론적 변이를 시도한다. 모호한 자아의 정서화가 아니라 명쾌하고 뚜렷하게 자아의 개념화를 만들어내고 있는 것이다. 이 과정을 통해서 자아의 존재론적인 변이는 이루어지거니와 이런 변이의 장 속에서 자아의 역할은 새롭게 만들어진다. 그러한 자아의 임무

---

10) 영랑의 시들에서 등장하는 '나'의 감각을 모두 맑고 순수한 자연 세계와 곧바로 조응하고자 했던 것은 이런 의도에서 비롯된 것이다.

11) 영랑이 지사적인 면모를 보인 것, 그리하여 창씨개명 등의 친일적 행위를 하지 않은 것은 모두 이런 자의식에서 비롯된다. 이런 행보는 김동명의 경우에서도 고스란히 드러난다는 점에서 두 시인 사이의 공통점을 간취해낼 수 있을 것이다. 송기한, 「현실과 순수의 길항관계」, 『한국현대시사탐구』, 다운샘, 2005 참조.

랄까 유희의 공간이 바로 '호수'였던 것이다.

「호수」에서 자아는 「내마음은」의 경우에서와 같이 무지개같은 다채로운 모습으로 현상 변이된다. "저 호수처럼 깊고 고요한 마음"이라든가 "저 호수처럼 맑고 그윽한 가슴", 혹은 "저 호수처럼 아름답고 오랜, 푸른 침실" 등등이 그러하다. 그런데 자아의 변신은 고정된, 석화된 마네킹으로 남지 않는다. 이렇게 변화된 자아에게는 분명한 역할이 주어진다. 가령, "별들은 반딧불처럼 날아와 우리의 가슴속에 빠져주거나" "비애도 아름다운 물새처럼 조용히 우리의 마음 속에 깃드려"주는 행위들과 연결되어 있는 까닭이다. 세계와 상호 조응하는 형태로 자아의 적극성이 구현되고 있는 것이다.

자연과 자아의 적극적인 교섭, 그리고 그러한 과정을 통해서 하나의 조화로운 무대를 만들고자 했던 것이 김동명 초기 시의 특징적 단면들이다. 자연과 교섭하고 이와 하나되는 장을 실현한다는 것에는 두 가지 음역이 내포된다. 하나는 반근대적 사유이다. 일찍이 김동명의 시들이 보들레르의 영향으로부터 자유로운 것이 아니었거니와 시인은 이런 통섭의 과정 속에서 분명 반 근대적 인식이나 사유 태도를 취했을 개연성이 매우 큰 경우이다. 그러한 결과가 이렇게 자연친화적인 태도로 구현된 것이 아닐까 한다. 그리고 두 번째는 순수가 갖고 있는 시대적 의미이다. 순수하다는 것은 반 사회적이고 반 세속적인 지대를 겨냥하는 것이다. 자아가 불온한 현실로부터 탈출하기 위해서는 가급적 이러한 환경과 거리를 두어야 한다. 객관적 현실이 열악할 때, 탈속의 포오즈를 취하는 것에서 이 저항의 의미가 읽힐 수 있는 것은 이 때문이라 할 수 있다. 김동명의 시에서 드러나는 순수의 의미가 사회에 대한 대항담론일 수 있다는 것, 그리고 그러한 과정을 통해서 외부 현실에 대한 저항의

한 기제로 작용할 수 있다는 것은 충분히 짐작할 수 있는 일이다.

　　그대는 차디찬 의지의 날개로
　　빛나는 고독의 위를 날으는
　　애달픈 마음

　　또한 그리고 그리다가 죽는
　　죽었다가 다시 살아 또 다시 죽는
　　가여운 넋은 가여운 넋은 아닐까

　　부칠 곳 없는 정열을
　　가슴 속 깊이 감추이고
　　찬 바람에 쓸쓸이 웃는 적막한 얼굴이여

　　그대는 신의 창작집 속에서
　　가장 아름답게 빛나는
　　불멸의 소곡

　　또한 나의 작은 애인이니
　　아아 내 사랑 수선화야
　　나도 그대를 따라 저 눈길을 걸으리
　　　　　　　　　　　　「수선화」전문

　여기서 드러나는, 서정적 자아를 자연의 사물로 대치하는 수법은 「파초」와 마찬가지의 경우이다. 이 작품에서의 '그대'란 곧 자아 자신이다.

'수선화'는 시대 상황과 관련하여 몇 가지 상징적 의미를 갖는다. 하나는 순수하고 고고한 이미지이다. "차디찬 의지의 날개"라든가 "끝없는 고독의 담지자"가 그러한 모습의 한 단면들이다. 그 연장선에서 서정적 자아의 시대의 음역이 주는 의미들에 대해서 천착해 들어간다. "불멸의 소곡"이라든가 "그대를 따라 걷는 눈길" 등등이 그러하다. 여기에는 적어도 불온한 현실과 거리를 두겠다는 뚜렷한 의지의 표명이 담겨있다. 그러한 상황적 의미를 담고 있는 것이 바로 '눈길'이다.

1940년대 들어, 김동명은 「술노래」와 「광인」 등을 끝으로 더 이상 시를 쓰지 않았다. 절필을 선택한 것이다. 뿐만 아니라 그는 창씨개명에 참여하지 않음으로써 현실과 거리를 두게 된다. 이런 의지의 표명이야말로 지사적 풍모이며, 일제에 대한 저항의 지표를 말해주는 것이라 할 수 있다. 김동명의 이런 저항 의식들은 『파초』라든가 『하늘』 등의 시집에서 드러난 자연의 상징물을 통해서 알 수 있다. 자연이란 반근대적 사유의 표백이라는 점에서도 의미가 있는 것이지만, 세속과의 거리를 갖는 대상이라는 점에서도 의미가 있는 것이기 때문이다. 시인의 자의식은 자연과 더불어 통섭하고, 그것과 하나의 무대로 어우러질 때 비로소 조화라는 감각이 만들어졌다. 조화라든가 유토피아가 상호간의 교호작용 속에서 형성되는 것임을 감안하면, 이런 시적 의도야말로 시대적 함의를 담아내는 것이라 할 수 있다.

3. 자연의 유토피아에서 사회적 유토피아로 향하는 길

1945년 해방이 되었다. 김동명이 해방을 맞이한 것은 함흥지역, 다시 말하면, 남쪽의 현실이 아니었다. 그가 이곳에서 해방 공간의 현실을 마주한 것에는 몇 가지 시사적 의의가 있는 것이라 할 수 있다. 첫째는 중앙문단과의 거리감이다. 여기서 중앙문단이라고 하면, 서울 중심을 굳이 지적할 필요는 없을 것이다. 이와 등가 관계를 갖는 평양 중심의 문단도 생각해 볼 수 있는 것이기 때문이다. 어떻든 그가 중앙 이외의 지역에서 해방을 맞이했다는 사실은 문화의 중심에서 비껴서 있었다는 의미가 된다. 그러한 까닭에 그는 커다란 흐름과 압력으로 다가온 문단의 흐름과는 무관한 존재가 된다. 그러니까 당대를 풍미했던 좌파 중심의 〈문학가동맹〉이나 우파 중심의 〈중앙문화협회〉와 같은 단체와는 자연스럽게 거리를 두게 된 것이다.

물론 이런 거리감이란 김동명에게는 거의 생리적인 것에서 온 것이라 해도 과언이 아니다. 그는 1923년에 문단에 처음 나오긴 했으나 이때부터 그가 어떤 그룹화된 문인활동을 했다는 뚜렷한 기록이 없다. 그의 성향상 〈카프〉집단이나 혹은 1930년대 유행하던 〈구인회〉 그룹에 가담할 수 있었을 터이지만, 여기에서도 그에 대한 어떤 뚜렷한 흔적이 발견되지 않고 있는 것이다. 이런 맥락에서 보면, 그는 생리적으로 자유인이었던 것으로 보인다. 다시 말하면, 어떤 구속이 요구되는 집단과는 늘상 거리를 두고 있었다는 사실을 알게 되는 것이다. 물론 이런 결과는 그가 본격적으로 문단 활동을 하던 1930년대 중후반에 객관적 상황이 매우 열악했던 까닭에 자유롭게 집단화할 수 있는 상황이 만들어지지 못한 현실과도 일정 부분 관련이 있을 것이다.

셋째는 그의 세계관에서 오는 한계이다. 잘 알려진 대로 김동명은 1930년대를 대표하는 민족주의자였다. 물론 이 시대를 살아온 시인치고 이 정서로부터 자유로운 사람은 아무도 없었을 것이다. 이민족의 지배하에 놓인 상황에서의 문자 행위에 민족주의적인 요소가 개입되지 않는 행위를 전제하기는 매우 어려운 일이기 때문이다. 문제는 그 정도에 놓여 있을 것이고, 이를 언표화하는 용기랄까 전략에 있을 것이다. 일제 강점기에 민족주의적 요소를 뚜렷이 간취해낼 수 없는 상황도 이 용기라든가 전략과 분리하기 어려운 것이긴 하지만, 김동명의 경우는 이를 서정화의 작업 속에서 남다른 사례를 보여준 보기 드문 시인이었다. 이를 대표하는 작품이 「파초」와 「수선화」 등이다.

어떻든 해방이 되었고 김동명의 문학 활동도 본격적으로 시작된다. 그는 해방 공간에서 두 권의 시집을 상재했는바 하나가 『삼팔선』[12]이고, 다른 하나가 『하늘』[13]이다. 전자는 주로 해방 직후의 상황에 대해 서정화한 시들이고, 후자는 해방 이전의 작품들을 모은 시집이다. 시간을 달리하여 발간된 것은 해방 직후 잊혀진 시집 『나의 거문고』와 어느 정도 관련이 있지 않을까 한다. 시인은 첫 시집에 수록된 시들과 『파초』 이후에 쓰여진 시들을 정리하는 과정에서 취사선택의 과정이 필요함을 느꼈을 것이고, 그 과정을 거친 것이 이런 시간적 상위를 가져온 것이 아닌가 생각된다. 『하늘』에 수록된 작품들 대부분이 일제 강점기에 쓰여진 것들이라는 사실은 이런 근거에서 비롯된다.

김동명이 해방을 맞이한 것은 자신의 직장이 있었던 함흥에서이다. 하지만 그는 이곳 현실에 적응하지 못하고 곧바로 남으로 내려오게 된다. 북쪽에서 그러했던 것처럼, 그는 남쪽에 내려와서도 문단활동이나 어떤 조직에 가입하지 않았다. 일제 강점기에 그러했던 것처럼 해방 공

---

12) 문룡사, 1947.
13) 문룡사, 1948.

간에서도 그는 여전히 구속되지 않는 삶을 영위하고 있었던 것이다.

어떻든 김동명에게도 해방은 여전히 새로운 기대치를 제공하는 기회로 다가왔다. 물론 그에게 주어지는 것이 개인적 이익이 아니라 국가적 이익임은 당연하다. 그래서 다른 문인들과 마찬가지로 해방을 환희라든가 감격의 정서로 표출하게 된다.

教務室
스토부를 삥 둘러
입은 살았으나 주먹은 보잘 것 없는 위인들이다

바깥은
바람 한 점 구름 한 점 없는 날씨나
마음 하늘의 低氣壓은 무쇠같이 무거운 친구들이다

알미늄
주전자에 김도 채 오르기 전에
벌서 도도해 오는 醉興을 어찌지 못하는 酒豪들이다.

이윽고 입은 噴火口같이 터지나
복도를 지나는 사환 아이의 발자최 소리에도 흠칫하는 겁쟁이들이다.

머리와
입만 남어 있는 몸뚱이 없는 사내들
"過歲 安寧하시오"

오늘은

일즉이 색동조고리를 입고 만나 본 일이 있는,

그리고 三十六年만에 다시 만나 우리의 설날이다.

「설날」 전문

해방이 줄 수 있는 환희의 정서는 맨 마지막 연에 잘 나타나 있다. 하지만 해방을 마주한 그의 정서는 다른 시인들과 달리 대단히 차분한 포오즈를 취한다. 뿐만 아니라 앞으로 나아가야할 민족 문학의 방향성이라든가 이념 등에 어떤 뚜렷한 실체를 제시하고 있지 않다. 이런 면에서 보면 그는 당대의 현실에 대해 매우 조용하고 냉정하게 응시하고 있었다고 할 수 있다.

하지만 해방 직후의 현실은 우리 민족의 기대대로 흘러가지 않았다. 오랜 세월 이민족이 지배한 뒤에 남겨진 해방 공간의 현실은 하나의 민족을 향한 무대가 마련되지 않았다. 남과 북은 서로의 정권을 위해 독자적인 길을 걸어갔거니와 남쪽은 남쪽대로 이리저리 분열되는 현실에 직면하고 있었던 까닭이다. 민족주의자였던 김동명의 시야에 이런 현실들은 어떻게 받아들여졌을까. 해방 공간이라는 개념이 말해주는 것처럼, 이 공간을 채워줄 민족문학은 크게 세 갈래가 있었음은 잘 알려진 일이다. 인민성, 당파성, 시민성이 바로 그러하다[14]. 인민성이 남로당 중심이었고, 당파성이 북로당 중심이었으며, 시민성이란 이승만을 비롯한 우익 중심이었다. 그러나 이런 구분은 어디까지나 정치적인 것에서 오는 것이었고, 문학이란 그저 여기에 복속된 것이라는 인식에서 온 결과

---

14) 김윤식, 『해방공간의 문학사론』, 서울대 출판부, 1989.

일 뿐이다. 보다 더 중요한 것은 민족주의자들이 응시하는 민족 문학일 터인데, 기왕의 시야에서는 이 부분이 주목의 대상이 되지 못했다. 그러니까 해방 공간이라는 정치적 진공 상태를 어떤 이념으로 메울 것인가도 중요한 것이었지만, 사분오열된 민족을 통합시킬 메시지 또한 중요한 것이 아닐 수 없었다. 이 부분을 담당한 것이 정치적으로 보면, 김구나 여운형이었을 것이고, 문학적인 관점에서 보면 민족주의자들의 몫이었을 것이다. 그들 가운데 주목의 대상이 되는 작가들이 정지용이나 이용악, 김동명 등등일 것이다. 이들이 목소리가 집단화된 정서보다는 미미했을망정, 그 지향하는 정합성이랄까 의도, 목적 등에 있어서는 가장 가치 있었던 것이 아닐까 한다.

獄門,
굳게 닫힌 獄門일다.

일천만의 獄囚 諸君, 경계하라 악역을 그리고 盜難을
제군의 주위는 자못 不潔하고도 騷亂하다.

자 저 사내들은 무슨 이야기가 저리도 장황하담.
남은 불붙는 향수에 까맣게 입술이 타는데---

에잇, 주먹으로 우리들의 이 주먹으로
그만 와지끈 지끈 따려 부실 수는 없나

아아 저 곰의 발바닥 같이 생겨 먹은 상판을 본대두

우리들이 잘못 걸린 것마는 틀림없구나.

鐵壁,
깜아득히 높이 솟은 鐵壁일다.

여기는 弱小民族 해방의 聖部隊가 몰고온
붉은 도야지 떼의 屠殺場

볼스비키즘의 넋은 버얼서
저들의 약탈품과 함께 우라지오스도꾸의 상륙지 오래다.

아아 아름다운 악마, 그러나 알고 보니 무서운 疫神이어!
우리들의 환자는 가엽게도 제 하라비를 모르는 것이 특징이더구나

허나 요행으로 오십년, 그렇다 오십년은 責任저도 좋다.
斷然 防疫 無要
死線,
不死鳥도 울고 넘는 現代版 아리랑 고개.

구즌 비 휘뿌리는 침침 漆夜 아니래도
"으흐 으흐흐---"鬼哭聲이 凄凉쿠나

굶어 죽은 넋 銃 맞어 죽은 넋 짓밟히어 죽은 넋, 온갖 억울한 넋들이
"三八線이 여기드냐." 더위잡고 "어흐, 으흐흐---"

아아 民族 曠前의 受難일다.

歷史의 惡戱, 運命의 嘲弄이 어찌 이대도록 甚하뇨.

배를 갈라,

창자를 뿌리어도, 창자를 뿌리어도---

「삼팔선」전문

해방 직후 쓰여진 김동명의 이 시에는 당대를 응시하고 가치평가하는 시인의 가치관이 잘 드러나 있다. 이는 이용악의 「38도선」과 비교할 수 있는 작품인데, 38선이야말로 이 시기 가장 중요한 현실적인 문제였으며, 이에 대한 해법을 제시하고 않고서는 어떠한 민족 문학도 공허한 울림에 불과한 것이었다. 특히 이런 문제는 이념을 초월한 민족주의자가 아니면 결코 접근하기 어려운 지대였다고 할 수 있다.

김동명은 38선을 '옥문'이라고 하였거니와 그 양쪽에 거주하는 사람들을 모두 '죄수'로 비유하고 있다. 민족주의자의 관점에서 보면, 이런 인식이야말로 지극히 당연한 것이었다고 할 수 있는데, 시인은 그 초월을 위해서 과감한 행동과 가열찬 열정을 보인다. 하지만 이것이 한 개인의 힘과 열정으로 사라질 수 있는 것이 아님은 물론이다. 그래서 그는 다시 이를 '옥문' 너머의 더욱 견고한 것으로 사유하는데, 바로 '철벽'이 그것이다. '철벽'이란 초월할 수 없는 절대의 지대에 놓인 것이다.

김동명은 점증하는 민족의 분열과 그 초월이 불가능한 현실을 「삼팔선」을 통해 묘사했다. 그러한 도정이 쉽게 해결될 수 없음을, 아니 어쩌면 불가능에 가까운 것임을 점층적 시야의 확장을 통해서 확인시키고 있다. 이런 감각은 민족 문학을 건설하는 데 있어서 정치적인 것보다 중요한 심정적인 차원의 것이었을 것이다. 심정적인 것이 비과학적인 것으로 비판받을지라도. 어느 경우에 따라서는 과학을 초월하는 지대에 놓일 수 있다는 점에서 의미가 있을 것이다. 여기에는 해결할 수 없는 현실에 대한 절망의 정서, 비판의 정서가 흘러가 있기 때문이다.

김동명은 해방 이전부터 민족주의적인 면모를 강하게 보여준 시인이다. 그의 대표작 「파초」가 그러하거니와 일제 강점기 전후로 쓰여졌을 것으로 추측되는 「우리말」의 경우에서도 이를 확인할 수 있다. 어쩌면 민족주의는 그에게 생리적인 것이었을 가능성이 큰 경우이다.

네게는 不滅의 香氣가 있다.
네게는 黃金의 音律이 있다.
네게는 永遠한 생각의 감초인 보금자리가 있다.
네게는 이제 彗星같이 나타날 보이지 않는 榮光이 있다.

너는 동산같이 그윽하다.
너는 大洋같이 뛰논다.
너는 微風같이 소군거리다.
너는 處女같이 꿈꾼다.

너는 우리의 新婦다
너는 우리의 運命이다.
너는 우리의 呼吸이다.
너는 우리의 全部다.

아하, 내 사랑 내 희망아, 이 일을 어쩌리,

네 발에 香油를 부어 주진 못할망정,

네 목에 黃金의 목거리를 걸어 주진 못할망정,

도리어 네 머리 위에 가시冠을 얹다니, 가시冠을 얹다니---

아하, 내 사랑 내 희망아, 세상에 이럴 법이---

우리는 못났구나 기막힌 바보로구나.

그러나 그렇다고 버릴 너는 아니겠지 설마,

아아, 내 사랑 내 희망아, 내 귀에 네 입술을 대여 다오.

「우리말」 전문

이 작품은 우리말에 대한 예찬의 정서를 듬뿍 담아내고 있는 시이다. 시인은 그것에 '불멸의 향기'가 있다고 하거니와 '황금의 음율' 또한 내포하고 있다고 했다. 이쯤 되면, 시인의 우리말 사랑이 어떤 것인지 알 수 있거니와 궁극에는 민족애, 국가애에까지 나아가게 된다. 이 의식은 거의 샤머니즘에 가까운 것이 된다. 샤머니즘만큼 자아와 세계 사이의 결합을 아주 조밀하게 해주는 사유도 없을 것이다. 대상과 자아가 조금이라도 분리되면 샤머니즘이란 결코 성립될 수 없는 것이기 때문이다.

하나의 지대로 결합되지 못하는 우리말, 우리 민족은 민족주의자 입장에서는 결코 용납될 수 없는 일이다. 생리적으로 일체화된 관계를 유지할 수 없는 것들이 분리되어 나갈 때, 시인의 정서가 어떤 것인가를 추측하는 것은 어려운 일이 아니다. 김동명은 그렇게 분리되는 현실을 "네 머리 위에 가시冠"이 놓인 형국으로 이해한다.

민족주의자 입장에서 보면, 해방 공간을 어느 하나의 정치 색채로 분석하거나 가치평가하는 일이란 모험일 수밖에 없다. 김동명이 어떤 계

기로 남쪽으로 내려왔는지는 불분명하다. 그 연장선에서 그가 북쪽 현
실의 현장에 대해 시를 쓴 사례는 거의 나타나지 않는다. 반공주의를 표
나게 드러난 시를 그의 시세계에서 발견하는 것은 어려운 일이다. 뿐만
아니라 치열하게 전개된 해방 공간의 현실에서 김동명이 추구했던 민
족 문학의 방향도 불분명하다. 이를 두고 김동명을 회색인이라든가 기
회주의적 사유를 가진 시인이라고 비판할 수도 있을 것이다.

하지만 민족주의자의 관점에서 이해하게 되면 이런 비판이란 성립하
기 어려운 것처럼 보인다. 민족주의란 통합의 정서이고, 이 시대의 새로
운 지대로 자리할 수 있는 것이기 때문이다. 그런데 여기서 한 가지 유
의할 대목이 있다. 김동명이 기댄 민족주의가 자칫 오해하게 되면, 이 시
대를 풍미한, 어느 특정 정치 세력의 논리를 그대로 답습할 수 있는 위
험성에 노출되기 때문이다. 가령, "뭉치면 살고 흩어지면 죽는다"가 갖
는 사유가 그러한데, 이는 엄격한 의미에서 건강한 민족주의라고 볼 수
없기 때문이다. 어느 특정 집단의 도덕성을 고양시키거나 윤리적 약점
을 감추기 위한 민족주의란 한갓 모래성에 불과하다. 이런 면에서 주목
되는 작품이 「자유」이다.

이 地方에 있어서 "自由"는 완전히 禁制品의 하나다.
阿片쟁이처럼 문을 닫아 걸고 조심조심히 가저 보는 일이 있다 할지라도
들키기만 하는 날에는 罰보다도 천대가 더 무섭다
아아 레텔도 華麗한, 저 쇼윈도—안에 陳列되여 있는 自由!
허나 이 사람아, 그건 商品이 아닐세 粧飾用으로---
그러기에 손을 대서는 안 된다네.

「자유」 전문

이 작품은 「민주주의」[15]와 더불어 이 땅에서 전개되는 현실을 통렬히 비판한 시이다. '자유'를 기치로 건설되는 남쪽의 현실을 묘사한 것인데, 이 감각이야말로 북쪽과 가장 대비되는 지점이었을 것이다. 하지만 북쪽에서 내려온 김동명이라면, 남쪽에서 전개되는 현실에 대해 이런 감각을 표명하는 것이 가능한 것일까. 그 상대적인 논리 또한 마찬가지일 것이다. 이를 두고 일종의 균형 감각이라도 불러도 좋을 터인데, 어느 한쪽의 주장에 일방적으로 동조하라는 강압된 힘이 존재하는 공간에서 이런 태도란 매우 예외적인 것이 아닐 수 없다.

어쩌면 김동명의 인식이 돋보이는 부분도 여기에 있을 터인데, 이를 대변하는 작품이 「목격자」라는 시이다. 정치평론으로 나아가기 전 김동명이 마지막으로 상재한 시집이 『목격자』인데, 「목격자」는 이 시집의 표제시이다. 시집을 읽어 보면 금방 알 수 있는 것처럼, 이 시집의 대부분은 도시 비판으로 이루어져 있다. 마치 1930년대의 박태원이나 박팔양이 보여주었던 것처럼, 시인은 '산책자'가 되어 서울 곳곳의 근대화된 거리, 혹은 어두운 거리에 대해 탐색하고 있는 것이다. 거기서 그는 도시의 해석자 내지는 비판자가 되는 것인데, 이런 맥락은 그의 초기작에서 선보인 모더니즘의 감각으로 되돌아간 것이라는 점에서 주목을 요한다. 그의 시적 출발이 보들레르에게 헌사된 「당신이 만약 내게 문을 열어주신다면」인데, 그는 초기의 정서로 회귀한 것이다. 그러니까 그는 모더니즘의 정서에서 시작되어 다시 이 세계로 귀착된, 원점 회귀의 정서를 보

---

15) 아가 문열어라/누구요/엄마다/어머니 곡소리가 아닌데요/목이 쉬어서 그렇구나/그럼 여기 문틈으로 손을 좀 보여 주세요//아아 보기에도 기럽을 할 호랑이의 발톱!/그러나 우리의 불행한 아기들은 미처 나무꼬다기로 피신할 겨를도 없었다. -「민주주의」 전문

인 것이다. 그 감각을 회복한 것이 바로 가치 중립적으로 세계를 응시하
는 태도이다.

>   나는 窓門을 활짝 열어젖히고
>   傲然히 앉아 바라본다
>
>   굽이쳐 흐르는 한가람이
>   오늘은 어인 일 자꾸만 슬프구나
>
>   '레디오'가 그렇게까지 모모부림치며 매달리건만
>   그래도 뿌리치고 떠나는 市民도 있나 보다
>
>   어느새 長蛇陣을 이룬 避難民의 行列이
>   비에 젖으며, 젖으며 간다
>
>   성난 짐승모양,
>   敵의 砲門은 더 가까이 짖어 대는데
>
>   강 건너 마을의
>   輝煌한 불빛이여!
>
>   이윽고 헫라잍의 물결
>   아하 쏟아져 내닫는 자동차의 奔流!
>
>   '풀 스피드' 달리는 自動車, 自動車, 自動車, 自動車---

百千 瀑布 한꺼번에 쏟아지는 듯!

아홉 時-열 時-열한 時-열두 時-한 時-한 時半-
밤이 깊어 갈수록 자동차의 奔流는 더욱 凄悶하다

누가 人道教 車道를 요 꼴로 設計하였더뇨
달리는 마음의 焦燥로움이 눈에 겨웁다

아모러나 역사는 드디어 무사히 避難하지 않었느냐
요행 한가람은 밤비에 가려 보이지 않는다

나는 窓門을 활짝 열어젖히고
傲然히 앉아 바라본다

「목격자」 전문

　해방 공간의 연장선에서 펼쳐진 한국 전쟁을 두고 기울어지지 않은
감각, 곧 객관적인 감각을 갖는 것은 결코 만만한 일이 아니다. 그러니까
적어도 상대방에 대한 적개심이나 그 정도는 아니더라도 어느 한쪽을
우위에 둘 수 있는 시각 정도는 표명되어야 하는 것은 아닐까. 물론 전
쟁을 두고 어느 한 편을 옹호하는 것은 그저 도구화된 문학에 그칠 뿐,
여기서 문학적 의미를 발견하기는 어려운 일이다. 문학이 이런 수준으
로 떨어지는 것은 더 이상 가치가 없다. 어떻든 생과 사가 오가는 현장
에서 스스로 목격자가 되는 일이 얼마나 어려운 일인가 하는 것은 쉽게
짐작할 수 있는 일이다.
　이를 두고 균형 감각이라 해도 좋은데, 이 감각은 민족주의적인 색채

가 열어지면서 생겨났다는 점에서 그 의미가 있다. 그것은 일제 강점기에 표명되었던 민족주의와 상대적인 자리에 놓인다. 민족주의란 이타적인 존재 없이는 불가능하기 때문이다. 해방공간의 현실이나 그 이후 전개되는 현실은 더 이상 민족주의가 유효한 시대는 아니었다. 거기서 김동명의 인식은 새롭게 바뀌게 되는데, 바로 시대에 대한 응시자, 곧 '목격자'가 되는 일이었다. 목격자란 한쪽으로 치우친 정서로는 결코 성립할 수 없는데, 이는 '목격자'가 아니라 '옹호자' 내지는 '고발자'의 위치에 서는 일이기 때문이다. 민족주의자에서 목격자로 나아가기, 그것이 김동명의 가치중립적인 세계관이었고, 또 그만이 갖고 있었던 균형감각이었다.

4. 김동명 문학의 의의

김동명은 보기 드문 이력의 소유자였다. 그는 문인이면 당연히 있어야 할 자리에 있지 않았고, 유랑 생활에 가까운 면모를 보여주었기 때문이다. 그는 문단이나 잡지 등등에 깊이 관여하거나 뚜렷한 교류를 하지 않은 채 거리를 두고 있었다. 그는 6권의 시집을 남겼지만, 후기에 이르러서는 문학보다는 현실 정치에 많은 관심을 두었다. 그래서 그의 정신 세계는 순수 세계를 지향했던 시세계와 현실 참여적인 세계, 그리고 정치에 관심을 둔 후기의 인식론적 세계로 구분된다. 그리고 그 각각의 대부분은 시대 상황에 따른 응전으로 이해되고, 그 연결고리를 찾는 것이 매우 난망한 시인으로 알려져 있다.

하지만 시인의 정신 세계에서 이렇게 갈라지는 것은 아무런 근거가 없는 것이 아니었다. 가령, 은유라는 방법적 의장을 통해서 자아의 정체성을 확인하는 과정으로 이해하게 되면, 그 각각의 세계는 하나의 유기적 관계를 맺을 수 있다는 것이다. 그런데 그러한 유기성을 매개하는 근거 가운데 하나는 은유라는 방법적 의장 이외에 세계관적인 측면에서 민족주의를 들 수 있을 것이다. 김동명은 1930년대 점증하는 객관적 현실의 위협 속에서 매우 드물게 민족주의를 표방한 시인이다. 이를 대표하는 시가 「파초」이었거니와 그 근거지는 대부분 자연의 순수한 세계였다. 순수란 양면성을 가질 수밖에 없는 정서인데, 현실이 불온하면 그 초월이란 저항의 맥락과 닿을 수밖에 없는 것이고, 그 반대의 경우라면, 순수 그 자체나 체제 순응적인 상태로 남게 된다. 그러니까 일제 강점기의 순수란 전자의 의미로 한정될 수밖에 없을 것이다. 그러한 단면을 김영랑의 시에서 확인할 수 있었고, 김동명 또한 그 연장선에 놓인 시인이었다. 김동명이 순수의 시인이 아니라 저항의 시인, 민족주의를 구현한 시인으로 남을 수 있었던 것은 이런 이유 때문이다.

김동명의 이러한 감각은 해방 직후에도 그대로 이어진다. 그는 여러 갈래로 나뉘어진 해방 공간에서 일제 강점기에서 그러했던 것처럼, 어떤 문학 조직에 가담하지 않았다. 그 연장선에서 그는 이전부터 보지하고 있었던 민족주의적인 정서를 여지없이 표명했거니와 그 시적 표명이 「삼팔선」이었다. 이 시기 민족주의자들에게 남겨진 최대의 과제이자 극복할 대상은 '삼팔선'이었을 것이다. 그것은 곧 민족주의가 어떻게 실현될 수 있을까를 시험하는 잣대이었기 때문이다. 그렇기에 김동명은 북쪽의 현실이나 남쪽의 현실에 대해 편향된 정서를 갖고 있지 않았다. 이런 감각이란 민족주의가 아니라면 불가능한 경우이다.

편향되지 않은 사유, 곧 가치중립적인 김동명의 사유는 한국전쟁을 거치면서도 그대로 유지된다. 이를 대표하는 작품이 「목격자」이다. 예민할 수밖에 없는 전쟁을 이렇게 냉정하게 응시할 수 있었던 것은 가치 중립적인 사유 없이는 불가능했을 것이다.

전쟁 이후 김동명의 시들은 모더니즘의 감각을 유지했다. 이런 맥락은 아마도 그의 초기작에서 선보인 모더니즘의 감각으로 회귀한 경우라고 할 수 있다. 김동명이 처음 쓴 시가 보들레르에게 헌사된 「당신이 만약 내게 문을 열어주신다면」이다. 이 작품이 모더니즘적인 정서와 의장에 기대고 있는 것은 틀림없는 일인데, 이런 맥락에서 보면 그는 초기의 정서로 되돌아간 것이라 할 수 있다. 그러니까 그는 모더니즘에서 시작되어 다시 이곳으로 되돌아간, 원점 회귀의 여정을 보인 시인이었다고 할 수 있다. 이 여로를 가능케 한 것이 가치 중립적인 태도였고, 균형 감각이었다.

제5장

심훈 시에 나타난 민족주의에의 여정

심 훈 연보

1901년 10월 23일 서울 노량진 출생

1915년 서울 교동보통학교 졸업

1917년 왕족인 이해승의 누이의 결혼

1919년 독립만세 사건으로 투옥. 유명한 「어머님께 올린 편지」를 이때 씀

1920년 중국으로 건너감

1921년 항주의 지강대학(之江大學)에 입학

1923년 중국에서 귀국

1924년 아일보사 입사

1925년 『장한몽』영화 출연

1927년 영화를 공부하러 도일(渡日)

1930년 소설 『동방의 애인』을 동아일보에 연재하려 했으나 일제의 방해
　　　　로 실패

1932년 시집 『그날이 오면』을 간행하려 했으나 실패

1934년 장편 『직녀성』 탈고

1935년 장편 『상록수』 집필

1936년 장티푸스로 사망

심훈 시의 나타난 민족주의에의 여정

1. 심훈의 위치

심훈은 1901년 경기도 시흥군(지금의 서울 노량진동)에서 태어나 1936년 장티푸스로 사망할 때까지 35년이라는 짧은 삶을 살아간 시인이자 소설가이다. 그를 장식하는 말 혹은 작가로서 그를 대표해주는 것은 잘 알려진 대로 장편 소설『상록수』의 저자라는 말이다. 그러니까 심훈하면『상록수』가 연상되고,『상록수』하면 심훈이 떠오를 정도로 그는 『상록수』의 작가로 우리에게 크게 부각되어 있는 것이다. 하지만 그에 대한 외연을 좀 더 넓히게 되면, 심훈은『상록수』의 아우라에 갇혀 있는 작가로만 한정할 수 없게 된다. 그는 암울했던 일제 강점기에 우리 민족에게 한줄기 강렬한 빛을 선사했던 작품 가운데 하나인「그날이 오면」을 썼거니와 여기에 내포된 저항의식의 무게감이란 결코 작은 것이 아니기 때문이다. 이는 곧 그의 조국애 내지는 민족애를 말해주는 것인데, 특히 "어머니보다 더 큰 어머니"[1], 곧 조국을 위해 헌신하겠다는 조국애

---

1)『그날이 오면 그날이 오며는』(신경림편), 지문사, 1982, p.136.

야말로 『상록수』의 작가라는 낭만적 틀을 벗어나게 해준다.

하지만 심훈에 대한 기존의 평가랄까 독자들의 인식은 그가 이루어놓은 것들에 비해 비교적 많이 알려지지 않은 것이 사실이다. 이는 그에 대한 기왕의 연구가 소략했다는 뜻이 아니라 흔히 수용되고 있는 통상의 관점에서 그에 대한 접근이 소략했다는 측면에서 그러하다. 이런 면을 단적으로 보여주는 것이 저항 시인의 문제, 좀 더 구체적으로는 이에 속하는 문인들의 숫자에 관한 것이다. 가령, 일제 강점기의 2대 저항시인으로 이육사나 윤동주를 그 대표적인 예로 든다든지 아니면 한 명을 더 늘려서 이상화를 추가한다든지 하는 평가들이 모두 여기에 속한다. 물론 경우에 따라서 심훈을 포함시켜서 3대 내지는 4대 저항시인으로 말하는 사례도 있긴 하다. 하지만 여기서 중요한 것은 그 숫자가 몇 명이고 그 순위가 무엇인지에 놓여 있는 것은 아니다. 그럼에도 만약 이런 서열이 유효한 것이라면, 심훈은 아마도 첫 번째 아니면 두 번째에 위치시켜도 크게 문제될 것은 없어 보인다. 특히 문학 부문에 한정해서 놓고 본다면, 심훈은 거의 첫 번째라고 해도 과언이 아닐 정도로 조국에 대한 해방 의지, 곧 저항 의식이 다른 어떤 문인보다 철저했다고 할 수 있다. 그것은 그의 시들이 은유나 상징과 같은 우회적 의장이라든가 간접적인 방식을 통해서가 아니라 직정적인 방식으로 독립에 대한 의지를 강렬히 표방했다는 측면에서 그러하다.

그리고 일제 강점기 저항 문인에 대한 규정도 물론 새롭게 정의되어야 하고 이에 대한 인식 또한 바꾸어야 한다는 전제가 따라야 한다고 본다. 그것은 일제 강점기를 살았던 문인치고 이런 감각으로부터 자유로웠던 시인은 아무도 없었기 때문이다. 가령, 소월의 경우에서 이를 살펴보기로 하면, 그는 흔히 감성의 시인으로 지칭되었거니와 우리 민족이 갖고 있었던 정서의 결정체를 한으로 규정하고 이를 고정화시킨 시인으로 기억되어 왔다. 한이란 퇴행의 정서이고, 또 과거적인 시간성을 갖고 있었기에 독립이라는 현재 진행형, 혹은 미래진행형하고는 전연 배치되는 것이었다. 하지만 소월의 시를 이런 영역에 가두게 되면, 그의 문학적 폭과 자장이 대단히 좁아지게 된다. 그리고 시와 사회와의 연계성이라는 측면에서 볼 때도 그의 시들은 시대성과 무관한 것이 되고 만다. 하지만 소월의 시는 분명 이런 한계에 갇혀있는 것이 아니다. 잘 알려진 대로 그는 살아있는 유기체를 정신과 육체라는 이분법으로 인식하고 있었고, 국권을 상실한 조선을 정신(혼)이 빠져나간 세계, 곧 죽은 육체로 사유하고 있었다. 그러한 육체가 부활하기 위해서는 혼이 들어와야 했다. 그래서 그가 애타게 부른 것이 바로 '혼을 부르는 행위'(「초혼」)로 나타났던 것이다. 이런 맥락에서 이해하게 되면, 누구 하나 일제 강점기라는 현실을 용인했던 작가란 없었다는 것이 필자의 판단이다.

심훈의 시들은 직정적이고 무매개적인 특성을 갖고 있다. 독립이라는 메시지를 강력하게 전달하기 위해서는 아마도 이런 직접적인 의장들이 효과적이었을 것이다. 그의 시들이 겨냥하는 대상은 뚜렷하고, 그렇게 선명한 목표를 향한 자아의 음성은 분명하다는 특성을 갖고 있었다. 온갖 감시와 처벌이 난무하는 식민지의 현실에서 이를 거슬러 올라가는 발걸음이 심훈처럼 뚜렷이 표명되는 경우는 거의 없었다고 해도 틀린 말이 아니다. 이런 면에서 그의 시들은 독보적인 위치에 있다고 해도 과언이 아니다. 직정적이고 격렬한 정서가 거침없이 표출하는 시가 심훈 시의 본령인 셈이다.

심훈에 대한 연구는 지금까지 많이 있어 왔다. 그의 정신사적 변모에 주목한 연구도 있고[2], 그가 중국 체험을 한 경험이 있기에 이에 초점을 맞춘 경우도 있다[3]. 뿐만 아니라 근래에 이르러서는 그에 대한 종합적인 연구가 이루어지면서 한권의 묶음으로 나오기도 했다[4]. 하지만 이런 연구에도 불구하고 그의 정신세계를 관류하는 유기적 흐름이 제대로 이해된 탐색은 매우 드문 것이 사실이다. 특히 계급 문학에 관심을 두었던 심훈이 어떤 과정을 거쳐 민족 모순으로 나아가게 되었는가 하는 점과, 특히 항주 시절의 경험을 토대로 발표된 시조 형식의 등장에 대해서 명쾌하게 설명되는 경우는 많지 않았다[5]. 그러니까 시조 따로, 자유시 따로, 그리고 그의 대표 장르 가운데 하나였던 산문 양식이 분리되어 연구되어 온 것이다. 심훈 시의 특성이 제대로 이해되기 위해서는 각각의 양식이 갖고 있는 특성들, 그리고 그 관계들에 대한 종합적인 검토가 이루어져야 비로소 그 특징적 단면이 잘 드러난다고 할 수 있을 것이다.

2. 계급 모순과 민족 모순의 대립

심훈이 계급 문학에 관심을 두고 있었던 것은 잘 알려진 일이다. 일찍이 그는 우리 문학사에서 초기 진보 단체 가운데 하나인 염군사에 가입

---

2) 하상일, 「심훈의 생애와 시세계의 변천」, 『동북아문화연구』49, 2016
3) 하상일, 「심훈과 중국」, 『비평문학』55, 2015.
   하상일, 「심훈과 항주」, 『현대문학의 연구』65, 2018.
4) 심훈선생기념사업회 편, 『심훈 문학의 사유』, 아시아, 2019.
5) 허 진, 「심훈의 시조관과 시조의 변모 과정 연구」, 『한국학』156, 2019. 이 논문은 심훈의 시조에 대해 자세히 분석한 논문으로서 의의가 있다. 하지만 심훈의 문학에서 시조가 왜 탄생하게 되었는가 하는 필연적인 요인들에 대한 검토가 없다는 것이 아쉬움으로 남는다.

한 바 있다. 염군사가 결성된 것은 1922년인데, 시기적으로 보면 이런 성격의 단체로는 거의 초기라 할 수 있다. 그리고 이 단체와 파스큘라가 발전적 해체를 통해서 카프가 결성되었는데, 그 시기가 1925년이었다. 그러니까 심훈이 카프에도 가담한 것은 자연스러운 수순이었고, 거기서 이 단체가 요구하는 것들을 자연스럽게 자신의 문학관에 수용하게 된다.

카프 구성원 가운데 하나였기에 심훈이 계급 문학에 토대를 둔 작품을 쓴 것은 지극히 자연스러웠다. 이 시기 이를 대표하는 작품이 바로 「로동의 노래」이다.

> 一. 아츰 해도 아니도든 꼿동산 속에
>   무엇을 찾고 잇나 벌의 무리
>   저녁놀이 붉게 비친 풀언덕 우에
>   무엇을 옴기느냐 개암이 쎄들.
>   후렴 – 방울 방울 흘린 쌈으로
>   불길가튼 우리 피로써
>   시들어진 무궁화에 물을 쌕리자
>   한배님의 씨친 겨레 감열케 하자.
> 二. 삼천리 살진 덜이 논밧을 가니
>   이천만의 목숨 줄을 내가 쥐엇고
>   달밝은 밤 서늘헌데 이집 저집서
>   길삼하는 저소리야 듣기 조쿠나.
> 三. 길게 버든 흰 뫼 줄기 노픈 비탈에
>   팽이잡어 가진 보배 쏠코 파내며
>   신이 나게 쇳떡메를 들러 메치니

간 곳마다 석탄연기 한울을 덥네.

四. 배를 쩨라 넓고 넓은 동해 서해에
　　푸른 물결 벗을 삼아 고기 낙구고
　　채처내라 몇 만년을 잠기어 잇는
　　아름다운 조개들과 진주며 산호.

五. 풀방석과 자판 우에 티쓸 맞이나
　　로동자의 철퇴가튼 이 손의 힘이
　　우리 사회 구든 주추되나니
　　아아! 거룩하다 로동함이여.

－「로동의 노래」전문[6]

　심훈의 초기 정신사적 구조가 어떤 것인가를 이해하는 데 있어 이 시
는 매우 중요한 단서를 제공해준다. 이 작품이 발표된 것이 1920년 11
월이니까 심훈이 아직 염군사 등에 몸 담고 있지 않은 시기라 할 수 있
다. 그럼에도 그는 작품의 제목을 '노동의 노래'하고 있거니와 이런 단면
을 보아도 그가 처음부터 계급주의 사상에 깊은 관심을 갖고 있었음을
알 수 있다. 하지만 여기에 표현된 계급주의 인식은 매우 소박한 것이
었다. 그것은 다음 두 가지 이유 때문에 그러한데, 우선 이 정서가 노동
그 자체에만 국한되어 있지 않다는 점에서 그러하다. "아츰 해도 아니도
든" 때부터 "저녁놀이 붉게 비친" 때까지 열심히 일하는 노동의 신성함
을 이야기하고 있다. 그런 다음 "방울 방울 흘린 쌈으로/불길가튼 우리
피로써/시들어진 무궁화에 물을 쑤리자/한배님의 씨친 겨레 감열케 하
자."에서 보듯 노동을 바탕으로 해서 식민지 조국의 현실을 넘어서고자

---

6) 『共濟』2호, 1920. 11.

하는 굳은 의지 또한 담겨 있다. 말하자면 노동이 갖고 있는 계급적 측면에 대해서는 거의 관심을 기울이고 있지 않다는 점이다. 그런데 심훈의 시가에서 이 부분은 아무리 강조해도 지나치지 않은데, 그것은 이 감각이 이후 심훈의 정서를 올곧이 지배하게 된다는 사실이다. 그의 정신사적 구조를 지배하고 있었던 것이 민족 모순인데, 이 정서가 초기부터 내재되어 있음을 보여주었다는 점에서 그러하다. 두 번째는 노동에 대한 가치를 막연히 찬양 내지는 고무하고 있다는 점이다. 이런 단면은 카프 문학이나 노동 문학에서 흔히 강조되어야 하는 것과는 뚜렷이 배치되는 것인데, 그의 노동시들이 자연발생적인 단계의 것, 곧 신경향파의 수준을 벗어나지 못한 것은 이와 깊은 관련이 있다고 하겠다.

심훈의 초기 시에서 드러나는 이런 시정신은 아직 습작기의 수준을 벗어나지 못한 데에서 오는 것이라 할 수 있다. 어떻든 대부분의 작가들이 그러했던 것처럼 이 시기의 심훈의 문학에서 어떤 뚜렷한 방향성을 찾아보기는 어려운 일이다. 그러니까 이때 심훈의 시정신은 모색의 도정에 있었다고 할 수 있거니와 이런 단면은 중국으로 유학가기까지 그의 사유를 지배하고 있었던 것으로 보인다.

하지만 중국으로 유학을 떠나면서 시인의 시정신은 새로운 단계로 접어들게 된다[7]. 그는 처음에는 일본 유학을 생각했지만, 일본으로 갈 수 없는 몇 가지 요인을 들어 중국으로 방향을 선회하게 되었다고 한다.[8] 심훈이 중국에 간 것은 아마도 1919년 말쯤으로 추정된다. 이는 그의 대

---

7) 중국 체험은 초기에 혼재된 그의 사상들이 하나로 모아지게 되는 계기가 되는데, 바로 민족 모순에 대한 뚜렷한 자각이다.

8) 그가 일본에 갈 수 없는 이유를 몇 가지 제시하고 있었는데, 이 가운데 가장 중요했던 이유는 아마도 일본에 대한 부정적 정서였던 것으로 보인다. 『심훈전집』3, 탐구당, 1966, p.608.

표작 가운데 하나인 「북경의 乞人」을 통해서 알 수 있는데, 그가 이 시의 끝에 1919년 12월로 창작 날짜를 적고 있기 때문이다. 어떻든 북경 체험, 아니 보다 포괄적으로 보아 국경 체험은 그의 시정신에 새로운 변화를 일으키는 계기가 된다. 그것이 바로 민족 모순으로의 현저한 경사 현상이다.

진보주의 문학을 이끌었던 문인들에게 자신들의 문학 정신을 이끌어갈 핵심 기제 가운데 하나로 작용하는 것이 사회 구성체에 대한 인식이다. 이를 어떻게 사유하고 판단하느냐가 작가 정신이 형성되는 주요 근거가 되기 때문이다. 뿐만 아니라 이는 카프 집단에도 늘상 함께하는 고민 거리 가운데 하나였다. 일제 강점기의 현실에 대해 민족 모순을 우선시할 것인가 혹은 계급 모순을 우선시할 것인가의 문제가 바로 그러하다. 물론 카프를 비롯한 당대의 문인들이 이론상으로는 계급 모순을 먼저 생각한 것은 당연한 수순이었다. 카프내에서 있었던 수많은 당파성 논쟁이란 실상 이 계급 모순에 대한 정확한 인식과 그 정합성 여부를 묻는 일이었기 때문이다.

하지만 이런 흐름과 달리 현실에 직접 맞닿아 있는 작품들은 그 결을 약간 달리 하고 있었다. 이론과 현실의 괴리현상인데, 이런 면은 이 시기 카프 이론가였던 임화에게도 고스란히 드러나는 문제였다. 임화는 카프의 이론가이면서 이 조직에 반하는 모든 비당파적 요인들에 대해서 자신의 계급적 정론을 바탕으로 철저하게 배척, 제거해나갔다. 말하자면 그는 이론적인 국면에서 보면 철저하게 정통 계급주의자적인 측면을 보여주고 있었던 것이다. 하지만 실제 창작의 문제로 돌아오게 되면, 그의 작품들은 이런 국면과는 어느 정도 거리를 두는 듯한 인상을 주었다. 식민지 현실이 주는 필연적인 모순 관계라 할 수 있는 민족 관계를 전연 외면할 수 없었던 까닭이다. 실제로 「현해탄」을 비롯한 그의 작품들은 계급 모순이 아니라 민족 모순에 입각하여 창작한 경우가 많았다[9].

임화의 이러한 자기모순적인 면들은 심훈에게서도 찾아볼 수 있는 것이었는데, 심훈은 당대에 유행처럼 번진 사회주의 사상의 세례를 받은 터였다. 그가 염군사에서 활동한 일이나 카프에 가입한 일들은 모두 이와 밀접한 관련이 있는 것이었다. 하지만 앞서 살펴본 대로 계급 의식에 바탕을 두고 그가 쓴 작품들은 거의 손에 꼽을 정도이고, 실제로 그러한 세계를 담고 있다고 하더라도 소박한 수준을 넘지 못하는 것이었다. 이는 작가 의식이 제대로 형성되지 못한 면에서 오는 것일 수도 있고, 이론과 현실 사이의 괴리에서 오는 것일 수도 있을 것이다. 그런데 그가 행한 일들이나 창작한 작품들을 추적해 보건대, 그 역시 임화가 걸었던 길로부터 결코 자유로운 것이 아니었다는 점이다. 그 변곡점이 된 것이 중국이라는 국외 체험, 곧 국경 의식이 주는 새로운 인식성이었다. 그 한 사례를 보여주는 시가 바로 중국에 가서 처음 쓴 「북경의 乞人」이다.

나에게 무엇을 비는가?
푸른 옷 입은 인방(隣邦)의 걸인(乞人)이여
숨도 크게 못 쉬고 쫓겨오는 내 행색을 보라,
선불 맞은 어린 짐승이 광야를 헤매는 꼴 같지 않으니.

정양문(正陽門) 문루 우에 아침 햇발을 받아
펄펄 날리는 오색기(五色旗)를 치어다보라.
네 몸은 비록 헐벗고 굶주렸어도

---

9) 송기한, 「서정시의 슬픈 운명」, 『한국 현대 현실주의 시인연구』, 박문사, 2022 참조.

저 깃발 그늘에서 자라나지 않았는가?

거리거리 병영(兵營)의 유량한 나팔 소리!
내 평생엔 한 번도 못 들어 보던 소리로구나
호동(胡同) 속에서 채상(菜商)의 웨치는 굵다란 목청
너희는 마음껏 소리 질러 보고 살아 왔구나.

저 깃발은 바랬어도 대중화(大中華)의 자랑이 남고
너희 동족은 늙었어도 「잠든 사자」의 위엄이 떨치거니
저다지도 허리를 굽혀 구구히 무엇을 비는고
천 년이나 만 년이나 따로 살아온 백성이어늘 ─

때 묻은 너희 남루와 바꾸어 준다면
눈물에 젖은 단거리 주의(周衣)라도 벗어 주지 않으랴
마디마디 사무친 원한을 나눠 준다면
살이라도 저며서 길바닥에 뿌려 주지 않으랴
오오 푸른 옷 입은 북국의 걸인이여!

(1919.12)
「북경의 乞人」 전문

　일제 강점기 우리 시인들에게 이국 체험이라든가 국경 혹은 변방 체험은 그저 새롭게 다가오는 낯선 것으로 가볍게 넘겨지는 것이 아니다. 이국이나 국경은 내부와 외부의 것을 상호 비교할 수 있는 대립의 지대로 다가오게 되는데, 특히 일제 강점기 우리 시인들이 느꼈던 것은 이 대조적인 감각이 매우 색다르게 다가왔다는 사실이다. 그 이질적 감각이란 다름아닌 민족 현실에 대한 발견, 민족 모순에 대한 뚜렷한 각인이다. 지금 심훈은 작품의 문면에 나와 있는 대로 "선불맞은 어린 짐승이 광야를 헤매는 꼴"이 되어 이국 땅 북경으로 쫓겨 들어 왔다. 그런데 여기서 그가 본 것은 '걸인'이다. 왜 많고 많은 사람들 중에 시인의 시선에 들어온 것이 '걸인'이었던 것일까. 여기에는 몇 가지 설명이 필요한데, 하나는 자신의 처지와 비교하고자 하는 감각이고, 다른 하나는 거기서 얻어지는 민족 의식에 대한 뚜렷한 자각이다. 걸인과 심훈 자신은 동일한 처지이면서 결코 그렇지가 않다. 심훈의 현존은 그가 도망자내지는 망명자라는 점에서 '걸인'의 처지와 하등 다를 것이 없을 것이다. 하지만 이 둘의 처지를 결정적으로 구분시키는 것이란 나라 없음과 나라 있음의 차이에서 오는 정서이다. 이야말로 이 둘을 구분시키는 절대 지점이 되거니와 심훈의 자의식, 곧 민족 모순이 싹트는 결정적인 순간이 되기도 한다.

국경이나 이국 체험이란 이른바 내적인 것과 외적인 것의 구분을 뚜렷하게 만들어준다. 명쾌하게 차이가 표명된다는 것은 여러 이질적인 요인들을 정돈하는 효과도 가져오게 되는데, 이에 대한 인식이랄까 발견은 심훈에게 민족주의적인 것이 자리하게 되는 근본 계기가 된다는 점에서 주목을 요한다. 일찍이 이런 사례를 임화라든가 이찬의 경우에서 본 바 있는데, 심훈도 예외가 아니었다.

심훈의 작품 속에서 국경 의식이랄까 민족적인 요소가 각인되는 계기는 두 차례의 국경 경험 속에서 이루어지는데 하나는 앞서 언급한 중국 체험이고, 다른 하나는 일본으로 향한 길에서 만난 현해탄 체험이다. 심훈은 중국에서 돌아와 다시 일본으로 향한다. 그가 일본으로 건너 간 것은 대략 1927년 전후 쯤으로 추정된다. 이때 그가 일본 내지에 들어간 것은 영화를 공부하기 위해서였다. 그는 여기서 영화 〈춘희〉에 엑스트라 역으로 출연한 바 있고, 이때의 경험을 바탕으로 귀국해서 영화 〈먼동이 틀 때〉를 각색, 각본하여 이를 단성사에서 상연한 바도 있다[10]. 말하자면 그는 문학과는 어느 정도 거리를 두고 있는 영화를 공부하기 위해서 일본에 간 것이다.

그가 영화에 관심을 갖게 된 것은 그의 기질적, 생리적 요인에 따른 것일 뿐, 처음부터 계급적인 것에서 출발한 것은 아니다. 그리고 여기서 중요한 것은 외국 경험과 그것이 시인의 자의식에 끼친 영향일 것이다. 심훈은 중국에서 얻은 경험들을 시로 쓴 바 있는데, 일본 체험 과정에서도 이를 작품으로 남긴 바 있다. 그것이 바로 「현해탄」이다. 이 작품을 쓴 시기가 1926년으로 되어 있어, 심훈이 현해탄을 넘은 것은 작품이 발표된 해보다 일 년 정도 앞당겨진다. 하지만 여기서 중요한 것은 그 정확한 시기에 대한 사실적 접근이 아니라 그가 이 경험을 통해서 얻은 시 정신의 변화에 있을 것이다.

> 달밤에 현해탄(玄海灘)을 건느며
> 갑판 위에서 바다를 내려다보니
> 몇 해 전 이 바다 어복(魚腹)에 생목숨을 던진
> 청춘 남녀의 얼굴이 환등(幻燈)같이 떠 오른다.
> 값 비싼 오뇌에 백랍같이 창백한 인테리의 얼굴
> 허영에 찌들은 여류예술가의 풀어 헤친 머리털,
> 서로 얼싸안고 물 우에서 소용돌이를 한다.

---

10) 신경림 편, 앞의 책, p.327.

바다 우에 바람이 일고 물결은 거칠어진다.

우국지사(憂國之士)의 한숨은 저 바람에 몇 번이나 스치고

그들의 불타는 가슴 속에서 졸아 붙는 눈물은

몇 번이나 비에 섞여 이 바다 우에 뿌렸던가

그 동안 얼마나 수많은 물건너 사람들은

인생도처유청산(人生到處有靑山)을 부르며 새 땅으로 건너 왔던가

갑판 위에 섰자나 시름이 겨워

선실로 내려가니 만열도항(漫熱渡航)의 백의군(白衣群)이다,

발가락을 억지로 째어 다비를 꾀고

상투 자른 자리에 벙거지를 뒤집어 쓴 꼴

먹다가 버린 벤또밥을 엉금엉금 기어다니며

강아지처럼 핥아 먹는 어린것들!

동포의 꼴을 똑바로 볼 수 없어

다시금 갑판 위로 뛰어 올라서

물 속에 시선을 잠그고 맥없이 섰자니

달빛에 명경(明鏡)같은 현해탄 우에

조선의 얼굴이 떠오른다!

너무나 또렷하게 조선의 얼굴이 떠오른다.

눈 둘 곳 없어 마음 붙일 곳 없어

이슥도록 하늘의 별 수만 세노라.

(1926.2)

「현해탄」 전문

표현된 내용으로 보아 심훈이 이 작품에 대한 소재는 현해탄 바닷가 위, 보다 구체적으로는 부산과 시모노세끼를 오가던 '관부연락선' 선상에서 얻은 것으로 보인다. 이 작품에서 1연과 2연은 3,4연의 정서를 예비하기 위한 단계쯤으로 이해된다. 1연에서 말하고 있는 것은 근대 초기에 이루어진 김우진과 윤심덕의 불륜 사건이다. 그리고 2연에는 현해탄을 사이에 두고 펼쳐진 조선인과 일본인 사이의 구별화된 정서가 그려진다. 전자는 우울과 분노의 정서이고 후자는 새로운 개척지에 대한 거침없는 욕망들에 대한 비판의 정서이다.

하지만 이런 정서들은 심훈이 현해탄에서 얻은 과거와 현재의 소회를 파노라마적으로 제시하는 것에서 그친 경우이다. 그가 정작 의도하고자 했던 부분은 아마도 3연과 4연일 것이다. 3등 선실에서 펼쳐지고 있는 조선인들의 모습이 그러한데, 그가 여기서 본 것은 "발가락을 억지로 째어 다비를 뀐" 모습이나 "상투 자른 자리에 벙거지를 뒤집어 쓴 꼴" 조선인들의 비참한 모습이다. 그리고 그러한 정서의 정점에 놓이게 한 것은 다음과 같은 것이었다. "먹다가 버린 벤또밥을 엉금엉금 기어다니며/강아지처럼 핥아 먹는 어린 것들!"의 형상이다.

임화는 「현해탄」에서 3등 객실에 있는 어린 조선아이들의 비참한 모습을 보고 "도대체 이들에게 어떤 죄가 있기에"[11] 이런 가혹한 삶이 이들에게 주어졌냐고 울부짖은 바 있다. 이런 감각은 심훈에게도 마찬가지로 다가온다. "강아지처럼 핥아 먹을 수밖에 없는" 비참한 현실이 바로 그러하다. 이런 인식이란 민족적인 것을 떠나서는 그 설명이 불가능한 부분이다. 임화는 3등 객실에서 펼쳐지고 있는 비참한 조선인의 모

---

11) 임화, 「현해탄」, 『임화시 전집』, 소명출판, 2009, pp.188-192.

습에서 민족 모순이 갖고 있는 처절한 현실을 체감한 바 있고, 이런 감각은 심훈에게도 그대로 연결된다.

심훈은 두 번의 국경 체험을 통해서 민족이 처한 현장을 발견했고, 그것이 민족 모순의 정서로 발전하고 있음을 이해했다. 그 도정을 통해서 그의 자의식에서 방황하고 있던 계급 모순과 민족 모순의 갈등 관계는 하나로 정리되기 시작했다. 민족 모순으로 발전적 통일을 이루게 된 것인데, 이는 그로 하여금 더 이상 계급 모순이라든가 그것에 바탕을 둔 카프의 문학이 얼마나 관념적이고 현실로부터 유리되어 있는 것임을 알게 되는 계기로 작용하기도 한다. 이런 직접적인 체험을 통해서 그가 카프라든가 계급 문학과 어느 정도 거리를 두게 되는 것은 당연한 수순이 되었다.

심훈이 카프로부터 공식 탈퇴하거나 그 과정에서 박영희와 같은 선언문을 작성한 것은 아니지만 그가 카프와 거리를 둔 시점은 영화 〈먼동이 틀 때〉가 상영되던 1927년쯤으로 추측된다. 그 갈등의 단초는 이 영화를 평한 한설야로부터 시작되었다. 그는 이 영화를 비평하는 자리에서 "계급의식이 결여된 대중의 기호에 영합한 영화"[12]라고 비판한 바 있다. 하지만 이 비판에 대해 심훈은 사상성으로 점철된 예술이 갖고 있는 표현의 한계와, 계급의식을 영상화하는 문제라든가 대중 계몽의 필요성 등을 언급하면서 계급 위주의 예술이 가질 수밖에 없는 한계에 대해 조목조목 반박했다[13]. 심훈의 이 글에 대해 임화 역시 한설야와 비슷한 입장에 서 있었다[14]. 어떻든 이 일을 계기로 심훈은 카프 문학으로부터 멀

---

12) 한설야, 「영화예술의 편견」, 《중외일보》, 1927.9.1.-9.9.
13) 심훈, 《중외일보》, 1927.7.11.-27.
14) 임화, 「조선 영화가 가진 반동적 소시민성」, 《중외일보》, 1927.7.28.-8.4.

어지게 된다. 하지만 그가 카프와 일정한 평행선을 유지하고 있다고 해서 카프 문학이 갖고 있었던, 사회에 대한 비판적 시선에 대해서까지 완전히 부정한 것은 아니었다. 그의 작품 속에는 자신이 수용할 수 없는 현실의 부정성들에 대해 끊임없는 비판의 자의식을 계속 드러내고 있었던 까닭이다.

3. 반근대성으로서의 도시 비판-계급문학과 거리를 두는 요인

심훈의 시 가운데 그동안 주목의 대상이 되지 못한 소재랄까 주제가 있다. 바로 도시에 대한 비판적 감각을 표현한 작품들이다. 이런 면들은 분명 자본주의라는 사회구성체로부터 자유롭지 않은 것이거니와 이 감각이 카프와 분리하기 어려운 것이라는 점에서도 심훈 시문학의 연속성에 놓여있는 것들이다. 물론 심훈이 모더니즘에 관심을 두고 문학 작품을 창작해내었다든가 혹은 비평문을 제시했다는 뚜렷한 기록은 없다. 그럼에도 도시를 중심 소재로 한 그의 작품들은 꾸준히 생산되고 있었고, 그러한 단면들은 그 자신이 한때 관심을 두었던 카프 문학과 밀접하게 연결되고 있다는 사실이다. 도시적인 것에 대한 관심과 그에 대한 비판적 감각은 분명 모더니즘의 한 갈래에서 충분히 논의될 수 있는 성질의 것이다. 이런 측면이야말로 심훈의 도시시들에 대해 관심을 가져야 하는 뚜렷한 이유가 된다고 하겠다.

심훈이 도시를 소재로 쓴 시는 대략 3-4편 정도이다. 물론 그 외연을 넓히게 되면 이보다 많은 숫자가 될 수도 있다. 하지만 여기서 관심을 두고 있는 것은 소위 반도시성을 즉자적으로 드러내고 있는 시들로 한정된다. 그 가운데 대표적인 것이 「조선은 술을 먹인다」라든가 「한강의 달밤」, 「상해의 밤」, 「잘 있거라 나의 서울이여」 등등이다. 「상해의 밤」은 작품 제작연도가 1920년 11월로 되어 있기에 아마도 북경에서 상해로 건너간 직후에 창작된 것으로 보인다. 반면 「조선은 술을 먹인다」나 「한강의 달밤」 등은 「상해의 밤」이 쓰여진 이후 무려 10년 뒤에 나온 작품들이다. 「조선은 술을 먹인다」가 1929년 12월에 쓴 것이라는 창작 부기가 붙어 있고, 「한강의 달밤」은 1930년 8월에 쓴 것으로 기록하고 있기 때문이다. 이십 년이라는 세월의 간극을 볼 때, 이는 단지 소재 중심의 차원에서 작품화한 것, 그러니까 우연적 상황에 의해 만들어진 것일 수도 있을 것이다. 하지만 이를 다른 각도에서 보게 되면, 도시가 심훈의 문학 세계에서 주요 소재 가운데 하나라는 사실을 알 수 있게 해준다. 우선 도시에 대한 비판적 감각을 처음 드러낸 「상해의 밤」을 살펴보도록 하자.

> 우중충한 농당(弄堂) 속으로
> 훈둔장사 모여들어 딱딱이 칠 때면
> 두 어깨 웅승그린 연놈의 떠드는 세상
> 집집마다 마작판 두드리는 소리에
> 아편에 취한 듯 상해(上海)의 밤은 깊어 가네.
>
> 발 벗은 소녀, 눈먼 늙은이를 이끌며
> 구슬픈 호궁에 맞춰 부르는 맹강녀(孟姜女) 노래
> 애처롭구나 객창에 그 소리 창자를 끊네.

사마로(四馬路) 오마로(五馬路) 골목 골목엔
「이래양듸」,「량쾌양듸」 인육(人肉)의 저자
침의(浸衣) 바람으로 숨바꼭질하는 야아지의 콧장등이엔
매독이 우굴우굴 악취를 풍기네

집 떠난 젊은이들은 노주(老酒)잔을 기울여
걷잡을 길 없는 향수에 한숨이 길고
취하고 취하여 뼛속까지 취하여서는
팔을 뽑아 장검인 듯 휘두르다가
채관(茶舘) 소파에 쓰러지며 통곡을 하네.

어제도 오늘도 산란한 혁명의 꿈자리!
용솟음치는 붉은 피 뿌릴 곳을 찾는
「까오리」 망명객의 심사를 뉘라서 알고
영희원(影戱院)의 산데리아만 눈물을 짓네.
                                    (1920.11)
                              「상해의 밤」 전문

  유학생의 신분, 아니 좀더 정확히는 망명객의 신분에 가까운 심훈이
이런 도시시를 썼다는 사실 자체가 매우 이례적인 일이 아닐 수 없다.
물론 작품의 제목이 '상해의 밤'이고, 거기서 구현되는 공간들이 상해라
는 이국이라고 해서 이를 심훈 시의 본류에서 벗어나는 예외적인 것이
라고 생각할 수는 없을 것이다. 작품의 면면을 세밀하게 들여다보면 대
번에 알 수 있는 것처럼, 상해는 다른 도시에서 펼쳐지는 모습들과 하등
다를 것이 없기 때문이다. 이는 도시를 부정적으로 보았던 오장환의 「수

부」[15]나 김해강[16] 혹은 조벽암[17]의 반도시시들과 하등 다를 것이 없는 부분들이다. 그러니까 「상해의 밤」이라고 해서 마치 신기한 이국체험의 한 자장으로 가볍게 넘길 사안이 아니라는 점이다.

심훈이 상해라는 도시에서 본 모습들은 대부분 부정적인 것들이다. 아편에 취한 자들의 모습이 있고, 가난에 발 벗은 소녀가 있는가 하면 눈먼 늙은이조차 있다. 뿐만 아니라 도시 문화 가운데 가장 흔하고 일반화된 것들, 그렇지만 추악한 것들로 흔히 인유되는 매독이 거침없이 난무하는 현상도 묘사된다. 도시의 이런 모습들은 상해만의 고유한 모습에서 그치는 것이 아닐 것이다. 그것은 근대화가 이루어진 모든 도시에서 흔히 목격되는 현상이기에 상해의 부정적인 모습은 도시시의 일반적 차원에서 논의되어도 무방한 경우라 할 수 있을 것이다.

「상해의 밤」에서 펼쳐지는 도시의 불온한 모습과 더불어 또 하나 주목해야 할 것이 혁명가로서의 의지를 내비치는 화자의 모습이다. 도시의 부정적인 모습은 시적 자아의 의지를 무력화시키는 힘으로 작용하고 있는데, "어제도 오늘도 산란한 혁명의 꿈자리"를 사납게 하는 부정성이 긍정으로 나아가고자 하는 시적 자아의 의지를 무력화시키는 기능을 하고 있는 것이다. 부정적인 도시성은 전진하는 자아의 욕망을 좌절시키는 기능을 한다. 그러한 맥락에서 도시의 불구화된 모습들은 계급 의식의 이면이라고 규정해도 무방한 것처럼 보인다.

도시에 대한 비판적 의식들은 「상해의 밤」 이후 10년 뒤에 쓰여진 「조

---

15) 『낭만』, 1936.11.
16) 이런 정서를 대표하는 작품들로 「밤 도시의 교향악」이라든가 「도시의 겨울달」 등이 있다.
17) 조벽암의 도시시들은 자신이 화신백화점에 근무했다는 경력과, 이 경험을 토대로 쓴 「북원」 등의 시에서 잘 드러난다.

선은 술을 먹인다」나 「한강의 달밤」에 이르러서도 전혀 달라지지 않는다. 이런 맥락에서 도시에 대한 심훈의 비판적 인식은 항상적이고 지속적인 것임을 알 수 있게 된다. 「조선은 술을 먹인다」는 「상해의 밤」에서 인식했던 도시의 모습과 크게 다르지 않은 까닭이다.

조선은 마음 약한 젊은 사람에게 술을 먹인다.
입을 여기고 독한 술잔으로 들이붓는다.

그네들의 마음은 화장터의 새벽과 같이 쓸쓸하고
그네들의 생활은 해수욕장의 가을처럼 공허하여
그 마음 그 생활에서 순간이라도 떠나고저 술을 마신다.
아편 대신으로 죽음 대신으로 알콜을 삼킨다.

가는 곳마다 양조장이요 골목마다 색주가(色酒家)다.
카페의 의자를 부수고 술잔을 깨뜨리는 사나이가
피를 아끼지 않는 조선의 테러리스트요,
파출소 문 앞에 오줌을 갈기는 주정꾼이
이 땅의 가장 험악한 반역아(反逆兒)란 말이냐?
그렇다면 전한목(電桿木)을 붙안고 통곡하는 친구는
이 바닥의 비분(悲憤)을 독차지한 지사(志士)로구나.

아아 조선은, 마음 약한 젊은 사람들에게 술을 먹인다.
뜻이 굳지 못한 청춘들의 골(腦)을 녹이려 한다.
생재목(生材木)에 알콜을 끼얹어 태워 버리려 한다.

(1929.12.10.)

「조선은 술을 먹인다」 전문

상해의 병리성이 '아편'으로 드러난다면 조선의 그것은 '알콜'로 대치된다. 도시의 부정적 모습들을 구현하기 위해서 시적 자아가 주목하는 부분도 여기에 놓여 있다. "가는 곳마다 양조장이요 골목마다 색주가"라는 인식이 바로 그러하다. 술과 여자가 넘실대는 곳, 이런 부정적인 것들이 마약을 대치하는 도시의 또다른 모습이었던 것이다.

한국 근대 시인에게 있어서 근대란 피하거나 우회할 수 있는 것이 아니었다. 그 정점에 제국주의가 놓여 있기 때문인데, 이런 굳건한 성채를 비판하고 무너뜨리기 위해서는 도시의 병리적인 모습들을 계속 드러내야 했다. 시인이 시도했던 도시 비판의 담론들은 이런 저간의 사정에서 비롯된다. 따라서 자본주의라는 토대를 통해 자라나는 것이 리얼리즘과 모더니즘이라는, 양극단의 사조라는 점을 감안하면, 심훈의 반근대적인 인식들은 그 뿌리가 동일한 것임을 알게 된다. 그러니까 심훈에게 반모더니티에 대한 인식이나 계급 문학이라는 것은 동일한 지점을 갖고 있는 것이고, 이를 통해서 현실을 추동해나가는 힘을 얻은 것이라 할 수 있다. 카프 문학에의 경사가 계급 모순에서 온 것이라면, 반도시성은 근대에 대한 부정과 분리하기 어려운 것인데, 이런 것들이 겹쳐지면서 근대에 대한 심훈의 새로운 인식들은 계속 형성되고 있었다. 그의 사상적 정점이자 거멀못인 민족 모순도 이와 분리해서 생각하는 것은 어려워 보인다. 그러니까 심훈의 민족 모순은 계급 모순에서 시작되어 근대에 대한 부정적인 인식을 거치면서 형성된 것이라고 보아야 한다. 민족에 대한 애정과 사랑, 국가에 대한 한없는 열정이란 근대에 대한 비판과 반도시적 정서와 이렇게 밀접하게 결합되어 있었던 것이다.

4. 낙관적 전망과 민족 모순으로서의 저항의식

　1930년대를 전후하여 심훈의 사유는 많은 굴곡을 겪으면서 새로운 단계를 예비하고 있었다. 이제 여러 갈래로 흩어지고 있었던 그의 사유들은 하나의 지점으로 회귀하기 시작했는데, 그 지점이란 앞서 살펴본 것처럼 다름아닌 민족 모순이었다. 물론 이 정서가 이때 처음 형성된 것은 아니다. 이미 중국으로의 유학 혹은 망명을 거치면서 사유는 시작되고 있었기 때문이다. 하지만 만들어졌다고 해서 그것이 어느 개체의 고유한 사상으로 바로 정착되는 것은 아니다. 사상이란 곧바로 자리를 잡거나 혹은 금방 휘발성처럼 사라지는 단순한 의식이 아닌 까닭이다.

　1920년대 전후부터 시작된 심훈의 사상적 편력은 계급의식과 반도시적 정서를 통해서 민족 현실에 대한 새로운 인식으로 나아가게 된다. 그것이 민족 모순인바, 일제 강점기에 우리 시사에서 이 감각만큼 소중한 것도 없다는 점에서 심훈의 사상적 변모의 이런 단면은 아무리 강조해도 지나치지 않을 것이다. 이런 사례는 우리 시문학사 뿐만아니라 소설사에서도 매우 드문 사례에 속하는 것이기 때문이다. 가령, 소설에서 이런 사유를 펼쳐보인 대표적 작가로 송영의 경우를 들 수 있는데, 그는 「인도 병사」라는 작품을 통해서 이를 잘 보여준 바 있다. 이 작품은 소설다운 의장에서 약간 비껴서 있긴 하지만 우리 민족이 처한 상황을 민족 모순의 관점에서 이해한 매우 드문 서사양식이라는 점에서 그 의의가 있는 경우이다. 하지만 이는 어디 까지나 인도라는 현실을 통한 간접적인 방식의 드러냄이었고, 이를 우리 현실에 곧바로 대비하는 데 있어서도 다소간에 거리감이 느껴지는 것은 사실이다. 하지만 심훈의 경우는 산문 양식이 아니라 율문 양식을 통해 이 감각을 즉자적, 감각적, 정서적으로 직접 표출했다는 점에서 그 의의가 있을 것이다. 잘 알려진 대로 이를 대표하는 작품이 「그날이 오면」이다.

> 그날이 오면 그날이 오며는
> 삼각산(三角山)이 일어나 더덩실 춤이라도 추고
> 한강(漢江)물이 뒤집혀 용솟음칠 그날이,
> 이 목숨이 끊어지기 전에 와 주기만 하량이면,
> 나는 밤하늘에 날으는 까마귀와 같이
> 종로(鍾路)의 인경(人磬)을 머리로 드리 받아 울리오리다,
> 두개골은 깨어져 산산조각이 나도
> 기뻐서 죽사오매 오히려 무슨 한(恨)이 남으오리까
>
> 그날이 와서 오오 그날이 와서
> 육조(六曹) 앞 넓은 길을 울며 뛰며 딩굴어도
> 그래도 넘치는 기쁨에 가슴이 미어질 듯하거든
> 드는 칼로 이 몸의 가죽이라도 벗겨서
> 커다란 북(鼓)을 만들어 둘처메고는
> 여러분의 행렬에 앞장을 서오리다,
> 우렁찬 그 소리를 한 번이라도 듣기만 하면
> 그 자리에 꺼꾸러져도 눈을 감겠소이다.

> (1930.3.1.)
> 「그날이 오면」 전문

여기서 말하는 '그날'이 민족 해방의 순간임은 당연할 것이다. 그는 이 날을 위해서 자신의 모든 것을 바칠 수 있다고 했다. 그것도 자신의 몸

전체를 하나하나 던지는 희생을 통해서 말이다. 제국주의가 감시하는 칼날이 엄연히 존재하는 현실에서 이만한 정도의 외침이랄까 부르짖음을 할 수 있다는 자체만으로도 이 작품은 놀라움 그 자체로 받아들여진다. 그러한 까닭에 「그날이 오면」이 일제 강점기 최고의 저항시라고 해도 무방할 것이다[18].

앞서 언급대로 「그날이 오면」은 어느 한순간의 자의식적인 결단에서 갑자기 솟구쳐 나온 저항 의식이 아니다. 이 작품이 표출되기까지는 시인의 내면에 초기부터 자리한 정서의 층들이 쌓이고 쌓여서 나온 것이기 때문이다. 이 작품을 계기로 심훈의 시가들은 이전과 다른 단계를 맞이하게 되는데, 바로 미래라는 시간성의 획득이다. 미래를 전취하는 낙관적 전망의 획득인데, 이는 이전 시기의 시가에서 볼 수 없었던 단면들이다. 이제 현실의 절벽 앞에서 좌절하거나 영탄의 한숨을 내쉬는 정서들은 더 이상 표출되지 않는 단계에 이르른 것이다. 이러한 감각을 담고 있는 이 시기 대표작 가운데 하나가 「봄의 서곡」이다.

동무여.
봄의 서곡(序曲)을 아뢰라,
심금(心琴)엔 먼지 앉고 줄은 낡았으나마
그 줄이 가닥 가닥 끊어지도록
새봄의 해조(諧調)를 뜯으라!

그대의 가슴이 찢어질 듯 아픈 줄이야 아니한들 어느 누가 모르랴
그러나 그 아픔은 묵은 설움이

---

18) 물론 잘 알려진 것처럼, 이육사의 경우도 이에 준하는 것이긴 하지만 말이다.

엉기어 붙은 영혼의 동통(疼痛)이 아니요
입술을 깨물며 새로운 우리의 봄을
빚어내려는 창조의 고통이다.

진달래 동산에 새 소리 들리거든
너도 나도 즐거이 노래 부르자
범나비 쌍쌍이 날아들거든
우리도 덩달아 어깨춤 추자
밤낮으로 탄식만 한다고 우리 봄은 저절로 굴려 들지 않으리
그대와 나, 개미 떼처럼
한데 뭉쳐 꾸준하게 부지런하게
땀을 흘리며 폐허(廢墟)를 지키고
또 굽히지 말고 싸우며 나가자.
우리의 역사는 눈물에 미끄러져
뒷걸음 치지 않으리니----

동무여.
봄의 서곡을 아뢰라
심금엔 먼지 앉고 줄은 낡았으나마
그 줄이 가닥 가닥 끊어지도록
닥쳐올 새봄의 해조(諧調)를 뜯으라.

(1931.2.23.)

「봄의 서곡」 전문

이 작품의 특징적 단면은 부정적인 현실에 대한 적극적인 전취 가능

성과 미래에 대한 낙관적 전망의 획득에 있다. 하지만 이런 시간성은 이미 「그날이 오면」에서 그 일단이 드러나 있다고 보아야 한다. 「그날이 오면」이 비록 가정법에 의해 만들어진 것이긴 하지만, 이 작품 속에 미래에 대한 기대, 곧 낙관적 전망을 읽어내는 것은 그리 어려운 일이 아니기 때문이다.

이런 감각의 연장선에서 생산된 시가 「봄의 서곡」이다. 이 작품이 창작된 시기가 1931년인데, 시기적으로 보면 이때는 이런 류의 작품들이란 도저히 나올 수 없는 시대적 환경을 가지고 있었다. 소위 객관적 상황이 무척 열악했던 때가 이 무렵인데, 1931년은 만주 사변이 일어났고, 그 여파로 카프 문학이 위축되는 단계에 이르렀기 때문이다. 카프 문학이란 진보적인 사상을 대변하는 문학이고, 그 진보성이란 미래에 대한 긍정적 전망 없이는 성립할 수 없는 것이다. 심훈은 이런 시대적 상황을 거슬러 올라가고 있었다는 점에서 그 선구자적 진취성이 잘 드러나는데, 그것이 바로 미래에 대한 전망의 획득이다. 하기사 지금까지 진행되어온 심훈의 문학을 일괄해 보면, 이런 장면은 전혀 낯선 것들이 아니다. 그는 초기부터 현실에 대한 강렬한 저항 의지를 끊임없이 보여주고 이를 언표화했기 때문이다.

「봄의 서곡」에서 미래에 대한 낙관적 전망을 제시해 주는 정서적인 언어들은 '봄'이라든가 '서곡' '해조' 등등의 담론들이다. 그러한 희망을 위해서 시적 화자는 동무들이 연대해서 앞으로 계속 전진해나가자고 고무, 추동하고 있다. 이런 연대감이랄까 유적 연대의식은 카프 문학에서 지속적으로 제기해왔던 당파성과 분리하기 어렵게 얽혀 있음을 보게 된다. 그러니까 심훈은 카프와 공식적으로 결별했어도 이 조직이 갖고 있었던 제반 의장들로부터 결코 떠난 것이 아님을 알 수 있다. 심훈이 표면적으로는 카프와 거리를 두고 있음에도 불구하고 정서적으로는 여전히 이 조직의 아우라에서 벗어나 있지 않음을 보여주는 단적인 사례라고 할 수 있을 것이다.

5. 민족적인 것으로서의 시조 형식과 계몽으로서의 산문 형식

길지 않은 인생을 살았던 심훈의 삶과 그 문학적 연대기에 비추어 보면 1930년대 이후는 심훈 문학의 말기에 해당한다[19]. 시간적으로 제약이 있긴 하지만 심훈의 문학은 마지막 단계인 3기에 이르게 되면, 시문학 분야, 곧 율문 양식에서 큰 전환점을 맞이하게 된다. 그는 지금까지 즐겨 이용했던 자유시 양식을 포기하고 전통적인 시조 형식으로 회귀했기 때문이다. 이를 두고 퇴행으로 설명하기도 하고 현실에 대한 저항 의지가 한발 꺾였다는 관점에서 이해하기도 한다. 먼저 전자의 관점을 보면, 이에 해당하는 작품들이 「항주 유기」를 비롯해서 중국에서의 세 번째 도시 체험인 항주 시절에서의 정서적 편린을 보여준다고 이해하는 것이다[20]. 다시 말하면, 상해 시절에서 얻은 여러 실망스런 모습들, 가령, 독립 세력들이 보여준 분열과 갈등에 실망한 나머지 현실을 추동해나갈 자신감을 상실해서 무비판적인 시조 형식을 택하게 되었고, 거

---

19) 하상일(2016)은 앞의 논문에서 심훈 문학을 3기로 분류하고 있는 바, 습작하던 때부터 1923년을 1기로, 1923년에서 1932년을 2기로, 1932년부터 사망때까지인 1936년을 3기로 구분하고 있다.
20) 하상일, 위의 논문 참조.

기에 담긴 내용들 또한 개인적 정서나 음풍농월하던 과거의 시정신으로 회귀했다고 보는 것이다. 이런 근거를 들어 현실에 대한 저항 의지가 현저히 하락했다고도 이해한다.

「항주 유기」를 비롯한, 항주에서의 경험을 담은 시조들이 당대에 쓰여졌을 것으로 이해되지만 그 발표 시기는 대부분 1930년대 초반이다[21]. 작품은 쓰여진 시점보다도 발표 시점이 우선 검토의 대상이 될 수밖에 없는데, 그것은 창작 시기와 발표 시기 사이에서 흔히 이루어지는 수정 때문이다. 따라서 작품이 담고 있는 정서는 그것이 발표된 시점에서 이해되어야 마땅하리라고 본다.

물론 심훈의 중국 체험이 자신의 의도대로 진행되지 않은 측면은 분명 존재했을 것이다. 그가 항주로 활동 무대를 옮긴 것도 이와 무관하지 않을 터인데, 그러한 실망감들이 모여서 짧은 형식의 시가를 필요로 하게 되었고, 그것이 시조 형식으로 발전했을 개연성은 분명 존재했을 것이다. 하지만 1930년대 심훈의 사상적 궤적으로 그 외연을 넓게 되면, 시조 형식이 어떤 우연이나 그저 그런 현실 앞에서 좌절한 정서를 반영하기 위해서 선택된 것이 아니라는 사실을 발견하게 된다. 이런 단면을 이해할 수 있는 근거란 그가 이 시기 의욕적으로 시도한 산문 양식과의 관계를 살펴볼 때 뚜렷이 드러난다. 심훈은 다양한 예술 장르에 대해 관심을 갖고 있었는데, 시나 소설 뿐만 아니라 영화라든가 연극도 자신의 활동 무대로 생각하고 있었다. 그런데 1930년대 중반에 접어들면서 그가 집중했던 장르는 문학으로 한정되기 시작했고, 특히 산문 양식에 보다 많은 관심을 기울이기 시작했다. 그 대표적 사례가 심훈의 얼굴로 자

---

21) 작품의 구체적인 시기는 앞서 인용한 허진의 논문 참조.

리매김된 대표 장편 소설 「상록수」의 제작, 발표이다.

「상록수」가 브나로드 운동의 일환으로 쓰여졌거니와 이 운동이 지향하는 것은 춘원 이광수가 이미 선보였던 계몽주의 사상과 밀접한 관련을 갖고 있었다. 이 사상의 저변에 도산 안창호의 준비론 사상이 있었음은 상식에 속하는 일인데, 어떻든 심훈은 「상록수」를 비롯한 일련의 산문 양식을 통해서 필생의 숙원이었던 애국, 애족 운동을 영위해 나갈 수 있는 기반을 마련하게 된다. 여러 이질적인 장르적 관심이 문학이라는 단선적 장으로 수렴되기 시작했거니와, 자신의 사상을 담지할 수 있는 적절한 양식으로 그는 산문 양식을 발견한 것이다. 그러니까 지금까지 그가 심혈을 기울였던 자유시 양식은 더 이상 필요치 않은 단계에 이르게 된 것이다.

이런 환경 속에서 시조 양식이 채택된 것이라 할 수 있다. 그가 이 시기 이 형식을 자신의 주된 율문 양식으로 선택한 것에는 몇 가지 이유가 있었던 것으로 보인다. 하나는 율문 양식이 갖는 한계이다. 계몽과 같은 서사적 일들을 수행해나가는 데 있어서 짧은 율문 양식으로는 이를 감당하는 것이 쉽지 않음을 발견한 것이다. 그 결과 그는 이러한 한계를 산문 양식으로 대체하면서 어느 정도 활로를 개척한 것이 아닐까. 앞서 언급대로 「상록수」를 비롯한 일련의 계몽 소설을 통해서 지금껏 자신이 사유해왔던 것들에 대한 결실을 성취해낼 수 있다고 판단한 것이다. 둘째는 시조 양식이 갖는 전통성이랄까 민족성들에 대한 관심의 환기이다. 시조가 유교 문화에서 배태된 형식이긴 해도 이 시기 우리 시가 양식의 주된 전통 양식으로 자리하고 있었거니와 그것은 다른 한편으로는 반근대성에 대한 대항 담론으로서의 역능을 가진 것으로 수용되고 있었다. 다시 말하면, 심훈은 시조 양식을 이 시기 반근대성이라든가 민족 모순에 대한 강력한 대타 의식의 수단으로 생각했던 것은 아닐까 한다. 실제로 이 시기 쓰여진 그의 시조 가운데 하나인 「평호추월」을 보면 이를 어느 정도 수긍하게 된다.

(1)
중천(中天)의 달빛은 호심(湖心)으로 쏟아지고
향수(鄕愁)는 이슬 내리듯 마음속을 적시네,
선잠 깬 어린 물새는 뉘설움에 우느뇨.
(2)
손바닥 부르돋록 뱃전을 뚜드리며
동해(東海)물과 백두산(白頭山) 떼를 지어 부르다가
동무를 얼싸안고서 느껴느껴 울었네.
(3)
나 어려 귀 너머로 들었던 적벽부(赤壁賦)에
운파만리(雲坡萬里) 예 와서 당음(唐音) 읽듯 외단말가
우화이(羽化而) 귀향(歸鄕)하여서 내 어버이 뵈옵고저.

「평호추월(平湖秋月)」 전문

이 작품을 민족주의와 분리해서 이해하는 것은 불가능하다. 전통적인 시조 형식에 민족애가 결부된 것인데, 실상 이 시기 민족과 조국에 대한 애정을 이해하고 표현하는데 있어서 시조 형식만큼 좋은 수단도 없었을 것이다. 그러니까 시조는 산문 양식과 더불어 심훈에게 필요불가결한 수단이었음을 어렵지 않게 짐작할 수 있는 일이다.

심훈에게 시조 형식은 특별한 것이었다. 그것은 민족애와 조국애를

실현할 수 있는 또 다른 장으로 다가왔기 때문이다. 이렇듯 그가 자신의 사유를 펼쳐나가는 데 있어 시조 형식을 받아들인 것은 결코 우연이 아니다. 산문 양식과 율문 양식이 갖고 있는 장단점 속에 시조 형식이 이 시기 심훈의 정신사를 표명하는 데 있어서 절대적으로 필요한 양식 가운데 하나로 자리하게 된 것이다. 요컨대 시조 형식은 시대에 대한 또 다른 소명 의식과 자신의 민족주의를 펼쳐나갈 수 있는 새로운 지대였다는 점에서 그 의의가 있는 것이라 할 수 있다.

제6장

모윤숙 시에 나타난
민족의 구경적 여로

모윤숙 연보

1909년   함경남도 원산 출생

1917년   원산 진성 보통학교 입학

1927년   개성의 호수돈 여고 졸업, 이화여전 입학

1931년   이화여전을 졸업하고 간도의 명신 여학교 교사로 부임, 시 「피로
　　　　 새긴 당신의 얼굴을」(『동광』 1931.12.)을 발표하며 등단.

1933년   첫시집 『빛나는 지역』 간행(조선창문사)

1934년   이광수의 소개로 만난 안호상과 결혼

1937년   서간문 형식의 『렌의 애가』 발표

1947년   시집 『옥비녀』 간행(동백사)

모윤숙 시에 나타난 민족의 구경적 여로

1. 머리말

모윤숙은 1909년 함경남도 원산에서 부친 모학수(毛鶴壽)와 모친 임마태(任馬太) 사이에서 2남 3녀 가운데 2녀로 태어났다. 일찍부터 문학에 뜻을 두어 많은 문학 작품을 읽었거니와 1927년 이화여전에 입학하면서부터는 시인 김상용의 도움으로 본격적인 문학 수업을 받기도 했고, 『창조』와 『조선문단』 등의 잡지 또한 탐독했다. 그러한 노력 끝에 모윤숙은 1931년 주요한의 주선으로 「피로 새긴 당신의 얼굴을」[1]을 발표하면서 정식 문인의 길로 들어서게 된다.

문학에 대한 모윤숙의 열정은 매우 남다른 것이었다. 그의 첫시집인 『빛나는 지역』이 1933년에 상재되었으니 말이다.[2] 이 시집에는 105편의 시들이 선정, 수록되었지만, 실제로 시인이 써낸 작품은 200여 편에 이르렀다고 한다. 그러니까 시집을 내는 과정에서 일정 정도의 선별 과

---

1) 『동광』, 1931.12.
2) 조선 창문사, 1933.

정이 있었던 것이고, 그 관문을 통과한 작품만이 『빛나는 지역』에 수록된 것이다. 등단 이후 불과 2년이 되지 않은 시점에서 200여 편의 시를 썼다는 것, 그리고 이를 정리하여 한권의 시집으로 펴내게 되었다는 사실만으로도 문학에 대한 시인의 열정이 어떤 것인지를 알게 해주는 좋은 본보기가 된다고 하겠다[3].

  대부분의 연구자가 지적하고 있는 것처럼, 모윤숙 시의 특징은 몇 가지 줄기를 이루는 것으로 이해되어 왔다. 하나는 '님'으로 표상되는 민족의식의 드러냄이고[4], 다른 하나는 이광수와의 관련 양상을 드러낸 것들이다[5]. 모윤숙의 시에서 님과 조국이 남다르게 표출되고, 시인이 이광수와 특별한 관계 속에 놓인 존재라는 사실을 염두에 두게 되면, 이런 연구 결과는 크게 잘못된 것이라 할 수 없을 것이다. 이 외에도 모윤숙의 시들에서는 다음과 같은 것들이 꾸준히 지적되고 있었다. 하나는 1930년대에서 집중적으로 표출되고 있는 '님'의 의미와, 그의 시의 약점으로 지적되고 있는 센티멘털한 감수성들에 대한 검토이다[6]. 모윤숙의 시들에 대한 당대의 평가가 이처럼 부정적인 것에 모아진 것은 문단의 상

---

3) 실제로 이광수와 모윤숙의 관계는 아주 각별한 것으로 알려져 있거니와(이부분은 이광수의 딸 이정화의 증언에서 드러나고 있는데, 모윤숙에 대한 사랑은 이광수의 실제 부인이었던 허영숙에 대한 그것을 능가하는 것이었다고 한다), 모윤숙의 첫시집인 『빛나는 지역』의 서문을 이광수가 직접 쓴 것에서도 짐작할 수 있다.

4) 김용직, 「민족의식과 예술성」, 『모윤숙 전집』, 서정시학, 2009.

5) 김진희, 「1930년대 시문학의 장과 여성시의 한 방향」, 『한국언어문학』68, 2009.
  정기인, 「이광수와 모윤숙」, 『춘원연구학보』16, 2019 등.

6) 실제로 이러한 면들은 모윤숙의 시집을 두고 펼쳐졌던 당대의 평가에서도 그대로 드러나고 있다. 김기림과 임화 등이 대표적인데, 가령, 모윤숙의 시에서 센티멘탈한 면을 제외하고 나면, 시로써 남는 부분이라든가 의미 등을 간취해내기가 쉽지 않다고 혹평하고 있는 것이다.
  김기림, 「현대시의 육감-감상과 명랑성에 대하여」, 『시원』, 1935. 4.
  임화, 「1933년 조선 문학의 제 경향과 전망」, 《조선일보》, 1934.1.7.

황에 비춰볼 때, 대부분 설득력을 갖는 것이었다. 이런 맥락에서 이해하게 되면, 모윤숙의 작품들 대부분은 이단적인 영역에 묶어두어도 하등 이상할 것이 없는 것이었다. 잘 알려진 대로 1930년대의 문단 상황이란 20년대의 그것과는 많은 차이점을 갖고 있었기 때문이다. 먼저 모윤숙의 시에 전략적 소재로 등장하는 님의 문제이다. 이를 긍정적으로 응시하게 되면, 시인의 시에서 드러나는 님은 1920년대 시인들이 주도적으로 노래했던 것을 계승한 것으로 이해된다[7]. 1920년대의 지배소였던 님을 계승했다는 점에서 보면, 모윤숙의 님은 시사적 연결고리를 갖는 것이 된다. 뿐만 아니라 이 시기에 님을 노래한 시인이 전무한 현실에서 이해하게 되면, 모윤숙 시에서 드러나는 님은 독창적인 것이 되기도 한다.

두 번째, 센티멘털의 문제, 곧 감상성에 관한 것이다. 우리 시사에서 이 문제가 가장 많이 드러난 시기도 1920년대이다. 이 감각이 3.1운동의 실패에서 오는 것이었음은 당연한 것인데, 『폐허』라든가 『백조』에서 표출된 세기말 사상과 합류하면서 이 정서가 수면 위로 떠오르게 된 것이다. 이런 정서란 경우에 따라서 패배한 사회적 상황에서 온 것이기에 퇴행적인 것임은 당연하다. 그리고 그것이 이 시기만의 고유한 사회적 맥락과 분리하기 어려운 것이기에 그 나름의 정합성을 갖는 것이었다고 하겠다. 하지만 1930년대의 상황은 1920년대의 그것과 매우 다른 지점에 놓여 있었다. 하나의 지점과 또 다른 지점을 뚜렷이 구분시켜야만 하는 인식성이 드러나 있었던 시기가 아니었기 때문이다. 이런 정황 속에 등장한 센티멘탈한 정서를 어떻게 설명할 수 있는 것인가.

실상, 모윤숙의 초기 시들은 이 두 가지 기둥 속에서 설명 되어야 비

---

7) 김진희, 앞의 논문 참조.

로소 작품 속에 내포된 의미와 그 시사적 맥락을 제대로 추적할 수 있을 것이다. 뿐만 아니라 1940년부터 보이기 시작한 친일의 행보, 해방 공간에서의 정치적 입장 또한 이해될 수 있을 것으로 보인다. 모윤숙은 해방 공간에서 이승만 중심의 정치 세력에 편승하여 자신의 사회적 입지를 공고히 했을 뿐만 아니라 이후의 행보도 이때로부터 크게 벗어나 있는 것이 아니었다. 이른바 정치적 편향이라든가 힘의 기울기가 모아지는 곳에 시인은 늘 함께 하고 있었던 것이다. 1970년대의 『논개』나 『황룡사 9층탑』과 서사시를 창작한 것도 이런 힘의 기울기로부터 자유로운 것이 아니었다[8]. 모윤숙은 국가나 이념과 같은 거대 서사에 집중적인 관심을 기울이고 있었던 것인데, 이를 어떤 시각에서 이해할 것인가가 시인의 정신 세계를 탐색하는 데 있어 좋은 지렛대가 될 수 있을 것이다.

결과론적인 측면에서 보면, 모윤숙의 정신 세계는 첫째, 국가와 같은 거대 서사와 늘상 연결되어 있었고, 둘째, 그 거대 서사란 것이 궁극에는 힘의 기울기와 분리하기 어려운 것이었다는 사실이다. 그리고 셋째는 그러한 감각을 떠받치고 있었던 것이 정서의 과잉, 곧 센티멘털한 감수성이었다는 점이다. 모윤숙의 시를 올바로 이해하기 위해서는 이 세 가지 지점과, 그것의 상호 관계를 파악할 때, 비로소 제대로 드러난다고 할 수 있다. 이런 면은 시인이 의욕적으로 펼쳐보인 초기 시집 『빛나는 영역』에서 대부분 확인할 수 있는 것들이다. 시인의 작품 세계에서 첫 시집에 내포된 음역들을 자세히 읽어야 하는 필연적인 이유가 여기에 있다고 할 수 있다.

---

8) 김승구, 「모윤숙 시에 나타난 여성과 민족의 관련 양상 연구」, 『현대문학의 연구』30, 2006.

2. 님의 몇 가지 층위

일제 강점기에 님은 여러 가지 의미 층위를 갖고 있는데, 그 중 대표적인 것이 국가이다. 이런 맥락은 일찍이 만해 한용운을 비롯해서 소월이나 파인 등의 시가에서 흔히 볼 수 있었던 양상이다. 이런 시적 형상화가 국가 상실이나 3.1운동과 불가분의 관계에 놓여 있는 것임은 자명한데, 1930년대의 모윤숙에게서 이런 님의 양상을 볼 수 있다는 것이 이채롭다. 이를 두고 시사적 계승이라고 해도 좋고, 모윤숙만의 득의의 영역이라고 해도 좋을 것이다. 이런 감각을 대표하는 시가 1933년에 발표된 「이 생명을」이다.

> 님이 부르시면 달려 가지요
> 금띠로 장식한 치마가 없어도
> 진주로 꿰맨 목걸이가 없어도
> 님이 오시라면 나는 가지요.
>
> 님이 살라시면 사오리다
> 먹을 것 메말라 창고가 비었어도
> 빚더미로 옘집 채찍 맞으면서도
> 님이 살라시면 나는 살아요.
>
> 죽음으로 갚을 길이 있다면 죽지요
> 빈손으로 님의 앞을 지나다니오
> 내 님의 원이라면 이 생명을 아끼오리

이 심장의 온 피를 다 빼어 바치리다.

무언들 사양하리 무언들 안 바치리
창백한 수족에 힘나실 일이라면
파리한 님의 손을 버리고 가다니요.
힘 잃은 그 무릎을 버리고 가다니요.

　　　　　　　　　　　　　　　　「이 생명을」 전문

　이 작품은 님에 대한 절대적 지지와 복종이 전제되어 있다. 님과 나는 상호간의 존재 속에서 형성되는 평등한 관계가 아니라 내가 무조건적으로 숭배해야만 하는 대상으로 나타난다. 그러한 사유의 표백은 1연 1행부터 잘 나타나 있는데, "님이 부르시면 달려 가지요"가 바로 그러하다. 그런데 이런 수직적 관계는 시상의 전개 속에서도 변하지 않고 계속 이어진다.

　님과 나와의 관계는 이보다 10여년 전에 활동했던 한용운의 님이 다시 환기되는 착각을 불러일으킬 정도이다. 한용운의 시에서 님과 나와의 관계는 수평적 관계가 아니라 수직적 관계로 구현되고 있었던 까닭이다. 이런 맥락에서 이해하게 되면, 모윤숙 시에서도 서정적 자아는 님을 일방적으로 숭배해야만 하는 매저키즘적인 요소를 갖고 있었다. 그러나 이런 동일성에도 불구하고 만해의 님과 모윤숙의 님 사이에는 크나큰 간극이 드러난다. 만해의 님과 모윤숙의 님이 모두 여성 편향적인 면에서는 동일하지만, 그 재현의 양태로 볼 때, 모윤숙의 님이 보다 구체적인 여성상을 띠고 있는 까닭이다. 그러한 면을 보여주는 단서들이란 바로 이런 부분들이다. "금띠로 장식한 치마가 없어도"라든가 "진주로 꿰맨 목걸이가 없어도"라는 부분인데, 이런 사유의 표백이야말로 서정적 자아가 여성적 아우라에만 갇혀 있는 존재임을 알게 해준다. 물론 이는 모윤숙이 여성시인이기에 당연하게도 여성 화자로 표명되어야 한다는 것과는 전혀 다른 논리이다.

「이 생명을」에서 표명되는 님은 국가일 수도 있고, 또 사랑하는 이성일 수도 있다. 뿐만 아니라 어떤 종교적 절대자를 지칭하는 것일 수도 있다. 그런데 중요한 것은 시인에게 님이란 그 대상이 누구이든 무조건적인 숭배의 대상이라는 사실이다.

시인이 숭배하는 님의 의미를 차례로 살펴보자. 먼저 모윤숙의 시에서 드러나는 기독교적인 님이다. 이를 대표하는 시가 「묵도」이다.

> 나에게 시원한 물을 주든지
> 뜨거운 불꽃을 주셔요
> 덥지도 차지도 않은 이 울타리 속에서
> 어서 나를 처치해 주셔요.
>
> 주여 나를 이 황혼 같은 빛깔에서 빼어 내시와
> 캄캄한 저주를 내리시든지
> 광명한 복음을 주셔요
> 이 몸이 다 시들기 전에 오오 주여!
>
> 「묵도」 전문

전기에 의하면, 모윤숙의 어머니는 독실한 기독교 신앙인으로 알려져 있다. 이런 사실은 모윤숙이 이 신앙으로부터 자유롭지 않음을 말해주는 것인데, 실제로 그의 시집 속에는 기독교적인 신앙을 기저로 깔고 있는 시들이 제법 많이 있다. 가령, 「부활제」라든가 「크리스마스」 등이 있을 뿐만 아니라 「새벽 기도」, 「신앙」 등등의 작품들이 그러하다. 이런 사실은 적어도 모윤숙이 기독교적인 세계관 속에 깊이 침윤되어 있음을 알 수 있거니와 일제 강점기의 어두운 사회를 메시아의 복음을 통해서 초월하고자 하는 의도를 갖고 있었음을 알게 해준다.

「묵도」에서 보여주는 것도 이런 메시아 사상이다. 죽음을 통해서 새로운 부활의 세계를 열고자 하는 것이 이 작품의 주제인 까닭이다. 그리고 두 번째는 조국에 대한 표상으로서의 님의 세계이다. 이런 감각을 가장 잘 보여주는 시가 「빛나는 지역」이다.

> 수만 별들이 하늘에 열리듯이
> 이 땅엔 먼 앞날이 빛나고 있다
> 은풍에 감겨진 아름다운 복지에
> 우리의 긴 생명은 영원히 뻗어가리.
>
> 너도 나도 섞이지 않은 한 피의 줄기요
> 물들지 않은 조선의 자손이니
> 맑은 시내 햇빛 받는 언덕에
> 우렁찬 출발의 선언을 메고 가는 우리라네.
>
> 포도원 덩굴 안에 옛 노래 흩어지고
> 소와 말 한가로이 주인의 뒤를 따르는
> 사천년 황혼에 길이 떠오르는 별

휘넓은 창공 위에 무덤을 밟고 섰네.

기려한 산봉우리 조용한 물줄기
오고 가는 행인의 발길을 끄으나니
명상하는 선녀처럼 고요한 산이여
너는 나의 영원한 사랑의 가슴일러라.

위로 고운 풍우 이 땅에 영원하고
아래로 기름진 넓은 들
이 땅은 빛나라 아픔 없으라
생명도 참 되거라 길이 가거라.

수만 별들이 하늘에 열리듯이
이 땅엔 먼 앞날이 열리고 있다
은풍에 감겨진 아름다운 복지에
겨레의 긴 생명은 영원히 흘러가리.
「빛나는 지역」 전문

이 작품은 모윤숙의 첫 시집의 제목인데, 그만큼 시인에게는 상징성
이 있는 시라고 할 수 있다. 우선 이 작품의 특색은 시집에 수록된 다른
작품들에 비해서 감정이 상당히 절제되어 있는 점이다. 대상을 전유해
서 이를 주관화하는 전략을 피하면서 자신의 표명하고자 하는 의도를
비교적 잘 드러내고 있는 것이다. 여기서도 님으로 표상되는 조국은 무
조건적인 숭배의 대상으로 오버랩된다.

그리고 이 작품에서 또 하나 주목해야 할 것이 내용적인 측면에서 미

래에 대한 전망의 세계이다. 전망이란 흔히 리얼리즘 사고에서 의미있게 수용되는 것이기에 서정시에서는 주목의 대상이 되지 못했다 현재의 갈등을 통합하는 과정에서 미래의 열린 세계로 지향하는 것이 전망의 의장인데, 물론 이런 감각이 갈등과 해결이라는 그런 투시도의 세계 속에서 구현되는 것은 아니다. 하지만 현존재가 딛고 있는 곳과 그로부터 보다 밝은 세계로 나아가려는 지향의 세계는 이 작품에서 뚜렷히 제시되고 있는데, 이런 감각이야말로 불온한 현존에 대한 대항담론으로서 갖는 의미가 큰 것이라 할 수 있다.

조국에 대한 이런 긍정성은 실상 반이광수적인 것이라 해도 틀린 말은 아닐 것이다. 시인의 작품 속에 내포되는 님의 또다른 의미는 이성적인 것이고, 그것이 이광수 임은 대체로 동의되고 있는 바이다. 모윤숙이 이광수의 사유과 그 문학적 지향으로부터 크게 벗어나지 못하고 있다는 것은 잘 알려진 일이다[9] 하지만 조선을 긍정적으로 인식하고 있다는 점에서 보면, 이는 분명 이광수의 조선관과 크게 다른 것이라 할 수 있다. 이를 두고 이광수 넘어서기라고 보는 것은 일견 타당한 것인지도 모르겠다[10]. 그것은 이광수가 보는 조선관에서 비롯되는데, 잘 알려진 대로 조선에 대한 이광수의 인식적 단면을 볼 수 있는 글이 「민족 개조

---

9) 송영순, 『모윤숙 시 연구』, 국학자료원, 1997. 이 책은 모윤숙의 시에 대해 전반적으로 접근하고 있는 종합 연구서이다. 실제로 모윤숙의 행보는 이광수가 나아갔던 행보와 크게 다른 것이 아니었다. 계몽주의자로서의 우등생 의식이 그러하고 1940년대의 친일행각이라든가 해방 직후 주로 우익계통에서 활동했던 이력들에서 이 두사람의 행보는 거의 일치하고 있었다. 만약 이광수가 전쟁통에 사라지지 않고, 또 사망하지 않았다면, 이들 사이에 겹쳐지는 행보는 아마도 계속 이어졌을 것으로 추측된다.

10) 김옥성은 모윤숙의 조선관이 긍정적이라는 측면에서 이광수를 뛰어넘었다고 이해하고 있다. 김옥성, 앞의 논문, pp.191-192.

론」[11]이다. 이 글은 이광수가 우리 민족을 비하하면서 친일로 가기 위한 징검다리 역할을 했다고 알려져 있다. 하지만 이때까지만 해도 이광수는 민족주의자이자 계몽주의자임을 내세우고 있던 시기이다. 그러니까 민족 계몽의 일환으로 우리 민족의 저변을 살피고, 우리 민족이 가지고 있는 약점을 개선하기 위한 의도에서 쓴 글이 「민족개조론」이었던 것이다.

어떻든 이광수는 우리 민족을 저열한 차원에서 이해하고자 한 것은 분명하다. 그러한 시야가 발전해서 궁극에는 우리 민족은 수준이 낮고 일본 민족은 우월하다고 하는 인식에 이른 것이다. 이광수의 이런 관점에 비하면 모윤숙이 응시하는 민족관은 적어도 이광수의 그것과는 맥락을 달리하는 것이라 보아도 무방하다. 모윤숙은 그러한 단면을 「빛나는 지역」에서 잘 보여주었다. 조선 땅이 '빛나는 지역'이고 그러한 '빛남'이 영원히 뻗어나갈 것이라는 사유의 표백이야말로 우월한 민족주의없이는 불가능하기 때문이다. 뿐만 아니라 여기서 자라난 세대들이 이 '빛나는 지역'의 역사적 주체가 될 수 있다는 것 또한 마찬가지이다. 궁극적으로 보면, 『빛나는 지역』에서 펼쳐보인 모윤숙의 사유는 우월한 민족 의식을 표방한 것이고, 적어도 이광수의 민족 의식을 넘어선 자리에 위치한 것이라 할 수 있다.

달빛에 취하여
출렁이는 은빛 냇가 말이오
속삭이던 밤새가 나뭇잎 떨어주던

---

11) 『개벽』, 1922.5.

그 시냇가 그 때를 안 잊었느냐고.

구름 없는 창공에 별빛이 웃음 웃고
뽕나무 숲에서 벌레숨이 쌕쌕하던 때
향그런 밤 이슬의 그대 뺨이 복사꽃처럼
사르르 붉어지던 그 뺨을 안 잊었느냐고.

진주빛 그대 눈이 시내를 거울 삼아
가만히 물 위에 웃음 짓던 때
화단의 꽃을 따서 물 흘려 놓으니
가만히 낯 붉히던 그때 말이오?
　　　　　　　　　　　「기억하느냐고?」 전문

　님이 지칭하는 것이 구체적으로 무엇이냐고 묻는 것은 어떻든 곤란한
상황에 직면하게 만드는 일일 수도 있다. 문학에서 구사된 단어나 구절
속에서 지시적인 의미를 곧바로 간취해내는 일은 매우 어려운 일이기
때문이다. 다만 그렇게 부채살처럼 음역되는 여러 의미 속에서 경험적
인 맥락, 혹은 상황적인 맥락 속에서 단어의 지시적 의미를 추적해들어
가는 것은 가능한 일일 것이다.
　「기억하느냐고?」가 지시하는 님의 의미는 구체적이고 경험적인 것이
기초해 있는 것이기에 다른 작품들에 비하여 님이 지시하는 것이 무엇
인지 알게끔 해준다. 바로 이성적인 것에 가까운 것임을 알게 하는 까닭
이다. 그러한 경험성을 일러주는 것들이란 이런 구절에서 비롯된다. "속
삭이던 밤새가 나뭇잎 떨어주던/그 시냇가 그 때를 안 잊었느냐고"라든

가 "향그런 밤 이슬의 그대 뺨이 복사꽃처럼/사르르 붉어지던 그 뺨을 안 잊었느냐고", 혹은 "화단의 꽃을 따서 물 흐려놓으니/가만히 낯 붉히던 그때 말이오?" 등이 그러하다. 이런 표현은 상상력이 강조되는 문학이라고 해도 경험 없이는 그 의미의 추적이 불가능한 경우이다. 그러니까 여기서의 님은 관념이나 초월의 지대에 놓여 있는 것이 아니라 어디까지나 경험 속에 놓여 있는 님이라는 사실이다.

> 푸른 하늘 황혼되면 그이가 오신다기에
> 물동이를 인 채 삼밭에 앉았소
> 반딧불 노래에 저녁 노래 부르며
> 분홍빛 노을 따라 오신다기에.
>
> 은하수의 별 모이면 그이가 오신다기에
> 초생달 담뿍 안고 뒷산에 올랐소
> 은빛 별로 머리의 고운 관 쓰고
> 은하강에 배 띄우고 오신다기에.
> 　　　　　　　　　　　「그이가 오신다기에」 전문

여기서 보듯 님에 대한 화자는 절대적으로 낮은 자세에 놓여 있다. 뿐만 아니라 화자에게 오는 님은 경험적인 영역이나 초월적인 영역 모두에서 오는 존재이다. 이런 자태야말로 화자가 그리는 님의 존재성을 말해주는 것이라 할 수 있다.

물론 이 님이란 시인과 한때 좋은 관계를 유지했던 이광수일 수도 있고, 아니면 미지의 어떤 님일 수도 있을 것이다. 그런데 중요한 것은 이 님이란 궁극에서 존경과 숭배의 대상일 수밖에 없다는 점이다. 그리고 님에 대한 애착이나 숭배에 이르도록 가능케 하는 정서가 사랑임은 두 말할 필요가 없다. 뿐만 아니라 중요한 것은 시인에게 님이란 이렇게 경험이나 관념 등 모두의 영역에서 만들어지기도 하는데, 이런 감각이 모두 초월의 정서, 숭배의 정서 속에 갇혀 있다는 사실이다. 그러한 숭배를 가능케 하는 것이 이른바 남성성에 대한 절대적 동경과 분리하기 어렵게 결합되어 있다는 것, 그것이 이 시기 님에 대한 모윤숙의 특징적 단면이다.

3. 남성 콤플렉스에서 오는 영웅주의

앞서 언급대로 1930년대의 님의 추구는 예외적인 면을 담당한다. 그것은 이 시기가 1920년대의 상황과 다른 지점에 놓여 있다는 사실에서 기인한다. 1920년대는 3.1운동의 실패와 거기서 오는 좌절의 정서가 지배하고 있는 시기이다. 그 좌절의 허무한 공백을 메우고 있었던 것이 님에 대한 간절한 소망으로 나타난 것이다. 이른바 '님을 상실한 시기'였고, 그것이 온전히 체감되는 순간이 1920년대였던 까닭이다. 이 시기 님을 노래한 대표적인 시인들이 김억, 김소월, 김동환, 주요한, 이상화, 한용운 등이었다. 이름만 보아도 얼핏 알 수 있는 것처럼, 1920년대를 주름잡던 시인들이 모두 이 정서에 매달렸다고 해도 과언이 아닐 정도로 님은 전략적 소재로 구현되고 있었던 것이다.

하지만, 1930년대의 상황은 이전과는 매우 다른 경우였다. 물론 님을 상실한 시대라는 점에서 보면, 1920년대와 이 시기가 다르다고는 볼 수 없을 것이다. 조국의 상실이란 것이 다시 회복되기까지는 항상적인 상태로 남아 있는 것이기 때문이다. 모윤숙의 시에 나타난 님의 구현이란 어쩌면 이런 항상성의 한 자락에서 이루어진 것인지도 모르겠다. 그러나 시대도 그렇고 문단에서도 주조라는 것이 있고, 흐름이란 것이 있다. 님에 대한 가열찬 예찬이란 이 시점에서 이해하게 되면, 이미 10여 년 전의 일이 된다. 따라서 1930년대의 님이란 1920년대의 님과는 엄격히 구분되는 것이라 할 수 있다.

그리고 다른 하나는 모윤숙 시에 나타나는 감상성의 문제이다. 이 또한 문단의 전반적인 흐름과는 거리가 있는데, 잘 알려진 대로 1930년대는 카프의 퇴조에 따른 편내용주의를 지양하고자 하는 문단의 흐름이 뚜렷이 나타나던 시기이다. 그리고 이런 흐름과 더불어 등장하던 사조가 모더니즘이었다. 김기림이라든가 〈구인회〉의 등장에서 알 수 있는 것처럼, 문단의 대세는 센티멘탈한 것을 추구하던 시대와는 현격한 거리를 두고 있었던 시기였다. 그런데 모윤숙의 시들은 이런 시대적 흐름과는 거리가 있는, 센티멘탈한 정서에 머물러 있었던 것이다.

모윤숙의 시를 이해하는 것, 그리고 그러한 이해를 통해서 1940년대와, 이후 50년대와 60년대, 그리고 70년대에 이르는 시인의 정신사적 구조를 알기 위해서는 이 두 가지 축에 대한 해명이 중요한 근거가 되리라 본다. 친일에의 길이나 해방 직후 이승만의 주변에서 머무는 일, 그리고 1970년대의 국가주의와 연결된 그의 정신사적 구조가 모두 이와 밀접히 연결되어 있었던 까닭이다. 그러한 흐름을 이해하는 첫 번째 요건은 남성 콤플렉스에서 찾아야 할 것으로 보인다.

　시내 밑에 작은 돌을 사뿐사뿐 밟아가며

고기잡이 하노라고 숨 죽이던 오빠
나 주려고 딸기 따러 비탈길을 가던 오빠
그 오빠 오늘은 슬픈 눈을 가졌오.

산에 올라 내 손잡고 피리 불던 오빠
내 머리 쓰다듬고 노래하던 그 오빠
누이야! 함부로 울지마라 부탁하시던
그 오빠의 눈동자에 안개가 끼었소.

구름낀 달빛 아래 나 혼자 걷노라면
내 어깨 꼭 잡고 숨바꼭질하던 오빠
눈물이 귀하거니 달에 취해 우느냐던 오빠
그 오빠의 뺨 위에 설운 눈물 내리오.

굳세인 오빠 내 등대이던 그 눈에
어느 누가 아픔을 주었는가 야속도 하이
물어도 대답 없는 그 슬픔을 뉘라 알까
오늘은 오빠 눈에 눈물이 가득하오.
「오빠의 눈에」 전문

모윤숙의 시에서 자주 등장하는 이미지 가운데 하나가 남성이라고 했
거니와 인용시는 그러한 이미지 가운데 하나인 '오빠'를 표상한 작품이
다. 이 시에 등장하는 오빠는 실제 인물 일수도 있고, 가상의 인물일 수
도 있다. 모윤숙이 2남 3녀 가운데 2녀로 태어났으니 실제의 인물일 개
연성은 충분히 있다고 생각된다. 하지만 실제의 진실과 문학적 진실이

똑같이 일치하는 것이 아닌 까닭에 이 '오빠'의 이미지를 두고 그 실존 여부를 묻는 것은 어리석은 일이 아닐 수 없을 것이다.

중요한 것은 이 작품 속의 오빠인데, 여기서 오빠는 서정적 자아가 기대고 의지해야만 하는 절대적인 존재로 구현된다. 가령, 그는 "나 줄려고 딸기 따러 비탈길을 가던 오빠"이기도 하고, "내 머리 쓰다듬고 노래하던 그 오빠"이기도 하며, "누이야! 함부로 울지마라 부탁하시던 오빠"이기도 하다. 뿐만 아니라 내가 혼자 있을 때, "눈물이 귀하거니 달에 취해 우느냐"며 자아를 다독여주던 오빠이기도 하다. 이런 오빠상이 일러주는 것처럼, 서정적 자아에게 있어서 오빠란 실존의 결핍을 완성시켜주는 존재로 구현된다. 그러니까 그 오빠란 절대적인 존재여야 하며 결핍된 존재, 곧 무언가 모자라는 존재여서는 곤란하다. 만약 그가 그러한 존재라면, 서정적 자아가 기댈 수 있는 존재가 아닌 까닭이다. 그런데 과거에는 서정적 자아의 커다란 기둥이었던 오빠가 지금 현재에 이르러서는 그런 절대성을 상실한 존재로 구현된다. "오빠가 슬픈 눈을 가졌다고 하는 것"이나 "오빠의 눈동자에 안개가 끼었다고 하는 것"이 그러하다. 게다가 오빠는 "뺨 위에 설운 눈물을 흘리"거나 "눈 속 가득히 눈물을 간직한" 슬픈 존재가 되기도 한다.

오빠의 이런 모습이란 서정적 자아가 간직하고 있던, 기억 속의 그런 완결된 오빠상이 아니다. 현재의 오빠란 과거의 굳건한 모습, 서정적 자아가 기댈 수 있는 절대적 존재가 되지 못하는 것이다. 오빠의 모습이 왜 이렇게 연약하고 초라한 행색으로 전락한 것인가. 아마도 이런 맥락은 당대의 시대상이 주는 분위기로부터 자유로운 것이 아님은 당연한데, 일찍이 이광수는 국권 상실을 '아비없음'의 감각으로 이해한 바 있다. 그의 대표작 『무정』을 비롯해서 『흙』 등의 남자 주인공이 모두 고아의식으로 되어 있는 까닭이다. 이런 모습은 춘원 자신의 모습이기도 하고, 당대의 사회적 구조에서 오는 것이기도 한데, 부권의 상실이란 그에게 나라 없음의 사유와 밀접하게 연관된 것이었다[12]

이광수에게 나라없음의 감각이 고아의식으로 드러났다고 한다면, 모윤숙에게 있어서 그 감각은 '힘없는 가련한 형국의 모양새를 취한 오빠'였을 개연성이 큰 경우이다. 서정적 자아의 외피를 굳건히 감싸 안고 있던 오빠의 존재가 무력화되었다는 것, 과거의 굳건한 모습을 잃어버렸다는 것이야말로 시대적 환경을 떠나서 이해하는 것이 불가능하기 때문이다. 모윤숙의 시에서 읽어낼 수 있는 이광수의 흔적이란 대개 이런 모양새를 취하고 있었다. 모윤숙이 추구하는 님의 구체적인 형태가 이광수가 아닐까 하는 것은 어쩌면 기계론적 사유가 가져오는 한계 그 이상도 그 이하도 아닐 것이다. 중요한 것은 의식의 저변에 남아 있는 흔적과 그것이 발동하는 생명력에 놓여 있을 것이다.

모윤숙이 발견한 오빠의 모습이 이런 것이라면, 다시 말해서 국가의 모습이라면, 마땅히 그 저변에 놓인 또다른 형국을 그려놓는 것은 당연한 수순이 아닐까 한다. 실상 모윤숙의 시에서 드러나는 건강한 오빠상과, 그에 비례하여 솟구쳐나오는 여성상은 모두 이런 맥락에서 이해되어야 하는 까닭이다. 요컨대, 『빛나는 지역』을 비롯해서 이후 펼쳐지는 모윤숙의 시에서 강건한 남성상과 이를 보조하는 여성상이 끊임없이 등장하는 것은 이와 밀접한 관련이 있는 것이었다는 점이다.

---

12) 이광수의 고아의식에 대해서는 김윤식, 『이광수와 그의 시대』, 한길사, 1986 참조.

마음 가난한 이 나라 용사여
그대 이름 조선의 사나이외다
가슴에서 솟는 뜨거운 샘이 있거든
자손의 땅 위에 바치사이다.

이 대중의 힘될 것 이 겨레 사올 일이면
무엔들 못 도우리 원대로 말씀하소
세사에 밝지 못함 스스로 한탄하되
오로지 하라심을 배반 아니하리다.

「바침」 전문

　제목에서 극명하게 드러나고 있는 것처럼, 서정적 자아는 대상에 대
해 '바치겠다', 곧 '희생하겠다'라는 의지를 적극적으로 표명하고 있다.
물론 자아가 바치겠다고 말하는 주체는 "마음 가난한 이 나라의 용사"
곧 "조선의 사나이"이다. 서정적 자아가 받드는 이유는 분명하다. 받들
어야 하는 대상은 '조선의 사나이'이고, 또 그가 먼 미래의 어떤 선지자
를 자임할 수 있는 자, 독립의 주체일 수 있기 때문이다. 이런 맥락에서
이해하게 되면, 모윤숙은 어김없는 민족주의자, 조국애로 똘똘 뭉친 소
유자라 할 수 있다.
　건강한 남성에 대한 모윤숙의 숭배의 정서들은 특정 되지 않은 대상
에 머물지 않고, 그 음역이 과거의 먼 지대에까지 이르는 상상력의 모험
을 하게 된다. 이에 이르면, 시인은 역사에 대한 의무랄까 책무감을 뚜
렷이 느끼고 있는 것처럼 보인다. 가령, 이런 감각은 「아내의 소원」을 보
면, 금방 이해가 되는 대목이다.

자욱한 숲 속에 벌레 소리 조심스럽고
맑은 듯 안개 낀 먼 하늘엔
신들메 보살피란 재촉이 들리노니
포근히 잠든 그를 깨우기 어려워.
그러나 이는 아내의 작은 인정의 하나
떠나보낼 생각에 아픔이 무어랴
연기처럼 몰려오는 소란한 소리
우리 성문의 저녁 햇빛은 떨고 있다.

오오 보내는 아내의 맘 쓰린 눈물 없을 거냐
온 누리를 위하여 장엄히 나서는 양
굳센 뜻 강한 힘 온 하늘에 뻗쳤으니
아, 아내의 정으로 갈 길 어이 막으리.

강물 위에 철벅이는 수많은 말굽 소리
고함치는 무리의 아우성 분명하오
일어나 말타고 쏜갈같이 달리소서
오오! 나는 피묻은 옷자락을 탑 위에서 받으리다.
　　　　　　　　　「아내의 소원—신라때 장군을 생각하고」 전문

　　부제에서 알 수 있는 것처럼, 작품의 배경은 삼국 시대이고, 그 가운데
신라 지역이 중심이다. 이때의 장군이라 했으니 그는 김유신이 될 수도
있고, 관창이 될 수도 있으며, 기타 화랑 가운데 하나일 수도 있다. 하지
만 중요한 것은 그가 누구냐하는 구체적인 인명에 있는 것은 아니다. 이
작품에서의 장군이란 「바침」에서의 건강한 조선 남성과 등가 관계에 놓

여 있는 것이기 때문이다.

이 작품에서 서정적 자아, 곧 아내의 역할은 매우 제한적이다. 그녀는 장군의 보조자일 뿐 그 이상을 넘지 못하는 존재인 까닭이다. 그러니까 비록 여성이지만 역사의 중요한 순간에 어떤 역할을 할 수 있는 적극적, 능동적 수행자가 될 수 없다는 뜻이다. 이런 감각은 이 시기를 배경으로 하고 있는 「이별」이라는 작품에서도 동일하게 드러난다. 이 작품의 부제는 "신라, 백제 때 전쟁을 생각하고"로 되어 있다. 작품의 내용을 읽어보면 백제 쪽의 계백 장군을 연상시키기도 한다. 물론 그 장군이 누구인가는 딱히 중요할 이유가 없을 것이다. 여기서도 중요한 것은 힘센 남성과 건강한 남성이면 그만이기 때문이다.

「이별」에서 서정적 자아, 곧 여성의 역할은 남성성을 내세운 다른 작품들과 마찬가지로 비주체적이다. 이 자아는 힘센 남성에 대한 한갓 보조자 역할을 뛰어넘지 못하고 있는 것이다. 여성은 남성의 권력 밑에서 늘상 숨어 있는 존재이다. 이런 감각은 이 시기 그의 대표작 가운데 하나로 받아들여지던 「이 생명을」에서도 잘 나타나 있다. 여기서 서정적 자아는 "님이 부르시면 달려 가지요"라고 하면서 "금띠로 장식한 치마가 없어도/진주로 꿰맨 목걸이가 없어도" 님이 부르면 간다고 했다. '금띠'라든가 '진주'란 일종의 여성적 사치 부분이지만, 이 작품에서 그것이 말하고자 하는 의도는 여성성이다. 그러니까 여성이라는 존재성, 고유성은 중요하지 않다는 것이고, 오직 힘있고, 건강한 남성성이 있다면, 아니 그러한 힘을 요구하는 현실이라면, 이런 여성적인 요소들은 얼마든지 사상할 수 있다는 사유인 것이다.

여성이 남성의 보조자 내지는 수동적 존재로밖에 구현되지 못한다는 것은 매우 낙후된 인식이다. 이는 시기적으로 보아도 그러한데, 잘 알려진 대로 개화기 신여성이나 1920년대 전후로 등장하기 시작한 여러 여성작가들의 경우와 비교해도 매우 이채로운 경우이기 때문이다. 1980년대 적극적으로 등장하기 시작한 페미니즘의 감각을 이 시기의 여성작가들 속에서도 얼마든지 읽어낼 수 있는데, 가령, 사랑하는 사람을 찾아서 현존의 조건을 포기한 나혜석이나 여성 해방을 노래한 김일엽의 사유와도 거리가 먼 것이기 때문이다. 따라서 모윤숙의 시에서 드러나는 이런 정서는 아마도 건강한 남성성에 대한 무조건적인 숭배에서 오는 것을 떠나서는 설명하기 어려운 부분이다. 뿐만 아니라 문단의 조류에서 벗어난 1920년대의 님이 1930년대 갑자기 나타난 것도 이런 남성성에 대한 그리움의 표백이 아니었을까 한다. 모윤숙이 그러한 남성성에 대한 간절한 의식으로 물들어 있었던 것은 틀림없는 사실처럼 보인다. 그리고 그러한 간절함을 담보하고 있었던 것이 당대의 조류에 역행하는 센티멘털한 정서로 표현된 것은 아닐까 한다.

4. 힘의 우위에 대한 인정과 우승 열패의 사유

근대 계몽주의를 이끌었던 축 가운데 하나가 진화론이었다. 그러니까 환경에 대한 우월한 종만이 살아남을 수 있는 것인데, 그 연장선에서 근대화의 논리가 이어졌다. 근대화와 과학 문명의 발전이 진화론을 이끈 근본 축이었던 것이다.

개화 초기와 1920년대를 전후해서 조선 사회의 선각자들이 매혹을 느꼈던 부분도 이 진화론이었다. 그래서 근대화라든가 힘의 논리에 기대는 계몽주의자들이 시대를 선도하게 되었다. 그 대표적인 사람이 단재 신채호였다. 잘 알려진 대로 그는 힘의 논리에 기반한 근대화만이 조선의 진정한 독립이 성취될 것으로 믿었다. 하지만 이런 논리는 곧바로 한계에 부딪히고 만다. 힘의 우위에 바탕을 둔 일본 제국주의에 의한 조선의 지배를 정당화시킬수 있었기 때문이다. 강자만이 살아남을 수 있는 이 진화론의 한계에 직면한 뒤, 단재가 선택한 것은 아나키즘이었다. 힘의 우위를 인정하되, 그 힘의 항구적 지배까지 인정하지 않는 것, 그것이 아나키즘의 논리였던 까닭이다.

단재의 행보를 이해하게 되면, 『빛나는 지역』 이후 모윤숙이 펼쳐보였던 정신사적 흐름을 일정 부분 예측가능하게 해준다. 모윤숙은 자신의 첫 시집인 『빛나는 지역』에서 강렬한 힘에 대한 그리움을 갈급해왔다. 그 대상이 되었던 것이 오빠 콤플렉스, 곧 강력한 남성성에 대한 그리움의 표백이었다. 이 남성성에 대한 회구의 정서가 힘의 논리와 분리하기 어려운 것이라는 점은 분명할 것이다. 시인의 이러한 정서를 대변하는 작품이 「왜 우느냐고」이다.

날더러 왜 우느냐고
구태여 물으면 대답이 없습니다
그저 참을래야 참을 수 없는
서러운 눈물이 자꾸 나리우.

나는 나를 모욕하는 사람에게
아니 나를 해치려는 무리에게
대항할 주먹을 못 가졌오
아무러한 무기도 못 가졌오.

그러면 나를 못났다 비웃겠우
함께 비웃우 아무 대답 안하리다
생명을 맹세하던 벗도 가버리거늘
내 이제 세상에 애원을 거듭하리오.

살림살이 한순도 숨이 가쁜데
날 미워 눈 흘기는 억울한 꼴
세상은 그러니라 알기는 알았오만
성인 못 됨에 가슴 아파 우오이다.

내 맘을 몰라준다 하소연도 하기 싫소
구렁이 잡아 넣고 흙이나 덮지 마소
땅워ㅣ에 누워라도 햇빛이나 동무하여
이 눈물 벗삼아 가슴을 풀려 하오.

날더러 왜 우느냐고
구태여 물으면 대답이 없습니다
그저 참을래야 참을 수 없는
서러운 눈물이 자꾸 흐르오.
          「왜 우느냐고」 전문

이 작품은 1933년에 쓰인 것으로 추측되는데, 우선 작품의 말미에
'1933년 일본 경찰의 문초를 받고'라는 후기가 붙어 있는 까닭이다. 모
윤숙은 첫시집을 준비하면서 약 200편의 작품을 쓴 것으로 알려져 있거
니와 이 중 100편을 추려서 만든 것이 『빛나는 지역』이었다. 그런데, 이

작품을 선별하는 과정에서 시인은 경기도 학무과 검열을 통과하지 못한 것으로 보인다. 조선의 혼이 담긴 시들을 썼다는 것인데, 이를 대표하는 작품이 「검은 머리 풀어」라든가 「우리들은 살았어라」 등이다[13]. 모윤숙은 이 과정에서 거부할 수 없는 힘의 실체에 대해서 상당한 좌절감을 느낀 것으로 보이고, 그러한 감각을 시로 표현한 것이 「왜 우느냐고」인 셈이다.

서정적 자아가 힘의 논리가 무엇이고, 그 굴레로부터 벗어나기 어려운 사정을 표현한 것은 2연이다. "나를 헤치려는 무리에게" "대항할 주목을 못 가졌기"에 울고있다는 것이 이 시의 주제이다. 당연하게도 이런 좌절이란 힘이 갖고 있는 절대성에서 자유롭지 못한 것인데, 이는 모윤숙이 오빠콤플렉스를 통해서 길러왔던, 혹은 추구해왔던 힘으로는 감당하기 어려운 것이었다. 그러니까 힘과 힘의 대결에서 자신이 간직하고 있었던 힘이 패배하고 만 것이고, 그 결과 서정적 자아는 서러운 눈물을 보였던 것이다.

모윤숙은 이렇듯 아주 강한 힘, 남성성을 그리워했고 그것이 오빠콤플렉스로 나타났다. 그리고 이 콤플렉스를 지탱하고 있었던 것이 여성성이었다. 하지만 여성성과 남성성의 대립에서 여성성은 단지 보조자로서의 역할을 넘지 못했다. 여성은 남성의 뒤에 숨어서 그 남성이 강해지기만을 기다린 것이다. 그 기다림의 끝이 무엇인지는 굳이 설명하지 않아도 된다. 당연히 조국 독립의 절대자, 혹은 선지자일 것이다. 하지만 서정적 자아가 기대했던 절대자가 갑자기 사라질 때, 그 공백을 메우기는 결코 쉬운 일이 아니었을 것이다.

---

13) 『전집』, p.821.

저기 저 무궁한 나라에
끓어 식지 않는 사랑의 샘이 있다
불멸의 젊은 혼 탄식 없이 줄친 곳에
우리의 이상하는 미래향이 있다.

그곳에 슬기로운 지사의 바른 저울 달려 있어
많은 수정강 위에 가벼운 그림자 치고
앞에 올 인생의 길을 기다리고 있나니
우리를 기다리는 동안 그 천국의 그늘은 떠나지 않으리.

찬란히 꾸민 금보석의 면류관은
시달려 죽은 희생자의 머리 위로 날고
순교자의 반열 앞에 장엄한 노래
새 향토의 낡지 않을 넋을 울리리라.

나일강 언덕으로 시작된 때의 주름살은
착란과 모순의 어두운 고개를 넘어
고달픈 인생의 수레를 끌어 왔나니
가벼운 오늘의 꿈은 인간을 지금 유혹하도다.

저 생명의 강언덕 안개 낀 수림 새로
이 겨레 부르는 희미한 음성
눈물에 젖은 그 손길 아래
그 말씀 들으러 귀 기울입니다.

그 천국 높은 봉 위에 선조의 동료들이 노래하고
인 찍은 팔뚝의 약속을 군세이 예언하며
잘 살아가는 자손의 행렬을 자랑하리니
선조 모인 천국 아침은 빛날 때도 있으리.

오오 그러나 할아버지 나의 선조여
불길한 안식에서 가슴 아파하시는 그 천국에
그 발길 그 옷자락 거니시는 그 천국에
수심 낀 어두움이 그늘져 따르옵니다.

목 마르신 그 애탐 그 하늘에 샘 없이 그러하리
슬픈 그 음성 그 하늘에 다른 한 있사오리
오로지 병신 이 자식 멀리 탄식하시는
한 줄기 피를 위한 슬픔이여이다.

이 뜰에 꽃 피고 저 언덕에 새 울어도
할아버지 계실 적 그 화원만은
시커먼 구름 새에 잠겨버렸습니다
생명의 등대는 어디 숨어 있나이까.

울 너머 제 친구는 벌써 많이 갔어요
저의 탄식도 이제는 그쳐야겠고
앞내에 울고 흐르는 시내도 쳐버려야겠어요
그래서 할아버지 등 위에 그늘이 가도록.

「그늘진 천국」 전문

인용시는 도산 안창호에게 헌사된 시이다. 아니 보다 구체적으로는 도산 선생을 그리워하며 쓴 시이다. 도산의 사상이 준비론에 있고, 실력 양성에 있음은 잘 알려진 일이다. 단재 신채호의 사상과 비교하면 일본 제국주의에 응전하는 방식이 보다 온건한 노선이라고 할 수 있다. 하지만 온건하다고 해서 그것이 타협주의는 아닐 것이고, 그 감각은 계몽주의에서 뻗어나가는 점진적인 방식이었다. 도산의 문학적 실천을 담당한 자가 춘원 이광수임은 상식에 속하는 일이다. 그런데, 이광수는 이미 친일의 길에 들었고, 도산은 1938년에 사망했다. 도산과 이광수의 사상을 바탕으로 강한 힘의 논리, 곧 오빠 콤플렉스로 지탱하고 있었던 것이 모윤숙의 사유였다. 그의 민족주의가 형성되었던 것은 이 지점에서였다. 하지만 이광수는 변절했고, 도산은 사망했다. 이 공백을 어떻게 메우느냐가 이후 모윤숙의 시정신을 지배하는 근본 계기가 되는 것은 당연한 일이었다.

　하지만 모윤숙은 1940년대 들어서 자신의 정신사를 지배하고 있었던 민족주의적 사유를 더 이상 펼쳐나가지 못하게 된다. 이 시기 대부분의 문인들이 그러했듯이 그 스스로도 친일로 들어선 것이다. 그것도 아주 적극적인 친일분자로 말이다. 그런데 이런 행보는 예견된 것이었다. 이를 보여준 것이 이광수의 변절과 도산의 사망이었다. 시인의 여성성 앞에 놓인 남성성이 갑자기 사라질 때, 그 허무한 공백을 무엇으로 메꿀 것인가 하는 것이 시인의 정서에 자리잡게 됨은 당연한 것인데, 시인은 이를 또 다른 남성성, 곧 제국주의로 대치한 것이다.

5. 여성성의 한계

모윤숙은 이광수의 말대로 "조선 민족의 마음을 읊은 여시인으로는 아마 모윤숙 여사가 처음"[14]일 지도 모른다. 물론 이 시기 또 다른 여류 시인으로 노천명이 있었다. 노천명의 시들이 근대라는 광의의 영역과 여기서 빚어지는 조선의 경계를 노래했다면, 모윤숙은 보다 직접적으로 조선적인 것들을 시의 소재로 삼았다. 그러니까 이광수의 그러한 평가가 나온 것이 아닐까 한다.

하지만 이광수의 높은 평가에도 불구하고, 모윤숙의 시들은 이미 출발부터 그 한계를 분명히 갖고 있는 것이었다. 모윤숙이 등장한 것은 1930년대이거니와 이때는 문단사에도 많은 변화를 겪고 있던 시기이다. 카프가 퇴조하는 시기였고, 감상을 위주로 한 퇴폐주의 문학 또한 그 종말을 고하고 있었다. 이를 대신하여 기교 위주의 시라든가 순수시와 같은 영역들이 그 빈자리를 메우고 있었다. 그런데, 모윤숙의 시들은 그러한 조류들과는 상반되는 길을 걷고 있었다. 이는 크게 두 가지 국면에서 이해할 수 있는데, 하나는 '님'에 대한 것이고, 다른 하나는 센티멘털한 것이다. 물론 이런 단면들이 외따로 서 있는 것은 아니다. 서로 분리하기 어렵게 얽혀있는 것이 이 정서들인 까닭이다.

그런데 문제는 모윤숙의 보증수표와도 같았던 이런 정서들이 당대의 문단 흐름과는 전연 상반된 것이었다는 점이다. 시사적 맥락에서 '님'에 대한 천착과 그 그리움의 정서를 극적으로 표방하던 시대는 1920년대이다. 이런 감각이 3.1운동의 실패와 밀접한 연관하에 이루어진 것임은

---

14) 『빛나는 지역』 서문.

자명한데, 어떻든 1930년대의 감각이란 '님이 상실한 시대'임을 애타게 표명하던 시대는 아니었다. 뿐만 그의 시의 또다른 특징적 단면인 감상성에서도 동일한 이야기가 가능하다. 모더니즘 등의 등장으로 이 시기에는 센티멘탈한 정서가 시의 전략적인 것으로 틈입할 여지는 없었던 까닭이다.

따라서 문단과 시대의 조류에 역행했던 모윤숙의 시들에는 새로운 해석의 차원이 놓여야 한다는 사실이다. 그 하나가 남성성을 보조하는 여성성이고, 이를 벌충하는 감상성의 등장이 다른 하나이다. 시인의 작품들에서 여성성은 항상 숨어있거니와 이 감각은 오직 남성성이 굳건히 존재할 때에만 유효했다. 그것이 남성성에 대한 그리움이었고, 이를 유효적절하게 메워주는 것이 센티멘털한 정서였다. 시인의 민족의식은 이런 환경에서 탄생했다. 하지만 이 의식이란 애초부터 태생적 한계를 갖고 있었다. 여성성에 의해 지탱되던 남성성이 어느 한순가 갑자기 사라지는 경우이다. 이럴 때 이 여성성이 찾아나서야 하는 것은 이를 대신할 만한 또다른 남성성이다. 모윤숙의 시들이 대부분 거대 서사와 관련된 것이 많고, 또 시대의 주류 세력에 아부하고자 하는 모양새를 취한 것도 이와 밀접한 관련이 있었던 것이다. 잘 알려진 대로 모윤숙은 일제 말기에는 친일이라는 거대 서사에 매달렸고, 해방 직후에는 이승만 중심의 민족주의라는 서사에 기댔다. 뿐만 아니라 박정희 시절에는 이 정부가 추구했던 충성주의를 충실히 구현했다. 그러니까 모윤숙은 당대를 이끌었던 거대한 힘들에 철저히 종속하고 아부하는 경향을 보였는데, 그 이론적 근거가 된 것이 남성성에 기댔던 시인의 시정신이었다. 여성 시인으로서 내포할 법한 페미니즘적 사유로 시인은 나아가지 않았고, 오직 남성성의 보조적인 여성성에만 자신의 역할을 한정시킨 것이다. 그래서 님으로 구현된 자신의 남성성이 사라질 때마다 시인은 이를 대신할 만한 남성성을 계속 찾아나섰던 것이다. 그것이 시인으로 하여금 거대 서사에 갇히게 만드는 계기로 작용했던 것으로 보인다.

제7장

윤곤강 시에 나타난 '피'와 민족

윤곤강 연보

1911년   충남 서산읍 동문리 출생

1925년   보성고보 3학년 편입

1929년   이름을 혁원(赫遠)에서 붕원(朋遠)으로 개명

1930년   일본 전수(專修)대학 입학

1931년   잡지 『비판』에 「넷성터에서」를 발표하며 작품활동 시작

1934년   카프에 가담

1935년   당진으로 낙향

1937년   서울 화산학교 교원으로 근무 시작. 첫시집 『대지』 발간(풍림사)

1938년   제2시집 『만가』 간행(동광당서점)

1939년   제3시집 『동물시집』 간행(한성도서주식회사)

윤곤강 시에 나타난 '피'와 민족

1. 해방 공간과 시인의 응전

윤곤강의 문학에 대한 연구들은 최근에 들어 많은 진척을 보여주고 있다. 이는『윤곤강 전집』[1]이 간행된 이후 더욱 활발해졌거니와 최근에 들어서는 그에 대한 문학을 일별할 수 있는 학술대회가 열린 바 있고, 그 모음집으로『윤곤강 문학 연구』가 상재되기에 이르렀다[2]. 뿐만 아니라 그의 시에서 드러나는 개별 이미지들에 대한 미시적 연구도 있었고[3], 그의 정신사의 흐름을 전체적으로 조망할 수 있는 학위 논문들도 있었다[4]. 이런 현상들은 그동안 소외되어 왔던 한 시인의 성과를 문학사적으로 정당하게 자리매김하는 것이라는 점에서 매우 의미 있는 것이라 할

---

1) 송기한, 김현정 편,『윤곤강 전집1,2』, 다운샘, 2005.
2) 박주택편,『윤곤강 문학 연구』, 국학자료원, 2022.11.
3) 한상철,「윤곤강 시의 동물표상 읽기」,『어문연구』77, 어문연구학회, 2013.
   전지윤,「윤곤강 시의 주요 이미지 연구」,『운곤강 문학 연구』, 국학자료원, 2022.11.
   송재일,「윤곤강 초기 시에 나타난 대지적 상상력」, 위의 책.
   김교식,「윤곤강 시의 거울 이미지 연구」,『한성어문학』, 한성어문학회, 2021.
4) 김웅기,「윤곤강 시 연구」, 경희대학교, 2022.

수 있다.

하지만 이런 다양한 성과에도 불구하고 윤곤강에 대한 연구들은 더 진행되어야 한다. 양적으로나 질적으로 그의 문학적 업적은 상당한 편이기 때문이다. 그는 일제 강점기와 해방공간에 이르기까지 총 6권의 시집을 상재했고[5], 또 김기림과 더불어 시론집을 펴낸 작가이다[6]. 그러니까 그는 이 시기 다른 어떤 작가보다 많은 문학적 성과를 보여주었다고 할 수 있다. 물론 양적으로 많다고 해서 그 작가의 우수성을 보증하는 것은 아니다. 그렇다고 이를 마냥 외면할 수도 없는 것이 현실이다. 뿐만 아니라 그의 시에서 드러나는 문학적 의장들은 쉽게 간과할 수 없는 고유한 단면들을 드러내 보이고 있다. 이제 그의 작품들은 거시적인 면보다는 보다 미시적인 면에 주목하여 탐색할 단계에 이르게 된 것이다.

본 연구도 그 연장선에서 시도된다. 그의 후반기 시에서 전략적으로 드러나고 있는 '피'의 이미지를 주목하고자 한 까닭이다. 실상 윤곤강의 시에서는 여러 상징들, 혹은 은유들이 자주 등장한다. 그것이 그의 시의 문학성을 보증하는 준거틀이 되고 있는데, '피'의 이미지 또한 그가 지금껏 펼쳐보였던 여러 의장들과 분리하기 어려운 것이라 할 수 있다. 중요한 것은 이런 장치들이 개인의 실존적 단면들과 연결되는 것도 있지만, 그 대부분이 사회적 단면과 밀접한 관계를 갖고 있다는 사실이다.

윤곤강의 시들이 사회적 맥락과 분리하기 어려운 것은 그가 한때 카프 문학에 가담했고, 또 이에 기반한 작품을 썼다는 사실과 무관하지 않

---

5) 『대지』(1937), 『만가』(1938), 『동물시집』(1939), 『빙화』(1940), 『피리』(1948), 『살어리』(1948).
6) 『시와 진실』, 정음사, 1948.

다. 그는 카프 퇴조기에 등장하여 당시로서는 가장 앞선 사조인 사회주의 리얼리즘을 소개한 바 있는데, 다소 늦게 진보적인 문학을 경험하긴 했지만, 그는 이런 시간차를 극복하고도 남을 만큼 이 세계관에 충실했다고 할 수 있다. 하지만 열악하기만 했던 객관적 상황은 그로 하여금 이런 세계관에 입각한 시들을 생산해내는 데 커다란 장애로 다가오게 된다. 그리하여 그는 그러한 상황을 초월하거나 우회하기 위하여 상징이나 은유같은 의장을 적극적으로 활용했던 것이다. 이때 활용한 이미지들이 대개는 불활성의 것들, 혹은 죽음의 것들, 그리고 경우에 따라서는 자아의 암울한 현존을 드러내는 것들이 대부분이었다.

하지만 일제 강점기를 지나 해방 공간에 이르게 되면, 그의 시에서는 이런 어두운 이미지들은 대부분 사라지게 된다. 이런 변화야말로 그의 시에서 드러나는 시대성을 말해주는 것이며, 또한 시정신의 변화와도 밀접한 관련이 있는 것이라 할 수 있다. 특히 해방 공간의 역동적 현실을 어둡고 암울한 이미지가 아니라 밝고 건강한 이미지로 묘파하려고 했던 것은 시와 사회와의 관계 속에서 길항하고 있었던 그의 시세계가 보여준 특징적 단면들을 잘 말해주는 것이라 할 수 있다. 그 역동적이고 활성화된 세계가 바로 '피'의 이미지이다. 하지만 이 이미지의 중요성에도 불구하고 윤곤강의 문학에서 이와 관련하여 연구된 것은 거의 없다고 보아도 무방하다.

2. 시에 투영된 피의 세 가지 의미

윤곤강 시의 '피'의 이미지들은 주로 해방공간에 집중되어 나타난다.

그는 해방 공간에서 『피리』와 『살어리』, 두 권의 시집을 상재했는데, 이 이미지들은 『살어리』보다는 『피리』에 보다 편중되어 구사된다. 잘 알려진 대로 이 두 시집이 발간되는 시간차는 거의 없는데, 모두 1948년 간행되었거니와 그 간극 또한 불과 몇 개월일 뿐이다. 그럼에도 이 두 시집 사이에 놓인 정신사적 흐름은 분명하거니와 그 준거틀이 되는 매개가 바로 '피'의 이미저리의 변이들이다.

'피'의 이미지들은 『피리』에 「찬 달밤에」, 「피리」, 「가을」, 「피」, 「진리에게」, 「지렁이의 노래」, 「슬픈 하늘」 등 7편이 있고, 『살어리』에는 「살어리」, 「수박의 노래」, 「붉은 뱀」 등 3편이 있다. 이들 두 시집을 관류하는 것이 주로 자연이라고 한다면[7], '피'의 이미지들은 두 번째로 많은 양을 차지하고 있다고 하겠다. 그만큼 전략적인 이미지로 등장하고 있는 것인데, 그렇다면 윤곤강은 이 시기 왜 이런 이미지를 내세우게 되었던 것일까. 이는 해방 이전부터 사회의 제반 모습이나 실존적 국면들에 대해 어느 특정 대상을 통해 끊임없이 이미지화했다는 점에서 보면, 어느 정도 일관성이 있는 것이라 할 수 있다. 다시 말해 윤곤강은 이 이미지를 통해서 해방 공간에 임하는 자신의 실존성과 세계관을 대변하고자 했던 것처럼 보인다.

1) 생동 혹은 부활 의지

물론, 윤곤강 시에서 '피'의 이미지가 해방 공간에 이르러 처음 등장한

---

7) 이런 면들은 윤곤강이 펴낸 시집 모두에게서 드러나는 공통 사항이다. 그것이 시대 상황의 변화에 따라 조금씩 그 음역들이 차이를 보이고 있을 뿐이다.

것은 아니다. 이 이전의 시기에도 매우 드물게 드러나기 때문이다. 하지만 그것이 하나의 전략적 이미지로 굳어질 만큼 고정된 자리를 차지하고 있는 것은 아니었다. 게다가 그것의 내포는 해방 공간의 그것과는 커다란 차이를 보이고 있다. 그 특징적 단면을 보여주고 있는 시가 「海嘯音」이다.

> 흰 모래밭우에 활개펴고 누우면
> 연달아 나의 이름을 부르는 소리
>
> 조개꺼플과 고기뼉다귀의 넋이뇨
> 피를 토하고 죽은 해당화의 넋이뇨
> 　　　　　　　　　「海嘯音」 전문

「海嘯音」은 잡지 『조광』에 발표된 것인데, 그 발표 시기는 1940년 8월이다. 그의 시들이 대부분 그러하듯 자연을 소재로 하고 있지만, 여기서 주목하고자 하는 이미저리는 바로 '피'라고 할 수 있다. 하지만 '피'의 이미지와 기타의 소재들이 분리되어 있는 것은 아니다. 모두 불활성의 테두리에 갇혀 있기에 어떤 생명이라든가 활성화된 이미지와는 거리가 있는 까닭이다. 이 작품의 주요 소재들은 하나같이 역동성을 상실한 채 놓여 있다. 그러한 자연들에 대해 자아는 이름을 부르며 소통을 시도한다. 하지만 그 반향되어 돌아오는 음성들은 결코 건강한 것이 못된다. 들려오는 소리란 그저 죽은 자의 넋에 불과하기 때문이다.

하나의 생명체가 유지되기 위해서는 피의 순환이 필요하다. 그러한 흐름이야말로 생명의 근원인 까닭이다. 하지만 「海嘯音」에서는 그러한 운동이랄까 순환이 존재하지 않는다. 몸 밖으로 배출되어 그것은 이미 죽어 있기 때문이다. 이 작품에서 '피'는 생명성을 잃은 것이고, 그 활성화되지 못한 실체로 그저 자아에게 다가와 의미없는 말을 건네고 있을 뿐이다.

윤곤강의 시에서 이런 죽음의 이미지들은 비단 피가 빠진 실체, 곧 넋이 나간 사물의 차원에서 한정되는 것은 아니다. 그의 대표시이자 시집의 제목이기도 한, 「대지」를 보면 이를 금방 확인할 수 있다. '대지'의 이미저리가 그러하다. 여기서 '대지'란 겨울의 한 가운데 놓여 있고, 그렇기에 그것은 이미 생명성을 상실한 상태에 놓여 있다. 생산성을 상실한 대지, 그것은 겨울이 가져온 신산한 모습이거니와 이는 곧 시대적 함의를 대변하는 것이었다. 물론 이를 증거하는 것이 곧 생명성의 상실, 피의 배출과 동일한 차원의 것이라 할 수 있다.

그러나 해방 공간에 이르게 되면, 이러한 피의 이미지들은 새로운 단계를 맞이하게 된다. 마치 무덤 속에 잠든 혼이 '피리' 소리에 환기되어 새롭게 태어나듯 존재의 변이를 시도하고 있는 것이다(「피리」). 그 변이란 다름아닌 생명에의 의지이고, 부활에 대한 열망이다. 이 시기 그러한 특성을 가장 잘 보여주는 시가 바로 「피」이다.

> 붉은 피는 돌아간다. 가슴 속을
> 미친 듯 용솟음치며 돌아간다
> 목숨의 한 가닭 한 가닭을
> 이어나가는 싸이클이여
>
> 스이치를 누르면

돌아가는 벨트처럼
믿어웁게 뛰며 돌아가는 피

돌과 돌
쇠와 쇠가 마주 치듯
오직 한 줄기
불타는 넋이여

불꽃은 살별처럼 날은다
가슴 속에 에네르기이가 끓어올라
보일러어는 안타까웁게 노래한다

피가 뛸 때
목숨도 뛰고
원수와도 싸워 이긴다
피가 멈춰질 때
원수는 나를 짓밟는다

피가 아까웁기에
피보다 목숨이 귀하고
목숨이 귀하기에
목숨보다 피가 아까운 것이다

피는
항상 새것을 탐하여

거품을 뿜으면서
낡은 페이지를 물들이며 간다

오오!
귀한 피
붉은 피
목수보다도 목숨보다도
아까운 피----
　　　　　「피」전문

　이 작품은 1946년 봄에 발표되었다. 그러니까 해방 직후에 쓰여진 윤곤강의 대표시 가운데 하나가 되는 셈인데, 따라서 「피」는 이 시기 윤곤강의 시에 나타난 시정신의 변화를 이해할 수 있다는 점에서 주목을 요한다.

　'피'는 육신과 결합하면 생명이 된다. 만약 그 반대의 상황이면 그것은 당연히 죽음이 될 것이다. 그리고 육신과 결합한 '피'가 생명으로 기능하기 위해서는 그것의 기본 속성 가운데 하나인 순환의 작용이 이루어져야 한다. 이는 「海嘯音」에서의 '피'와는 전연 다른 경우인데, 여기서의 '피'는 육신을 벗어나 있고, 따라서 그런 상황은 곧 죽음이었다. 하지만 해방 직후의 「피」는 「海嘯音」의 그것과는 전연 다른 차원에 놓인다. 우선, 피의 순환과 피의 멈춤이 갖는 의미는 「海嘯音」의 그것과 동일하다. "피가 뛸 때/목숨도 뛰고/원수와도 싸워 이긴다"고 했거니와 "피가 멈춰질 때/목숨도 멈춰지고/원수는 나를 짓밟는다"고 했기 때문이다. 하지만 해방 직후 '피'의 배출이나 멈춤이란 상상력은 거의 소멸하게 된다.

이런 맥락에서 이해하게 되면, '피'란 곧 생명과 등가 관계에 놓이는 매개로 새롭게 존재의 변이를 하게 된다.

어떻든 시인이 이 작품에서 가장 주목하여 묘파해 낸 것이 '피'의 순환이었다. 시인은 그러한 상황을 '싸이클'이라고 했거니와 "스이치를 누르면/돌아가는 벨트처럼/믿어웁게 뛰며 돌아가는 피"라고도 했다. '피'의 순환이 가져온 결과는 이 시기에 이렇듯 새로운 인식성을 만들어내기 충분했다. 그것을 받은 육체는 '불타는 넋'을 가진 존재의 변이를 이루어냈을 뿐만 아니라 '가슴 속에 에네르기이가 끊어오'르는 상황을 맞이한 까닭이다. 이때 그것은 이른바 새롭게 태어나는 부활로서의 함의를 담고 있는 것이다.

'피'의 순환이란 곧 해방된 현실의 또 다른 이름일 것이다. 그것은 일제 강점기의 '피'가 죽음이고, 피억압의 상황이었기 때문이다. 이제 윤곤강의 시들은 겨울이라는 죽음의 계절을 벗어나 생동하는 봄의 계절을 맞이하게 된다. 시집 『대지』에서 서로 대립적 위치에 있던 겨울과 봄은 해방을 맞이해서 무화되기 시작했고, 그 상징적 단초는 곧 '피'의 순환에서 찾을 수 있을 것이다.

2) 조국애 혹은 민족애

해방 직후 윤곤강의 시들은 이전과 비교할 때, 전혀 다른 모습을 보여주게 된다. 그 하나가 이념적 측면이다. 잘 알려진 대로, 윤곤강은 카프에 가입했고, 그러한 까닭에 이 단체가 요구하는 것들에 대해서 경우에 따라서는 충실한 반응을 해왔다. 특히 그는 작품에서의 실천 뿐만 아니라 작가적 실천을 수행하기도 했는데, 바로 카프 2차 검거 사건 때 전주

감옥에 수용되었던 것이다. 이 때의 경험을 담은 시가 「日記抄」[8]였다. 이런 이력에 의하면 그는 해방 직후에 그러한 세계관의 연장선에 놓여 있어야 했다. 물론 윤곤강이 이 시기에 좌익 단체였던 〈문학가동맹〉과 거리를 둔 것은 아니었다. 그는 이 단체에 가입하여 적지않은 활동을 한 바 있기 때문이다. 시와 더불어 산문 활동도 활발하게 하는데,[9] 이런 면들은 아마도 해방에 대한 격정적 차원에서 이루어진 행위들이었을 개연성이 크다.

하지만 시나 산문을 통해 이루어진 그의 이력들이 모두 〈문학가동맹〉이 내세운 당파성에 충실히 복무되는 차원의 것들은 아니었다. 정서적 차원이 가득한 율문 양식 뿐만 아니라 어느 정도 논리의 세계에 충실할 수밖에 없는 산문의 세계에 있어서도 그는 〈문학가동맹〉이 요구하는 것들을 충실히 담아낸 경우는 거의 없었기 때문이다. 경우에 따라서 윤곤강의 〈문학가동맹〉의 가입을 두고 그의 세계관의 일관성을 말할 수도 있다. 하지만 이때 그의 행위는 자신의 세계관에 의한 선택보다는 심정

---

8) 이 작품은 여러 면에서 김남천의 「물」과 비교된다. 임화와 김남천 사이에 벌어진 이 논쟁은 카프의 당파성 확보와 관련하여 서로간의 입장을 드러낸 것인데, 이론적인 입장에서 보면 임화의 논거가 카프의 지도 이념에 보다 가까운 것이었다. 그런데 윤곤강의 이 작품도 김남천의 「물」과 비슷한 사유구조를 갖고 있다는 점에서 비슷한 상황에 놓여 있는 것이라 할 수 있다. 이 작품 역시 김남천의 「물」과 마찬가지로 계급주의자의 모습보다는 생물학적 욕구에 의해 지배되는 자아의 모습이 보다 확연하게 드러나 있는 까닭이다.

9) 이 시기 윤곤강이 발표한 글로는 다음과 같은 것들이 있다. 「文學과 言語」,《민중일보》, 1948.2.28. 「나라말의 새 일거리」, 『한글』, 1948.2. 「文學者의 使命」, 『백민』, 1948.5.1. 「孤山과 時調文學」,《조선일보》, 1948.9. 등이다. 이 가운데 해방직후의 상황과 어느 정도 부합하는 글은 「문학자의 사명」이다. 하지만 그는 여기서도 집단보다는 개별성의 총합 같은 것을 민족문학의 토대로 인식함으로써 집단 위주의 문학, 다시 말해 〈문학가동맹〉이 요구하는 인민성이라든가 당파성 같은 것을 뚜렷하게 내세우고 있지는 않다.

적 요인들에 기댄 측면이 크다고 할 수 있다. 가령 자신과 친밀한 관계에 있었던 임화라든가 카프의 검거 선풍이 있었던 전주 사건의 동지들과 행동 통일의 차원에서 선택했을 개연성이다. 이런 단면들은 이 시기 그가 발표한 작품이나 산문을 보면, 어느 정도 납득이 가는 측면이 있다[10].

누릿 가온대 나곤
몸하 호올로 널셔
-〈動動〉에서

보름이라 밤하늘의
달은 높이 현 등불 다호라
임하 호올로 가오신 임하
이 몸은 어찌호라 외오 두고
너만 호자 홀홀히 가오신고

아으 피 맺힌 내 마음
피리나 불어 이 밤 새오리
숨어서 밤에 우는 두견새처럼
나는야 밤이 좋아 달밤이 좋아

이런 밤이사 꿈처럼 오는 이들―

---

10) 「삼천만」 같은 시들은 이런 부류에 넣을 수 없는 것이긴 한데, 이 작품은 부기에 의하면 1945년 8월로 되어 있고, 그 내용 또한 계급주의적 사고를 담아내고 있다. 하지만 한두 작품을 갖고 그의 세계관을 하나의 잣대로 재단하는 것은 가능하지 않은 일이다.

달을 품고 울던 벨레이느
어둠을 안고 간 에세이닌
찬 구들 베고 눈 감은 古月, 尙火…

낮으란 게인 양 엎디어 살고
밤으란 일어 피리나 불고지라
어두운 밤의 장막 뒤에 달 벗 삼아
임이 끼쳐 주신 보밸랑 고이 간직하고
피리나 불어 설운 이 밤 새오리

다섯 손꾸락 사뿐 감아쥐고
살포시 혀를 대어 한 가락 불면
은 쟁반에 구슬 구을리는 소리
슬피 울어 예는 여울물 소리
왕대 숲에 금 바람 이는 소리…

아으 비로소 나는 깨달았노라
서투른 나의 피리 소리언정
그 소리 가락 가락 온 누리에 퍼지어
메마른 임이 가슴 속에도
붉은 피 방울 방울 돌면
찢기고 흩어진 마음 다시 엉기리

「피리」전문

이 작품은 시인의 다섯 번째 시집 『피리』의 제사가 된 시이다. 그만큼 상징성이 높은 것이라 할 수 있는데, 여기에 이르게 되면 그의 시에서 드러나는 '피'의 의미는 보다 구체성을 띠기 시작한다. 작품 「피」에서의 '피'의 의미가 새로운 생명의 탄생과 부활이라는 다소 일반적인 함의를 갖고 있는 것이라면, 「피리」는 그 음역이 상당히 미시적으로 바뀌기 때문이다. 그것은 바로 민족으로서의 의미이다.

　해방 직후, 윤곤강은 일제 강점기부터 간직해오고 있던 계급 의식에 대해 완전히 외면한 것은 아니었다. 그것은 〈문학가동맹〉의 가입에서도 알 수 있는 일이거니와 「삼천만」[11]이라는 시에서도 그 편린을 읽어낼 수 있었기 때문이다. 하지만 그는 〈문학가동맹〉이 요구하는 것들에 대해 적극적으로 반응하지 않았다. 오히려 이 시기 그는 〈문학가동맹〉의 강령과는 전연 상반되는 측면을 보여주기도 했는데, 그 하나가 이른바 국수주의적 사고 태도이다. 해방 직후 〈조선문학건설본부〉가 내세운 테제는 크게 세 가지였는데, 민족 반역자, 친일 분자, 국수주의자의 배격이었다[12]. 특히 여기서 주목해야 할 것이 세 번째인데, 약간의 편차가 있는 것이긴 해도 어떻든 자기만의 세계로 한정되는 것을 극구 반대한 것이 이 테제의 함의였다. 이는 프롤레타리아 국제주의를 슬로건으로 내세운 맑스-레닌주의에 기대게 되면, 어느 정도 수긍할 만한 것이었다. 그런데 윤곤강은 그 반대편에 있었던 것이다. 그의 이러한 면은 『피리』의 서문에도 그대로 나타나 있다.

　나는 오랫동안 허망한 꿈 속에살았노라

---

11) 이 작품은 해방 공간 시기에 윤곤강이 썼던 시 가운데 계급의식을 드러낸 유일한 것이라 할 수 있다.
12) 임화, 「현하의 정세와 문화운동의 당면 임무」, 『문화전선』, 1945.11.

나는 너무도 나 스스로를 모르고 살아 왔노라
등잔 밑이 어둡다는 옛말이 올도다
나는 너무도 나를 잊고 살아 왔노라

우리 조상들이 중국것을 숭상한 것을 흉보면서도
아지못게라! 나는 어느새 西匪의 것 倭의 것에
저도 모르게 사로잡혔어라. 분하고 애달파라
꿈은 깨고 나면 덧없어라. 꿈에서 깬 다음
뼈에 사무치는 뉘우침과 노여움에서 생긴 침묵이
나로 하여금 오랜 동안 입을 다물고 지내게 하였노라
                                 머리말대신[13]

그렇다면, 이런 국수주의가 말하고자 했던 것은 무엇일까. 그것은 아
마도 계급이라든가 민족 모순과 같은 이념의 표징은 아니었을 것이다.
고전이라든가 전통, 혹은 우리 고유 문화에 대한 윤곤강의 관심은 이 시
기 거의 병적인 것에 가까운 것이었다[14]. 『피리』 이후 그의 시들은 초입
부분은 거의 대부분은 우리 고전 시가들의 한 연으로 채워져 있었거니
와 그 내용 또한 이 범주로부터 크게 벗어난 것이 아니었기 때문이다.
이런 면들은 문명 〈문학가동맹〉의 지도 이념과는 공통 분모를 갖기 어
려운 것이고, 또한 일제 강점기 그가 펼쳐보인 세계관과도 거리가 있는
것이었다. 이런 사유의 전변을 모더니즘의 행보에서도 찾을 수 있긴 하

---

13) 『피리』 서문
14) 이 시기 고전에 대한 그의 열정들은 조선의 시가들을 모아서 그 나름의 주석을 붙인
   『近古朝鮮歌謠撰註』(1947년, 생활사)를 펴내는 성과로 이어지기도 했다.

지만[15], 어떻든 해방 직후 윤곤강의 시들은 그 이전이나 자신이 가담했던 〈문학가동맹〉의 세계관과는 다른, 전혀 새로운 단계를 맞이하고 있었던 것이다.

그 단계 가운데 하나가 민족주의적인 사고 태도이다. 「피리」는 그러한 단면을 잘 말해주고 있는데, 이 작품에서도 「피」에서처럼, '피'는 생명의 탄생이라든가 부활의 의미와 밀접한 상관관계를 갖고 있다. 하지만 이런 보편성을 넘어서 그것의 내포는 "붉은 피 방울방울 돌면/찢기고 흩어진 마음 다시 엉기리"로 구체화되고 있다는 사실에 주목할 필요가 있다. 그러니까 여기서의 '피'의 의미는 생명의 탄생이나 부활을 넘어서 하나의 민족이라는 거대 형이상학의 이념으로 승화하고 있는 것이다. 그러한 음역의 확대는 다음의 시에서도 확인된다.

> 찬 달 그림자 밟고
> 발길 가벼이 옛 성터 우헤
> 나와 그림자 짝지어 서면
> 괴로도 믜리도 없은 몸하!
> 누리는 저승보다도 다시 멀고
> 시름은 꿈처럼 덧없어라
>
> 어둠과 손잡은 세월은
> 주린 내 넋을 끄을고 가노라
> 가냘픈 두 팔 잡아끄을고 가노라
> 내사 슬픈 이 하늘 밑에 나서

---

15) 송기한, 「윤곤강 시의 리얼리즘의 향방」, 『윤곤강 문학 연구』(박주택 편) 참조.

행여 뉘 볼세라 부끄러워라

마음의 거울 비춰오면 하온 일이 무에뇨

어찌 하리오 나에겐 겨레 위한

한 방울 뜨거운 피 지녔기에

그예 나는 조바심에 미치리로다

허망하게 비인 가슴 속에

끈 모르게 흐르는 뉘우침과 노여움

아으 더러힌 이 몸 어느 데 묻히리잇고

「찬 달밤에」 전문

이 작품은 두 가지 면에서 관심을 끈다. 첫째는 이 시기 그의 시들에
서 흔히 나타나는 고전의 작품이 전제되어 있다는 것이고, '피'의 이미저
리가 보편적인 감수성의 것이 아니라 '우리'의 것으로 더욱 한정되어 나
타나고 있다는 점이다. 하지만 고전에 대한 부활과 '피'의 자기화란 결코
외따로 독립되어 있는 것은 아닌 것인데, 고전에 대한 애착이야말로 민
족에 대한 애정의 새로운 환기이기 때문이다[16].

이제 '피'는 부활이나 새로운 생명의 탄생이라는 일반적인 차원을 넘
어서(물론 이 국면도 조국의 독립을 환기하는 것이긴 하지만) 민족애,
혹은 조국애로 구체화되어 나아가기 시작한다. 그에게는 해방 공간에
서 시도되었던 여러 몸짓 가운데 하나였던, 민족에 대한 사랑이라는 심
정적 애국주의를 거침없이 표출하고 있었던 것이다. 이는 분명 해방공

---

16) 이러한 면들은 여섯 번째 시집의 대표시 가운데 하나인 「살어리」에서 더욱 극대화되
어 나타난다.

간에서 그가 선택한 경로이기에 그 고유성이랄까 자율성은 보장받아야 마땅할 것이다. 하지만 이런 애국주의가 갖고 있는 한계 또한 분명할 것이고, 또 비판의 목표가 된다는 사실 또한 부인하기 어려울 것이다. 윤곤강은 이에 대한 뚜렷한 대안이랄까 해법을 갖고 있지 못한 것처럼 보이는데 가령, 〈문학가동맹〉에 표방한 민족반역자, 혹은 친일분자에 대한 뚜렷한 인식없이 그저 민족이라는 혈연으로 하나가 되자는 다소 비과학적인 사유 태도에 머물러 있었기 때문이다. 이는 인민성이나 당파성이 매개되어 민족 문학이 가능하다고 사유했던 〈문학가동맹〉의 지도 이념과는 상당한 거리가 있었던 것이라 할 수 있다.

3) 상처 혹은 자기 희생

해방은 비록 외세에 의한 것이었음에도 불구하고 다양한 가능성을 제시해 준 것은 사실이다. 무엇보다 일제 강점기로부터 벗어났다는 사실, 그리하여 새로운 국가 건설을 위해 누구나 쉽게 참여할 수 있고, 또 그 주체가 될 수 있었다는 사실만은 엄연한 현실이었기 때문이다. 하지만 3년에 걸친 해방 정국은 많은 상처를 남긴 채, 남쪽 만의 단정 수립으로 그 막을 내리게 된다. 물론 그러한 도정에 이르기까지 수많은 갈등과 투쟁이 있었을 것이다. 하지만 궁극에는 누구도 만족하지 못한 결과를 낳은 채 종결되고 있었다.

이런 현실 속에서 윤곤강의 현실 인식이란 지극히 소박한 편이었다. 앞서 언급대로 한때 과학적 인식을 했을 정도로 투철했던 그의 인과론적 사고는 이 시기에 이르러 비과학적 혹은 심정적 차원에 머무르는 한계에 부딪혔기 때문이다. 그러한 한계란 어쩌면 해방을 심정적 차원에서만 수용함으로써 발생한 것일 수도 있을 것이다. 하지만 그가 사유했던 것이 무엇이든 해방 정국은 그와는 다른 차원으로 흘러갔을 개연성이 무척 큰 것으로 보인다. 이런 과정을 통해서 얻어진, 이 시기 그의 전략적 이미지인 '피'의 의미는 그러한 현실에 대한 분노, 그리고 자기 결심, 이른바 희생의 정신으로 나타나게 된다. 물론 이런 음역 역시 조국애나 민족애와 분리하기는 어려울 것인데 다만, 그것은 어떤 낙관적 전망에 기댄 것보다는 비극적 현실 인식을 통해 얻어진 것이라는 점에서 차이가 있는 경우라 할 수 있을 것이다.

　
살어리 살어리 살어리랏다
그예 나의 고향에 돌아가
내 고향 흙에 묻히리랏다

도적이 물러간 옛 터전엔
상긔 서른여섯 해의 썩은 냄새 풍기어
겨레끼리 물고 뜯는 거리엔 가마귀 떼 울고
때 오면 이슬 될 목숨이 하도하고야

바람 바다 밑에서 일어
하늘을 다름질칠 제
호련히 나타날 새 아침하!
흰 비들기처럼 펄펄 날아오라

내 핏줄 속엔 어느덧
나날이 검어지는 선지피 부풀어

사나운 수리의 날개 펴뜨리고
설은 몸 밀물처럼 흘러가노라
　　　　　　「살어리」6연

　여기서 서정적 자아는 고향에 살고자 했다. 그래서 '살어리 살어리'
를 반복하면서 그곳에 회귀하고자 했던 것이다. 그가 이렇게 애타는 심
정으로 고향에 가서 살고자 하는 이유는 단순하다. 지금 자신이 서 있는
현실에서는 그가 목표로 하는 것과 행동을 펼칠 수 있는 무대들이 마련
되어 있지 않은 까닭이다.

　무엇보다 시인은 그러한 비극적 상황이 해방 공간에 일시적으로 형성
된 것이라고는 생각하지 않는 것처럼 보인다. 이 시기 꿈을 펼칠 수 있
는 무대가 예비되지 않은 상황, 그것은 현재의 불온한 상황인데, 우선 이
를 일제 강점기 상황에서 그 기원을 끌어 온다. 가령, "도적이 물러간 옛
터전"이라든가 그로부터 남겨진 이 강산을 "상긔 서른 여섯해의 썩은
냄새 풍기는" 현장 속에서 찾고 있기 때문이다. 하지만 그런 열악한 현
실 속에서 새롭게 만들어져야 할 나라가 이전의 세계와 하등 다를 것이
없는 현실에 다시금 분노하게 된다. "겨레 끼리 물고 뜯는 거리"로 지금
이곳이 남겨져 있는 까닭이다. 그러한 거리가 가져올 수 있는 결과 또한
분명하다고 본다. "까마귀떼가 우는" 불길한 현장으로 예비될 수밖에 없
는 것이기 때문이다.

　이런 현실이란 시인에게 상처이자 좌절이다. 그러한 한편으로 이는
또다른 자기 희생을 요구하는 것이기도 했다. 어떻든 이런 현실은 시인
으로 하여금 해방의 감격이라는 심정적 차원의 인식을 절망의 차원으
로 몰아 넣는다. 이는 곧 시인 자신에게는 치유될 수 없는 상처의 흔적

을 남기게 된다. 그 상처 속에 나타난 것이 "내 핏줄 속엔 어느 덧/나날이 검어지는 선지피 부푸는" 일이다.

알지 못할 게라 검붉은 흙덩이 속에
나는 어찌하여 한 가닥 붉은 띠처럼
긴 허물을 쓰고 태어났는가

나면서부터 나의 신세는 청맹과니
눈도 코도 없는 어둠의 나그네이니
나는 나의 지나간 날을 모르노라
닥쳐올 앞날은 더욱 모르노라
자못 오늘만을 알고 믿을 뿐이노라

낮은 진구렁 개울 속에 선잠을 엮고
밤은 사람들이 버리는 더러운 쓰레기 속에
단 이슬을 빨아마시며 노래 부르노니
오직 소리 없이 고요한 밤만이
나의 즐거운 세월이노라

집도 절도 없는 나는야
남들이 좋다는 햇볕이 싫어
어둠의 나라 땅 밑에 반듯이 누워
흙물 달게 빨고 마시다가
비오는 날이면 땅위에 기어나와
갈 곳도 없는 길을 헤매노니

어느 거친 발길에 채이고 밟혀
몸이 으스러지고 두 도막에 잘려도
붉은 피 흘리며 흘리며 나는야
아프고 저린 가슴을 뒤틀며 사노라
「지렁이의 노래」 전문

작품의 말미에 "38선을 마음하며"라고 부기된 것으로 보아 이 작품은 민족 현실과 밀접한 관계를 맺고 있는 시이다. 그러한 자의식을 담아낸 것이 '지렁이'라는 동물 상징이다. 마치 일제강점기 상재되었던 『동물시집』을 다시 해방 직후에 재현한 것처럼 보일 정도이다 여기서 그는 이 상징을 통해 해방 공간에 처한 자신의 위치, 혹은 처지를 올곧게 담아내고 있다.

인용시에서 시인은 자신을 지렁이로 비유했다. 잘 알려진 것처럼, 지렁이는 지하를 자신의 생존 공간으로 하고 있기에 결코 세상 밖으로, 특히 햇볕을 맞이하며 살 수 없는 동물이다. 그러한 모습이야말로 일제 강점기에 빚어졌던 서정적 자아의 은유적 표현이었을 것이다. 하지만 이런 현실에도 불구하고 서정적 자아는 미래에 대한 희망의 정서를 결코 잊지 않고 살아 왔다. 비록 "집도 절도 없는 나는야/남들이 좋다는 햇볕이 싫어/어둠의 나라 땅밑에 번드시 누어/흙물 달게 빨고, 마시며" 사는 희망을 간직하고 있었던 까닭이다. 그러한 희망이란 곧 자기 희생과 분리하기 어려운 것이라 할 수 있을 것이다.

하지만 척박했던 이런 환경들은 해방이 되었다고 해서 개선된 것이 아니다. 또다시 "집도 절도 없는' 상황처럼 고난의 시대를 견뎌내야 하는 현실을 마주한 까닭이다. 그 현실이란 다름아닌 분단의 현실이다. 그러한 현실은 시적 자아에게 일제 강점기와는 다른 고난을 요구한다. "어느 거친 발길에 채이고 밟혀 몸이 으스러지고 두 도막에 잘리는" 비극적 현실이 놓여 있는 까닭이다. 그럼에도 불구하고 시인은 여기서 좌절하지 않는다. 다시 희망의 끈을 표명하는 것인데, 가령 "나면서부터 나의 신세는 청맹관이/눈도 코도 없는 어둠의 나그네"이긴 하지만, 그리고 "두 도막이 잘려나가는 현실"이 가로막고 있긴 하지만, "붉은 피 흘리며 흘리며 나는야/아프고 저린 가슴을 뒤틀며 살고자"하는 의지를 드러내고 있는 것이다. 이런 감각은 좌절의 저편에 놓여 있는 것이다. 말하자면, 온갖 고난 속에서도 자기 스스로를 다스려 자아가 원하는 세상을 꿈꾸고자 하는 의지의 표현이라 할 수 있다. 이는 곧 상처에 대한 인내이고, 그러한 도정을 통해서 미래가 전취된다고 본다. 따라서 이런 도정이야말로 시인 자신에게 다짐하는 내성의 구경적 모습이라 할 수 있을 것이다.

3. '피'의 소멸과 근원 세계로의 지향

윤곤강의 시들은 『살어리』에 이르면, 『피리』 보다는 정적인 상태에 이르게 된다. 이는 곧 역동성의 상실이라 할 수 있는데, 이때부터 그의 시들은 보다 정밀한 정서로 침잠하게 된다. 해방 직후 윤곤강이 선보인 전략적 이미지는 '피'의 현상학이었다. 그는 이 이미지리를 통해서 조국의 부활을 이야기 했고, 민족애 내지는 조국애를 노래했다. 뿐만 아니라 우리가 처한 상처의 의미를 읽어내고 내성에 기반한 자기 다짐도 표명했다.

그럼에도 불구하고 해방 정국은 그의 기대대로 흘러가지 않았다. 여기서 그가 의도했던 국가의 모습이 어떤 것이었는지는 선명하지 않다. 다만 유추할 수 있는 것은 계급의식에 기반한 민족 문학의 건설은 아니었던 것으로 이해된다. 그것은 그가 계급이 매개하는 당파성의 문학을 표나게 드러낸 경우가 거의 없었기 때문이다.

윤곤강은 이 시기에 적어도 분열보다는 통합에 그 가치를 두고 이를 매개하는 요소들, 모두가 공유하는 것들에 대해서 사유를 펼쳐나간 것처럼 보인다. 그 하나의 시도가 민족적인 것들, 혹은 전통적인 것들에 대한 애착이다. 그것은 『피리』의 서문에서 알 수 있거니와 이 시집에 수록된 대부분의 시들이 전통적인 시가들을 모두에 쓴 사실에서도 이해할 수 있을 것이다. 어떻든 그는 이 정서에 바탕을 두고 시의 전략적 이미지를 만들어냈는데, 그것이 바로 '피'의 이미저리였다.

하지만 이런 '피'의 음역들은 『살어리』에 이르게 되면, 『피리』보다는 그 빈도가 약해지기 시작한다. 그것은 곧 열정의 사라짐으로 설명할 수도 있고, 다른 한편으로는 해방 정국이 가져온, 원치않은 결과에서 오는 것일 수도 있다. 어떻든 이 이미지가 사상되면서 그는 근원이라는 원형의 세계에 보다 접근하게 된다. 그것이 바로 고향, 혹은 바다와 같은 것들이다.

살어리 바닷가에 살어리
나문쟁이와 조개랑 먹고
시원한 바닷가에 살어리

아리따운 조개의 꽃

외딴 섬 바위 기슭에
부디치는 물결 소리 들으며

밀물 냄새 풍기는 물거품에
날개 적시며 적시며, 갈매기처럼
펄펄 날아돌며 희게 희게 살어리

아득한 머언 바다 바라보며
아침이나 낮이나 저녁이나
휘파람 불며 불며 살어리

바닷물 우혜 돌팔매 쏘면서
내 마음 희게 희게 빛나도록
조약돌 던지며 던지며 살어리
「바닷가에」 전문

이 작품의 소재는 바다이다. 시집 『살어리』에서 가장 많이 등장하는
것이 고향인데, '바다'가 갖고 있는 음역에서 보면, 이는 고향이 갖고 있
는 의미와 대등한 것이라 할 수 있다[17]. 이 작품이 이야기하고자 하는 것
은 자연친화적인 자아의 태도이다. 자연과 더불어 하나가 되고, 그것이
주는 교훈이나 가치에 대해 절대적으로 순응하면서 생을 유지하라는
감각을 담고 있는 것이다. 이런 감각은 이 시기 '피'의 이미저리가 주었

---

17) 윤곤강 시에 나타난 바다의 의미에 대해서는 김현정,「윤곤강 시에 나타난 바다의 의
미」,『윤곤강 문학 연구』참조.

던 정서와는 상당한 차이가 있는 것이라 할 수 있다. 가령, 피의 순환이나 흐름이 없거니와 조국이나 민족과 같은 사회적 함의도 표명되지 않는다. 뿐만 아니라 '피'로 상징되는 역사의 맥락도 읽혀지지 않는다.

시인은 '피'라는 일회성, 생명성, 역동성을 버리고, 이렇게 자연이라는 영원으로 나아갔다. 말하자면 '피'가 물로의 존재 변이를 일으키면서 새로운 인식성의 단계로 나아간 것이다. 피가 육체성, 한계성을 상징한다면, 물은 비육체성, 영원성을 상징한다. 그의 시들은 말기로 내려오면서 '피'가 '물'로 전화하면서 새로운 단계로 나아가고 있었던 것이다. 해방 직후 전략적으로 등장하기 시작했던 '피'의 역동성은 이렇듯 시대 환경의 변화에 따라 새로운 단계로 나아갔던 것이다.

4. 시사적 위치

지금까지 윤곤강 시에 투영된 피의 의미를 살펴보았다. 그의 시에서 피의 이미지들은 해방직후 전략적으로 드러나기 시작하는데, 그것은 다음 세 가지 방향이었다.

첫째, 생동 혹은 부활로서의 의미이다. 이는 해방이라는 현실과 밀접한 관련을 갖는 것이고 또 일제 강점기에 가졌던 함의와는 대척점에 놓이는 것이다. 이 시기 그것의 의미는 대개 겨울과 결부된 죽음이었다.

둘째, 조국애 혹은 민족애로서의 의미이다. 이는 새로운 생명의 탄생이나 부활로서의 의미를 넘어서 민족애 혹은 조국애로 나아간 경우이다. 일제 강점기로부터의 해방이라는 사실을 염두에 두게 되면, 이런 의지의 표명은 매우 당연한 것이라 할 수 있다. 하지만 그 한계 또한 분명한 것이기도 했다. 특히 이 담론은 한때 카프에 가담한 그가 선택할 수 있는 것과는 다른 지점에 놓이는 것이라는 점에서 그러하다. 뿐만 아니라 해방 직후 〈문학가 동맹〉이 표방했던 국수주의의 배격이라는 테제와도 배치되는 것이었다. 이 시기 윤곤강은 계급보다는 민족에 보다 경사되었던 것인데, 이는 한때 계급 사관에 젖어있는 그의 사고가 비과학적인 것에 기초한 것이라는 비판을 피해가기 어려운 것이라 하겠다.

셋째, 상처 혹은 희생으로서의 의미이다. 해방 공간은 모두의 기대와 달리 분단으로 종결되고 있었고, 실제로 그렇게 진행되었다. 그것이 상처임은 당연하거니와 윤곤강은 그러한 현실에 마주하는 자신의 모습을 '지렁이'같은 존재로 비유했다. 가령 밟히고 채이고 궁극에는 두 동강 난 지렁이가 되더라도 민족을 위한 길로 나아가겠다는 의지를 표명하고 있었던 것이다.

해방 직후 드러난 피의 이러한 이미지들은 『살어리』에 이르면 현저하게 감소하게 된다. 대신 바다와 같은 원형적인 이미지들이 자리하게 되는데, 이는 곧 열정의 상실일 수도 있고, 또 새로운 환경에 대한 적응일 수도 있을 것이다. 특히 이 시기 바다의 이미저리가 중요한 기제로 자리하게 되는데, 여기서 그 음역은 일종의 영원주의에 가까운 것이었다. '피'가 물로의 존재 변이를 하면서 새로운 단계로 나아간 것이다. 이는 다음과 같은 측면에서 의미가 있는 것이라 할 수 있다. 피가 육체와 생명을 상징하는 일시적 속성을 갖는 것이라면 물은 비육체와 탈생명, 곧 영원을 상징하는 까닭이다. 그의 시들은 말기로 내려오면서 '피'가 '물'로 전화하면서 이렇듯 새로운 음역을 만들어내고 있었던 것이다. 그러한 과정을 통해서 그는 해방 공간에서 자신이 아니 민족이 나아갈 방향을 모색했다.

제8장

임학수 시의 낭만적 태도,
그 민족주의자로서의 한계

임학수 연보

1911년　전남 순천 출생

1921년　순천 공립 보통학교 입학

1926년　경성 제일 고보 입학

1931년　경성 제일 고보를 졸업하고 경성제국대학에 입학

1936년　이호순과 결혼

1937년　첫 시집 『석류』 간행(한성도서)

1938년 『팔도풍물시집』 간행(인문사)

1939년 전선을 시찰하고 난 뒤 『전선시집』 간행(박문서관)

1945년 서울대 사범대 교수

1951년 납북

2001년 『임학수 시 전집』 간행(아세아)

임학수 시의 낭만적 태도, 그 민족주의자로서의 한계

1. 경성 제국대 사토 기요시 교수와 임학수

임학수(林學洙)는 우리 시사에서 비교적 낯선 인물이다. 그는 한일합방 직후인 1911년 전남 순천에서 태어났고, 이곳에서 성장한 후 1926년 당대 명문학교이던 경성 제일고보를 졸업하게 된다. 이후 일제 강점기 3대 제국대학 가운데 하나였던 경성제국대학 법문학부에 들어가고 여기서 영문학을 전공하게 된다. 이때 이 학교 영문학과 학과장이자 시인이었던 사또 기요시(佐藤淸)였는데, 임학수의 시세계는 그로부터 절대적인 영향을 받게 된다. 기요시의 주 전공이 영국 낭만주의였기에 이 밑에서 공부한 임학수가 이 영향을 많이 받았음은 미뤄 짐작할 수 있는 일이다. 그가 이 학교를 마치면서 제출한 졸업 논문이 「해방된 프로메테우스(Prometheus Unbound)」인 것도 이와 무관하지 않다. 이런 풍토는 비슷한 시기, 보다 정확히는 임학수보다 2년 늦은 1933년에 이 학교 영문과를 다닌 김동석에게서도 찾아볼 수 있다. 그의 졸업 논문이 「메슈 아놀드」였는 바, 이 또한 영국의 낭만적 풍토에서 자유로운 것이 아니었기 때문이다.

기요시는 일제 강점기에 조선에 비교적 긍정적인 시선을 갖고 있었던 보기 드문 지식인 가운데 하나였다. 그의 그러한 색채들이 잘 드러난 것이 시였는데, 「異漾한 眺望」에 나오는 "도적질하고도 아무렇지도 않은"이라는 표현을 하면서 자신의 모국을 비판하기에 이른다. 그의 이러한 행적을 두고 진정성있는, 혹은 양심있는 자의 항변쯤으로 여기는 경우가 있는가 하면, 겉과 속이 다른 이중인격자의 모습으로 간주하기도 한다[1]. 하지만 기요시를 이렇게 평가하는 것은 후대의 일이고, 당대에 그의 행적을 뚜렷이 이해하는 것은 어려운 일이었거니와 임학수의 입장에서는 이 시기에 이런 포오즈를 취하는 자신의 스승이 결코 잘못된 것이라고 보지 않았을 개연성이 크다. 특히 기요시가 관심을 가진 조선의 풍물과 이를 표현한 시들에 대해서는 깊은 인상을 받았던 것처럼 보인다. 그러한 사유의 결과가 기요시의 시세계와 비슷한, 1938년『팔도풍물시집』이라는 결과물을 만들어냈기 때문이다.

잘 알려진 대로 임학수를 지금까지 문단의 전면이나 중심에 올려놓지 못한 요인들에 대해서 크게 두 가지를 들고 있는데, 하나는『전선시집』이 일러주는 것처럼, 그는 너무나도 명백한 친일 시인이었다는 것과, 그리고 다른 하나는 북한에 가서 비교적 성공적인 삶을 영위했다는 사실에서 기인한다[2]. 하지만 일제 강점기와 해방을 거치면서 임학수와 같은 행보를 보인 작가들이 한둘이 아니거니와 그들이 모두 임학수와 비슷한 위치에 놓여 있는 것 또한 아니라는 사실을 염두에 두게 되면, 그가

---

1) 정창석, 「식민지 원주민」, 『일본학보』54, 한국일본학회, 2003. 여기서 필자는 기요시를 겉으로 표명된 것과 이면에 감추어진 정신 세계가 다른 이중인격자로 보고 있다.
2) 김승구, 「식민지 지식인의 제국여행」, 『국제어문』44, 2008, 참조. 그런데 이런 시각은 임학수의 시에 대해 연구한 대부분의 연구자들에서 동일하게 발견된다.

문학사에서 소외될 수밖에 없었던 다른 요인이 분명 있었을 것으로 판단된다. 이런 오해의 결과들은, 임학수의 작품들에 관심을 보인 많은 연구들이 『전선시집』에 집중되어 있고, 이 시집이 매우 뚜렷한 의도와 방향성을 갖고 있는, 비교적 의도가 짙게 배인 작품집이라는 사실에 주목한 결과가 아닌가 한다.

호기심이라든가 매혹적인 의구심에 의해 촉발된 관심들이 어떤 작가에 있어서 문학의 질을 올바르게 평가하는 것도 아니고, 또 여기에 매달리게 되다 보면, 어느 한 작가가 지니고 있는 진정성이란 의도치 않게 훼손되기 마련이다. 『전선시집』이 갖고 있는 친일성이 1930년대 후반 의미있는 『팔도풍물시집』의 가치를 무산시키고 있는 것이라든가 그의 민족주의적 성향이 친일적 경사도나 월북에 의한 결과로 사상되는 것 등이 이런 사례에 속할 것이다. 다시 말하면, 눈 앞에 펼쳐지는 선입견으로 말미암아 임학수의 시들이 갖고 있는 장점과 시사적 의의들이 제대로 된 평가를 받지 못한 것이라 할 수 있다. 이런 면은 그의 시에 대한 연구물에서도 뚜렷히 확인할 수 있는데, 그의 작품들, 특히 『전선시집』 등에 친일 성향이 분명 노정되어 있다고 하거나[3] 혹은 그 반대로 친일적인 성향을 딱히 발견할 수 없다[4]는 이항대립 등이 그 본보기들이다. 이런 상반된 평가 때문에 무엇보다 작품 전편에 대한 꼼꼼한 통찰을 통해서 그의 시들이 갖고 있는 정신사적 흐름과 임학수의 시문학이 갖고 있는 의의 내지는 시사적 맥락을 짚어보아야 한다는 필연성이 제기될 수

---

3) 김승구, 앞의 논문 참조.
4) 김용직, 『한국근대시사』(하). 한국문연, 1996.
　박호영, 「임학수 기행시에 나타난 내면의식」, 『한국시학연구』21, 2008.

밖에 없다[5]

그런데 여기서 가장 문제시 되는 시집이 『전선시집』(박문서관, 1939)
이다. 이 시집은 임학수가 황군 위문 작가단의 일원으로 약 한 달 간 중
국 전선에서 싸우고 있는 일본군 장병들을 위문하고 나서 그 경험을 기
록한 작품집이다. 이때 결성된 황군 위문단에는 소설가 김동인, 비평가
박영희가 있었는데, 오직 임학수만이 이에 대한 기록을 『전선시집』의
형태로 상재한 것으로 알려져 있다[6]. 전쟁의 주체가 일본이고, 또 이에
대한 위문단의 역할이 이들에게 주어졌으니, 이에 대한 결과물만으로도
그를 친일 작가로 분류하기에 충분한 것이었다[7].

하지만 『전선시집』이 임학수의 시세계에서 어떤 위치를 갖고 있는가
하는 것은 별개로 따져보아야 한다. 우선, 이 작품집은 보다 정확하게 말
하면, 일종의 기획시 내지는 행사시에 해당한다는 점이다. 그러니까 일
회성의 수준에서 그치는 성격을 갖는 작품집인데, 이를 오랜 시기에 걸
친 시인의 정신사적 흐름 가운데 하나로 간주하여 그 시인이 갖고 있는
시세계 속에 편입시켜 논의하는 것은 어려운 일이라는 점을 상기할 필

---

5) 임학수의 작품 세계를 비교적 통시적 관점에서 살핀 글로는 이명찬, 「아름다움에 이
   르려는 방향:임학수론」, 『한국 근대문학연구』24, 2011.을 들 수 있다. 이명찬은 임학수
   의 작품 세계를 3기로 구분하고, 1기에는 『석류』, 2기에는 『팔도풍물시집』, 『후조』, 『전
   선시집』, 3기에는 해방 직후 간행된 『필부의 노래』를 구분하고 있는데, 『전선시집』을
   『팔도풍물시집』과 『후조』와 동일한 시기의 작품으로 구분하고 있는 것이 이채롭다.
   하지만 이런 구분은 시기가 비슷하니 그러한 것이겠지만, 어떻든 『전선시집』은 임학
   수 시세계의 한자리를 차지하고 있는 것인지는 분명 재고해 보아야 할 문제이다.
6) 김동인은 병을 핑계로 결과물을 내지 않았고, 박영희는 비평 중심의 문인이었기에 이
   결과물 제출에 대한 압박으로부터 비교적 자유로웠던 것으로 보인다.
7) 잘 알려진 대로 임학수를 친일 작가의 대표주자로 만든 것이 이 시집의 상재에서 비
   롯된 것인데, 그에게 그런 레테르를 붙인 것은 친일 문학을 본격적으로 연구했던 임
   종국이었다. 임종국, 『친일문학론』, 민족문제연구소, 2005, 참조.

요가 있다. 어떤 일이란 분명 기획되었고, 그에 따른 행사가 있기에 그에 대한 결과물을 냈을 뿐이다. 그럼에도 여기에 문제점이 전혀 없다고는 할 수 없을 것이다. 작품 집에 표명된 내용들이 과연 뚜렷한 친일 경향이 있는 것인가 아닌가의 문제도 꼼꼼히 짚어보아야 하기 때문이다.

두 번째는 이 시집이 아마도 친일 성향을 분명 내포하고 있을 것이고, 그것이 기행의 일환으로 기획되어 있으니 그 이전에 시도되었던 『팔도풍물시집』의 기행적 성격과 무매개적으로 연결시키는 연구 태도도 짚어보아야 한다. 이렇게 되면, 1930년대 말이 의미하는 열악한 시대 속에 피어낸 아름다운 국토 사랑의 여행이나 조국의 혼을 조금이라도 찾아보겠다고 나선 머나먼 과거로의 순례길들이 한갓 취미 차원의 것으로 전락하는 위험성이 노출되기 때문이다. 실상 임학수의 시를 이해한 논문들이 여행이라는 소재에 주목하여 『팔도풍물시집』, 『후조』, 『전선시집』을 묶어 연구한 것들이나 동일 시기의 시세계로 분류한 것들은 모두 이런 응시의 결과에서 온 것들이다. 시각을 이렇게 한정시키거나 고정시키게 되면, 임학수 시의 전모나 그 변모과정에 대한 이해의 방식이 현저하게 뒤틀리게 된다.

작가들의 정신적 흐름에는 원인과 결과가 있고, 어떤 계기에 의해 면면히 이어지는 것이기에 전 시기를 하나의 연속성 속에서 이해되어야 할 것이다. 그래야만 비로소 시인이 의도했던, 혹은 지향했던 시정신이나 시대정신이 올바르게 수면 위에 떠오를 수가 있지 않을까 한다. 이것이 임학수의 첫 시집인 『석류』에서부터 마지막 시집인 『필부의 노래』를 꼼꼼히, 그리고 연속적인 수준에서 탐구되어야 하는 이유라고 할 수 있다. 물론 그 출발점이 되는 것은 제국대학 시절 그의 스승인 사토 기요시와 그가 전공한 낭만주의[8]임은 분명 상기할 필요가 있다.

2. 낭만적 이상, 꿈의 세계

경성 제국대학 시절 임학수가 주로 관심을 보인 분야는 영국 낭만주의자들이었다. 바이런, 셸리, 키이츠 등이 그러한데, 그가 이들에 대해 주목한 것은 앞서 언급대로 사토 기요시로부터 받은 영향 때문이었다. 낭만주의가 서구 고전주의의 부정에서 비롯된 것이고, 또 그 저변에 놓인 것은 당대 서구 사회의 무질서와 혼란 때문이었다. 그러한 혼돈으로부터 벗어나고자 이들은 이상 세계를 꿈꾸었고, 동경을 지속적으로 표명하고 있었다[9]. 이런 낭만주의가 조선 시단에 유행한 것은 잘 알려진 대로 1920년대였다. 김억, 김소월, 주요한, 홍사용, 김동환 등이 그들이고, 이들이 작품에 주로 담고자 했던 것들은 이상적 공간이나 시간들이었다. 이 낭만적 시공성들은 3.1운동의 실패에 따른 좌절의식이 반영된 것은 물론이다. 그런데, 일제 강점기 낭만적 태도란 이 시기만의 것으로 한정하기에는 설득력이 떨어진다고 할 수 있다. 지배와 피지배 관계가 분명하게 형성되어 있는 이 모순 관계가 해소되지 않는 한, 이상향을 향한 도정들이란 결코 멈추는 일은 없기 때문이다.

그러니까 일제 강점기 시인들에게 있어서 낭만적 태도란 거의 생리적

---

8) 김용직은 임학수가 민족이나 전통, 풍물 등에 관심을 가졌던 것이 낭만과 기질의 확대된 결과로 보고 있는데, 낭만주의의 한 특성이 동경임을 감안할 때, 이런 견해는 매우 의미있는 것이라 할 수 있다. 김용직, 앞의 책, p.127. 참조.
9) 낭만주의의 태동과 그 전개 배경에 대해서는 오세영, 『한국 낭만주의 시연구』, 일지사, 1983. 참조.

인 것으로 이해해도 무방한 경우이다. 그런데 이런 생리적 본능에 자의
적 선택의 자리가 쉽게 보장된다면, 이에 더욱 다가가는 것은 당연한 수
순일 것이다. 임학수가 낭만주의에 대한 관심을 갖고, 이에 기반한 작품
을 생산해낼 수 있었던 것도 이런 환경적 요인과 분리하기 어려운 것이
었다고 할 수 있다. 다시 말하면, 생리적으로 요구되는 환경과, 이를 추
동하는 매개들이 자연스럽게 주어졌던 까닭에 임학수의 낭만적 태도는
적극적으로 생겨날 수 있었던 것이다. 그런 면에서 자신의 스승이었던
낭만주의자 기요시는 임학수에게 있어서 매우 중요한 매개 인물이라고
해도 과언이 아닐 것이다.

> 내 입김은 눈같이 희다
> 내 입김은 눈같이 외로웁다
>
> 내 가슴은 눈같이 보드럽다
> 내 가슴은 눈같이 편안하다
>
> 저 발자욱은 어디까지 닿았을까?
> 저 발자욱은 어느곳에 그쳤을까?
>
> 내 마음은 눈같이 적막하다
> 내 마음은 눈같이 아득하다
>
> 나는 千年의 옛날을 꿈꾼다
> 나는 千年의 뒷세상을 그린다

멀리 들밖에 외로이난 발자욱!
멀리 하늘가로 사라져가는 발자욱!
「눈오는 날」 전문

이 작품은 소박한 동화적 상상력을 바탕으로 쓰여진 시이다. 그렇기에 비유의 긴장이나 이미지의 조형성 등이 크거나 난해한 느낌은 주지 않는다. 어쩌면 습작기의 작품이라고 해도 무방할 정도로 시의 의장이나 내용 등이 평범한 수준에 머물러 있다. 하지만 이 작품을 시인이 가졌던 사유 속에 편입시키게 되면 그 자장이 비교적 크게 울려나오게 된다. 그것은 다름아닌 낭만적 이상이나 꿈에 대한 그리움의 세계이기 때문이다.

우선 인용시에서 시인이 펼쳐보이는 낭만적 상상력이 발동하는 것은 '눈'의 깨끗함과 거기서 펼쳐지는 '발자국'의 세계이다. 자아는 지금 여기의 시공간에서 눈 위의 발자국을 응시하게 되고, 그 위에 펼쳐진 흔적에서 시간의 연속적인 흐름을 읽게 된다. 그것은 과거의 것이면서 다른 한편으로는 미래로 흘러가는 점이지대, 혹은 중의적인 맥락에 놓여 있기 때문이다. 하지만 시인이 중요시하는 것은 과거적인 것보다는 미래적인 것에 놓여 있다. "멀리 하늘가로 사라져가는 발자욱"에서 알 수 있는 것처럼, 어렴풋한 미래, 혹은 알 수 없는 공간으로 시선이 가 있는 까닭이다. 이곳이 현실과 유리된, 유토피아의 지대임은 당연할 것이다.

현재를 기점으로 해서 시인의 시선이 과거와 미래라는 양 지대에 걸쳐있는 것은 이 작품의 5연에서도 읽어낼 수 있다. 서정적 자아는 현실 속에 그려진, 또한 마음 속에 무늬진 발자욱의 흔적을 통해서 "천년의 옛날을 꿈꾸기도" 하고, "천년의 뒷세상을 그리기도" 한다. 이 대목에 이르게 되면, 임학수가 꿈꾸는 동경이나 유토피아의 세계는 관념과는 무관한 것이 되는데, 어쩌면 이런 면들이야말로 1920년대 낭만주의자들이 표명했던 사유 체계와는 구분되는 지점이라 할 수 있다. 1920년대 낭만주의자들에게서는 역사적인 것들, 현재의 불온한 것들과 대항하는 담론 체계들은 거의 볼 수 없었기 때문이다.

내가 만일 새가 된다면
저 황금 바구니에 담긴
이뿌장스런 캐나리아가 되지는 않겠읍니다.
장미화 향기뿜어오는 포도넝쿨에 걸리어
복스런 색시들의 고은 목소리와
노래 맞후지는 않겠읍니다.

내가 만일 새가 된다면
저 구름피여 오르는 바다뒤에
애달피 떠나는 갈매기가 되지는 않겠읍니다.
물결따라 쏠려오고 물결따라 밀려가며
뼈만 앙상한 검은 바위우에
집도 없이 폭풍을 우짖는
저 가엾은 갈매기가 되지는 않겠읍니다.

내가 만일 새가 된다면
일은봄 뒷숲풀에
밤새워 호을로우는 두견이 되겠읍니다.
고달푼이 서로운이

산기슭에 쉬는 나그내에게

하로밤 아름다운 꿈을맺게 하겠읍니다.

「새가된다면」전문

　낭만적 태도에 입각한 임학수의 시들이 현실을 넘어선 영역, 곧 추체
험의 것이 될 수 없음은 인용시에서도 확인할 수 있다. 이 작품도 시집
『석류』를 관류하는 낭만적 시정신이 잘 드러난 경우인데 우선, 시인은
행이 시작되는 연에서 반복적으로 밝히고 있는 것처럼, 새가 되고자 하
는 꿈을 가지고 있다. 여기서 새가 되겠다는 것은 무엇보다 자유의지에
대한 확인일 것이다. 그것은 현재의 상황과 분리될 수 없는 상징이라는
점에서 시대 정신과 결코 분리되는 것이 아니다.
　이러한 자유정신과 더불어 유토피아에 대한 그리움의 정서가 또다시
겨냥한 것은 현실 속으로 편입되는 일이다. 서정적 자아는 현실과 유리
된 새의 존재에 대해서는 단호히 거부한다. 가령, 새가 되어 "복스런 색
시들의 고은 목소리와 노래 맞후지는 않겠다고"하는 것이나 "집도 없이
폭풍을 우짖는 저 가엾은 갈매기가 되지는" 않겠다는 것은 이와 밀접한
관련이 있다. 자아가 관심을 갖고 있는 것은 이런 낭만적 추체험의 세계
가 아니다. 자아는 "고달푼이 서로운이/산기슭에 쉬는 나그내에게/하로
밤 아름다운 꿈을 맺게 하는" 매개자가 된다고 함으로써 자신의 임무를
완수하고자 하는 까닭이다. 그것은 관념적인 이상향이나 막연한 유토피
아에 대한 그리움의 정서가 아니라 현실 속에 편입된 실천적 정서이다.
이런 단면이야말로 『석류』의 시세계가 갖고 있는 본질적 특성이라 할
수 있다.
　그러니까 낭만적 아이러니 속에서 길러진 동경의 정서가 만들어진다

는 점에서 보면, 20년대의 낭만주의자와 하등 다를 것이 없다. 하지만 임학수의 유토피아 의식이 어떤 관념의 지대 속에서 막연히 헤매지 않고, 구체적인 현실 속에서 만들어지고 있다는 점에서 이들 낭만주의자들과는 뚜렷히 구분된다.

저녁연기 무거히 뻗드린 마을가로
고요히 거러나오는 서넛의 黃소도
두눈 반쯤만 닫고 바리 한곳에 멈추고
피리 입에 먹음은 하낫 草童도 없건만,
들바람에 슷기니 少女의 얼골과 같이
붉은 바탕에 군데 군데 金모래를 흩은 문의.
기나긴 人類의 歷史가 음울히 조을고 있는듯한
저 동굴에서 가늘게 흘러나려
이윽고 비스듬이 다시 둥그러지는 이 曲線.

살포시 옷깃 사이로 솟아난 가슴에는
오 이 어인, 또 수없은 구슬이뇨?
세상에서도 어여뿐 꿀과 花粉을 가득 감추고
웃는 듯 입술에는 달가히 이슬 먹음은
저 薔薇花 봉오리보다 너는 더 高貴한 꽃!
千길의 바다밑 쌍쌍히 헤염처 노니는
저 透明한 그러나 가여웁도록 온정스런
銀魚보다도 이는 더욱 윤기있는 눈초리!

묻노니, 이제 밤깊어 충충한 등불 뒤에서

너는 말없이 무엇을 꿈꾸나뇨?
아득히 水平線 뒤로 나려지는 힌돛 한척의
해질녘에야 다다른다는 자욱한 기슭, ……
꾀꼬리 맞춰 울어 그칠새 없이
남빛 잔물결은 자장가 싫고 도라들며
일즉히 수그러움과 세고를 모르는 곳
푸르른 가지에 걸린 搖籃에 흔들리여
벌나비의 날개 없음을 짜증하며 조을던
그전날 그시절에 다시 태여 났음이뇨?

아니라면, 해와 달과 구름과 바람과
따스한 빗방울에 젖고 자란 몸이
하늘 유난히도 개이고 새소리 마저
더한층 높이 들리던 어떤날 가을 夕陽,
희고 부드러운 한 손목에 꺾일 그때
最後로 너에게 보낸 自然의 슬픈 선물
오 이 가지가지의 完成에 너 스스로 陶醉하나뇨?
그리하야 이빛 이문의 이구슬을 기리 안보 못하고
머잔어 헛되히 시들고야 말을
너무나 적은 너의 힘 눈물짓나뇨?-

그렇다면 너 어찌! 여기 공손히 꾸러앉어
멀리 고장의 무너진 담장을 생각하고
밤이 맞도록 잠이루지 못하는 한동모 있음을 모르난다?
그리하야 날과 달이 이우러지고 世代가 바뀌고

이얼골 이모양 모다 말라 없은들

내 적은 머리 속에는 이 調和 이 神祕로운 아름다움이

아즈랑이 무르녹은 저 平原과 함께

기리 기리 사라있을 것을 모르난다?

내 다시 들어 두볼에 대고 어로맞이매

바드럽고 향그러운 그러나 오, 너 차거운 觸感이여!

「석류」전문

『석류』의 시세계를 지배한 것은 낭만적 이상과 그리움의 세계이다. 서정적 자아는 이 시집에서 무엇인가를 꿈꾸며, 마주한 현실이 갖고 있는 한계에 도전한다. 이런 도정에서 그가 발견한 것이 '석류'라는 객관적 상관물이다. 『석류』에서 이 작품은 매우 중요한 지대를 차지하게 되는데, 시인이 이 작품을 시집의 제목으로 한 이유도 그 이유가 밝혀지게 된다. 여기서 '석류'는 낭만적 그리움이 도달해야 할 단순한 물상이 아니다. 시인은 이 작품의 부제랄까 시작 동기에 대해 제목 끝에 붙여 둔 바 있는데, 이는 그가 이 작품을 쓰게 된 동기가 무엇인지를 말해주는 것이어서 주목을 요한다. 그에 의하면 '석류'는 "내가 자란 남쪽 엣집의 후원에는 늙은 석류나무 하나가 있었나니, 거기 그네매고 따스한 햇볕에 나는 이따금 이런 꿈을 맺은" 것으로 구현된다. 이 제작 동기가 말해주는 바는 그의 시세계에서 매우 중요한데, 그것은 다음 두 가지 이유 때문이다. 하나는 고향에 대한 감각이고, 다른 하나는 꿈에 대한 정서이다. 물론 이 두 가지 정서들이 낭만적 태도와 분리되는 것은 아니다. 낭만적 그리움의 세계가 이끈 것이 고향이고, 이 태도의 기본 정서가 꿈인 까닭이다. 그러니까 고향을 대표하는 것과 꿈의 응결체가 '석류'라는 물상으로 집약, 표현된 것이다.

이런 관점에서 보면 「석류」는 시인이 초기 시가 지향하는 최종 목적이 무엇인지 분명하게 일러주는 작품이라 할 수 있다. 낭만적 그리움의 대상이 현실과 무관한 추체험의 것이라거나 관념적 이상에 그치지 않는 것임을 이 작품은 뚜렷이 보여주고 있기 때문이다. 실제로 작품 속에 그려진 석류의 모습도 작가의 이런 의도로부터 크게 벗어나 있는 것이 아니다. 고향의 한구석을 올곧이 지키고 있는 석류가 결코 혼자가 아니라는 것, 그리고 세대가 바뀌는 오랜 세월에도 불구하고 서정적 자아의 기억 속에 석류가 갖고 있는 "조화와 신비로운 아름다움이 아즈랑이 무르녹은 저 평원과 함께/기리 기리 살아 있는" 영원으로 자리하고 있는 까닭이다.

3. 조선적인 것의 부활

임학수는 1937년 『석류』를 자가 출판한 이후 1년 뒤에 『팔도풍물시집』[10]을 간행하고, 다시 1년 뒤에 『후조』[11]와 『전선시집』[12]을 연달아 발표한다. 이런 사실은 그가 이 시기 다른 어느 시인보다도 작품 활동을 왕성하게 했음을 일러주는 좋은 본보기가 될 것이다. 이 가운데 임학수의 시정신과 관련하여 무엇보다 주목해야 할 시집이 『팔도풍물시집』과 『후조』이다. 여기서 다루고 있는 작품들은 대부분 조선적인 것들과 관

---

10) 인문사, 1938.9.
11) 한성도서, 1939.1.
12) 인문사, 1939.9.

련되어 있는데, 그가 조선이라는 구체성을 작품의 소재로 옮겨간 까닭은 두 가지 요인이 있었던 것으로 판단된다. 하나는 그의 스승이었던 사또 기요시의 영향이다. 그는 미약한 형태로나마 조선의 풍속을 작품의 소재로 채택한 바 있거니와 그 내용 또한 제국주의 입장보다는 조선의 입장에서 시화했다[13]. 제국의 시인이 이런 의외성을 보여주었다는 사실이야말로 그 상대적인 입장에 놓여 있던 임학수에게는 상당한 충격으로 다가왔을 것이다. 그리고 다른 하나는 낭만적 이상에 대한 연속적 감각이다. 이런 감각의 일단은 『석류』의 「석류」에서 확인할 수 있었는데, 임학수는 낭만적 그리움의 이상을 자신의 고향 속에서 찾고 있었다. 「석류」에서 시작된 고향의 정서가 보다 구체화된 것이 『팔도풍물시집』의 세계라 할 수 있다. 그러니까 사또 기요시로부터 촉발된 조선의 풍물에 대한 관심과 낭만적 그리움의 정서가 만들어낸 공유지대가 『팔도풍물시집』과 『후조』의 세계였던 것이다.

『팔도풍물시집』을 보다 정확하게 이해하고 이를 문학사적으로 자리매김하기 위해서는 무엇보다 일제 강점기, 특히 1930년대 후반기의 상황을 주목할 필요가 있다. 이 시기는 일본 군국주의가 가장 높은 위치에 있었는데, 1937년 본격적인 중일 전쟁이 있었고, 동남아 지역에서도 군국주의 세력은 날로 팽창하고 있었다. 하지만 보다 중요한 것은 이런 외적 배경이 아니라 국내적인 상황이라든가 정서 상태라 할 수 있다. 잘 알려진 대로 1930년대 후반은 한일합방이 이루어진 지 거의 30년 가까운 세월이 된다. 결코 짧은 기간이 아니거니와 일제는 소위 내선일체를 이루어내기 위해서 조선적인 것들을 철저히 말살해나가고 있던 시기이

---

13) 박호영, 앞의 논문, pp.99-100. 참조.

다. 말하자면 조선적인 것들은 희미한 그림자만 남아 있을 뿐이었고, 그 나마도 소멸될 위기에 놓여 있었다. 뿐만 아니라 이에 이론적, 혹은 실천적으로 저항할 만한 진보 세력도 더 이상 설 자리가 없었다. 이런 저간의 사정을 고려하게 되면 『팔도풍물시집』이 나오게 된 시대적 환경과 그것이 어떤 의미를 갖고 있는 것인지 이해하게 된다.

일찍이 기행문 형태의 작품들은 우리 시사에서 꾸준히 있어 왔다. 그 가장 앞자리에 놓인 것이 육당의 『경부철도가』이다. 이 창가집이 이야기 한 것은 경부선 개통에 따른, 새롭게 등장하기 시작한 팔도 경승지 등의 소개였다. 그러한 까닭에 여기에는 대상을 통해서 얻어지는 작가의 정서가 깊이 개입될 여지가 상대적으로 적은 편이었다. 이 작품의 뒤를 잇는 것이 시가 쪽에서는 백석과 노천명의 시형식들이다. 풍속과 조선어에 대한 미세한 복원이 이들 시의 목적이었던 셈인데, 임학수의 『팔도풍물시집』 등이 나올 수 있었던 것은 이런 시사적 맥락이 있었기에 가능한 것이었다.

하지만 언어라든가 풍속의 부활을 전면에 내걸었던 백석이나 노천명의 작품 세계와 달리, 임학수의 시들은 그 지향하는 바가 현저히 다른 경우이다. 점점 희석되어 가는 조선적인 것들을 복원시키고자 한 의도는 비슷하지만, 작품 속에 재현된 소재들은 전혀 다른 까닭이다. 임학수 이전의 시들이 작가 의식이 거의 개입되지 않은 언어와 풍속에 대한 객관적 제시에 그쳤다면, 임학수의 시들은 주관의 개입이 비교적 뚜렷이 드러나 있기 때문이다. 서정시가 일인칭 자아에 의해 만들어진 장르이기에 어느 정도 주관화의 경향을 피할 수 있는 것은 아니다. 그럼에도 이런 주관성은 임학수의 시의 소재들이 사회 속에 편입됨으로써 당대에 꼭 필요한 시대정신을 구현했다는 점에서 그 의의가 큰 것이라 할 수 있다. 특히 그가 복원하고자 했던 것들이 토속어라든가 풍속의 차원이 아니라 역사적인 것으로 행해져 있다는 것은 주목해 보아야하는 단면들이라 할 수 있다.

『팔도풍물시집』에는 총 24편의 시가 실려있고, 그 대부분은 모두 조선적인 것들로 채워져 있다. 이 작품집에서 역사와 무관한 작품은 「밤정거장」 뿐인데, 그렇다고 해서 이 작품을 이 시집의 지향과 관련하여 전연 이질적인 것으로 치부하기에는 상당한 난점이 따르는 것도 사실이다. 여기서 다루고 있는 소재 역시 조선의 정거장에서 흔히 있을 수 있는 장면들을 구체적으로 포착하고 있는 까닭이다. 『후조』의 경우에도 많은 부분이 『팔도풍물시집』과 마찬가지로 역사적인 것을 소재로 한 작품들로 채워지고 있어서 이 두 시집은 서로 분리할 수 없는 관계망에 놓여 있다고 할 수 있다. 하나의 계획된 의도에서 창작된 것이 이 시기 임학수의 작품집들인데, 작가도 이 점에 대해서 굳이 부정하지 않는다. 시인은 『팔도풍물시집』을 상재하게 된 배경에 대해 다음과 같이 밝힌 바 있기 때문이다.

> 나에게는 잊지 못할 半年이었다. 적은 틈을 타서 山水에 놀아 몸과 마음을 쉬고 싶었다. 호을로 고개 수그릴제나 멀리 山넘어 푸른 하늘을 바랄네 내눈의 뜨거웠음을 누가 아랴?
>
> 오직 이 작품들을 생각하고 쓸때 나는 가장 幸福이었다!
>
> 이러한 主題들을 골른 動機--거기 對하야는 구태어 말하지 않으련다[14].

---

14) 『팔도풍물시집』 후기, 인문사, 1938.

이 짧은 글에서 『팔도풍물시집』이 만들어진 계기랄까 동기 등이 잘 나타나 있는데, 우선 임학수는 이 시들을 쓰기 위해 적어도 반년의 여행을 한 것으로 보인다. 첫 구절이 이를 말해주거니와 그는 이 여행을 통해서 조선의 역사, 문화 등을 직접적으로 마주할 수 있는 계기를 가졌던 것으로 보인다. 그리고 그는 이 도정에서 "내 눈의 뜨거움"과 '행복'을 느꼈다고 했다. 뿐만 아니라 이 주제를 고른 동기에 대해서는 "구태어 말하지 않는다"고 했는데, 이를 군이 말하지 않아도 될 정도로 그는 후기의 앞부분에 그러한 동기들에 대해 잘 밝혀 놓은 바 있다. 이를 한마디로 말하자면 조선적인 것들에 대한 한없는 사랑과 애착의 정서라 할 수 있다.

『팔도풍물시집』은 조선의 역사와 문화 등이 하나의 찬란한 사진첩으로 빼곡이 채워져 있는 시들의 모음집이다. 그렇기에 어느 작품을 꼽더라도 그것이 조선적인 것에 대한 그리움과 추억의 그림자로부터 자유로운 것은 없을 것이다. 그 가운데 특히 주목의 대상이 되는 작품이 「남해에서」와 「낙화암」이다.

갈매기 흰구름으로 더부러 날르고
타는 아지랑이 미끄러지는 바람,
諸國을 廻航하는 航舶
나가며 들어오며
아득히 茫漠한 銀線 넘어로 點되여 사라지는 곳
南海!

부셔라. 깨지라.

희롱하라. 탄식하라.

저곳 赤道를 거처온 永遠의 물결이

金모래 조악돌을 쓸어가고 내던지며

멀리 海岬에는 漁火 明滅하는

으스름달밤.

여기가, 여기가

북울려 旗폭 날려

소스라친 波濤를 먹피로 물디리던 곳이어늘!

아, 孤島의 저믄 봄

나는 이제 무엇으로 이바지할꼬?

「남해에서」전문

비록 표면적으로 명확하게 드러나지 않았지만 이 작품이 의도하는 것은 분명하다. 남해란 이순신 장군의 활동 배경에 놓인 지역이고, 이는 당대의 민족 모순을 환기시키기에 부족함이 없는 주제 의식이라 할 수 있다. 임진 왜란과 관련된 것이라면, 알레르기적 반응을 보이는 것이 당시 제국주의 행보였다[15]. 이런 사정이 있었기에 이 작품에서는 이순신을 연상시키는 어떠한 것도 쉽게 정서화되지 않고 있다. 하지만 그 이면에는 분명 다른 정서들이 숨겨져 있다.

이 숨겨진 진실이 말해주는 것은, 객관적 현실이 가져오는 열악함을 시인은 충분히 이해하고 있었다는 것을 의미한다. 시인에게 남해란 그

---

15) 이는 일제 강점기에 금산 지역의 군수가 칠백의총을 기리는 비석을 폭파한 사건에서도 충분히 이해할 수 있는 대목이다.

저 물리적으로 저멀리 떨어져 있는 객관화된 상태로 존재하지 않는다. "여기가, 여기가/북울려 기폭 날려/소스라친 파도를 먹피로 물디리던 곳이어늘!"에서 알 수 있는 것처럼, 서정적 자아는 이순신과 그 함대가 호령했을 소리를 소환시켜서 환청으로나마 듣고자 한다. 이런 감각은 민족주의라는 인식성을 떠나서는 결코 성립할 수 없는 정서이다. 시인은 바다 속에 잠들어 있는 구국의 소리를 일깨운 다음. "나는 이제 무엇으로 이바지할꼬?"로 자문하는 당위적 임무에 대해 묻는 단계에 이르게 된다. 이런 물음이야말로 민족 모순에 대한 강력한 인식과 분리할 수 있는 것이 아니다. 뿐만 아니라 이야말로 조선적인 것의 부활을 위해 과거나 일상 속으로 스며들어갔던 백석 등의 경우와는 분명 다른 지점이라 할 수 있을 것이다. 이 연장선에서 또 하나 주목해서 보야 할 작품이 「낙화암」이다.

泗沘水 구비처 흐르는 허리에
杜鵑花 點點히 피뿜은 저 絶壁,
白鷗는 夕陽에 비껴 나는데
오가는 배 무심히 俗謠를 화답하네.

船童아 배 멈춰라, 여기가 그옛날
다투어 日輪을 쫓는
萬朶 붉은 송이,
이슬을 털고 일제히 虛空에 날려
자우-키
잔든 물 위로 쌔여 흐르던 곳이란다.

船童아 너는 모르느냐? 여기가 여기가

娥眉 朱脣 고흔 丹粧,

三千 羅裳을 나부끼며 나부끼며

아, 紛紛히 흩어질제

소스라친 새들은 목을 느려

九天에 사못치는 긴 한 우름-

아득히 黑雲을 넘어 멀리 가던 곳이란다.

「낙화암」 전문

『팔도풍물시집』에 수록된 시들이 역사, 인물, 자연, 문화 등의 영역을 통해서 조선적인 것들의 복원을 시도했는데, 그 가운데 또하나 주목의 대상이 되는 시가 「낙화암」이다. 「낙화암」이 백제 멸망과 관련된 것이기에 그 음역을 확장시키게 되면, 시대정신이 잘 드러나게 된다. 그러니까 이 작품은 민족 모순을 그대로 담아낸 시라고 해도 무방한 경우이다[16]

시인은 삼천 궁녀의 비극적인 삶에 주목하면서 "구천에 사못치는 긴 한 울음"으로 그들을 은유하고 있다. 구천 속에서 헤매이는 그들의 울음을 현재화한다는 것은 망국이라는 한의 역사가 현재도 진행형이라는 사실을 환기시키는 셈이다. 자아는 강물 속에 잠겨있던 그들의 혼, 과거의 혼을 불러내서 이를 현재의 상황 속으로 편입시키고자 하는 의도를 분명히 드러내고 있는 것이다.

『팔도풍물시집』과 『후조』의 세계는 결코 제국주의가 기획한 것의 연

---

16) 이 작품이 발표된 이후 조영출의 「꿈꾸는 백마강」(1940년)이라는 노래시가 발표되었고, 그것이 대중 속으로 빠르게 전파되어 가는 현실을 마주하게 된다. 이런 현실을 일제가 그냥 두고 보지 않은 것은 당연한데, 얼마 후 이 노래는 대중이 부를 수 없는 금지곡의 목록에 들어가게 되는 것이다.

장선에서 만들어진 것이 아니다. 『전선시집』이 여행의 결과로 얻어진 것이고, 『팔도풍물시집』 또한 그러한 서사 형태로 되어 있기에 이를 여행이라는 고리로 묶어서 제국주의의 기획으로 이해하는 것은 어불성설이다. 과거의 역사, 특히 영광스러운 과거의 한때를 회고하면서 현재를 헤쳐나아가고자 하는 의도가 어떻게 제국주의 기획 속에 갇혀 있는 정서라고 할 수 있겠는가. 이런 면은 『전선시집』을 상황 논리에 따라 추수적으로 이해하여 친일문학이라고 하는 것과 비슷한 것이라 할 수 있다. 행사시, 혹은 기획시라는 것은 일회적인 것이고, 또 그 행사에 걸맞은 비위를 맞춰주면 그만이다. 그런 일회성이 지속성을 대신할 수 없는 것이며, 또한 『전선시집』에 수록된 작품들에서 친일의 의도가 짙게 묻어나는 사례가 거의 없다는 사실 또한 이를 뒷받침해준다[17].

4. 조국이라는 거대 서사에서 필부라는 작은 서사로

해방이 되었고, 이런 감격은 시인 임학수에게도 비껴갈 수 있는 정서가 아니었다. 이 시기 대부분의 시인들이 자신들의 정치적 성향에 따라 제 나름대로의 문학 단체에 가입했는데, 임학수도 이 시기 대표 문학 단체 가운데 하나인 〈문학가동맹〉에 가입하게 된다. 그런데 임학수가 여기서 어떤 뚜렷한 행보를 보인 것은 아니다. 좌익 성향의 단체에 몸을 담고 있긴 했지만 이 조직이 요구하는 것들에 대해 뚜렷이 응답하지는 않았기 때문이다. 이는 비평에서도 그러하고 작품에서도 그러했다. 그

---

17) 이에 대해서는 박호영, 앞의 논문 참조.

의 이런 행보는 다음 몇 가지 근거가 있었을 것으로 이해된다.

하나는 이 시기 대표적인 문예 흐름이었던 모더니즘이나 리얼리즘의 영역으로부터 거리를 두었다는 사실이다. 잘 알려진 대로 이들 사조에 몸담고 있었던 부류들은 대부분 〈문학가동맹〉과 어떤 형태로든 관계를 맺고 있었다. 하지만 임학수의 작품들에서는 이런 성향의 작품들을 쉽게 발견할 수 없는 것이 사실이다. 이는 그가 왕성하게 활동하던 시기의 문단 상황과 일정 부분 관련이 있는 것으로 판단된다. 그의 첫시집『석류』가 상재되던 1937년 전후로 해서 현실의 반응 속에서 직조되던 리얼리즘이라든가 모더니즘은 적어도 이 시기에 문단의 수면 아래로 가라앉은 상태에 놓여 있었다. 이 시기 문인들이 할 수 있었던 것은 감추어진, 혹은 은폐된 상태로 현실적인 감각들을 언어화하는 일들에 그치고 있었다. 그런데, 임학수는 이런 제반 사조로부터 한걸음 물러서 있는 상태였다. 다만 그는 낭만적 열정과 동경의 호기심을 바탕으로 여행이라는 서사와 거기서 얻어지는 민족주의적 성향을 강력히 드러내고 있었을 뿐이다. 그의 정서를 자극한 것은 낭만적 열정에 바탕을 둔 이상이나 유토피아에 대한 강렬한 의지뿐이었다. 이러한 그의 자의식을 보여주는 대표적인 시가 바로「독수리」연작시이다.

> 구비치는 에테르 星雲을 싸고도는 透明한 波濤여!
> 그중에서도 빛나는 한알 한알의 金剛石
> 水星이여 木星이여 피여난 七星이여
> 아니 저 멀리 외떠러진 北極星,
> 오 바드랍고 윤기있는 地球의 光彩여!

너였도다!

내 주리고 치웁고 검은 몇밤을-

이 깎익고 파인 岩石 萬年雪 우에 움크리고

몇밤을 몇밤을 凝視하며 思索하던-

끝끝내 나를 미칠 듯이 하고야 만

妖精은, 魔女는, 오 너였다도.

날러라 날러라 날러라 날러라

날러라 날러라 날러라 날러라

오 날러라 날러라 날러라 날러라

이몸의 산산히 바서지도록

이날개 산산히 꺾여 흩어지도록.-

아하 이 어지러운 어지러운 머리!

아하 이 빙 빙 빙 도는 발밑!

이제야 내 大空 높이 높이 너울 섯나니

九萬里 구비구비 내눈의 이르는 곳

오직 光明뿐이요 오직 노래뿐이로다.

「독수리」 부분

이 작품은 낭만적 사유에 바탕을 둔 「새가 된다면」의 연장선에 놓여 있는 시이다. 새란 솟구쳐 오르는 비상의 이미지와, 이에 바탕을 둔 자유의 이미지로 흔히 은유된다. 그러니까 새로운 지대로 모험하고자 하는, 낭만적 유토피아에 갈증을 느끼던 시인에게는 꼭 들어맞는 이미지였다고 할 수 있다. 그런 면에서 「독수리」는 「새가 된다면」을 한층 구체화한 작품인데, 새가 독수리라는 구체적 사물로 이미지화되었다는 점에서도 그러하지만, 독수리가 갖고 있는 날카로운 비상과, 여기서 구현되는 욕망의 갈증이 뚜렷하게 각인되었다는 점에서도 그러하다.

독수리가 갖는 그러한 속성을 대변하듯, 작품 속에 구현된 독수리의 모습도 동일하게 비춰진다. 그것의 비상은 이 땅을 넘어 저 멀리 은하계에 이를 만큼 광범위하게 펼쳐져 있는 까닭이다. 이를 두고 임학수 특유의 방랑기질을 말할 수도 있을 것이다. 그리고 그 연장선에서 그의 '제국의 여행'이 가능했고, 이를 통해 친일의 통로를 만들었다고도 이해할 수 있을 것이다. 그러나 여기서 중요한 것은 그것이 자신을 독수리로 비유하면서 자신이 갖고 있었던 결핍이라든가 민족 모순을 초월하고자 하는 의지였다는 점이다. 그는 이 의지로 현실 너머의 저 아득한, 미지의 세계로의 과감한 모험을 시도하고 있었던 것이다.

하지만 이런 에네르기는 얼마 못가서 곧바로 식어버리는 현실을 마주하게 된다. 그 열정의 온도가 떨어진 이유는 객관적 상황의 열악함에서 오는 것일 수도 있다. 어떻든 거침없이 비상하던 독수리의 날개는 1940년대 들어 현저하게 꺾이게 되는데, 그러한 자아의 모습을 잘 보여주는 시가 「포박된 독수리」이다.

> 덜그럭,
> 황혼의 漫步를 마치고
> 쇠사실이
> 절망의 심해에 닫을 나란다.
>
> 어깨를 쫑긋

獰猛한 발톱으로
마침내 집웅 난간에
一化石하는 독수리여!

이제 암벽을 나려 쏘친 黑風이
자욱히 街燈을 휩쓸를 지음

저 太虛 잿빛 하늘에는
찬연한 星群이 얼크러지나니,

오, 별 별
爛爛한 눈초리의 달리는 곳-
저 구름 넘어
검은 숲 그림자와 萬年雪!
아 그러나,

다시는
모진 분노에 타오르는 일도 없고
날려다 떨어져
그 칼날같은 주둥뿌리로
스스로의 발목을 끊으려하지도 않았다.

이윽고 또 날이 새면,
一片의 腐肉과
아해들의 돌맹이질에 몸을 마끼려는

이 다만 추한 맹수일뿐.

「포박된 독수리」 전문

이 작품은 시집 속에 실려 있는 시는 아니다. 발표 연대를 보니 1940년 5월로 되어 있고, 발표 잡지는 『문장』으로 되어 있다. 그러니까 시집 속에 포함시키지 않은 것인데, 어떻든 이 작품이 나온 것은 일제의 한국 문화 말살 정책이 시도된 때이다.

이 작품에 묘사되어 있는 독수리의 모습은 앞에서 묘사된 그것과는 현저히 다른 경우이다. 1연의 '황혼'이라든가 '쇠사슬', '절망'의 어휘들이 그러한 상황을 잘 말해주거니와 이 독수리는 사냥을 하기 위한 날카로운 발톱이 사라진 상태이고 거의 화석화된 무력한 존재로 구현된다. 말하자면 거침없이 비상하던 초기 독수리의 모습과는 거리가 있는 것이다. 그런데 이런 초라한 형태의 독수리보다 시적 화자에게 더욱 암울하게 비춰지는 것은 이 독수리로부터 '모진 분노'를 읽어낼 수 없다는 것과 "일편의 腐肉', 곧 썩은 고기에 의존할 수밖에 없는 나약한 존재로 전락했다는 데에 있을 것이다.

나약한 존재, 그리하여 야생에서는 더 이상 스스로 존립할 수 없는 존재로 떨어진 것이 「포박된 독수리」의 모습일진대, 이는 곧 이 시기 시인의 자화상을 그대로 드러내는 것이라는 점에서 주목되는 경우이다. 이는 낭만적 이상을 향해 나아가는 데 있어 굳건한 세계관이 없거나 부조리한 현실에 대응할 수 없는 마땅한 논리가 부재할 때 올 수 있는 결과가 얼마나 허망한 것인가를 잘 말해주는 대목이라 할 수 있다. 그것이 일제 말기 임학수의 피할 수 없는 운명, 곧 자화상이었을 것이다.

이런 모습, 혹은 포오즈를 간직한 채, 임학수는 해방을 맞이했다. 해방 자체도 준비된 것이 아니었지만, 임학수에게는 이것이 더욱 준비되지 않은 채 다가왔을 것이다. 그에게는 애초부터 현실 대응력으로서의 진보 사상도 없었고, 그러한 현실에 비판적으로 대응할 만한 모더니즘적인 인식 태도도 갖고 있지 않았다. 그는 다만 낭만적 이상에 대한 열정과 그로부터 촉발된 소박한 민족주의만을 갖고 있었고, 이를 껴안고 해방을 맞이한 것이다.

해방 공간이란 정치 주체가 없는 희유의 시간이다. 그래서 공간이라는 표현을 했거니와 이 여백을 메우기 위해서는 이에 적응하고 대응할 만한 충분한 사유와 조직이 있어야 했다. 임학수에게 〈문학가동맹〉이라는 거대 조직이 있긴 하지만, 사상적 기반이 없는 그에게 그것은 단지 껍데기에 불과했을 뿐이다. 이 조직에 시의 적절하게 부응할 수 있는 이념적 조건을 그는 하나도 준비하지 못했기 때문이다.

꿈에서 살던 그대 이제야 오는다?
구름으로 繡놓아 별로 아로삭인
그대 象牙의 상자를 열으라.
하나는 自由.
하나는 平等.

꿈에서 살던 그대 이제야 오는다?
혹독한 쇠사슬과 주림, 暗黑,
이 두꺼운 獄門을 깨치라.
거리에는 넘치는 旗ㅅ발, 松門의 洪水,
씩씩한 行進과 嘹喨한 軍樂으로

가장 호사로히 嚴肅히 그대를 맞으리

피는 뛰나니!
그대 맞는 기꺼움에
몸은 떨리고 귀에는 요란한 鍾소리 끊임 없나니!
이밤이 지새는 아침,
붉은 太陽이 山과 山 바다와 바다를 휩쌀 지음,
그대 燦爛한 金冠을 쓰고
薩水 옛 싸움에 저 風雲을 희롱하던 칼을 춤추어
가장 儼然히
步武 堂堂 내 앞에 나타나오리.

오, 自由!
一切가 平等!
隸屬과 傲慢과 缺乏과 이 악착함이
어찌 호사로운 그대 앞에야 다시 용납되오리?
이제 마침내 그대는 오나니,
이 地球의 가시덤불 위에
왼갓 罪惡을 淸算할 새날은 왔나니,
내 꿈에 살던 그대 永遠히 내게 있으라.
그대 華麗한 상자를 열어 흩으라.

「새날을 맞음」 전문

이 작품은 해방 직후에 쓰여진 시이다. 해방의 감격을 읊은 것인데, 이런 정서란 이 시기 서정시인라면 누구나 생산할 수 있는 것이어서 어떠한 특이성이라든가 변별성을 보여주지 못하는 작품이라고 할 수 있다. 하지만 이렇게 무의미해 보이긴 하지만 이 작품은 이 시기 임학수의 사상을 어렴풋이나마 간취해낼 수 있다는 점에서 그 의미가 있는 시이기도 하다.

우선, 임학수는 해방된 조국의 모습이랄까 그 국체에 대한 근거를 여전히 낭만적 사유에서 끌어낸다는 사실이다. 가령, 1연에서 "꿈에서 살던 그대 이제 오는다?"라는 귀절도 그러하고 해방을 '상아'에 비유한 것 또한 그러하다. 이런 면들은 적어도 임학수가 해방을 평범한 일상 속에서 받아들였다는 사실을 말해주는 단적인 근거가 된다. 뿐만 아니라 상아 속에 담긴 해방의 선물, 그러니까 해방 공간에서 실현되어야 할 국가의 정체성을 "하나는 자유", "하나는 평등"에서 찾고 있다는 점도 이채롭다. 자유나 평등이란 엄밀한 의미에서 어떤 이념의 근거에서 나오는 것들이 아니다. 그것은 리얼리즘의 영역이나 모더니즘의 영역, 보다 구체적으로는 자본주의나 사회주의 체제에서 모두 공유될 수 있기 때문이다. 이런 기대야말로 소박한 민족주의자만이 할 수 있는, 또한 낭만적 태도라든가 비과학적인 사유를 가진 자에게서나 나올 수 있는 정서일 것이다. 이는 그가 이 시기의 시집 제목을 『필부의 노래』라고 한 데서 알 수 있는데, '필부'란 그저그런 평범한 소시민을 말하는 것이다. 그렇기에 그는 더 이상 낭만적 열정을 가진 자아도 아니고 해방 공간의 어둑한 현실을 개척, 항해할 수 있는 뚜렷한 이념의 소유자가 될 수도 없는 소시민의 하나일 뿐이었다. 『팔도풍물시집』에서 보여주었던 소박한 민족주의자의 모습을 그는 해방 공간의 현실에서 결코 벗어날 수 없었다.

작품 속의 이런 어쩡쩡한 모습들은 이후 그의 현실적인 행보에서도 그대로 나타난다. 그는 해방 공간에 남쪽에 남아있었거니와 전쟁을 거치면서도 어떤 뚜렷한 방향성을 보여주지 못했다. 그저 어정쩡한 상태에서 이리저리 눈치를 보고 있다가 북쪽으로 납북된 것이다.

북으로 간 임학수는 다른 이념주의자들과 달리 뚜렷한 흔적을 남긴 시인 가운데 하나로 바뀌게 된다. 그런데 이런 자취 역시 회색적인 그의 사유와 밀접한 관련이 있었던 것처럼 보인다. 필부와 같은 소박한 의식의 소유자 혹은 소시민은 어딜 가든 모나지 않게 충분히 그 상황속에 적응할 수 있는 요건을 갖춘 자인 까닭이다.

5. 시사적 의의

임학수는 일제 말기를 대표하는 시인 가운데 하나였다. 그에게 이런 평가를 붙이는 것은 우선 그가 이 시기에 상재한 시집이 다른 시인에 비해 상대적으로 많기 때문이다. 양적인 풍부함이 질적인 면을 보증하는 것은 아니지만 어떻든 그는 이 시기 네 권의 시집을 간행함으로써 다른 시인들의 경우보다 상대적으로 활발한 활동을 한 편에 속했다.

임학수 문학의 근간은 경성제국대학 시절 그의 스승이었던 사토 기요시의 영향이라 할 수 있다. 기요시는 영국 낭만주의를 전공했고, 다른 한편으로 식민지 조선에 대한 이해가 다른 일본 학자보다 우호적인 편이었다. 그러한 면들이 그로 하여금 조선의 풍속에 대한 탐구로 이어지게 했다. 그의 이런 행보는 이 시기 임학수 시에서 드러나는 두 가지 측면, 곧 낭만적 요소와 조선 풍물에 대한 서정화로 나아가는 데 영향을 주었다. 이런 관계야말로 임학수가 기요시의 영향으로부터 자유롭지 않은 것임을 말해주는 단적인 증거가 아닐 수 없다.

여기서 시작된 임학수의 시세계는 『조선풍물시집』을 통해서 개화하게 되는데, 이 시집은 1930년대 말의 상황에서 보면 시사적으로 매우 중요한 것이라 할 수 있다. 그것은 두 가지 측면에서 그러한데, 하나는 조선적인 것의 드러냄과 다른 하나는 민족주의자로의 면모이다. 1930년대 말이란 이른바 내선 일체가 절대적으로 시행되고 있었고, 또 시기적으로 보아도 국권이 상실한 이후 거의 30년의 세월이 경과하고 있던, 경계가 뚜렷하지 않은 시대였다. 그러니 조선적인 것이란 점점 희미해져 가고 있었고, 궁극에는 완전히 소멸될 위기에 처해 있었다. 그런 위기의 순간을 돌파할 수 있는 것은 작으나마 조선의 흔적을 끊임없이 드러내어 경계를 만드는 일이었다. 임학수가 이 시집에서 조선의 풍속과 산천, 그리고 역사로의 여행을 떠난 것은 이런 면에서 의미가 있는 것이었다.

　　그리고 다른 하나는 민족 모순으로서의 민족주의 선양이다. 특히 「남해에서」와 「낙화암」이라는 작품에서 표명한 강력한 민족주의는 이 시기 핵심 모순으로 되어 있는 민족 모순을 떠나서는 그 설명이 어려운 부분이다.

　　민족주의에 대한 강력한 자장을 갖고 임학수는 해방을 맞이한다. 하지만 해방 직후나 그 이후에 보여준 그의 행보를 추적해 들어가면 이전 시기에 펼쳐보였던 왕성한 시작 활동을 찾아보기 어려운 것이 사실이다. 그것은 그의 작품 세계가 갖고 있는 이념의 허약성에서 비롯된 것으로 보이는데, 그는 일제 말기 민족주의에 대한 강렬한 의식을 갖고 있었음에도 불구하고 이를 추동해줄만 뚜렷한 자의식이나 이념을 갖고 있지 못했던 것으로 판단된다. 그가 이 시기에 표명한 '독수리'의 이미지가 이를 잘 말해주는데, 초기의 '독수리' 이미지는 강력한 힘과 의지를 바탕으로 지구의 어느 곳까지, 그리고 우주의 어느 곳까지 나아갈 수 있는 존재였다. 이런 비상이 낭만적 태도와 동경의 시선에서 온 것은 당연할 것이다. 그런데 일제 말기에 표명된 그의 두 번째 '독수리' 이미지는 포박된 모습으로 구현되거니와 이 상태에서 더 이상 전진하지 못하는 존재, 새로운 세상을 향한 거친 항해자로서의 모습은 보여주지 못한다. 박제화된 이런 모습이란 객관적 상황의 열악함에서 오는 것이지만, 어쩐 일인지 해방 이후에도 이 독수리는 그러한 감옥 상태로부터 벗어나지 못하고 있다. 그러한 시인의 자화상이 '필부'의 이미지였고, 그의 마지막 시집의 제목이 『필부의 노래』인 것도 이런 상황과 분리하기 어려운 것이라 할 수 있다.

이런 면들이 일러주는 것은 어떤 분명한 이유가 있을 터인데, 그것은 아마도 그의 시세계의 기초가 되었던 낭만적 태도와 밀접한 관련이 있었던 것처럼 보인다. 낭만적 태도와 동경, 유토피아에 대한 열정은 그 토대가 제공될 때에는 거침없이 상승하지만, 그 기반이 무너질 때 그것은 한갓 모래성으로 남게 된다. 흔히 이야기되듯 이 기반에서 가장 중요한 것은 거친 현실을 항해해나갈 수 있는 이념과 방법일 것이다. 그런데 적어도 임학수에게는 이런 사유의 끈들이 부재했거니와 그가 소중히 간직하고 있었던, 그의 소박한 낭만적 태도로는 해방 공간의 거친 현실을 헤쳐나갈 수가 없었다. 그가 해방 직후에 소시민, 필부에 머물 수밖에 없었던 것은 바로 이런 이유 때문이라 할 수 있다.

제9장

노천명 시의 고향과
근대성의 상관 관계

노천명 연보

1912년 황해도 장연 출생

1930년 진명여자고등학교 졸업

1934년 이화여전 영문과 졸업, 「밤의 찬미」(신동아)를 발표하며 등단

1935년 『시원』 동인

1938년 시집 『산호림』 간행

1945년 시집 『창변』 간행(매일신보사)

1948년 수필집 『산딸기』 간행(정음사)

1950년 부역 혐의로 투옥

1953년 시집 『별을 쳐다보며』 간행(희망출판사)

1954년 수필집 『나의 생활 백서』 간행(대조사)

1957년 사망

1958년 유고시집 『사슴의 노래』 간행(한림사)

1960년 『노천명 전집』 간행(천명사)

1997년 『노천명 전집』 간행(솔 출판사)

노천명 시의 고향과 근대성의 상관 관계

1. 노천명 시의 뿌리

노천명은 1912년 황해도 장연 출신이다. 그녀는 비교적 부유한 집안에서 태어났으나 여러 가지 굴곡으로 인해 성장 과정은 순탄하지 않은 듯 보인다. 남아 선호사상에 의해 남장을 해야 하는가 하면, 학비를 언니한테 의탁해야 하는 지경에 이르기도 했기 때문이다. 이런 우여곡절 끝에 시인의 문필 활동은 이화여전 재학 때 교지 『이화』에 수필과 시를 발표하면서 시작된다. 이어서 이 교지 4호와 5호에 시와 수필을 끊임없이 발표하면서 문인의 반열에 오르게 된다.

노천명이 이화여전을 졸업한 것이 1934년 23세 때인데, 졸업과 동시에 《조선 중앙일보》 학예부 기자로 취직하는 등 직업 전선에 빠르게 뛰어들게 된다. 하지만 기자로서의 직업은 노천명의 생애에 적지 않은 영향을 미치게 되는데, 실상 그의 정신사적 변모라든가 일제 말기 친일 편향이 기자라는 직업과 밀접한 상관을 갖고 있었기 때문이다. 직업으로써, 아니 생계 수단으로써의 기자 생활과 시인, 혹은 수필가로서의 문인 생활은 노천명으로 하여금 순탄치 못한 삶을 살아가게 만든다. '사슴'으로 표상되는 고절한 삶과, 기자로 표상되는 세속적인 삶 속에서 그녀는 굴곡진 삶을 살아온 까닭이다.

노천명에 대한 연구는 비교적 많이 이루어진 편이다. 이런 편향은 여류 시인이라는 희소성과 분리하기 어려운 것인데, 초기 연구자들이 주목한 것도 대부분은 여기에 놓여 있었다. 이런 단계를 거치면서 그의 시들이 갖고 있는 예외적 국면들, 전기적 삶의 특이성에 주목한 연구들이 있었고[1], 또 시인의 시들이 갖고 있는 독특한 미학적 특성들에 대한 검토로 연구의 영역이 한 단계 더 나아가기도 했다[2]. 이 외에도 장르 간의 차이에서 오는 미적 국면들이 탐색되기도 했을 만큼 여러 부면에 걸쳐 그의 문학 세계들이 조명받은 바 있다[3].

그런데 이런 연구 가운데 관심을 끄는 것은 노천명 시가 처음 발표되었을 때, 이를 단평한 최재서의 평문이라고 할 수 있다. 최재서는 노천명의 첫 시집 『산호림』에 대해서 "情緒를 率直하게 吐露하는 것이 詩의 任務라면 情緒를 절제함은 그 修練이다. 나는 盧天命의 珊瑚林을 읽으며 아리스·메이넬을 늘 聯想하였다. 情緒를 감추고 애껴서 美化하고 純化하려는 점에 있어서 이 두 女流詩人은 氣質的으로 비슷한 점이 있지 않은가 생각한다. 초기 작품엔 문학소녀다운 센티멘탈리즘이 없는 것도 아니나 그들에서 흔히 보는 空疎한 感情의 遊戲와 虛榮된 言語의 誇張을 發見할 수 없다"[4]고 한 바 있는데, 여기서 주목해서 보아야 할 것이 바로 "정서의 절제"라는 부분이다. 서정시가 일인칭 자기 고백의 성격이 짙은

---

1) 허영자, 「노천명 시의 자전적 요소」, 『한국현대시사연구』, 일지사, 1983.
2) 김현자, 「식물적 상상력과 절제의 미감」, 『사슴』, 솔, 1997.
3) 김윤식, 「시와 산문의 이율배반-노천명론」, 『한국근대문학사상비판』, 일지사, 1987.
4) 최재서, 「시단전망」, 문학과 지성, 인문사. 1976. pp.240-243.

장르적 특성을 갖고 있기에 주관화라든가 관념화의 경향을 피하는 것은 불가능한 일이다. 그럼에도 최재서는 노천명의 시를 두고 정서가 절제되어 있다고 했거니와 "허영된 언어의 과장을 발견할 수 없다"고 이해하고 있는 것이다.

최재서가 노천명의 시들 두고 정서의 절제라든가 언어의 과장이 드러나지 않는다고 한 것이 전혀 근거가 없는 것은 아니다. 물론 노천명의 초기 시에서 감정의 과잉이나 센티멘털한 국면이 과도하게 나타나는 것도 분명한 사실이다. 그의 시를 평가하면서 동경이나 낭만과 같은 준거로 재단하는 글들이 제법 많은 까닭이다[5]. 하지만 최재서가 주목한 것은 노천명 시의 감상적 특징들에 대한 것이 아닐 것인데, 실상 정서의 절제라든가 허영된 언어의 과장과 같은 문제는 이미지즘이라든가 고전주의의 음역과 분리하기 어려운 것들이다. 그러니까 최재서가 노천명의 시에서 응시한 것은 감정이 절제된 작품들, 특히 풍경화 같은 작품들이라 할 수 있다[6]. 그리고 그러한 기법이랄까 정신사적 구조는 분명 모더니즘의 방법적 의장과 밀접한 연관을 갖고 있는 것인데, 이는 노천명의 시들이 이런 조류로부터 결코 자유로운 것이 아님을 말해주는 것이라 할 수 있다.

노천명이 자신의 시나 당대에 유행하는 사조들에 대해서 어떤 뚜렷한 입장을 표명한 사례는 발견하기 어렵다. 그래서인지 그의 시에 나타나는 것들에 대한 표면적, 혹은 정서적 국면에 천착한 글들만 주로 쓰였다. 다시 말하면, 감정의 절제나 언어의 경제성 같은 문제들과, 그것이

5) 김재홍, 「실낙원의 시 또는 모순의 시」, 『한국현대시인연구』, 일지사, 1986.
   곽효환, 「노천명 시세계 연구」, 『비교한국학』 28권, 3호, 2020.
6) 이승철, 「노천명 시의 풍속 풍경과 시전의 문제」, 『국어문학』63, 2016.11.

갖고 있는 시대적 함의에 대해서는 거의 검토하지 않은 것이다[7]. 이 글은 고향이라는 절대 지대 혹은 순환 시간이 갖고 있는 근대적 의미에 주목하여 노천명의 작품을 이해하는 데 그 목적이 있다.

2. 고독과 동경의 문제

노천명의 시편들이 언어의 절제에 의한 미학의 구현이라고 했지만, 그러한 특색이 시인의 작품 세계를 전부 지배하고 있는 특징적 단면은 아니다. 초기 시를 읽어 보면 금방 이해할 수 있는 것처럼 시인의 작품들에서 센티멘털한 특색들이 매우 짙게 나타나는 까닭이다. 특히 외부 환경과 단절된 자아 혼자만의 고립된 정서들로 착색되어 있다고 해도 과언이 아닐 정도는 그의 시들은 감상성에 적나라하게 노출되어 있다. 그 단적인 예가 되는 작품이 「귀뚜라미」이다.

　　몸 둔 곳 알려서는 드을 좋아--
　　이런 모양 보여서도 안 되는 까닭에
　　숨어서 기나긴 밤 울어 새웁니다

　　밤이면 나와 함께 우는 이도 있어

---

7) 김승구는 노천명 시에 나타난 고향에 대한 감각, 곧 향수가 내면과 외면의 불일치에 의한, 위장된 풍경화로 이해하고 있다. 내면과 괴리된 고향이란 결국 완전한 유토피아로 자아에게 틈입할 수 없다는 것이다. 하지만 이런 이해는 그의 시들이 갖고 있는 시대성을 외면한 채 오직 결과론적 면에 주목하여 해석한 측면이 크다. 김승구, 「노천명의 시와 향수 문제」, 『국어국문학』142, 2006.5.

달이 밝으면 더 깊이 깊이 숨겨듭니다

오늘도 저 섬돌 뒤

내 슬픈 밤을 지켜야 합니다

「귀뚜라미」 전문

귀뚜라미는 시인의 퍼스나이다. 그러니까 이 대상을 통해서 자아의 현존과 정서가 어떤 상태에 놓여 있는 것인지 잘 드러내고 있는데, 시인이 여기서 일차적으로 주목한 것이 소리 감각이다. 청각적 이미지가 만들어낸 이 음성들이 서정적 자아의 현존을 잘 드러내거니와 이 처량한 소리가 기나긴 가을 밤의 배음으로 스며들면서 그 정서가 깊고 긴 것임을 일러주고 있다.

귀뚜라미로 표상된 시인의 퍼스나는 고립되어 있다. 이를 완성해주는 것이 '알림'과 '보임'의 감각인데, 지금 자아의 현존은 자신이 있는 곳을 알려서는 안 되는 것이고, 자아의 모습 또한 외부로 노출되어서는 안 된다. 그래야만 귀뚜라미의 고독과 그러한 정서가 만들어내는 울음소리의 가치는 크게 고양될 것이다.

여기서 알 수 있는 것처럼, 서정적 자아는 외부와 차단된 채 갇혀 있다. 그 고립은 적막하기에 크나큰 진폭이 느껴지고, 기나긴 시간을 경과하는 것이기에 애처로움이 깊이 각인된다. 그 아우라 속에서 자아는 외부 환경과 격리된 채 고립되어 있다. 세상으로 나아가는 문을 차단하고 스스로를 골방에 가둔 것이다. 그 어두운 골방에서 자아는 울려퍼지는 귀뚜라미의 처량한 울음 소리만을 듣고 있을 따름이다.

대상과 합일하지 못하는 자아의 이러한 고립주의는 일단 존재 자체의 한계에서 오는 것처럼 보인다. 자아 외부에 존재하는 환경과 자아 내부

의 요인들이 편안하게 겹쳐지지 못할 때, 소위 존재론적인 고독이 생겨
나게 된다. 그런 면에서 노천명의 시들은 일차적으로 존재론적인 고독
과 분리하기 어려워 보인다.

큰 바다의 한 방울 물만도 못한
내 영혼의 지극히 작음을 깨닫고
모래 언덕에서 하염없이
갈매기처럼 오래오래 울어보았소

어느 날 아침 이슬에 젖은
푸른 밭을 거니는 내 존재가
하도 귀한 것 같아 들국화 꺾어들고
아름다운 아침을 종다리처럼 노래하였소

허나 쓴 웃음 치는 마음
삶과 죽음 이 세상 모든 것이
길이 못 풀 수수께끼어니
내 생의 비밀인들 어이 하오

바닷가에서 눈물짓고---
이슬 언덕에서 노래불렀소
그러나 뜻 모를 이 생(生)
구름같이 왔다 가나 보오
            「구름같이」 전문

노천명의 작품 세계에서 인용시만큼 존재의 문제에 대해 심각하게 질문을 던지는 경우도 없을 것이다. 자아가 대상과 겹쳐지지 못하고 대상과 비교할 때 한없이 작다고 느끼는 것, 그런 상황이 존재론적 고독을 만들어내는 첫 단계이다. 이 작품의 1연은 그러한 상황을 잘 말해주는데, "큰 바다의 한 방울 물만도 못한/내 영혼의 지극히 작음을 깨닫고"가 바로 그러하다. 자아 외부의 대상, 이를 보다 확대하게 되면 그것은 우주론적인 것이 되는데, 이 광대무변한 절대의 공간 속에서 자아는 한갓 왜소한 존재로 비춰지고 느끼는 것이다. 이 넓은 격차, 상호 합일할 수 없는 거리가 자아로 하여금 센티멘털한 정서에 갇히게끔 만들어버린다.

이런 허무감이 자아로 하여금 존재의 문제에 대해 진지한 질문을 던지게 하는데, 그러한 단면을 보여주는 것이 3연이다. "허나 쓴웃음 치는 마음/삶과 죽음 이 세상 모든 것이/길이 못 풀 수수께끼어니/내 생의 비밀인들 어이 하오"에서 보듯 삶의 구경적 질서가 무엇인지에 대해 회의하는 상황에 이르게 되는 것이다.

이런 감각은 실상 존재론적 고독이라든가 소외에서 오는 것이라는 점에서 노천명만의 특수한 경우라고는 생각되지 않는다. 이 시기 유치환이나 이상화[8]의 경우도 이런 문제에 대해 진지한 질문을 던지고 있었기 때문이다. 다시 말하면 객관적 외부 현실이 어떠하든 간에 실존의 한계에 갇혀있는 존재라면 누구나 할 수 있는 보편적인 사유들이 이 감각이었던 것이다. 그리하여 이런 고뇌의 사유들이 어떤 단계로 나아갈 것인가 하는 것은 이미 그 방향이랄까 수순이 정해진 것이나 다름없다고 할

---

8) 송기한, 「우주 동일체로서의 상화 시의 자장」, 『한국 시의 근대성과 반근대성』, 지식과 교양, 2012 참조.

수 있다. 현재의 결손을 초월하거나 치유해줄 또다른 지대에 대한 그리움의 표현이 바로 그것이다[9]

> 내 마음은 늘 타고 있소
> 무엇을 향해선가---.아득한 곳에 손을 휘저어보오
> 발과 손이 매어 있음도 잊고
> 나는 숨 가빠 허덕여보오
>
> 일찍이 그는 피리를 불었소
> 피리 소리가 어디서 나는지 나는 몰라
> 예서 난다지---제서 난다지---
>
> 어드멘지 내가 갈 수 있는 곳인지도 몰라
> 허나 아득한 저곳에
> 무엇이 있는 것만 같애
> 내 마음은 그칠 줄 모르고 타고 또 타오
>   「동경」전문

　미지의 세계에 대한 그리움, 곧 동경의 정서를 이렇게 직접적으로 혹은 열정적으로 표현한 사례를 우리 시사에서 찾아보는 것은 쉬운 일이 아니다. 그만큼 이상적인 공간을 향한 시인의 동경은 강렬한 것이었는데, 현재의 실존이 만족스럽지 못하니까 막연히 그리워하는 것이 아니

---

9) 노천명시의 크나큰 주제가 낭만적 그리움이나 이상에 있다는 연구는 이와 밀접한 관련이 있다고 하겠다.

라 휘발적 속성과 같은 갈증으로 성급히 그리고 가열차게 사유하고 있는 까닭이다.

시인의 이런 정서가 강렬하게 솟구쳐오르는 것은 시인 자신이 처해 있는 현존과 분리하기 어려운 것이라 할 수 있다. 2연에서 알 수 있듯이 지금 시인의 손과 발은 묶여 있다는 점이 이를 시사한다. 서정적 자아의 상상 속에 있는 것이라고 하더라도 육신이 구속되어 있다고 사유하는 것만큼 괴롭고 힘든 것도 없을 것이다. 그렇기에 이로부터 탈출하고자 하는 욕망이란 갇힌 육신의 고통과 정비례해서 강렬해지는 것이 아닐까 한다.

동경이 있다는 것은 그리움이 있다는 것이고, 또 그리움이란 현재의 조건에 만족하지 못하기 때문에 발생하는 것이다. 현존에 만족하지 못한다는 것은 대략 몇 개의 관점에서 이해할 수 있을 것으로 보인다. 하나는 실존적인 요건이다. 실존이란 본질에 앞서 있는 것이면서 지금 여기의 환경이 크게 작용할 수밖에 없는 것이다. 너무나 당연한 이야기이지만 일제 강점기를 살아간 문인들, 아니 사람들에게 다가오는 것은 나라없음이다. 이 부재의식은 어느 한순간에 형성된 것이 아니고 상존하는 것이었으며, 그렇기에 그 해결이랄가 해소에 대해 누구도 확신할 수 없는 상태에 놓여 있었다. 나아갈 방향이 보이지 않는 상황만큼 존재를 힘들고 어렵게 하는 것도 없을 것이다. 이렇게 모호한 현재와, 다가올 미래의 불확실성으로 말미암아 서정적 자아의 실존이 불만족스러운 것은 당연한 이치였을 것이다.

그리고 다른 하나는 근대와의 관련성이다. 물론 이 문제는 첫 번째에서 제기되었던 현존과 분리하기 어려운 것이고, 또 근대가 파생시킨 부정적 요인과 밀접한 관련을 맺는 것이기도 하다. 근대란 영원성의 상실로 특징지어지고 있는 것이거니와 그 부정적 결말이 가져온 제국주의 상황과 불가분의 관계에 놓여 있는 것이라 할 수 있다. 그러니까 현재의 조건에 대한 불만족이 생겨나고, 그 연장선에서 동경의 정서가 생겨날 수밖에 없는 것이다.

노천명의 초기 시에서 드러나는 이런 정서를 개인의 실존과 더불어 보다 큰 음역인 형이상학적인 문제들과 연결시킬 경우, 그의 시들은 좀 더 큰 파동을 갖게 된다. 다시 말하면 그의 시에서 드러나는 그리움과 동경의 문제는 개인의 실존적 차원을 벗어나 보다 넓은 세계로 나아가는 계기가 마련되는 것이다. 이른바 동일성을 향한 열망과 이를 자기화하고자 하는 모색들이 개인성의 차원을 벗어나 사회성, 혹은 형이상학적 국면으로 나아가는 계기가 되기 때문이다. 그의 시에서 동일성 감각의 모범으로 흔히 수용되는 고향 감각의 시들이 중요해지는 것은 여기에 그 원인이 있다고 하겠다.

3. 고향과 샤머니즘, 그리고 무시간성의 세계

일제 강점기 고향이 갖는 의미는 복합적이다. 그 의미는 대략 몇 가지로 갈라지는데, 우선 고향은 생물학적 존재가 갖는 가장 원초적인 감각 가운데 하나라는 점이다. 무릇 동물이 죽을 때, 자기가 태어난 장소에 묻히거나 혹은 그렇지 못한 경우라도 그곳을 향해 고개를 돌리고 생을 마감하는데 이런 행위들은 모두 이 범주에 속한다. 두 번째는 시대적 상황과의 밀접한 관련성에서 갖는 의미이다. 실향이 갖는 사회적 의미에 비춰볼 때, 나라가 없는 경우 그것이 갖는 의미는 국가의 동격이 된다. 곧 실향이란 국권의 상실이고, 그러한 고향에 대한 향수는 국권에 대한 강력한 회귀와 밀접한 관련을 갖는다. 그리고 세 번째는 이른바 근대성의 국면에서 이해하는 고향의 의미이다. 근대란 휘발적 속성을 갖는 것이기에 모든 것이 쉽게 변해버린다. 이런 일시성, 순간성이 근대의 표상이거니와 이 정서에 빠진 근대인들, 그리하여 혼란의 늪에서 헤어나오지 못하는 근대인들은 변하지 않는 것들에 대한 영원성의 향수를 필연적으로 느끼게 된다. 고향이 반근대성의 대표 담론으로 부각되는 것은 이 때문이라 할 수 있다.

다음은 두 번째의 고향 감각과 분리하기 어렵게 얽혀있는 것인데, 여기서의 고향 의식은 민족 모순으로서의 그것과 등가관계에 놓인다는 점이다. 일제 강점 직후도 그러하거니와 1930년대에 이르게 되면, 이미 조선적인 것과 제국주의적인 것의 구분이 거의 없는 상황에 이르게 된다. 아니 보다 정확하게 말하면, 조선적인 것들은 제국주의적인 것들에 동화되어 그 자신만의 고유성, 정체성을 잃어가는 시대라고 할 수 있을 것이다. 이런 상황 속에서 조선의 언어, 풍속, 문화 등이란 곧잘 사라지는 것이며, 그것은 정치 못지 않은 소멸, 곧 또 다른 합방으로 받아들여질 수 있는 상황이다. 그러한 상황 속에서 조선의 언어와 문화 등속을 재현할 수 있다면, 이 또한 제국주의에 대한 강력한 안티 담론이 될 수 있다는 점이다[10].

노천명이 등단한 것은 1930년대 초반이고 그의 첫 시집 『산호림』이 간행된 것이 1938년이고 두 번째 시집 『창변』이 나온 것이 해방 직전

---

10) 당시의 풍속과 언어를 작품 속에 그대로 재현한 백석의 시들을 민족 모순의 시각에서 읽어낼 수 있다는 사실이 바로 이를 증거한다고 하겠다.

인 1945년 2월이다. 이 때는 조선적인 것들, 가령 조선의 언어라든가 문화, 풍속 등이 점점 고유성을 잃고 외래적인 것으로 빠르게 동화되던 시기이다. 이런 위기 상황에 맞서기 위해서 고전 부흥 운동이 생겨난 것은 잘 알려진 일인데, 백석의 『사슴』이 간행된 것이 1936년의 일이고, 전통과 그것의 가치를 현재화하기 위해 창간된 『문장』이 나온 것이 1939년이다. 뿐만 아니라 정비석과 김동리 등에 의한 민족적 서정에 바탕을 둔 향토 문학이 문단에 등장하던 시기도 이때이다. 그러니까 노천명의 『산호림』 등을 비롯한 시집들 역시 이런 일련의 흐름 속에서 일단 이해할 필요가 생겨나게 된다.

노천명 시인의 초기 시의 특성이 고독과 그리움에 토대를 두고 있었다고 했거니와 이를 대변하는 정서가 동경이었다. 이는 모두 개인의 생리적 차원, 혹은 존재론적인 문제에서 대부분 이해되어 왔지만, 시집 『산호림』과 『창변』의 배경이 되고 있는 정서를 모두 고려하게 되면, 이 시집들의 세계를 존재론적 한계에서 오는 감각에만 한정시키는 것에는 상당한 난점이 따르게 된다. 그러니까 일제 강점기 노천명의 시세계는 1930년대 후반의 조류 가운데 하나로 자리매김된 전통지향적 맥락과 밀접한 상관관계 속에서 이해되어야 한다는 사실이다. 일방적으로 전진하는 제국주의의 횡포와 도구적 이성의 횡포로 인한 근대의 위기들 속에서 시인의 시집들인 『산호림』과 『창변』이 상재되었다고 보는 것은 옳다고 하겠다.

근대란 일시성, 순간성, 혹은 우연성으로 특징지어지는 데, 이런 감각들과 대척점에 놓이는 것이 지속성, 영원성, 항구성이다. 변하지 않는 것들을 절대의 지대 속에 놓아두는 것인데, 이때 고향에 관한 시들이 주목되는 것은 이 정서를 통해 근대에 대응하는 반담론의 성격이 짙게 깔려 있기 때문이다.

    솔밭 사이로 솔밭 사이로 걸어 들어가자면
    불빛이 흘러 나오는 고가(古家)가 보였다

    거기---
    벌레 우는 가을이 있었다
    벌판에 눈 덮인 달밤도 있었다

    흰 나리꽃이 향을 토하는 저녁
    손길이 흰 사람들은
    꽃술을 따 문 병풍의
    사슴을 이야기했다

    솔밭 사이로 솔밭 사이로 걸어가자면
    지금도
    전설처럼
    고가엔 불빛이 보이련만

    숱한 이야기들이 생각날까 봐
    몸을 소스라침은
    비둘기같이 순한 마음에서---
                                「길」전문

이 작품에서 묘사되는, 혹은 인식되는 정서는 고향에 관한 것들이다. 서정적 자아가 이곳에 이른 것은 "솔밭 사이로 솔밭 사이로 걸어들어간" 뒤에 얻어진 결과이고, 그리고 그 끝자락에서 본 것이 '고가'이다. 고가란 낡은 집이란 사전적 의미와 달리 고향을 대변하는 의미로 수용되는데, 거기에는 그저 그런 낡은 건물이 외따로 존재하는 것이 아니라 "벌레 우는 가을"이라든가 "벌판에 눈 덮인 달밤"과 더불어 있다. 뿐만 아니라 "흰 나리꽃이 향을 토하는 저녁"이면 "손길이 흰 사람들"이 "꽃술을 따 문 병풍의 사슴을 이야기하는 곳"이기도 하다. 말하자면, 고향의 전일적인 것들이 모두 '고가'속에 오버랩 되면서 건강한 유기체로 환기되고 있는 것이다.

「길」에서 보듯 노천명의 고향시가 갖고 있는 근대적 의미는 이 시기 다음과 같은 시사적 의의를 갖고 있다. 하나는 신화적 공간으로서의 의미이다. 모더니즘의 인식론적 기반에서 보면, 신화는 그저 그런 시대의 과거라든가 낡은 이야기가 아닐뿐더러 현실과 동떨어진 비과학적인 서사 또한 아니다. 그것은 위기로 다가오는 문명사에 대한 적절한 대안일 뿐만 아니라 파편화된 자아를 원형으로 회복시켜주는 원초적인 힘을 갖고 있다[11]. 이런 힘이 있기에 그것은 근대에 가장 강력히 맞서는 대항담론으로서의 의미를 갖고 있는 것이다.

둘째는 무시간성, 혹은 순환시간으로서의 의미이다. 익히 알려진 대로 근대란 선조적, 직선적 시간의식을 그 특징으로 한다[12]. 이 시간의식은 과거나 혹은 현재를 기점으로 앞으로만 앞으로만 계속 전진해나가는 것이다. 그래서 근대의 시간의식에는 과거란 원리적으로 존재할 수

---

11) 신화의 기능적 의미나 시간의식에 대해서는 F.Kermode, 『종말의식과 인간적 시간』 (조초희역, 문학과 지성사, 1993) 참조.
12) 근대의 시간성에 대해서는 송기한, 『한국 전후시와 시간의식』(태학사, 1996) 참조.

없고 오직 미래에 대한 의식만이 지배하게 된다. 하지만 미래로만 향하는 이런 시간성이란 근대가 의심받기 시작하면서 그 정합성을 잃게 된다. 그리하여 그 대항 담론으로 순환 시간이 떠오르는 것은 당연한데, 그것이 바로 무시간성, 혹은 순환 시간의식이다. 고향이란 이런 시간 의식을 대표하는 것이라는 점에서 주목을 요하는데, 고향이란 과거의 그것이며, 인간의 무의식 저변에서만 존재하는 무시간의 세계이다. 그러니까 인과론이라든가 합리론에 바탕을 둔 선조적인 시간의식과는 반대편에 놓이는 것이라 할 수 있다. 따라서 순환 시간이라든가 무시간성의 전면화란 근대에 대한 비판적 이해, 곧 대항 담론과 상관관계를 이루게 된다.

　　뒤 울안 보루쇠 열매가 붉어오면
　　앞산에서 뻐꾸기 울었다
　　해마다 다른 까치가 와 집을 짓는다는
　　앞마당 아라사 버들은 키가 커 늘 쳐다봤다

　　아랫말과 웃동리가 넓어뵈던 촌에선
　　단오의 명절이 한껏 즐겁고---
　　모닥불에 강냉이를 튀먹던 아이들
　　곧잘 하늘의 별 세기를 내기했다

　　강가에서 개(川) 비린내가 유난히
　　풍겨오는 저녁엔 비가 온다던
　　늙은이의 천기 예보(天氣豫報)는 틀린 적이 없었다

　　도적이 들고 난 새벽녘처럼 호젓한 밤

개 짖는 소리가 덜 좋아
이불 속으로 들어가 묻히는 밤이 있었다

「생가」 전문

근대를 지탱하는 주요 정신 가운데 하나는 계몽이다. 이 계몽의 정신
을 뒷받침하고 있는 것이 합리주의인데, 그것의 전파, 확산이란 인과론
이라든가 과학적 사고의 군건한 주입이다. 그래서 계몽을 탈미신화의
과정[13]이라고 부른 것이 아닌가. 반면 근대 이전의 미신들은 그 비과학
적 모호성으로 인해 두려움과 공포를 안기게 된다. 하지만 노천명의 시
에서 샤마니즘은 일반적으로 미신에 대해 갖게 되는 두려움의 세계와
는 거리가 먼 경우이다. 뿐만 아니라 그것은 계몽에 바탕을 둔 합리주의
정신을 넘어서는 것이기도 하다.

'생가'란 시인의 고향이기도 하겠지만, '우리' 모두의 것이기도 하다.
그래서 그것은 고향을 대변하는 또 다른 객관적 상관물일 것이다. 이곳
에서 서정적 자아는 자신의 경험들에 대해서 여러 장면을 통해 환기시
킨다. 그 가운데 가장 주목되는 부분이 '늙은이의 천기 예보'이다. 그가
진단하는 예보는 합리주의라든가 과학적 근거와는 거리가 멀다. "강가
에서 개 비린내가 유난히/풍겨오는 저녁이면" 비가 온다는 직관적 판
단이다. 늙은이가 이런 결정을 내린 근거는 오랜 경험의 축적에 의한 것
이긴 하지만, 근대적 과학이 말하는 것과는 어느 정도 거리가 있는 것
이 사실이다. 뿐만 아니라 어쩌면 이 부분에서 가장 중요한 것이 "늙은
이의 천기 예보는 틀린 적이 없었다"는 시적 자아의 뚜렷한 확신일 것이

---

13) M. Weber, 『직업으로서의 학문』(금종우역), 서문당, 1976, p.53.

다. 이런 확신의 근거는 과학적 사고를 초월하는 곳에서 이루어지는 것이거니와 이는 다음 두 가지 국면에서 그 의미가 있는 것이라 하겠다. 하나는 근대에 대한 비판적 태도이다. 근대란 과학과 합리주의를 바탕으로 한 인과론의 세계이다. 그런데 「생가」에서는 그런 인과론적 합리성의 세계를 전혀 읽어낼 수가 없다. 또 하나 이런 태도는 근대의 도구적 측면에 기대어 성장한 제국주의에 대한 비판 의식과 불가분하게 연결되고 있다는 점이다. 앞으로 진행되는 세계에 대한 전망의 부재가 「생가」의 정신적 국면을 만든 것인데, 이렇듯 『산호림』과 『창변』의 세계는 근대에 대한 대항 담론을 샤먼이라든가 무시간성, 혹은 순환 시간에서 찾고 있는 것이다.

4. 층위를 초월하는 수평적 공간화의 세계

노천명의 초기 시들에서 드러나는 고향의 의미는, 근대와 대립하는 무시간성이라든가 신화적 공간, 혹은 샤머니즘 세계의 구현에서 찾을 수 있다. 그래서 시인의 작품에서 고향은 근대에 대한 대항 담론으로서의 가치를 갖는 것이라 할 수 있다. 이런 감각이 노천명 시의 내용적 특색이라고 한다면, 형식적인 측면에서의 주된 의장은 이미지즘, 혹은 신고전주의 수법과 유사한 면을 갖고 있다. 시인의 시에서 이런 특징은 일찍이 최재서가 감정의 절제라는 측면에서 이해한 바 있거니와 이미지즘이나 신고전주의가 지향하는 것도 이 절제와 무관하지 않는 것이었다. 그러니까 노천명 스스로가 모더니즘에 관한 이론적 입장을 특별히 표명한 것이 없다고 하더라도, 혹은 그의 시에서 이 기법이 표나게 드러나지 않는다고 해서 이 사조가 지향하는 정신적 배경과 전연 동떨어진 것이라고 볼 수 없을 것이다.

　감정의 절제와 언어의 무분별한 남용에 대한 경계가 노천명의 시의 한 특징적 단면이긴 하지만 앞서 살펴본 것처럼, 시인의 시들에서 낭만적 감정의 넘쳐남이나 센티멘털한 측면들은 분명 시의 주요 부분을 이루는 항목이었다. 이런 감정의 흐름과 절제 사이에서 노천명의 작품들은 또 다른 긴장 관계 속에 놓여 지고 있었던 것이다. 하지만 시인의 작품들에서 감정의 적나라한 노출이 본질적 측면이 아니거니와 그러한 단점들을 극복하기 위해서 시도한 것이 바로 센티멘털한 요소를 최대한 배제하는 모더니즘의 수법이었다.

　노천명의 시에서 이런 이미지즘의 수법들은 주로 고향을 묘사하는 방법에서 드러나게 드는데, 시인은 이 고향을 그저 멀리서 감정의 특별한 개입없이 응시할 뿐이다. 이를 대표하는 시가 「잔치」이다.

　　호랑 담요를 쓰고 가마가
　　웃동리서 아랫몰로 내려왔다

　　차일을 친 마당 명석 위엔
　　잔치 국수상이 벌어지고

　　상을 받은 아주마니들은
　　이차떡에 절편에 대추랑 밤을 수건에 쌌다

　　대례를 지내는 마당에선

장옷을 입은 색씨보다도 나는

그 머리에 쓴 칠보족두리가 더 맘에 있었다

「잔치」 전문

　이 작품에서 화자의 시선은 원거리에서 근거리로 움직인다. 그리고 그 시선은 근거리에 머물면서 사물들의 미세한 국면에까지 안쪽으로 접근해 들어간다. 마치 풍경화를 보는 듯한 느낌이 들 정도로 원근법의 세계가 펼쳐지고 있는 것이다. 이는 카메라의 눈에 비친 장면과도 비슷하게 줌인과 아웃이 반복되는 느낌을 주기도 한다. 이런 풍경들의 객관적 재현이 이 시의 의도이기에 여기에는 대상을 압도할 만한 자아의 개입은 거의 나타나지 않는다. 감정이 철저히 배제됨으로써 센티멘털적인 요소를 거의 개입시키지 않는 모더니즘의 수법을 구사하고 있는 것이다.

　하지만 이 작품이 서정시인 이상 자아가 완전히 배제되어 있는 것은 아니다. 마지막 연의 "그 머리에 쓴 칠보족두리가 더 맘에 있었다"가 그러한데, 파노라마처럼 스쳐지나가는 풍경 속에서도 이런 욕망의 돌출현상은 이채로운 경우가 아닐 수 없다. 실상 「잔치」가 서정시임을, 그리고 그러한 서정시가 주관의 개입으로부터 자유롭지 않음을 보여주는 부분도 여기서 찾아진다. 이런 함의에다가 여기서 한 가지 더 추가해야 할 부분이 있는데, 바로 욕망의 틈입현상이다. "머리에 쓴 칠보족두리가 관심이 더 맘에 있었다"가 그러한데, 이런 욕망의 개입은 몇 가지 측면에서 그 의의가 있다고 하겠다. 하나는 동화적 상상이라는 점에서, 다른 하나는 풍경화 속에 갇힐 뻔한 이 작품의 한계를 초월케 하는 요소라는 점에서이다.

감정이 절제된 객관적 묘사 외에도 이 작품은 근대적 환경에서 점점 사라져가는 것들에 대한 언어적 복원이라는 측면에서도 그 의미가 큰 경우이다. 앞서 언급대로 일제 강점기는 이중의 부정성이 내포되어 있는 현실이었다. 하나는 근대라는 보편적 국면이고, 다른 하나는 일제 강점기라는 특수한 국면이다. 물론 이 둘은 다른 듯 하면서도 동일한 것이긴 하지만, 어떻든 당대의 현실은 이 두 가지 요소를 내포하고 있었던 것이다. 따라서 고향에 대한 원형적 복원, 사라져 가는 것들에 대한 아름다운 환기만으로도 「잔치」 속에 내포된 의의는 분명한 것이라 할 수 있다.

근대의 이분법적 사유를 극복하고자 하는 노천명의 시에서 또하나 주목해서 보아야할 시가 그의 대표작 가운데 하나인 「남사당」과 「춘향」이다. 먼저 「남사당」의 경우를 살펴보도록 하자.

나는 얼굴에 분을 하고
삼단 같이 머리를 따 내리는 사나이

초립에 쾌자를 걸친 조라치들이
날라리를 부는 저녁이면
다홍 치마를 두르고 나는 향단이가 된다

이리하여 장터 어느 넓은 마당을 빌려
램프 불을 돋운 포장 속에선
내 남성(男聲)이 십분 굴욕되다

산 넘어 지나온 저 촌엔

은반지를 사주고 싶은

고운 처녀도 있었건만

다음날이며 떠남을 짓는

처녀야!

나는 집시의 피였다

내일은 또 어느 동리로 들어간다냐

우리들의 도구를 실은

노새의 뒤를 따라

산딸기의 이슬을 털며

길에 오르는 새벽은

구경꾼을 모으는 날라리 소리처럼

슬픔과 기쁨이 섞여 핀다

「남사당」 전문

이 작품은 시인의 두 번째 시집 『창변』의 대표시 가운데 하나이다. 남
사당은 조선조 때부터 형성된 남자 중심의 연희 놀이 가운데 하나이며,
백성들 사이에서 자연발생적으로 만들어진 민중놀이집단이다. 민중들
의 세계관을 반영하는 것이기에 지배층들의 입장에서는 이 놀이 집단
이 그렇게 긍정적으로 비춰지지는 않았다.

노천명이 남사당 놀이패를 작품의 소재로 한 것은 여러 의도가 있었
던 것으로 이해된다. 특히 시대적인 상황을 고려하면 더욱 그러하다고

할 수 있는데, 우선 위계질서에 대한 반감 내지는 저항으로서의 의미이다. 남사당 놀이패가 언제부터 시작되었는지 그 시작의 근원에 대한 기록은 없지만, 이 놀이가 남자 중심의 것이었다는 사실, 그리고 지배층의 문화와 대립 관계에 놓여 있었다는 사실만은 분명할 것이다. 그래서 이들을 소재로 작품화했다는 것만으로도 위계질서에 대한, 혹은 객관적 현실에 대한 저항의 의미가 내포되어 있다고 하겠다. 둘째는 그 연장선에서 조선적인 것들에 대한 위대한 부활이라는 1930년대의 시대성과도 분리하기 어렵게 결합되어 있다는 사실이다. 조선적인 것을 드러내고 또 널리 알린다는 것만으로도 시대에 대한 대항 담론이 될 수 있었다는 것이 이 시기만의 특징적 단면이기 때문이다.

셋째는 층위의 구별과 그에 따른 무화의 정서이다. 일찍이 이 작품을 두고 남장을 하고 살아야 했던 시인의 전기적 사실이 반영된 작품이라고 이해된 바 있다[14]. 실제로 시인의 전기적 삶을 일별하게 되면, 이런 이해는 어느 정도 사실에 가까운 것이라 할 수 있다. 하지만 이 작품의 중요한 음역은 사실의 차원보다는 그것에 내포된 역사철학적 맥락일 것이다. 여자의 신분에서 스스로 남자되기라는 가정의 상황은 권위적인 맥락 속으로 들어가기 위한 욕망의 표현일 수도 있는 것이기에 남성적인 권위들에 대한 도전으로 받아들여진다. 그런 측면에서 여기에는 두 가지 의미가 내포되는데, 하나는 봉건적인 위계질서에 대한 저항이고, 다른 하는 근대가 구분시켜 놓은 여러 층위들에 대한 저항이다. 그런데 작품이 발표된 시대적 맥락과 『산호림』이나 『창변』의 시세계가 지향하는 맥락에서 이해하게 되면, 전자보다는 후자의 음역에 보다 가까워지

---

14) 허영자 앞의 논문 참조.

게 된다. 여성성이 남성성으로 스며들고, 궁극에는 하나의 존재로 새롭게 탄생하는 존재론적 변이를 이루는 까닭이다. 물론 그 반대의 경우도 가능하다. 최초의 여성성이 남성성으로 바뀐 다음, "다홍 치마를 두르고 나는 향단이가 된다"라는 부분에서 알 수 있는 것처럼, 다시 여성성으로 새롭게 탄생하는 과정이다. 존재가 이렇게 자유롭게 변신하는 것에 어떤 경계라든가 벽이 있어서는 곤란하다. 따라서 경계를 무너뜨리고 비경계라는 열린 세계로 나아가는 지향점에 대해 주목할 필요가 있게 된다. 그것이 「남사당」이 갖고 있는 궁극적 의의가 아닐까 한다.

검은 머리채에 동양 여인의 '별'이 깃들이다

도련님 인제 가면 언제나 오실라우 벽에 그린 황계 짧은 목 길게 늘어
두 날개 탁탁 치고 꼬꼬하면 오실라우

계집의 높은 절개 이 옥지환과 같을 것이오나 천만 년이 지나간들 옥
빛이야 변할랍디어
옥가락지 우에 아름다운 전설을 걸어놓고
춘향은
사랑을 위해 달게 형틀을 졌다

옥 안에서 그는 춘꽃보다 짙었다

밤이면 삼경을 타 초롱불을 들고 향단이가 찾았다
춘향 "야야 향단아 서울서 뭔 기별 업디야"
향단 "기별이라우? 동냥치 중에 상동냥치 돼 오셨어라우"

춘향 "야야 그것이 뭔 소리라냐-
행여 나 없다 괄세 말고 도련님께 부디 잘해드려라"

무릇 여인 중
너는
사랑 할 줄 안
오직 하나의 여인이었다

눈 속의 매화 같은 계집이여
칼을 쓰고도 너는 붉은 사랑을 뱉어버리지 않았다

한양 낭군 이도령은 쑥스럽게
'사또'가 되어 오지 않아도 좋았을 게다

「춘향」전문

이 작품은 여러 모로 이 시기 김영랑의 「춘향」과 비교된다. 김영랑의
작품은 영원한 사랑을 노래하고 있다는 점에서는 노천명의 경우와 주
제의식에서 동일하지만 서사 구성에서는 현격한 차이를 보이고 있다.
김영랑의 「춘향」은 이도령과의 아름다운 해후를 통해서 작품이 종결되
는 것이 아니라 죽은 뒤의 해후, 곧 불행한 결말로 끝나기 때문이다. 영
랑이 이런 서사 구성을 한 데에는 그 나름의 이유가 있었는데, 그것은
순수를 향한 결기를 춘향의 죽음을 통해서 더욱 강력하게 표출하고자
하는 의도가 있었기 때문이다. 다시 말해 현실이나 세속과 거리두기를

통해서 자아의 순수성을 지키기 위한 의지의 표명이었던 것이다[15].

반면 노천명 시에서의 춘향의 서사구조는 기왕에 전해진 춘향 이야기로부터 크게 벗어나지 않는다. 시인의 이런 수법은 일차적으로 사실적 재현에 보다 큰 방점을 두고 있었던 데에 그 일차적 원인이 있지 않았나 생각된다. 말하자면 춘향 서사의 큰 틀을 바꾸지 않고도 시인 자신의 의도가 충분히 전달될 수 있다고 판단한 것인데, 이런 면은 김영랑의 「춘향」과 크게 다른 부분이다. 여기서 춘향은 이도령과 조우하지 못하고 감옥에서 죽은 것으로 서사 구성이 마무리되고 있기 때문이다. 이런 서사 구조가 의도한 것은 자명하다. 죽음으로써 지킨 사랑처럼 당대의 불온한 세속에 물들지 않겠다는 의지의 표명과 밀접히 결부되어 있는 까닭이다.

과거의 아름다운 재현에 보다 큰 비중을 두었던 노천명으로서는 있는 그대로의 사실을 굳이 왜곡할 필요성을 느끼지 못했을 것이다. 그 아름다운 재현만으로도 현재의 부정적 국면들에 대한 대항 담론이 될 수 있다고 사유한 때문일 것이다. 이런 도정에서 가장 관심의 대상이 되는 곳이 "한양 낭군 이도령은 쑥스럽게/'사또'가 되어 오지 않아도 좋았을 게다"라고 하는 부분이다. 이는 일종의 가정이긴 하지만 춘향의 사랑에 있어서 어떤 지위나 계층, 신분 따위는 중요하지 않다는 뜻이기도 하다. 이러한 사랑관이 봉건적 위계질서라는 틀 속에 위치하는 것이긴 하지만 그 영역을 넓게 되면 근대의 이원론적 사고의 부정과도 어느 정도 관련이 있는 것이 아닐까 한다. 그러니까 사랑과 같은 통합의 감수성, 영원

---

15) 이에 대해서는 송기한, 「현실과 순수의 길항관계」, 『한국현대시사탐구』, 다운샘, 2005 참조.

의 감수성이 현재의 파편화된 국면들에 대한 좋은 대안이 될 수 있다는 항변인 셈이다. 사랑이라는 통합의 정서 앞에 어떤 층위라든가 분화도 놓일 수 없다는 것, 그것이 「춘향」의 궁극적 주제일 것이다.

5. 근대에 저항하는 노천명 시의 의의

노천명이 본격적으로 문학 활동을 하던 시기에는 대내외적 환경에 많은 변화가 있었다. 카프가 해산되는가 하면, 그 여파로 소위 문학 내재적인 것들에 관심을 둔 단체들이 많이 등장한 것이다. 여기에다 비슷한 유파나 그룹에 합류하면서 동일성을 지향하는 문학인들이 서로 회합하는 일들이 많이 생겨나기 시작했다. 하지만 집단과 거리를 둔 채 자신만의 고유한 문학 행위를 하는 작가들도 많이 등장하게 되는데, 백석이라든가 노천명, 혹은 이용악 등이 그러하다. 물론 외따로 활동한다고 해서 이들이 지향했던 문학적 세계가 이전에 전개되었던 여러 사조나 문학 이념으로부터 완전히 분리되어 있다고 볼 수는 없을 것이다. 내밀하게나마 이들 문학들과 어떻게든 연결될 수밖에 없었는데, 노천명의 경우는 백석의 시세계와 일견 많이 닿아 있다고 보는 것이 바로 그러하다[16]. 특히 풍속을 재현한다든가 이미지즘이나 신고전주의적인 색채를 표명하는 시들은 더욱 많은 닮은 꼴을 형성하고 있었다. 여기에다 작품의 내용역시 비슷한 국면들이 있었는데 전통지향적인 세계로의 끊임없는 여행

---

16) 김재홍, 앞의 논문 참조. 김재홍은 이 글에서 세속과 풍습을 묘사한 노천명의 시들이 백석의 작품을 모방한 결과로 이해하고 있다.

이나 그러한 여행을 통해서 얻는 부정적 현실과의 응전 양상들이 바로 그러하다.

그럼에도 불구하고 백석의 작시법이나 노천명의 그것이 완전히 닮아 있는 것은 아니다. 무엇보다 가장 구별되는 점은 시의 율격이랄까 서사적 구성의 측면에서이다. 백석의 시들이 산문지향적인 특색을 갖고 있는 것은 잘 알려진 일인데, 이런 의장은 풍속을 일구어내고 과거의 삶을 재현하는 데 있어서 효과적인 의장 가운데 하나로 기능했다. 재현에 충실하기 위해서는 세세한 것들에 대한 미세한 관찰과 이를 사진기처럼 모방, 재현해야 했기 때문이다. 백석의 시에서 언어라든가 풍속 등이 세밀하게 구현된 것은 이런 의장이 있었기에 가능했다. 하지만 노천명의 경우는 백석의 방법과는 매우 달랐는데, 우선 시인은 시가 갖고 있는 형식적 요건들에 대해서 결코 소홀하지 않았다는 점이다. 노천명의 시들은 적절한 리듬감을 통해서 서정시의 맛을 살리고 있거니와 언어의 함축성도 충분히 성취해내고 있다. 시인의 시들이 서정시의 유형을 유지하고 간결한 것은 모두 이와 밀접한 연관이 있을 것이다.

그리고 다른 하나는 노천명의 시들은 주관의 영역을 백석에 비해 좀 더 많이 담아내고 있다는 점이다. 백석의 시들이 언어에 의한 묘사를 중시하고 있다면, 노천명의 시들은 묘사에 충실하면서도 그것이 갖고 있는 의미들이라든가 형이상학적인 가치들에 대해서 보다 중시하고자 했다. 「춘향」의 시에서 알 수 있는 것처럼, 사랑의 가치를 새롭게 환기하는가 하면, 「분이」에서는 혈육이 갖고 있는 끈끈한 정에 각별히 주목했던 것이다. 노천명의 시들은 저멀리 떨어진 대상들에 대해 외따로 남겨 두는 것이 아니라, 정서의 강력한 작용에 의해 이를 어느 정도 관념화시키려고 노력했다. 방법적 의장과 관념의 적절한 결합, 그것이 노천명의 시

의 특징이거니와 이런 면들은 분명 백석의 그것과 구분되는 것이라 할
수 있을 것이다.

제10장

이영순의 「延禧高地」와 「地靈」의 서사시적 가능성

이영순 연보

1922년 1월 13일 충북 영동군 양강면 출생

1930년 양강초등학교 3학년때 일본 유학

1941년 동경제대 입학

1943년 학병입대

1947년 미군정청 군사영어학교 졸업 및 임관

1950년 한국전쟁 발발, 이때 재일교포 2세와 결혼, 2명의 아들을 둠, 전
쟁 통에 이들이 일본으로 돌아감으로써 사실상 이혼

1950년 9월 인천상륙작전 참가

1951년 시집『연희고지』발간

1952년 시집『지령』발간

1952년 육군하사관학교 부교장, 육군 제2사단장

1953년 대령 예편

1956년 이어령, 선우휘와 함께 동인지『문학평론』발간

1957년 제3시집『제3의 혼돈』발간

1959년 이화여대 출신인 성숙재와 재혼

1989년 사망

이영순의 「延禧高地」와 「地靈」의
서사시적 가능성

1. 생애와 문학이력

이영순은 1922년 충북 영동군 양강면 가동리에서 출생했다. 그는 전주이씨 익안대군과 16대손인 부친 이세제(李世濟)와 모친 신오성(申五成)사이에서 2남1녀 중 장남으로 태어났다. 고향에서 소학교를 졸업한 뒤, 1930년 일본으로 건너가 도쿄제일고등학교에 입학했고, 여기를 졸업한 후 1943년 도쿄대학(東京大學) 경제학부를 졸업했다.

그는 일본 유학 시절 학병으로 차출되어 일군(日軍)에 들어가 장교로서 활동했는데, 그의 주된 활동 무대는 만주였다. 해방 후에는 미 군정청 군사영어학교를 입학하고, 이를 졸업한 뒤에는 정일권 등과 더불어 창군(創軍)의 멤버로 활약하게 된다. 이해 그는 그의 첫 작품인 소설 「肉彈」을 서울신문에 발표함으로써 문인의 길로 들어서게 된다. 이후 「매연(煤煙)」을 1948년 전남일보에 발표함으로써 문단에 자신의 이름을 더욱 알리게 된다.

이영순은 제일교포 2세와 결혼하여 아들 둘을 두었으나, 한국 전쟁의 와중에 부인이 아들 둘을 데리고 일본으로 건너가는 바람에 이혼을 하게 된다. 이후 이화여대를 졸업한 성숙제와 재혼하게 되고, 이들 사이에서 7명의 딸이 태어나게 된다.

한국전쟁이 발발한 이후 그는 미 8군 연락장교단장으로 인천과 원산 상륙작전에 참가하게 된다. 여기서 그는 부상을 입고, 그의 동생인 상순을 잃게 된다. 「연희고지」에서 죽은 동생으로 나오는 '기순'은 그의 실제가 아니고 6촌 동생이라고 한다[1]. 이 때의 경험을 바탕으로 쓴 작품이 장편 서사시인 「연희고지」와 「지령」이다. 전쟁이 끝난 뒤인 1953년 대령으로 예편하여 그의 군생활은 공식적으로 막을 내리게 된다. 그후 「바람과 햇빛의 상실자」라든가 「그러한 일화」, 「죽음의 우편」, 「세계」, 「신화」, 「상진」 등의 작품을 계속 발표하게 된다.

그는 작품 활동 뿐만 아니라 문단 생활도 적극적으로 하게 되는데, 이때 어울린 문인들로는 이어령, 선우휘 등이 있다. 이들과 더불어 문학동인지 『문학평론』을 발간하는가 하면, 일본어와 영어에도 능통하여 1958년 『발레리의 시집』을, 1965년에는 『일본 현대시』를 번역하기도 했다. 그의 활동 범위를 짐작건대, 그는 이 시기 다른 문인들에 비해 활발히 문단활동을 한 것으로 보인다.

이영순의 작품은 어느 특정 장르에 국한된 것은 아니었다. 그는 소설도 썼고, 서정시도 창작했다. 뿐만 아니라 수필도 썼고, 비평에도 관여했다. 그 가운데 이영순을 문학사적 위치에 올려 놓은 것은 시분야였다. 특히 전쟁체험을 담은 시들이 그러했다. 그의 작품들은 전쟁에서 출발하여 거기에서 종결되었다고 해도 과언이 아닐 만큼 한국 전쟁과 밀접한 관련을 맺고 있었던 것이다. 하지만, 「연희고지」와 「지령」 이후 그의 시

---

1) 송영순, 「이영순의 연희고지 연구」, 『한국 문예비평연구』36, 2018, 6, p. 36.

세계는 전쟁을 비롯한 역사라든가 일상의 현실로부터 멀어지면서 관념화의 길을 걷기 시작했다. 후기로 갈수록 그의 시들은 현실이 추체험 되면서 모더니즘의 경향으로 나아간 것이다. 「왕도」를 비롯한 그의 후기들이 선명한 이미지의 조형성으로부터 멀어지고, 일상의 시어로부터 점점 후퇴된 것은 이런 시정신의 변화와 밀접한 관련이 있었다. 이글의 목적은 그의 대표작인 「연희고지」와 「지령」을 통해서 그의 시정신의 단초가 무엇인지 이해하고, 그의 대표작이었던 「연희고지」와 「지령」의 장르적 성격과 그것이 갖고 있는 문학사적 의의를 살펴보는 데 있다. 그의 작품 세계의 출발이자 본령이 이들 작품에 있다고 보았기 때문이다.

2. 「연희고지」와 「지령」의 서사시적 가능성

1) 서사시의 성립요건

한국 근대 시사에서 최초의 서사시는 잘 알려진 대로 김동환의 「국경의 밤」이다. 이 작품이 서사시가 된 것은 김억의 언급에서 비롯된 것인데, 이를 계기로 「국경의 밤」이 서사시인가 그렇지 않은가에 대한 논쟁이 있어 왔다. 그것은 분명 서사시의 요건을 어느 정도 갖추고 있기에 서사시라는 것과, 이를 충족시키지 못한 것이기에 서사시가 될 수 없다는 주장이 그것이다.[2] 서구적 의미의 서사시 기준에서 보면, 「국경의

---

2) 오세영, 「「국경의 밤」과 서사시의 문제」, 『한국 근대 문학론과 근대시』, 민음사, 1996.
   장부일, 「한국 근대 장시 연구」, 서울대 대학원 박사논문, 1992.
   조남현, 「김동환의 서사시에 관한 연구」, 『인문과학논총』, 건국대학교, 1978.

밤」은 서사시로서는 부족한 감이 없지 않다. 하지만, 서사시의 성장론과 그 변형 가능성에 기대게 되면, 「국경의 밤」은 어느 정도 서사사로서의 면모를 갖추게 된다.

「국경의 밤」이 서사시로서 가능하다고 주장하는 연구자들이 내세우고 있는 서사시의 요건에는 대략 다음과 같은 것들이 있다. 첫째는 집단의식을 가질 것, 둘째는 이야기체, 곧 서사구조가 있을 것, 셋째는 내용이 역사적 사실과 대응하고, 넷째는 율격을 가질 것, 다섯 째는 길이가 길 것, 여섯째는 향토성과 민족성을 가질 것, 마지막 일곱째는 작품의 주인공이 평균치 이상의 인물일 것 등등이다[3]. 여기서 율격이라든가 작품의 길이, 혹은 향토성이나 민족성 등은 일반 서정시에서도 얼마든지 가능하기에 굳이 서사시의 필요충분 요건이라고 단정지을 수는 없다고 하겠다. 이야기체라든가 주인공의 문제를 예외로 하면, 그 나머지 요소들 역시 서정시의 요건으로서 얼마든지 가능한 것들이다. 문제는 어느 한두 가지 요소만으로 여기에 부합한 것인가의 여부를 두고 특정 장르라고 규정해버리는 경우이다. 어느 특정 장르가 특수성을 갖기 위해서는 그것의 고유성을 담보해주는 요소들이 복합적으로 작용해야 한다는 뜻이다. 그런 면에서 「국경의 밤」은 어느 정도 서사시가 요구하는 요건들을 충족한 것이라 해도 무방할 것이다.

김동환의 「국경의 밤」이 나온 이후 한국 근대 시사에서 서사시의 범주에서 논의될 수 있는 작품들을 발견할 수 있는 것은 쉬운 일이 아니었다. 1920-30년대 카프시에서 시도했던 단편서사시 정도가 있을 뿐이

---

3) 김춘수, 「서사시는 가능한가」, 『사상계』, 1965.
　김재홍, 『한국 현대 시인연구』, 일지사, 1986.

고, 이는 해방 직후에도 마찬가지였다. 그 기나긴 공백을 맺고 서사시의 전통을 이은 것이 이영순의 「연희고지」(1951)와 「지령」(1952)이다. 이 작품들이 갖는 기본 의미는 일단 여기서 찾아야 할 것이고, 기왕의 연구자들 또한 이 부분에 주목했다. 이영순의 작품 세계는 전쟁의 현장성에서 시작하여 이후 그로부터 서서히 벗어나는 양상을 보여주었다. 현장성이나 집단성으로부터 관념성이나 개인성으로 나아간 것인데, 특히 후기 시의 정점에 놓여 있는 「왕도」는 그러한 세계를 가장 잘 보여준 시집 가운데 하나이다. 하지만 전쟁의 체험을 다룬 「지령」 이후, 시인이 보여준 작품들은 그 질이나 정신적 밀도에 있어서 이전과 대비하여 현저히 미달하는 경우이다.

그러한 까닭에 「연희고지」나 「지령」이 갖는 시사적 의의는 매우 크다고 하겠는데, 기왕의 연구자들 또한 이 부분에 주목해왔다. 이 두 작품이 주제나 내용들은 무척 다른 경우이지만, 전쟁의 경험을 바탕으로 창작되었다는 점에서 동일선상에서 연구의 대상이 되어 왔다. 우선 가장 먼저 이루어진 연구는 문선영, 김사홍 등의 연구이고[4], 이후 미학적 접근[5]과 장르론적 접근[6] 등이 이루어진 바 있다. 이들 연구들은 현장시라든가 편이데올로기에 갇혀 있는 개념시 혹은 도구시라고 평가받고 있던 이영순의 작품 세계를 한 단계 높이 올려 놓았다는 점에서 그 의의가 있을 것이다. 이 글은 이런 연구의 바탕에서 그의 시들이 갖고 있는 장르적

---

4) 문선영, 이영순론: 〈연희고지〉와 〈지령〉을 중심으로 , 『문창어문논집』, 문창어문학회, 2001.
　김사홍, 「1950년대 이영순의 전쟁시 고찰」, 『비교한국학』 17권, 2009. 4.
5) 김석환, 「이영순 시인의 시에 나타난 숭고에 대한 연구」, 『한국문예비평연구』42, 2013. 12.
6) 송영순, 「이영순의 장시 연희고지 연구」, 『한국문예비평연구』58, 2018. 6.

특성에 주목하고자 한다.

2) 국가 건설과 집단 이념의 실현

한국 전쟁의 과정이나 그 이후 형성된 반공이데올로기는 우리 사회에서 선과 악이라는 이분법적인 구도를 만들어냈다. 하나가 정립하기 위해서 다른 하나는 철저하게 짓밟혀야 하고, 그래야만 다른 하나는 그 위에 서서 정당성을 인정받을 수 있었다. 선은 절대적으로 좋은 것이고, 그 대척점에 놓인 악은, 그것이 경우에 따라 비록 선한 것이라 할지라도 철저하게 무너져야 했다. 이영순의 시세계가 놓인 자리는 우선 여기서 출발했다. 그를 이 자리에 올려 놓은 것은 그가 군인이었다는 사실이고, 또 이 신분으로 전투에 적극적으로 참여했다는 사실과 무관하지 않다. 그가 한쪽의 이데올로기에 철저하게 갇힐 수밖에 없는 조건이 자연스럽게 만들어진 것이다.

> 선량한 농부들
> 생나무에 묶어 매고
> 낫끝으로 눈알등을 핏속에 후벼버렸고
> 남자들은 떨리는 집속에 가둬 놓은 채
> 휘발유를 뿌려서
> 불을 질러 불기둥 속에 띄웠고
> 여자들은 한놈씩 줄지어 강간한 뒤에
> 햇볕에 그으른 작대기로 그냥 막
> 여리디 여린 음부를 쑤시다가 찔러 찢어 죽였다.

그리고 또 무슨 짓을 못해서

젖을 찾는 어린애들까지

壕속에 풋감자 자루쏟듯 거꾸로 집어 던지고

보채는 아이들 그냥 묻어버린

그 참혹한 광경, 무도한 行惡

「연희고지」 61-62[7]

참전한 군인으로서 시인은 이데올로기의 감옥에 갇혀 있을 수밖에 없는 존재였다. 그러한 그를 더욱 폐쇄적으로 만든 것은 현장의 비참한 체험이었다. 다시 말해 편향될 수밖에 없었던 신분적 이데올로기의 조건과 개인적 체험이 만들어낸 증오가 「연희고지」를 이끌어갔던 기본 축이었던 것이다.

그런데 문제는 전쟁이 갖고 있는 근본 성격에 있을 것이다. 모든 선과 악의 대립은 이를 위한 변증적 통일로 나아가야 한다. 전쟁의 기본 목적은 정치적 통합에 있기 때문이다. 통합이란 하나의 이데올로기를 세우는 일이고, 따라서 그것은 궁극에는 새로운 국가 건설과 분리하기 어렵다는 의미이다. 「연희고지」와 「지령」이 새로운 국가 건설이라는 당면 과제와 밀접히 결부되는 것은 자연스러운 일이 아닐 수 없다.

그런데 이 때

〈물을 마시면 안돼

물을 마시면 그냥 죽는다〉

---

7) 여기서 숫자는 이영순의 장시집 『연희고지』와 『지령』(본국문화사, 1978) 합본의 페이지 임.

어디선지 속삭이듯 해서

그제야 겨우 좀 진정해 보니

진땀이 온 몸에 흠뻑 배었고

얼굴에서 귀끝에서 철철

선지피 섞여서 흐른다

(중략)

그러자 또 속삭이기를

〈창업의 바탕이 되어

이 延禧高地에서 이대로

명복하는건

무엇보다 아름답지 않으냐

아름답지 않으냐

「연희고지」69-71

서정적 자아는 연희고지 전투에서 복부 관통상을 입었다. 생과 사라는 극한의 상황을 줄다리기 하듯 그는 실존의 한계에 갇혀 있었던 것이다. 그 정점에서 자아의 한계를 실험한 것은 한두가지 아니다. 그 가운데 그를 가장 힘들게 한 것은 심각한 생물학적 욕구였다. "물 한모금만 달라" 하고 외치는 상황이 그러하다. 그런데 이 한계에 갇힌 자아에게 새로운 반전이 일어난다. 알 수 있는 신비의 소리가 그에게 들려온 것이다. "물을 마시면 안돼/물을 마시면 그냥 죽는다"라고 하는 소리가 신음하는 자아를 일깨운 것이다.

여기서 생물학적 본능을 뛰어넘는 절대 선이 등장한다. 그것이 서정적 자아로 하여금 생물학적 한계 속에 묶여 있지 않게 한다. 살아야 한다는 정언명령의 명제가 그의 생물학적 갈증을 무화시키기 때문이다. 그 도중에 또 다시 신비의 목소리가 들려온다. "창업의 바탕이 되어/이 연희고지에서 이대로/명복하는 건/무엇보다 아름답지 않으냐/아름답지 않으냐" 하고 말이다. 여기에 이르게 되면, 이영순이 「연희고지」를 쓰게 된 동기가 보다 분명하게 나타난다. 그가 전쟁의 현장에 있는 것은 단순히 적을 퇴치하기 위한 것이 아니라 그것이 곧 새로운 국가 건설, 곧 창업과 관련되어 있기 때문이라는 것이다. 이렇게 본다면, '연희고지'는 시적 자아의 체험 공간을 넘어서는 공동체의 지대로 거듭 변신하게 된다. 그곳은 새로운 국가가 만들어지는 신성한 공간으로 새롭게 태어나게 된다. 이제 연희고지는 서정적 자아만이 경험하는 지대가 아니라 우리들이 함께 경험하는 지대로 새롭게 탄생하는 것이다.

서사시의 성립 요건 중 중요한 것 가운데 하나가 신성성이다. 여기서 신성성이란 천지창조나 새로운 국가 건설과 밀접한 관련이 있다. 서사시는 이런 일들을 담아내야 하기 때문에 고급한 장르[8]이고, 그렇기에 일상성을 초월한 데에서 시작한다는 것이다. 따라서 비록 고전적 의미이긴 하긴 하지만 서사시의 성립 요건이 새로운 국가 건설과 관련이 있다면, 이영순의 「연희고지」는 이에 꼭 들어맞는 장르적 특성을 갖고 있다 하겠다. 게다가 그러한 일들을 추동하는 매개가 어떤 신비적 음성에 기댐으로써 그 신성성을 더욱 확보하고 있는 경우라 하겠다. 이러 면들은 「지령」의 경우도 예외가 아니다.

生을

---

8) 바흐찐, 「서사시와 소설」, 『문학사회학과 대화이론』(토도르프, 최현무 역), 까치, 1987, p.240.

또 死를

젖줄 같은 한자루의 愛銃(45口徑)과 피부인 네 개의 手榴彈에 모든 것
을 맡기고

다리를 헛 밟으며

엎드렸다

굴렀다

나는 岩壁을 끼고

氷壁을 타 넘고

流氷을 차고 건너서

시체에 걸려 쓰러지면서도

銃맞은 멧돼지처럼

쏜살같이 南으로

黃昏 빛을 시새워 필사의 脫出을!

터질 듯이 充血한 내 눈

주검으로 갇힌 四方을 살피며

앞을 막는 絶壁을 向하여

〈악!〉

오장육부가 터지라고 기압을 토하며

「지령」127-128

잘 알려진 바와 같이 이 작품은 하갈우리의 전투, 곧 장진호 전투를
다루고 있는 시이다. 이 작품은 「연희고지」와 비교할 때, 여러 면에서 비
교가 되는 작품인데, 그 가운데 하나는 치열한 전투의식이 없다는 점이
고, 다른 하나는 「연희고지」에 비견되는 새로운 창업의 세계와는 어느

정도 거리를 두고 있다는 점이다. 그럼에도 불구하고 「지령」이 서사시가 요구하는 조건과 어느 정도 부합하는 것은 주인공의 영웅적 행위일 것이다. 이 작품에서도 시적 자아는 부상을 당한 상태이고, 그 상태에서 남쪽을 향해 탈출하는 과정이 커다란 서사구조를 이루고 있는 작품이다. 이는 새로운 국가 건설에 참여하는 평균이상의 인물이 겪는 일대기 가운데 하나라 할 수 있다. 현재는 비록 부상과 후퇴라는 좌절의 순간을 맞고 있긴 하지만, 그렇다고 해서 그 선택이 위계질서상 가치 하락의 상태라고는 볼 수 없을 것이다. 부상과 탈출이 「연희고지」에서 보여주었던 신성성의 맥락과 어느 정도 공유하고 있다고 해도 무방한 경우이다.

3) 평균치 이상의 인물

두 번째는 평균치 이상의 인물이라는 관점에서 본 서사시의 요건이다. 이는 어쩌면 「국경의 밤」과, 「연희고지」를 비롯한 이영순의 작품과 가장 차질되는 부분이라 할 수 있다. 「국경의 밤」이 서사시가 요구하는 잣대에 미달하는 것도 이와 밀접한 관련이 있을 것이다. 잘 알려져 있다시피 「국경의 밤」을 이끄는 주인공은 평범한 일상인이다. 어쩌면 전형성을 갖춘 인물이라 해도 무방할 정도로 이 작품의 주인공은 보편적이고 평범한 주체이다. 밀수꾼이나 그 아내로부터 어떤 신성성이나 영웅성을 읽어낼 수 없기 때문이다.

주인공의 영웅성 내지 신성성이 이영순의 작품 세계와 어떤 연관이 있고, 또 그것이 서사시의 성립요건과 밀접한 관련을 맺고 있음은 「국경의 밤」의 주인공과 비교하면 충분히 납득할 만한 경우이다. 그 또 다른 사례 가운데 하나가 1980년대의 민중시 계열이다. 한국 시사에서 서사

시가 가장 활발히 창작되던 시기는 잘 알려진 대로 1980년대이다. 1980
년대를 이끈 주체들은 민중이다. 특히 투쟁하는 민중들에게 신성성이나
영웅성을 부여하기 위해서 수많은 서사시들이 만들어져 왔다. 투쟁하는
민중들에게 신험성 혹은 선험성을 부여하는 일이야말로 이 시기 민중
문학의 주요 전략 가운데 하나였기 때문이다. 이런 맥락에서 보면, 서사
시에는 적어도 평균치 이상의 인물들이 등장하게끔 되어 있는 것이다.

이는 한국전쟁을 조국해방전쟁으로 명명한 북한의 경우도 예외가 아
니다. "모든 것을 전쟁의 승리로"라는 명제 아래 내세운 북쪽의 문학사
도 서사시 창작에 많은 노력을 기울여 왔다. 다시 말해 전쟁 영웅을 어
떻게 발굴하고, 이를 문학적으로 형상화할 것인가가 이 시기 북한 문학
의 핵심으로 자리한 까닭이다[9].

> 나는 상처의 고통을 이빨로 악물고
> 운명이나 보련 듯이 눈을 감는다
> 아무런 생각도 트이지 않는 無我境에서
> 生도 느끼지 않고
> 死도 또한 잊은채
> 다만 刹那 찰나의 生死連絡으로서
> 全神經을 묵살해 버린
> 저 강철의 意志와
> 불굴의 투혼만이 있을 뿐!
> 그러나 이 순간의 나의 운명이
> 한 개의 갈대와 같이

---

9) 류만, 『현대조선시문학연구』, 사회과학출판사, 1988, p. 14.

이 延禧高地 한 구석에서
이대로 사라져 버릴지도 모른다

아아 이 몸이 비록 달 먹은 갈대의 이슬이 될지라도
나는 영원무궁한 우리 祖國
내일의 새 運命을 손에 쥐고 믿는다
생명이 歸依하는 彼岸에
美의 祭典이 그 무엇인가를
나는 누구보다도 굳게 믿는다

「연희고지」 32-33

새로운 지대를 향한 자아의 의지는 아무도 꺾을 수 없다. 서정적 자아의 의지가 이렇게 강력한 것은 그에게 주어진 임무가 개인적인 차원의 것이 아니기 때문이다. 그의 행동거지는 개인 너머의 것이고, 새로운 국가 건설이라는 창업과 관련되어 있다. 이 임무에 충실한 자란 곧 신성한 의무를 부여받은 자이고, 또 이를 실행에 옮겨야 하는 자이다. 그러니 이 연희고지의 한 구석에서 사라질지라도 그것은 결코 헛된 운명이 될 수 없는 것이다.

捕虜 黃炳信은
마음씨 친절한
美海兵 스티븐스軍醫大尉의 치료조차
뼈만 남은 손으로 물리치면서
마른 나뭇잎 같은 입술로
피를 토하는 懺悔의 말

〈나는 이제 알았소

우리가 생명을 바쳐서 믿었던 온갖 것이

믿을 수 없는 허위날조였다는 걸

나는 지금 죽음을 당해 비로소 확인되는 것 같소〉

〈아아 아까운 젊은 세월을

보람없이 버리고 지나 온 空虛

그것을 생각하면 내 몸이 가엾어요

도저히 참을 수 없는 슬픈 이 마음을〉

「지령」 95-96

　작품의 주인공이 영웅성이라는 아우라 속에 갇힐 수밖에 없는 조건은 상대방의 처지를 통해서도 확인된다. 인용된 부분은 포로로 잡힌 적군, 황병신의 담론에서도 확인된다. 여기서 황병신이 지금껏 자신이 간직하고 있었던 신념으로부터 빠져나오는 순간, 심각한 자기 모멸에 빠지게 된다. 가령, "믿었던 것에 스스로 속았다"거나 "민족을 배반했다"라는 사유가 그러하다.

　물론 이런 담론들은 서정적 자아의 사유 속에 일방적으로 걸러진 것일 수도 있고, 또 승자의 편에서 편집된 것일 수도 있다. 그러나 그것이 단지 패배자의 단순한 체념에 그치지 않는다는 점에서 그 의의가 있는 것이다. 그럼에도 이런 소회는 주인공의 행위를 좀 더 가치있는 것으로 올려 놓는 시적 의장일 것이다. 서정적 자아와 이와 상대한 자의 담론이 한쪽으로 기울면서 그 다른 쪽에 서 있던 서정적 자아의 위치는 그에 비례해서 높이 상승하고 있기 때문이다.

3. 서사시로서의 가능성

　이영순의 「연희고지」와 「지령」은 한국전쟁이 가져온 체험 문학이자 전쟁 문학이다. 이 시기 전쟁에 직접 참여해서 시로 그 현장성을 남긴 시인은 많지 않다. 전봉건이 그 하나이고, 또 이영순이 다른 하나로 손에 꼽을 정도이다. 그런 면에서 이영순 문학이 갖고 있는 의의가 있을 것이다. 뿐만 아니라 그의 작품은 북한의 문학사와 대비해도 그 시사적 의의가 있는 경우이다. 당성이 강조되는 북한 문학의 특성상 여러 형태의 전쟁 문학이 가능했을 것이라는 점은 충분히 이해될 수 있는 부분이다. 그러나 남쪽의 경우는 사정이 매우 다를 수밖에 없는데, 이는 작품의 양이나 질적인 측면에서 특히 그러하다고 할 수 있다. 이영순의 문학이 갖는 그러한 희소적 가치야말로 아무리 강조해도 지나치지 않을 것이다. 「연희고지」와 「지령」의 시사적 의의는 무엇보다 여기서 찾아야 할 것이다. 그는 이 시기 전장의 처절한 현실을 직접 경험하고 이를 현장감있게 표현한 시인이었다. 그리고 그가 직조한 「연희고지」와 「지령」이 한국 근대 시사에서 예외적이라 할 만큼 서사적 요건을 갖춘 작품이라는 점에서도 그 의의가 있는 경우였다. 그의 작품들은 앞서 언급한 서사시의 요건들을 대부분 갖춘 것으로 이해된다. 이데올로기의 편향 여부를 떠나 집단의식이 드러나 있었고, 인물과 사건을 갖춘 서사구조가 있었으며, 전쟁이라는 역사적 사실과 밀접히 대응하고 있었다. 뿐만 아니라 시로서 갖추어야 할 일정 정도의 율격을 유지하고 있었고, 형태적으로도 긴 장시의 형태를 유지하고 있었다. 게다가 연희고지라는 향토성과 그로부터 생기하는 민족성 역시 담보하고 있었다. 그리고 무엇보다 중요한 것이 평균치 이상의 인물이 작품 속에 제시되었다는 점을 들어야 할 것이다.

「연희고지」나 「지령」 속에 자아들은 새로운 국가 건설이라는 신성한 임무를 담지한 인물들이었기 때문이다.

그러나 이런 의의에도 불구하고 이 시기 이영순의 작품들이 모두 서사시의 영역을 충족했다기 보기는 어려울 것이다. 특히 「지령」에서 보이는 반전 사상과 일상성으로 복귀하려는 서정적 자아의 모습 등이 그러하다. 「지령」에서 보이는 이런 의장들은 실상 「연희고지」의 그것과는 매우 다른 면이라는 점에서 주목을 끄는 경우이다.

> 나도 알 수 없는
> 나의 얄궂은 운명이여
> 아아 나는 아직 살아있구나
> 死의 선풍이 광무하는
> 까치高地 斷層에 몸을 던지고
> 나는 또다시 육지의 魚族처럼
> 혼탁한 日光을 숨쉬고 있다
>
> 얼마나 시간이 흘렀는지
> 나는 시간의 의미조차 모른다
> 다만 내 눈에 보이는 것은
> 지금도 변함없는 대지가 確固하고
> 그 大自然의 莊嚴한 雪景뿐
> 거기서 과학의 비탄을 發見할 뿐
>
> 「지령」 122-123

인용된 부분은 하갈우리 전투에서 후퇴하는 자아의 모습을 그린 장면이다. 극한의 상황에서 생존한 자신을 확인한 자아는 대자연의 모습에 우뚝 서게 된다. 그는 거기서 대자연이 품고있는 장엄한 모습과 설경 속에서 인간사의 허무함을 발견하게 된다. 그리고 지금껏 그러한 인간사를 추동했던 과학, 다시 말하면 근대에 대한 환상을 갖게 된다. "거기서 과학의 비탄을 발견할뿐"이라는 인식은 전쟁에 대한 부정으로 읽혀지는 바, 이는 「연희고지」에서 팽창해 나가던 영웅적 자아의 모습과는 확연히 구분되는 것이다. 물론 국가 건설이라는 전선의 현장이라는 점에서는 동일하지만 말이다. 어떻든 그 열정과 숭고한 위치는 현저히 약화되어 있는 것이 사실이다.

「지령(地靈)」은 땅의 신령스러운 기운이라는 사전적 의미에서 알 수 있는 것처럼, 관념적, 추상적 사유의 세계가 깊이 침윤된 작품이다. 뿐만 아니라 개인이 처한 극한 상황에서 흔히 발생할 수 있는 본능의 세계가 적나라하게 제시된 작품이기도 하다. 여기에는 살고자 하는 생물학적 본능이 있는가 하면, 함께 도망가는 하킨스 여사로부터 얻어지는 성적인 본능도 여과없이 드러나 있다. 뿐만 아니라 땅에 대한 모성적 그리움의 세계를 담고 있는 원형적 본능의 세계도 구현되어 있다. 이를 집단의 무의식과 같은, 「연희고지」에서 알 수 있는 신성성의 경계에서 그 의미를 찾을 수도 있지만, 어떻든 이는 흔히 수용되는 서사시와는 일정 정도 거리를 두고 있는 것 또한 사실이다.

1950년 이영순이 펼쳐보인 「연희고지」와 「지령」는 김동환의 「국경의 밤」이후 다시 시도된 최초의 서사시라는 점에 그 시사적 의의가 있는 경우이다. 그리고 이 작품들은 서사시가 요구하는 요건들에 보다 충실히 다가감으로써 한국 현대 시사에서 서사시의 영역을 새롭게 개척했다는 데에서도 그 의의를 찾을 수 있을 것이다. 이런 전사적 전통이 있기에 이후 신동엽의 「금강」이 쓰여질 수 있었고, 또 80년대 난만히 펼쳐졌던, 민중지향적 서사시의 흐름을 볼 수 있었던 것이다. 그것이 곧 이영순의 서사시가 갖는 궁극적 의의라 할 수 있을 것이다.

제11장

한성기 시의 생활 속에 구현된 자연

한성기 연보

1923년 4월 3일(음력 2월29일) 함경남도 정평군 광덕면 출생

1930년 정평소학교 입학

1937년 함흥사범학교 입학

1942년 충청남도 당진군 합덕면 신리 신촌공립초등학교 교사로 부임

1945년 당진군 합덕중학교 교사로 부임

1946년 鄭씨와 결혼

1947년 대전사범학교 교사로 부임(국어, 서예 담당)

1950년 10월 부인 鄭씨 사망

1952년 『문예』5 6합병호에 시 「역」이 모윤숙으로부터 초회 추천됨

1952년 진주 姜씨 泰智와 재혼

1953년 『문예』9월호에 시 「病後」가 모윤숙으로부터 2회 추천됨

1955년 『현대문학』(4월호)에 시 「아이들」, 「꽃병」 등이 박두진으로부터
         3회 천료됨

1959년 신경쇠약으로 경북 금릉군 어모면 용문산 기도원에서 투병

1963년 투병생활을 끝내고 돌아옴. 첫 시집 『山』간행(배영사)

1965년 제9회 충청남도 문화상(문학부문) 수상

1969년 유성 온천동으로 이사하고 '로타리 제과점'운영, 제2시집 『落鄉
        以後』간행(활문사)

1972년 제3시집 『失鄉』간행(현대문학사)

1975(52세) 제4집 『九岩里』간행(고려출판사), 제12회 〈한국문학상〉 수상

1979(56세) 제5시집 『늦바람』간행(활문사), 대전시 유성구 원내동(진잠)
           으로 이사

1982(59세) 시선집 『落鄉以後』간행 (현대문학사), 제1회 〈조연현문학상〉
           수상

1984(61세) 4월 9일 뇌일혈로 사망, 대전광역시 동구 직동리에 묻힘

한성기 시의 생활 속에 구현된 자연

1. 고립자의 몸부림

한성기 시인은 1923년 함경남도 정평군 광덕면 장동리 82번지에서 태어났다. 그는 여기서 정평소학교에 들어가 졸업하는 등 유년의 시간 대부분을 보내게 된다. 이후 함흥사범학교를 졸업하고 교사의 신분이 되어 1942년 충남 당진에서 교편을 잡게 된다. 이를 계기로 그는 대전, 충청의 문인으로 자리하게 되었다. 그의 문단 데뷔는 두 번에 걸쳐 이루어졌는데, 한번은 모윤숙의 추천에 의해서, 다른 한번은 박두진의 추천에 의해서이다. 모윤숙의 주선으로 1952년《문예》5, 6월호에「역」이, 이듬해 9월호에「병후」가 추천되었지만, 이 잡지가 폐간되면서 또 다른 절차를 밟게 된 것이다. 이후 그는 박두진에 의해「아이들」,「꽃병」등이 《현대문학》에 천료됨으로써 정식 시인의 길로 들어서게 된다.

이때가 그의 나이 30세가 넘어서는 지점인데, 보통의 관례대로라면, 그는 시인으로서 제법 늦게 등단한 편이라고 할 수 있다. 이런 지각 등단은 다른 한편으로는 문단이나 문학사에서 그를 국외자로 남게 하는 한 요인 가운데 하나가 된다.

한성기는 문학사에서 비교적 낯선 시인이며, 또 이방인 취급을 받아왔다. 그러한 원인들에 대해서 몇몇 연구자들은 그가 활동한 무대가 지방이었다는 사실에서 찾기도 하고, 그가 전략적으로 인유했던 자연의 소재들에서 별반 특이성이 없었다는 데에서 찾기도 한다[1]. 한국 문단이 중앙 중심이고, 또 몇몇 영향력이 있는 잡지나 연구자에 의해 좌우되었던 현실을 감안하면, 이는 충분히 납득할 수 있는 일이라 할 수 있다. 그뿐만 아니라 한성기 시인이 즐겨 사용했던 자연 역시 그에 대한 소략한 평가의 원인 가운데 하나가 되었다. 일찍이 이 소재를 배경으로 뛰어난 작품 활동을 보여주었던 정지용이나 청록파의 작품성과 비교할 때, 한성기 시인의 그것은 별반 특이성을 보여주지 못했기 때문이다. 그리하여 그의 시들은 내용보다는 방법의 특이성이 주목되어 그에 준하는 평가 내려지기도 했다. 그 하나가 "한 걸음 뒤로 물러선 뒤 겸허한 위치에서 대상을 내적 질서로 객관화시키는 시적 작업을 처음부터 하고 있는 시인"[2]이라는 진단이다. 한성기의 시들이 응시와 관조의 과정을 거쳐서 서정의 통일을 정치하게 이루어내고 있다는 사실을 염두에 두게 두면, 이는 매우 설득력있는 지적이라 할 수 있다. 특히 이런 수법은 한성기에 의해 거의 처음 시도된 방법적 의장이라는 점에서 그러하다.

이후 한성기 시들은 대전, 충청에 기반을 두고 있는 연구자들에 의해 많은 탐색이 이루어져 왔다. 특히 그의 시에서 전략적으로 드러나고 있는 자연이라는 소재와, 그것이 갖고 있는 함의에 대해서 다각도로 검토된 것이다[3]. 그뿐만 아니라 이향과 탈향, 그리고 그 과정을 통해서 얻어

1) 전영주, 「한성기 초기 시의 자연 인식」, 『한국어문학연구』 39, 2002, p. 332.
2) 정한모, 「한성기의 근작초」, 『현대시론』, 민중서관, 1973, pp.314-315.
3) 박명용, 「한성기 시 연구」, 『한국시문학』, 한국시문학회, 1994.

질 수밖에 없었던 생리적인 고향 의식에 주목하여 그의 시 세계에 접근한 경우도 있다[4]. 하지만 이런 의욕적인 성과에도 불구하고 그의 시들에서 드러나는 자연의 세목들에 대해서는 여전히 미완인 채로 남겨져 있는 것이 사실이다. 특히 그의 시 세계의 전편에 등장하고 있는 자연의 구경적 의미라든가 그것이 시집별로 어떻게 전환되고 있는 것인가에 대해서는 거의 탐구되지 않았다. 이글은 기왕의 연구 성과들을 바탕으로 그동안 미진했던 부분들에 대해서 새로 밝혀보고, 또 보완하는 측면에서 이루어진다.

2. 생활 속에 구현된 자연의 세 가지 의미

1) 결핍에 대한 동일화

한성기 시의 주요 특장 가운데 하나는 자연의 서정화이다. 일찍이 이 분야에 대해 먼저 개척한 시인은 정지용이었고, 그의 추천을 받은 청록파가 있었다. 이들의 활동 무대가 1930년대 말이고 또 1940년대 중반이니까 한성기의 등단 시점을 고려하면, 이들과의 연결고리를 어느 정도 찾을 수 있을 것이다. 실제로 그러한 면에 주목하여 한성기 시의 특성을 "청록파를 계승하면서도 조용한 법열의 세계"를 구현했다고 평가하기

정진석, 「한성기 시 연구」, 한남대 박사논문, 1998.
이일훈, 「한성기 시에 나타난 생태의식 연구」, 울산대 석사논문, 2006.
김교식, 「한성기 시에 나타난 세계의 중심과 시적 공간 연구」, 『인문과 예술』, 2020.6.
4) 김현정, 「한성기 시에 나타난 고향의 의미」, 『현대문학이론연구』45, 2011.

도 했다. 다시 말해 한성기 시인이 전통파의 한 갈래를 유지한 시인이면서 한편으로는 그의 시집을 "『청록집』과는 다른 또 하나의 시사적 위치를 차지할 수 있는 시집"이라고 했거니와 그 구분되는 지점이 "조용한 법열의 세계"라는 것이다[5]. 한성기의 시들이 자아와 세계의 동일성을 향한 구경적 도정에 놓여있다는 것, 그리하여 그 과정에서 서정적 황홀의 경지에 이르고 있다는 점에서 보면, 분명 우리 시사에서 새로운 경지에 이른 것은 사실이다. 하지만 이런 국면으로 정지용을 비롯한 청록파 시인들의 자연 세계와, 한성기 시에 나타난 자연과의 대비점을 찾는 것은 어딘지 허약한 국면이 있다. 특히 자연이 서정화되는 조건이 판이하게 다른 환경에 놓여 있었다는 점에서 더욱 그러하다고 하겠다.

잘 알려진 대로 일제 강점기와 해방 직후, 그리고 1950년대는 자연을 서정화하는 배경이랄까 조건이란 사뭇 다른 경우이다. 「백록담」 등에서 펼쳐 보인 정지용의 자연시란 매우 형이상학적인 배경을 갖고 있었거니와 특히 그것이 모더니즘의 배경하에서 탐색되었다는 것, 그리고 일제 강점기라는 상황과 분리하기 어려운 것이었다는 점에서 그러하다. 실상 이런 면들은『청록집』이라고 해서 크게 달라지는 것은 아니라고 할 수 있다. 여기에 수록된 시들이 대부분 일제 강점기에 쓰여진 것이기 때문이다[6].

일제 강점기란 가상의 현실을 요구했다. 따라서 생활과 접촉되는 것들이 시의 영역 속으로 틈입해들어오는 것들은 경계의 대상이 될 수밖에 없었다. 설사 밀접한 교호 관계가 유지된다고 하더라도 그것은 어디

---

5) 이형기, 「조용한 법열」, 현대시학, 1970년 3월호, pp.64-65.
6) 박목월, 『보랏빛소묘』, 신흥출판사, 1958. p.83.

까지나 가공의 것일 때에만 가능했다. 이런 면은 비단 소재를 서정화하는 방식에서만 유효한 것이 아니었다. 이 시기 대부분의 사조들이 이 아우라로부터 자유로운 것이 아니었다. 가령, 이 시기의 모더니즘이 가상을 전제한 현실에서 만들어질 수 있었던 것도 이와 밀접한 관련이 있었다. 이 시기의 제반 사조들이 모두 불구화의 영역으로 갇힐 수밖에 없었던 것도 마찬가지의 경우이다. 그리고 청록파의 구성원 가운데 이러한 특성에 주목하여 시작을 한 목월의 자연관이 이를 잘 말해준다. 그는 「보랏빛 소묘」에서 자신의 시 속에 구현된 자연들이 모두 창조적인 것이었다고 솔직하게 고백한 바 있다. 가령, "불온한 현실 속에 갇혀 있는 실제적 자연을 회피하기 위해 〈마음 속의 지도〉 곧 가공의 현실을 만들었다"[7]고 했기 때문이다. 그러니까 그의 시속에 구현된 자연이란 궁극에는 허구에 기초해있다는 것, 다시 말해 생활로부터 벗어난 것이었다고 할 수 있다. 이는 목월 뿐만 아니라 정지용이나 청록파의 또 다른 구성원이었던 조지훈이나 박두진에게도 동일하게 적용되는 부분이 아닐 수 없다. 이른바 현실의 불온성을 회피하기 위한 불가피한 의도, 그리하여 이를 우회하기 위해 관념적으로 만들어낼 수밖에 없는 현실의 서정화, 곧 가공의 자연에 대한 서정화 방식이다.

반면 한성기가 활동하던 시기는 이전과는 전연 다른 상황에 놓이게 된다. 그는 자연을 소재로 했던 이전의 시인들과 달리 현실을 애써 외면할 필요가 없었다. 그러니까 현실의 회피를 위해서 '마음의 지도'라든가 가공의 현실을 군이 만들어 낼 필요가 없었던 것이다. 이제 현실 속에 감각되는 것들을 서정화하면 그뿐이었다. 생활이란 이제 회피가 아니라

---

7) 위의 책.

자연스럽게 서정적 자아가 결합될 수밖에 없는 조건을 맞이하게 된 것이다. 그것이 곧 생활 속에 구현된 자연이라고 할 수 있을 것이다.

> 푸른 불 시그널이 꿈처럼 어리는
> 거기 조그마한 驛이 있다
>
> 빈 대합실에는
> 의지할 의자 하나 없고
>
> 이따금 急行列車가
> 어지럽게 警笛을 올리며
> 지나간다
>
> 눈이 오고
> 비가오고 .....
>
> 아득한 線路 위에
> 없는 듯 있는 듯
> 거기 조그만 역처럼 내가 있다.
> -「역(驛)」전문

인용 시는 한성기 시인이 처음 추천 받은 작이자 그의 시 세계의 한 단면을 잘 드러내 보여주는 작품이다. 이 작품을 지배하는 정서는 고독이다. 이 감수성은 그의 실존적 조건에서 형성된 것이다. 그는 실향민이었고, 그렇기에 그의 고향에 돌아가기란 현실적으로 불가능한 상태에 놓여있었기 때문이다. 그뿐만 아니라 시인이 되기 전 그의 첫 번째 부인과의 사별이라는 비극적 조건 또한 갖고 있었다. 이후 곧바로 재혼하기는 했지만, 어떻든 그의 의식의 저변에 자리한 것은 이런 비극 속에 얻어진 외로움과 고독감이었고, 또 이향으로 인한 망향의식이 생리적으로 자리할 수밖에 없었다. 그러한 자의식이 만들어 낸 것이 외따로 떨어진 '역'의 존재였다. 그래서 이 작품에는 두 가지 정서가 상존한다. 하나는 고향을 상실한 자의 실향의식과, 다른 하나는 가까운 육친의 상실에서 오는 고독감이다. 이 중층적 감수성이 어우러져 만들어 낸 것이 '역'의 내포인 셈이다.

그런데 이런 실향 의식과 허무주의는 쉽게 극복될 수 있는 성질의 것이 못 되었다. 정주하지 못하는 떠돌이 의식과 폭음, 자학 등에서 벗어나지 못했기 때문이다. 그 결과 그는 치유의 한 방편으로 추풍령이라는 도피의 공간을 찾지 않으면 안 되는 현실에 마주하고 만다. 외롭기에 시를 썼지만, 그러나 그것만으로 자신의 결핍을 메우기는 곤란했던 것이다.

시 가지고도 채울 수 없는 공허는 술로 때웠다. 매일같이 취해 다녔다. 주위에서 좀 절제했으면 좋겠다고 권고도 있었으나, 듣지를 못했다. 그때 대전에는 글쓰는 분들의 열기가 대단했다. 문학청년들의 기세라고나 할까. 곧 대작(大作)이라도 쓸 것같이 모두 기고만장했다. 돌려가며 합평회를 하고, 돌려가며 술상도 차려냈다. 이때 이 모임을 〈지랄대회〉라고 이름을 붙였다. 건강이 망가져갔다. 무쇠가 아니라면 그렇게 퍼마시고 무사할리 없었다.

(……)백약이 무효다. 저축을 다 빼쓰고 집을 팔아도 그래도 병은 차도

가 없었다. 결국 직장을 버리고 추풍령을 찾아들었다.[8]

추풍령이란 한성기가 실존적 욕구에서 찾아낸 현실적이면서 치유의
공간이다. 그렇기에 그의 이런 행보는 관념에서 오는 행동과는 거리가
있었다. 말하자면, 자신과 세계 사이에 놓인 형이상학적인 불화라든가
혹은 객관적 현실의 불온성에서 찾아졌던 자연과는 상당한 거리가 있
는 것이었다. 그의 시에서 드러나는 자연들이 생활과 불가피하게 결합
될 수 없는 상황 속에 놓여 있었던 것이다. 그 하나의 특징적 단면을 보
여주고 있는 작품이 바로 「실향」이다.

> 잠이 오지 않았다.
> 석 달 열흘을 아무리 애써보아도
> 잠이 오지 않았다.
>
> 병원과 약방을 찾았으나
> 나를 잠들게 하지 못하는 약들
> 밤이면 안경너머로
> 내 병을 짚던 의사의 얼굴
>
> 잠이 오지 않았다
> 사람의 수단과 방법의 한계
>
> 山을 향해 떠났다.

---

8) 한성기, 「어느 날의 돌개바람」, 『현대문학』, 1982. 4. p. 141.

마을이 멀어져 가고
世上이 멀어져 갔다.

사람들의 목소리가 멀어져가고
차바퀴 구르는 소리가
멀어져 갔다.
병원도
약방도

山에 도착하던 날부터
쿨쿨 잠을 잤다.
　　　　　　　　　—「처방」전문

　우선, 이 작품을 지배하고 있는 특징은 솔직성에서 찾을 수 있다. 그러한 감수성에 의해 만들어지고 있기에 시에서 요구하는 제반 의장들이 어느 정도 무시되고 있다. 그러나 여기서 중요한 것은 문학성을 담보해 주는 의장의 존재 여부가 아니라 시인의 정서를 지배하고 있는 감수성일 것이다.

　서정적 자아가 산에 들어올 수밖에 없는 필연적 요인이란 바로 육체의 한계성, 곧 불면증이었다. 하지만 이 병은 쉽게 치유될 수 있는 성질의 것이 아니었다. 육체와 정신의 아픈 곳을 치유할 수 있는, 아니 그런 능력을 갖고 있는 의사조차 자아의 현존을 구제할 수 없었던 까닭이다. 그리하여 그에게 그 대안으로 제시된 것이 바로 '산'이었다. 그가 선택한 산은 소위 인간적인 것들과 거리를 두고 있는 것이었다. 산에 가까울수록 사람들의 목소리가 멀어지고, 차바퀴 구르는 소리도 멀어졌다. 그뿐만 아니라 병원도 약방도 함께 사라져갔다. 그 앞에 놓인 것은 지금 이곳의 현실과 유리된 공간, 곧 자연뿐이다. 그런데 산에 도착한 날부터 그의 육신과 정신을 괴롭혀왔던 불면증은 씻은 듯 사라지게 된다[9].

산문에 가까운 이런 서술의 진실은 솔직성이거니와 또한 직접성이다. 자연은 이런 정서를 매개로 해서 서정적 자아의 환부에 거침없이 육박해들어온다. 실상 이런 감각은 우리 시사에서 매우 드문 영역에 속하는 것이 아닐 수 없다. 자연이 어떤 형이상학적인 국면에서 의미화되는 것이 아니라는 사실에서 그러한데, 한성기 시에서의 자연은 이렇듯 육신과 정신의 한계에 의해 빚어진 생리적 욕구에 의한 것이었다. 그러한 욕구란 다름 아닌 생활적 반응, 실존적 한계에서 나온 것이고, 이런 면이야말로 우리 시사에서 쉽게 볼 수 없었던 국면들이라는 점에서 그 의의가 있는 것이라 할 수 있다. 그는 잃어버린 자아의 일체성, 혹은 전일성을 이렇듯 자연 속에서 찾고자 했던 것이다.

2) 문명에 대한 안티 담론

한성기는 다섯 권의 시집을 상재했다. 첫 시집 『산에서』(1963)를 비롯해서 『낙향이후』(1969), 『실향』(1972), 『구암리』(1975), 『늦바람』(1979)가 그것인데, 『낙향이후』가 첫 시집 『산에서』에 수록된 작품의 개작, 혹은 중복 작품이 상당 부분 섞여 있음을 감안하면, 실질적으로는 4권의 시집을 간행한 것으로 보아야 한다. 늦은 등단과 더불어 어떻든 그

---

9) 「처방」 이외에도 이때의 경험을 담은 대표적인 시가 바로 「특별기도」이다.

는 시인으로서 그리 많은 시집을 펴낸 것은 아니다. 그뿐만 아니라 그의 시집 대부분이 자연을 소재로 하고 있어서 시 세계의 폭이 그리 넓지 않은 한계 또한 갖고 있다.

하지만 시집의 양이 질을 보증하는 것도 아니고 그 역 또한 마찬가지 참일 것이다. 어떻든 자연이라는 단일한 소재로 해서 어떤 형이상학적인 깊이를 뚫어내기란 결코 쉽지 않은 일이 될 것이다. 그것은 한성기의 경우도 예외가 아닐 터인데, 그럼에도 한성기의 시들을 이런 틀 속에 가두어 놓고 그의 시를 해석하는 것은 또 다른 오류를 낳을 가능성이 매우 크다고 하겠다. 이는 다음과 같은 이해방식이 그러한데, 가령 자연을 바탕으로 한 그의 전통적 서정이 그의 시 세계의 깊이를 가져온 반면, 그것이 한계가 되어 보다 큰 세계로 넓혀나가지 못한 장애로 작용했다는 판단이 그러하다[10].

한성기의 시들은 분명 자연이라는 소재를 인유하고 있다는 한계에 머물고 있지만, 그의 시 세계는 이 영역에서 그 나름의 음역들을 넓혀나감으로써 이를 초월하고 있다. 그의 시에 나타난 공간의 변화에 주목한 탐색도 그 연장선에 놓여 있는 경우라 할 수 있다[11].

한성기 시인은 자신의 실존을 위협하고 있는 실향이나 고립감 등을, 자연과의 동일성으로 채워나가면서 어느 정도 극복하기 시작한다. 이는 그의 시 세계의 원형질이 이 감수성에 기초하고 있음을 말해주고 있는 것이다. 하지만 이런 감수성은 「실향」을 거쳐서 「구암리」에 이르게 되

---

10) 전영주, 앞의 논문, p.345
11) 박명용, 「한성기 시의 공간 구조」, 『한성기 시전집』, 푸른 사상, 2003. 박명용은 한성기의 시들이 자연이라는 커다란 범주에서 형성되고 있음을 전제한 뒤, 그 자연의 공간이 산, 육지, 바다로 나누어서 살펴보고 있다.

면 이전과는 다른 새로운 모습을 보여주게 된다. 인간적인 것, 소위 문명적인 것과의 대립이 보다 분명하게 나타남으로써 시의식이 전반적으로 확대되기 때문이다. 이를 대표하는 것이 바로 '둑길'이라는 소재이거니와 거기서 확산되는 상상력의 힘이다.

每日같이 둑길을 걸었다.
벌써 4年째

둑길을 걸으면서
나는 世上을 생각했다.

바쁘게 돌아가는
世上과

서서히 도는
둑길

먼 길
내게는 먼 嶺마루를 넘어서
永同 禮山 鳥致院 유성으로
10年이 걸려서
돌아온
길이 있다.

每日같이 둑길을 걸으면서

나는 10年을 생각했다.

바쁘게 돌아가는

世上과

서서히 도는

둑길

　　　　　「둑길 6」 전문

　시집 『실향』을 지배하는 전략적인 소재는 '둑길'이다. '둑길'이란 둑으로 난 길인데, 흔히 논두렁이나 밭두렁과 그 맥을 같이 한다. 그러한 까닭에 그것은 자연의 길이면서 또 인간의 길이기도 하다. 서정적 자아는 지금 '둑길'에 있고, 걷고 있다. 지금껏 걸어왔거니와 또한 벌써 4년째 걷는다고 했다. 그는 여기를 걸으면서 "바쁘게 돌아가는 세상을 생각"하고 "지나온 과거를" 회상하기도 한다. 말하자면 '둑길'을 걸으면서 현재를 사유하고 과거를 반추하고 있는 것이다.

　이런 시공성이야말로 이 '둑길'이 갖는 의의를 말해주는 것이 아닐 수 없을 것인데, 그렇다면, 시인은 왜 '둑길'을 걷는 것일까. 그의 말대로 "바쁘게 돌아가는 세상을 생각"하고 "지나온 과거를 회상"하기 위해 그러는 것일까. 우선, 그의 표현대로라면 '둑길'은 세상으로 나아가는 길이면서 과거로 되돌아가는 길이기도 하다. 또한 '둑길' 연작시가 일러주듯 그 길에는 '방울을 흔드는 물새'도 있고, '서서히 밝아오는 빛'(「둑길4」), 곧 자연이 있다. 그뿐만 아니라 "어떤 때는 먼 산만 바라보기도"하고 "어떤 때는 발 밑만 바라보기도" 하는 인간적 움직임도 노출되어 있다(「둑길7」). 이렇듯 시인에게 '둑길'이란 세상으로 나아가는 통로이자 세상이 나에게로 오는 길이기도 하다. 또한 그것은 일방통행의 길이 아니라 양

방향으로 열려있는 것이다. 그렇기에 그것은 인간적인 것과 자연적인 것의 경계지대에 놓여 있는 것이기도 하다. '둑길'이란 자연 속으로 들어가기 위해 만들어놓은 인공적인 것이기 때문이다.

『낙향』이후 시인이 응시하는 자연은 현실 속으로 밀려들어오기 시작한다. 초기 시들이 존재론적 고독이나 실존적 허무에서 자연을 인유했다면, 이제 그의 자연들은 현실 속으로 들어가기 시작하고 있는 것이다. 자연이 현실 속에서 길항되는 것이기에 그곳에서 인간적인 것들과의 만남이란 불가피한 것이 될 수밖에 없었다. 다시 말하면 인간적인 영역과 자연적인 영역이 마주하면서 그의 시들은 새로운 단계로 진일보하게 된다.

> 버스가 막
> 건널목에 倒着했을 때
> 차단기는 앞을 막았다
> 길은 막히고
> 그새 이쪽 저쪽으로
> 쭉 몰리는 車輛들
> 그때 내가 버스 앞 유리로 내다본 것은
> 맞은 편에 줄선 버스만은 아니다
> 길을 가다 말고
> 문득 문득 내 앞에 걸리는
> 文明의 차단
> 시골은 보이지 않고
> 부옇게 먼지를 날리며

지나가는 車들

먼지에 가려서 보이지 않는

당신의 얼굴

버스가 지나간 훨씬 뒤에도

끝내 오르지 않는

차단기

「차단(遮斷)」 전문

　여기서 '차단'이란 '둑길'로 나아가는 시적 자아를 가로막는 '벽'과 같
은 것이다. 이를 은유하는 것이 '먼지'이다[12]. 그것의 원인은 근대적인
것, 구체적으로는 버스인데, 그것은 지극히 인간적인 것이거니와 문명
의 상징이기도 하다. 문명이란 한성기 시인에게도 자연의 상대편에 놓
인다. 따라서 그것은 자연의 질서를 거스르는 것이고 서정적 자아가 지
금껏 추구해왔던 대상과의 합일성을 저해하는 장애와 같은 것이다.
　한성기의 시들은 『낙향』 이후 자신이 거주하는 지금 이곳의 현실 속
으로 깊숙이 들어오게 된다. 그 공간에서 그가 발견한 것은 자연과의 동
일성을 방해하는 문명적인 것들이다. 여기에 이르게 되면, 그의 시들은
근대성에 편입되어 가는 면을 보여주게 된다. 물론 한성기는 일부 모더
니스트들이 탐색해들어갔던 근대성의 제반 문제들에 대해 집요하게 천
착하지는 않는다. 가령, 근대의 모순들이 빚어내는 여러 부정적인 영역
들에 대해 다각도로 이해하거나 이를 바탕으로 그의 시의 의장들이 새
롭게 형성되지는 않는 것이다.
　다만, 「차단」에서 알 수 있는 것처럼, 그의 사유의 끝은 어디까지나 생

---

12) 김교식, 앞의 논문, p.69.

활적인 곳에서 형성되고 있다는 사실이다. 이 작품에서도 그러한 단면들은 뚜렷이 드러나게 되는데, 가령, 지금 서정적 자아가 일상의 현실 속에 있다는 사실이 그러하고, 그 가운데 일상성의 한 표징이라 할 수 있는 버스 정류장 속에 있는 사실 역시 그러하다. 이렇듯 한성기의 시들은 언제나 일상의 현실과 분리되지 않은 채 형성되고 있었던 것이다. 그런 다음 자연의 음역은 새롭게 형성되기 시작한다. 그 하나의 예가 되는 작품이 「다리를 사이에 하고」이다.

그 위에서는
서로 앞지르기다
두 눈에 불을 쓰고
쉴새없이 내빼는 車바퀴들
어물어물했다가는 치이는 판이다
어물어물했다가는 처지는 판이다
두 눈에 불을 쓰고
앞지르는 자는 살고
처지는 자는 처지고
다리를 사이에 하고
그 밑으로는
江물
두 눈을 내려 뜨고
비웃 듯 비웃 듯
예나 지금이나
서두르지 않는
그

흐름

「다리를 사이에 하고」 전문

이 시를 지배하고 있는 소재 역시 생활에서 인유된 것들이다. 지금 서정적 자아는 '다리' 위에 있고, 거기서 바쁘게 오가는 차량들을 응시한다. 그런데 그가 바라보는 차량은 속도에 불안하게 노출되어 있다. 그렇게 된 사정은 목적지로 빨리 가야 하기 때문이다. 이런 속도감이야말로 근대의 한 속성이랄 수 있는 휘발적 속성이며, 궁극적으로는 탐욕스런 인간의 욕망과 불가분한 관계에 놓여 있는 것이라 할 수 있다. 그런 세계 속에 놓인 자아는 불안하고, 거기에 속해 있는 인간 또한 마찬가지의 상황에 놓여 있다.

반면 다리라든가 그 밑의 속성은 어떠한가. 한성기는 다리 위와 그 아래에 놓여 있는 상황을 인간과 자연, 혹은 문명과 반문명의 이분법으로 인식한다. 전자가 근대의 한 속성이라면, 후자는 그 대항 담론이다. 이런 대립적 관계 속에서 자아가 모범적으로 수용해야 할 것이 어떤 것이어야 하는지를 묻는 것은 우문에 불과할 것이다.

『낙향』 이후 한성기의 시들은 산으로부터 탈출하여 현실 속으로 들어오게 된다. 그 통로가 '둑길'인데, 그래서 이 길은 세상으로 나아가는 통로가 되면서 다른 한편으로는 파편화된 인식을 치유하는 통로가 되기도 한다. 이런 맥락에서 '둑길'은 일회성에서 그치는 것이 아니라 연속성의 차원에 놓이게 된다. 누군가 이제 그만 걸어도 되지 않느냐고 묻는 말에 "아니지/들길은 더 끌어쌓고/산은 더 아득하고/새와/둑길/이걸 떨치고 돌아가기에는/아직 이르지"(「새와 둑길」)라고 자신 있게 단언할 수 있는 것이다. 말하자면 '둑길'을 걷는 것은 생리적인 것이자 자기 수 양적이라는 지난한 윤리 영역에 갇히게 되는 것이라 할 수 있다.

3) 감각적인 동일화

『구암리』이후 한성기는 4년 뒤 마지막 시집인 『늦바람』을 출간한다. 이 시집을 지배하는 의장은 무엇보다 감각적인 이미지에서 찾을 수 있다. 시인이 이 시집에서 감각적인 것들을 시의 전면에 내세우기 시작한 것은 그 나름의 정합성이 있었던 것처럼 보인다. 시인이 『늦바람』에서 이 정서를 전면에 내세우기 시작한 것은 어떤 동기가 있었던 것일까.

우선, 감각이란 생명체가 담보할 수 가장 기초적인 정서이면서 서로의 동일성을 확인할 수 있는 근본 수단이라는 점에 주목할 필요가 있다. 가령, 시각이라든가 후각, 혹은 촉각을 통해서 서로의 근원을 확인하고 또 그 과정에서 동일성을 확보할 수 있게 되는 것이다. 하지만 근대 사회는 이런 비이성적인 것, 원초적인 것을 애초부터 부인해왔다. 그 이유는 무엇보다 이성의 영역과는 상대적인 위치에 놓여 있었던 까닭이다. 원인과 결과라는 합리주의가 지배하는 사회에서 보면, 즉자적이고 충동적인 이런 정서야말로 인과론과는 배치될 수밖에 없었을 것이다.

하지만 근대가 의심스러운 것이 되고 그 부정성이 심각하게 노출되면서 반이성적인 것들이 주목의 대상으로 떠오르게 된다. 이성의 반작용에 의해서 반이성이 수면 위로 떠오르기 시작했는데, 이때부터 이성 저편에 놓인 것들이 주류로 자리하게 된다. 이른바 이성에 의해 억눌린 감각의 일깨움인데, 실상 이런 각성은 이성의 부작용과 맞설 수 있는 좋은 매개가 되었다.

한성기의 시에서 근대적인 맥락을 읽어내는 것은 쉬운 일이 아니다.

심지어 그가 문명적인 것들에 대한 안티의식과 그 대안으로 자연의 궁극적 가치를 제시하긴 했긴 했지만, 이런 포즈만으로 그를 근대주의자나 혹은 모더니스트로 분류하는 것은 온당한 이해라고 할 수 없기 때문이다. 그럼에도 불구하고 시인은 『늦바람』에서 감각을 시의 주된 의장으로 구사하고 있다. 그의 시들은 문명과의 대결이라는 거대 담론으로부터 벗어나 감각이라는 생물학적인 차원으로 한 단계 내려온 것일까. 아니면 보다 새로운 단계로 나아가기 위한 발전이 되는 것일까.

> 스텐 그릇의
> 물빛이 싫어요
> 고춧가루에 색소를 섞고
> 생선에 방부제를 바르고
> 맥주에 하이 타이를 풀어 넣은
> 그 물빛이 싫어요
> 바람이 맛있어요
> 시골로 내려가는 버스창가로
> 바람에 풀풀
> 풀내
> 꽃내
> 몸에 熱이 뜨면
> 훌쩍 찾아 나서지오
> 약 두어 첩 달이느니
> 창가로 내다보는
> 사기그릇의
> 물빛이 좋아요

바람이 맛있어요

「바람이 맛있어요7」 전문

제목에서 시사하는 바와 같이 이 작품을 이끌어가는 정서랄까 감각
은 미각이다. 물론 각 행에 따라서 시각적인 요소가 약간 있긴 하지만
그 지배소는 맛의 감각에 의해 대상을 서정화시키고 있기 때문이다. 감
각이란 생존을 위해 유기체가 가질 수 있는 외부 사물과 대화하는 최소
한의 수단이다[13]. 감각의 그러한 속성은 한성기의 경우에도 마찬가지이
다. 서정적 자아는 '바람의 맛'이라든가 '풀내', '꽃내' 등의 감각을 통해
서, 곧 그들과의 대화를 통해서 현존의 의미를 찾고자 한다.

시인이 이러한 감각을 추구하게 된 데에는 인공적인 것들에 대한 반
담론 의식 때문이다. 가령, '스텐 그릇'이라든가 '색소', '방부제', '하이 타
이' 등등에 대한 안티의식이 그것이다. 이런 대상들이 소위 근대적인 것
들과 분리할 수 없는 것들인데, 시인은 그러한 대상들이야말로 자아의
동일성을 파탄시키는 요소들로 인식하고 있는 것이다. 인공적인 것들에
대한 반담론들은 물론 근대적인 것들과 분리시켜 논의할 수는 없을 것
이다. 이런 면에서 보면 한성기 역시 영락없는 반근대주의자라 할 수 있
다.

하지만 시인의 이런 반근대성들이 모두 일상성과 밀접한 관련이 있
다는 사실에 무엇보다 주목해야 할 것 같다. 그의 자연관들이 대부분 생
활과 분리하기 어렵게 결부되어 있다고 했는데, 『늦바람』에서 펼쳐지고
있는 시편들은 모두 그러한 특성과 더욱 밀접히 결합되어 나타나고 있

---

13) 안티스 외, 『감각과 지각』(확호완외 역), 시그마프레스 2018, p.5.

는 것이다. 그것이 바로 일차적인 이미지라 할 수 있는 감각의 등장이었다. 감각이 대상과 소통하는 최소한의 수단이자 또 동일한 공감대를 형성할 수 있는 중요 매개라는 사실을 염두에 둔다면, 시인의 이러한 동일성을 향한 새로운 시도라는 점에서 그 의의가 있는 것이라 하겠다. 감각을 향한 시인의 시도는 『늦바람』에서 지속적으로 천착되고 있는데, 다음의 작품 또한 그 연장선에 놓여 있는 경우이다.

허리
구부리고
피사리하는
시골 村老
새살이 나듯
새살이 나듯

허리
구부리고
피사리하는
해오리
새살이 나듯
새살이 나듯

이른모
피같이 홍건한
흙내
　　　　　「바람이 맛있어요8」 전문

이 작품을 지배하고 있는 감각은 후각이다. 이른바 냄새 감각인데, 여기서 이 정서에는 두 가지 의미가 내포된다. 하나는 동질성으로서의 그것이고, 다른 하나는 생산으로서의 그것이다. 동질성, 곧 동일성이란 시인이 전 생애에 걸쳐서 추구한 시적 전략 가운데 하나였다. 그는 실향이나 사별과 같은 결핍의 정서를 자연의 전일성을 통해서 초월하고자 했고, 그런 시도는 마지막 시집 『늦바람』에 이르기까지 연속되는 것이었다. 이런 탐색의 도정의 끝에 놓여 있는 것이 일차원적인 감각의 세계였던 것이다. 다시 말해 감각의 동일화를 통해 자아의 파편성을 극복하고자 한 것이다.

이 작품에서 동일성을 향한 후각은 공통의 경험을 배경으로 하고 있다는 점에서 무엇보다 주목의 대상이 된다. 가령, 시인이 주목하고 있는 '시골 촌로'의 냄새라든가 '피사리하는 해오리', 혹은 '흙내'는 경험이 동반되는 감각이라는 점이다. 이런 정서의 통일을 통해서 서정적 자아는 공동체의 일원임을 확인하면서 동시에 파편화된 자아의 정서를 회복하고자 한다. 둘째는 생산으로서의 의미인데, 이를 표명하는 것이 바로 '새살'이다. 그것은 죽은 것의 부활이면서 피폐화된 존재에게는 새로운 생명의 환기와도 같은 것이라 할 수 있다.

담장을
오르내리며
몸이 다는 고양이
두 눈에 불을 쓰고
야옹야옹
빨래줄에

놀래미

두 마리

부두에 나가

그새 바람이 이나보다

배며 갈매기며

갯벌에 날리는 깃발

바다로 쏠리는 눈들

몸살을 앓는

고양이

눈빛

「乾魚」 전문

이 작품을 지배하는 것 역시 감각인데, 여기에는 여러 감각이 제시되고 또한 환기된다. 하나는 시각이고 다른 하나는 후각인데, 이런 정서를 통해 자아와 대상은 하나의 공감 지대로 거듭 태어나게 된다. "빨래줄에 걸려있는 놀래미 두 마리"는 이에 대한 경험적 시각이 없다면 결코 합류할 수 없는 지대이기 때문이다. 그뿐만 아니라 이것이 풍기는 냄새 또한 동일한 정서를 요구한다. 게다가 이 감각으로부터 자유롭지 못한 고양이와 이를 응시하는 시선들 역시 마찬가지이다. 시각, 후각 등이 어우러진 「건어」는 우리 모두 경험할 수 있는 공간, 고향이라는 원초적인 어떤 모습을 환기시킨다. 서정적 자아는 이런 환기 속에서 자신과 대상, 혹은 공동체와의 동일성을 확인한다. 그런 다음 자신의 뿌리를 확인하고, 그것에 육박해 들어감으로써 자신의 실존을, 혹은 자신의 정체성을 역시 확인하게 된다. 이런 대화 혹은 소통이야말로 시인이 말한 자연과의 완전한 합일의 상태라고 할 수 있다. 시인은 자신의 자연관을 "한마디로 해서 내 시는 자연과의 눈맞춤이다. 눈을 맞추는 일, 그것은 서로의 이해 며 애정이다. 둘이 하나가 되고 하나가 둘인 상태다"[14]한 바 있는데, 감 각을 통한 일체화는 시인이 추구해왔던 그러한 경지의 가장 높은 수준 이라고 할 수 있을 것이다. 그리고 그 경지란 곧 생활이라는 경험, 그로 부터 얻어지는 공감대가 없으면 결코 만들어질 수 없는 정서들이라는 점에서 그 특이성이 있는 것이라 하겠다.

3. 생활 속에서 얻어진 자연의 의미

한성기의 시인이 경험했던 일들은 보편적인 것이면서 또한 특수한 것 이었다. 그는 근대사를 살았던 모든 사람들이 거쳐야 했던 분단과 실향 의 아픔을 겪어야 했고, 사랑하는 부인이 죽는 슬픔을 가져야 했다. 따라 서 그의 삶은 보편의 것이면서 또한 자신만의 고유한 것으로 한정되는 것이기도 했다.

시인은 자신의 의지와는 상관없이 다가와야 했던 이런 경험들을 메우 기 위해서 시를 썼고, 그 도정에서 그만의 독특한 성채를 구축해왔다. 그 것이 곧 자연의 서정화였다. 하지만 그의 시들은 오랫동안 주목의 대상 이 되지 못했다. 그는 문단의 중심에서 외따로 있어야 했고, 또 그가 서 정화한 자연이라는 소재가 특별히 눈에 띄는 것도 아니었던 까닭이다. 전자는 중앙 중심으로 펼쳐질 수밖에 없었던 우리 근대사의 왜곡된 현

---

14) 한성기, 「바다와의 눈맞춤」, 『한국문학』, 1976.2.p.170.

실에서 불가피한 경우라 할 수 있겠지만, 후자의 경우는 또 다른 이유가 제시되어야 했다. 자연이 소재로 된 서정시들이 그 뻔한 소재로 인해서 특별히 주목을 받지 못하는 어떤 필연적인 원인이 있는 것일까하는 의문이 환기되는 까닭이다.

한성기의 시들은 자연을 서정화했다는 점에서 정지용이나 청록파 세대들과 일정한 공유 지분을 갖고 있다. 하지만 그의 시들은 이들의 자연시와는 전연 다른 부분이 있는데, 그것은 그의 시들이 다름 아닌 생활 속에 구현된 자연이라는 점이다. 일찍이 이 분야에 선구적인 위치에 놓여 있었던 시인이 정지용이었다. 하지만 그의 자연시들은 모더니즘이라는 커다란 아우라로부터 벗어날 수 없는 것이었고, 그러다 보니 형이상학적인 맥락으로부터 자유로운 것이 아니었다. 이는 그의 영향을 받은 청록파의 경우도 마찬가지였다.

하지만 한성기의 자연시들은 철저하게 생활 속에 기반한 것이라는 점에서 그 의의가 있는 것이라 할 수 있다. 그의 자연들은 초기 시부터 생활과 분리되는 것이 아니었다. 실향이라는 환경과 부인과의 사별이 만들어낸 결핍의 정서가 전일적인 자연을 서정화하게 된 것인데, 이야말로 생활의 정서와 분리하기 어려운 것이라 할 수 있다. 그뿐만 아니라 『낙향』이후 펼쳐진 자연과 문명의 대립 또한 생활 속에서 나온 것이다. 그는 '둑길'을 통해서 세상 속으로 나왔고, 거기서 버스와 같은 문명, 인공의 세계를 만났던 것이다. 물론 그 안티 담론이 자연의 영원성임은 두말할 필요가 없을 것이다.

이런 탐색의 마지막에 놓여 있는 것이 시집 『늦바람』이었는데, 그가 여기서 시도한 전략적인 의장은 감각과 같은 일차적인 이미지였다. 감각이 가장 원초적이고, 근원적인 정서임을 감안할 때, 그가 시도한 이런 의장은 경험의 공유를 통한, 자연과의 완전한 합일을 위한 도정이었다는 점에서 그 의의가 있는 것이라 하겠다. 물론 그가 이 시집에서 시도한, 감각의 동일화를 통한 정서의 완결 역시 생활과 분리하기 어려운 것이라 할 수 있다. 이처럼 그의 자연시들은 생활 속에서 얻어진 것이고, 이런 의장이야말로 우리 시사에서 처음 시도된 것이라는 점에서 그 시사적 의의가 있는 것이라 하겠다.

제12장

이건청 시에서의 자아의 각성과
다층적 총화로서의 자연

이건청 연보

1942년   경기도 이천군 모가면 출생

1948년   평택 서정리 초등학교 입학

1958년   양정고등학교 입학

1960년   4.19가 일어나자 여기에 적극적으로 참여함

1966년   한양대 문리대 국문과 졸업

1967년   한국일보 신춘 문예에 「목선들의 뱃머리가」가 선정되어 등단

1968년   『현대문학』지에 박목월에 의해 「손금」 등이 추천됨

1970년   첫시집 『이건청 시집』 간행(월간문학사), 서대선과 결혼

1971년   『현대시』 동인 참여

1973년   목월이 창간한 『심상』 제작에 주도적으로 참여

1975년   2시집 『목마른 자는 잠들고 간행(조광출판사)

1980년   한양대 교수 부임

1986년 단국대 박사학위 수위. 이를 바탕으로『한국 전원시 연구』간행
(문학세계사)

1989년 시집『하이에나』(문학세계사)와『청동시대를 위하여』간행(문
학과 비평)

1995년 시집『코뿔소를 찾아서』간행(고려원)

2000년 시집『석탄형성에 관한 관찰 기록』간행(시와시학사)

2005년 시집『푸른 말들에 관한 기억』간행(세계사)

2007년 시집『소금창고에서 날아가는 노고지리』간행(서정시학)

2012년 시집『굴참나무 숲에서』간행(서정시학)

2017년 시집『곡마단 뒷마당엔 말이 한 마리 있었네』간행(서정시학)

2021년 시집『실라캔스를 찾아서』간행(북치는 마을)

2022년 『이건청 시전집1,2』간행(국학자료원)

이건청 시에서의 자아의 각성과
다층적 총화로서의 자연

1. 60년대의 감수성과 문학적 위치

이건청은 1967년《한국일보》에「목선들의 뱃머리가」를 통해서 문단
에 나온다. 그리고 1968년『현대문학』지에 그의 평생의 스승이었던 목
월에 의해서「손금」등이 다시 추천됨으로써 문인의 길에 들어서게 된
다. 이후 1971년 당시 문단을 풍미하던《현대시》동인에 참여함으로써
문단의 중심 멤버가 된다.

이건청의 문학 활동은 70년대 들어 활발히 이루어지지만, 60년대에
등단한 시인이라는 점에서 그는 이 시기의 시인이라고 할 수 있다. 그를
60년대 시인으로 한정하고자 하는 것은 그의 작품 세계가 이 시기의 감
수성을 다른 어느 시인보다 충실히 반영하고 있기 때문이다. 잘 알려진
대로 60년대는 4·19의 영향으로부터 자유롭지 못한 세대일 뿐만 아니
라 좀더 시기를 앞당기게 되면 6·25의 외상도 커다란 흔적으로 자리하
고 있던 때이다. 일찍이 박인환은 50년대를 가장 불행한 연대라고 했다.
하지만 60년대는 이보다 더욱 극한의 연대였다고 할 수 있을 것이다. 60
년대는 50년대 불운과 더불어 4·19의 좌절이라는 어둠이 덧씌워졌기

때문이다. 그 암흑의 한 가운데 놓여 있던 문인들이 바로 60년대의 시인들이었던 것이다.

50년대라는 시대의 불운이 박인환으로 하여금 해체적 사유와 깊은 센티멘탈로 이끈 것은 잘 알려진 일이다. 그런데 이런 박인환적인 감수성은 60년대에는 더욱 심화된 형태로 문인들에게 다가왔다. 안개와 같이 흐릿한, 그리하여 미래에 대한 뚜렷한 투시도가 보이지 않은 시대, 그것이 60년대의 감수성이었던 것이다. 산문에서 그러한 현실을 반영한 문인이 김승옥의 『무진기행』이었고, 율문에서는 《현대시》 동인들이었다. '무진(霧津)'이라는 흐릿한 공간 속에서 김승옥이 응시한 것은 세속에 바탕을 둔 출세주의였다. 실존이란 논리의 세계에 가장 강렬한 파장을 주는 것이기에, 그가 선택했던 이런 세속주의는 그 나름의 정합성을 갖는 것이었다. 반면, 논리로 헤쳐나가기 힘든 현실, 어둠으로 뒤덮인 현실은 감성을 중시하는 시인들에게 새로운 선택을 요구하게 된다. 논리가 아니라 감성에 지배되고 있던 시인이 할 수 있었던 것은 이런 현실로부터 깨어나기 위한 자기 몸부림, 정체성의 확보였다고 할 수 있다. 이런 노력이 리얼리즘을 추구했던 시인들에게는 저항문학이나 시민문학의 형태로 등장하기도 했고, 《현대시》 동인들의 경우에서는 자아의 해체로 드러나기도 했다.

이건청 문학이 놓인 지점은 저항과 해체의 중간 지대였다. 그는 60년대 시인이라는 것, 그리고 《현대시》 동인이라는 사실과 분리할 수 없는 것인데, 실상 그는 《현대시》 동인에게서 볼 수 있었던 자아의 해체나 이를 바탕으로 문학의 유기적 형식을 파괴하는 방향으로 나아가지 않았다. 그것이 그의 문학이 갖고 있는 특징적 위치라 할 수 있는데, 그는 서정적 거리에 놓인 대상을 결코 포기 하지 않았고, 리리시즘의 주요 의장인 의미의 영역을 결코 포기하지 않았던 것이다. 이건청은 60년대의 검은 아우라 속에서 허우적거리거나 그 출구를 찾지 못한 채 헤매이는 자아의 감옥에 갇히지 않았고, 모두가 자아를 죽이고자 혼돈의 늪으로 빠져 허우적거릴 때, 그는 홀로 자아를 일으켜 세우면서 그 질곡의 늪에서 빠져나오고자 했다. 그는 어둠 속에 갇혀 있는 자아를 깨워서 불온한 현실을 직시할 수 있도록 끊임없이 채찍질을 하고자 했던, 그 지난한 도정 속에 놓여 있었던 것이다. 그는 '무진(霧津)'이라는 흐릿한 공간에 갇히지도 않았고, 이를 향유하는 해체의 영역에서도 비껴있었다. 그리고 자아를 여과없이 곧추 세우고 리얼리즘이라는 영토 속에서 불온한 현실에 대해 섣불리 발언하지도 않았다. 그는 현실에 대해 치열하게 고민했고, 그 속에서 자아가 나아가야할 올바른 길이 무엇인가에 대해 끊임없이 사유했다. 이 도정으로서의 주체, 과정으로서의 주체라는 이 희유의 무대야말로 60년대 서정시에 있어서 이건청만이 가지고 있었던 고유의 영역이었다고 할 수 있을 것이다.

2. 감각의 부활과 자아 세우기

60년대는 50년대의 불온한 현실에 4·19의 좌절이 덧씌워진 시기이다. 좌절은 성공의 가능성보다는 그것이 사라지면서 실패가 뒤따르게 될 때 더욱 크게 다가오는 것이 사실이다. 시인이 4·19를 맞이한 것은 학창시절일 것이고, 그것의 성공과 실패를 분명 목도했을 것이다. 하지만 그에게 중요했던 것은 성공이 아니라 실패였다. 절대 권력이나 가공할 힘 앞에서 할 수 있는 일이 없을 때 느끼는 감수성은 자아가 감당하기에는 쉬운 일이 아니었을 것이다.

그리고 자아 앞에 놓여진 절대 권력은 더욱 커다란 장벽으로 다가왔을 것이다. 시인의 표현대로 "석조의 문"이 열리고, "용비어천가의 첫장이 넘겨지는" 현실을 이건청은 수긍하기 힘들었을 것이다. 이 현실 앞에 시인이, 그리고 60년대의 공동체가 이루어놓은 일들이 좌절되는 것, 곧 "60년대의 압축된 어둠ㄴ 귀뚜라미가 되어"(「60년대의 귀뚜라미」) 역사의 뒤안길로 사라지는 현실 앞에서 자아는 전진할 힘을 잃게 되고 만다. 자아는 점점 수면 아래로 미끌어져 들어가고 궁극에는 무의식의 저편으로 침잠하는 현실을 맞이하게 된다.

새벽길로 달려간다. 흔들리는 캄캄한 손들, 뼈가 보인다. 까마귀가 날아와, 가지가 휘어졌다. 기울어진 길로 말이 말을 싣고 뛰어간다. 신경은 짧게 울고 문은 열린다. 사면이 흰 방엔 독수리가 피를 흘린다. 죽은 숲이 흔들린다. 먼지를 쓴 채 놓여있는 귀, 메스와 바늘이 보인다. 눕혀진다. 흰 가운을 입은 사람들이 많아진다.

목발을 짚고 병정이 돌아온다. 허리 부러진 비행기가 푸득이며 추락한다. 의식의 어느 암반에서 비명이 들린다. 바늘이 살에 꽂힌다. 모든 시각이 빠져나간다. 아득한 유년의 구릉 위를 달려가는 말은 다리가 세 개 뿐이다.

흔들이 덮인 비탈길에 탄피를 들고 서 있다. 고딕식 석조건물의 문들이 일제히 작아진다. 텅 빈 거리의 일각엔 처형된 사람들의 그림자가 내려진다. 그 위를 교회당의 그림자가 덮힌다. 침묵에 잠긴 마을로 아버지는 살아있다고 외치며 누나가 달려온다. 혼수에 싸인 이 우울한 세대의 복판으로, 고무장갑 낀 손이 마치를 내리친다. 고집이 박힌다.

깨어날 것인가. 좌절된 사상事象들이 캄캄하게 직조되는 휘장을 건너, 떨고 있는 육肉의 바다로 사람들이 걸어 나간다. 동화銅貨처럼 달빛이 빛나는 자유시장에 산적한 건어, 건어의 욕망. 메마른 비늘을 달고 이 질긴 어둠을 헤치며 새벽의 길을 달려간다. 모든 가지가 까마귀의 무게로 눌리고, 파괴된 구시가에 새로운 뜻이 되어 누워있다. 누가 와서 불러다오. 부러진 날刀들의 마멸된 야망이 달리는 새벽, 수선된 말이 되어 저 깊은 어둠을 헤치며 나는 달려온다. 깨어날 것인가, 깨어날 것인가.(1969)

「구시가의 밤」 전문

자아의 주변에 놓여 있는 것은 건강하지 못한 것들뿐이다. 그런 것들이 자아의 눈과 귀를 막고, 정신을 혼미하게 만든다. 하지만 시인은 그러한 환경 속에 갇히거나 거기에 침잠하여 무기력한 상태에 놓여 있을 수가 없다. 그러기 위해서는 이 환경을 탈출해야 하는 것인데, 이는 의식이 뚜렷하게 회복되어야 가능하다. 현실이 갖고 있는 강고한 힘을 무너뜨리고 또 열린 장으로 나아가기 위해서는 무뎌진 감각과 안개 속에 갇힌 의식이 깨어나야 하는 것이다. 이를 위해서 필요한 것이 무엇보다 감각의 회복 내지는 부활이다. 감각이 느껴져야 비로소 새로운 생명과 정신의 부활을 기대할 수 있기 때문이다.

이런 당위적 요구 앞에 먼저 시인이 시도한 것은 육신의 부활이다. 육신은 본능의 영역에 속하는 것이어서 감각에 가장 민감하게 반응한다. 자극을 느낄 수 있다면, 육신은 부활할 것이다. 육신이 살아나면, 눈과 귀와 같은 일차적 감각들은 모두 살아날 것이다. 그래서 시인이 여기서

사용하는 도구는 바늘과 같은 것들이다. "바늘이 살에 꽂히는" 감각만큼 무뎌진 육체를 살아나게 하는 것도 없을 것인데, 시인의 첫시집인 『이건청 시집』(월간문학사, 1970)에서 가장 많이 등장하는 전략적 이미지들도 이와 밀접한 관련이 있다. 가령, '메스'와 '채찍', '낫', '날(刃)' 등등이다. 이런 이미지들은 경우에 따라서는 섬뜩한 것이지만, 무뎌진 감각을 일깨우는데 더할 나위없이 좋은 매개들이다. 이런 면들은 1920년대 소월이 시도했던 감각 찾기와 어느 정도 유사한 면을 갖고 있다. 소월은 일제 강점기라는 어두운 현실 속에 잠겨있던 무딘 감각을 '여자의 냄새'을 통해서 회복시키고자 했다. 그 회복이야말로 육신의 회복이기도 했고, 조국에 대한 부활이기도 했다[1].

시인은 육신의 부활뿐만 아니라 정신적 측면에서도 그러한 회복을 꿈꾸고 있다. 그 회복된 감각을 통해서 조국의 독립을 꿈꾸었던 소월처럼 현실의 부정성을 극복하고자 했던 것이다. 이런 면에서 감각 기능의 회복은 매우 중요한 것이었다. 그리하여 시인은 육신의 감각 뿐만 아니라 무딘 정신의 감각에 대해서도 주시하게 된다. 시인에게 정신의 부활 또한 육신 못지 않게 중요했던 것인데, 그 역할을 담당하고 있었던 것이 '암흑을 딛고 흰옷 입은', '흰 까운을 입은' 의사(「開腹」)의 존재이다. 이들은 정신의 허약한 국면을 치유하는, 정신의 부활을 알려주는 이미저리들이라 할 수 있다. 시인은 자신을 가두는 어둠과, 자신의 의식을 침잠시키는 현실에 대한 극복을 정신의 부활을 통해서 꿈꾸게 된다. 물론 그 과정에서 그가 찾는 것은 본인 자신이다. "李健淸, 李健淸을 찾으며/한 사내가 뛰어가는"(「어둠의 재」) 모습이야말로 무딘 감각을 되살리기 위

---

1) 송기한, 「감각의 부활과 생명성의 고양」, 『소월 연구』, 지식과 교양, 2020, pp.171-205.

한 시적 기제이자 자아 정체성을 확보하기 위한 노력의 표현이라 할 수
있을 것이다.

가장 밝은 귀로 듣는다.
목선들의 뱃머리가
미지의 물살을 가르면서 전진해 가는 소리.

언덕 많고 자갈 많은 준험한 비탈길에서
부서진 나의 구두가
어둠속에 절망한 내 손이
아무런 언질도 없는 봄, 여름, 가을, 겨울을
항상 밖에서만 울고 섰다가
틔어오는 무한으로 풀려져 가는 소리.

가장 고음의 종을 울려라,
짙푸른 6월의 초원으로
흩날리며 쏟아지던 행운의 빛발 속에서
맥빠진 채 쉬고 있던 청춘의
잔잔한 시간이 내려다보이는 언덕
억압 속에 어둠 속에
오랫동안 준비해온 수천 마리 벌나비가
일제히 터져나가는
아, 현란한 무지개의 시작에서
지나간 역사의 어둠이 걷혀가는
동쪽 산마루에서

우리가 「황무지」를 얘기할 때도
살바돌 달리의 「무너진 시간」을 얘기할 때도
그 나비들과 영롱한 무지개는
목선들의 돛을 밀어갈 것이다.

절망의 흙과 바람에
빛나는 수확의 능금들을 키우기 위하여
그 능금들의 가장 환한 지속을 위하여
낮과 밤의 접점에서
잉여의 어둠이 압축된 보석들로 치장된
이 아름다운 역사의 문턱에서
가장 밝은 귀로 듣는다, 목선들의 뱃머리가
미지의 물살을 가르며 전진해 가는 소리

「木船들의 뱃머리가」 부분

'메스'와 '바늘' 등이 육신의 감각을 일깨우는 것이라면, '흰 까운'은 정신의 부활과 밀접한 관련이 있다. 육체와 정신의 부활이란 이성의 뚜렷한 작용과 불가분의 관계에 놓여있는 것인데, 이건청은 단 한번도 의식을 무의식과 중복시키거나 기표와 기의가 결합되지 않는 형국을 만들어내지 않았다. 그것은 이성과는 무관한 것이고, 뚜렷한 이성이 존재하지 않는 한, 현실에 대한 올곧은 인식은 불가능했기 때문이다.

감각의 소생과 정신의 부활 속에 이건청의 무뎌진 감각기능은 어느 정도 살아나게 된다. "가장 밝은 귀로 들을 수 있기" 때문이고, 그러한 귀를 통해서 "木船들의 뱃머리가/未知의 물살을 가르면서 前進해 가는 소리" 또한 들을 수 있었기 때문이다. 뿐만 아니라 그의 감각 기능은 시각에서도 활발한 역동성을 갖고 움직이기 시작한다. "수천 마리의 벌나비가 일제히 터져나가는" 모습이라든가 '현란한 무지개'의 모습도 볼 수 있기 때문이다.

감각 기능의 회복이란 의식 작용의 건강성과 밀접한 관련이 있다. 그의 의식은 결코 침잠하거나 회피하지 않는다. 그는 자신의 의식 작용을 가로막는 기능적 장치들에 대해 치열하게 저항해 왔다. 섬뜩한 도구를 통해서 무딘 육신을 찌르거나 정신의 치유를 향한 도정을 결코 포기 하지 않았다. 시인이 이런 노력을 하는 이유는 분명하다. 그는 결코 '지나간 역사의 어둠'에 대해 소홀하지 않았을 뿐만 아니라 미래에 대한 유토피아를 결코 포기하지 않은 까닭이다. 이를 통해 그가 포착해낸 '나비들과 영롱한 무지개는/목선들의 돛을 밀어갈 것'이라고 확신하기에 이르른다.

3. 자아의 객관물 발견과 사유의 끝없는 여정

첫시집 이후 이건청은 1975년 심상사에서 두 번째 시집 『묵마른 자는 잠들고』를 펴내었고, 이후 1983년에는 『망초꽃 하나』(문학세계사, 1983)를 세 번째 시집으로 상재하게 된다. 『이건청 시집』에서 시도되었던 자아에 대한 모색이 어느 정도 결실을 보게 된 것이 이들 시집의 특색이라 할 수 있다. 자아를 대신할 수 있는 구체성, 곧 자아의 객관물 등에 대한 발견이 그러한데, 가령, '심봉사', '황인종의 개', '풀꽃 하나로서의 자아'가 그 본보기들이다.

그런데, 무뎌진 감각을 일깨우기 위한 노력들은 이 두 시집에 이르러서도 결코 포기되지 않는다. 그러면서 시인은 그러한 자아를 대변할 수 있는 적절한 객관물도 탐색하게 된다. 시인의 작품 세계에 중심으로 자리한 이 사물들의 특징은 모두 불완전한 존재라는 점이다. 잘 알려진 대로 심봉사는 눈의 장애를 앓고 있었고, 황인종의 개는 온전한 상태를 유지하고 있지 못하다. 그런 불구화된 모습은 『망초꽃 하나』에서 보여주었던 '풀꽃 하나로서의 자아'에서도 확인된다. 여기서의 '꽃'이나 '풀' 등은 모두가 연약하고 말라 있으며, 생의 건강성을 유지하지 못할만큼 병들어 있다.

　　내 다리는 지금
　　황해의 개펄에 자꾸 빠지고
　　적막 위에
　　한 개의 새털이 떨어져
　　바람에 불리고 있다.

　　멀리서 구비치는 검은 파도를 향해서
　　새털이 바람에 애잔히 떨고 있다.
　　떨면서
　　청이의 흐느낌을, 몸부림을 찾아
　　황해의 소용돌이
　　그래, 사나운 세대에 앗긴.
　　한 사내의 꿈을 찾아
　　어둠을 헤치며 내가 간다.

　　광막한 어둠 속에
　　해도, 달도, 별도 져버린

한 세대의 늪으로 간다.

건져다오, 탁발승아.

「심봉사전 2」 전문

시인은 '심봉사'를 통해서 개안(開眼)의 열망을 담고자 했고, '황인종의 개'를 통해서는 '자기열등감'을 표현하고자 했다고 했다[2]. 이는 두 가지 측면에서 그 의미가 있는데, 하나는 그의 무뎌진 감각이 여전히 회복되지 않고 있다는 것과, 다른 하나는 어둠이 주는 현실 속에서 이를 딛고 나아가지 못하는 괴로운 윤리 의식이 자리하고 있다는 점이다.

인용시에서 보듯 지금 심봉사는 자유롭지 못한 존재이다. 그를 움직여 줄 다리가 '황해의 개펄'에 빠져 있을 뿐만 아니라 그의 앞에 검은 바다가 놓여 있기 때문이다. 시인은 그러한 것들을 '사나운 세대'에 앗긴 '한 사내의 꿈'이라고 했다. 여기서 빼앗긴 것은 희망이고, 그 결과 '심봉사'는 어둠에 놓여 있다는 것이다. 하지만 그는 이를 숙명적으로 받아들이지 않을 뿐만 아니라 해와 별과 달을 향해서, 곧 유토피아를 찾아서 나서게 된다. "어둠을 헤치며 내가 가는 것"인데, 이런 의지야말로 심봉사가 가지고 있는 죄의 초월이나 개안(開眼)을 향한 의지의 표명이 아닐 수 없다. 하지만 이러한 의지에도 불구하고 시인의 행보는 여전히 불투명하다. 한번 무뎌진 육신과 정신의 감각이 쉽게 돌아오지 않는 까닭이다.

안개 낀 시각 하나가 터지고
손이

---

2) 『목마른자는 잠들고』 自序, 심상사, 1975.

청동의 벽을 밀고 있다.

캄캄한 갱에 놓인 무쇠 레일을 따라

껌정 구두를 신은 사내여

네가 떠나고

탄의 잠 속에

녹고 있는 삽을 본다.

지나가 버린 시간의 묻힌 단추를

천정에 달린 서른 개의 램프를

밟고 달리던 검은 개의 의식에

못이 박힌다.

아, 박제된 나

무거운 그늘이 떨어진 우수의

질퍽한 골목으로

의사가 온다.

「황인종의 개 4」전문

　자아는 여전히 무뎌져 있고 갇혀 있다. 황인종의 개로 치환된 자아는
여전히 어둠 속에 놓여 있는 까닭이다. 그럼에도 그러한 어둠이 원상 그
자체로 놓여져 있을 수가 없다. 어떻든 이를 넘어서 열린 공간으로 나아
가야 한다. 하지만 그가 그동안 찾고자 했던 뚜렷한 의식, 이성은 발견
하지 못한다. "밟고 달리던 검은 개의 의식에/못이 박히는" 까닭이다. 그
리하여 서정적 자아는 여전히 '박제된 나'로 남아있음을 발견하게 된다.
'박제된 나'는 감각의 무딤을 넘어서 죽어있다는 뜻도 된다. 따라서 이의
부활을 위해서는 또 다른 치유가 필요하다. 첫시집에서 그토록 호소해
마지 않았던 의사가 또 다시 이곳에서 소환되는 이유이다.

이건청은 1980년대 초반 『망초꽃 하나』를 상재하면서 이전과 다른 자아의 객관물을 발견하게 된다. 바로 '풀꽃하나로서의 자아'이다. 존재의 불온성을 치유해줄 매개로서 자연만큼 긍정적인 대상도 없을 것이다. 자연이란 섭리이고 이법이며, 불구 이전의 절대 선인 선험적인 것이기 때문이다. 하지만, 여기서 자아의 외화인 풀꽃들 역시 결코 완전한 전일성을 갖고 있는 것이 아니다.

정신병원 담장 안의 망초들이
마른 꽃을 달고
어둠에 잠긴다.
선 채로 죽어 버린 일년생 초본
망초잎에 붙은 곤충의 알들이
어둠에 덮여 있다.
발을 묶인 사람들이 잠든
정신병원 뒤뜰엔
깃을 웅크린 새들이 깨어
소리없이 자리를 옮겨 앉는다.
윗 가지로 윗 가지로 옮겨가면서
날이 밝길 기다린다.
망초가 망초끼리
숲을 이룬 담장 안에 와서 울던
풀무치들이 해체된
작은 흔적이 어둠에 섞인다.
　　　　「망초꽃 하나」 부분

이성을 거부하는, 비이성의 집합소 가운데 하나가 근대적 의미의 병원이다. 근대가 기획되면서 이와 상대적인 자리에 놓인 광기들은 모두 한 장소에 갇혀야 했다. 그래야만 이성의 전능이라든가 근대의 기획이 완성될 수 있었기 때문이다. 병원이 중요한 의미로 자리한 것은 이 때문이다. 그러는 한편으로 이 불구성을 초극해줄 수 있는 것이 자연의 이법이라든가 순리의 세계이다. 하지만 80년대 초반 이건청의 시세계에서 건강한 실체로서의 자연은 서정화되지 못했다. 자아의 새로운 객관물로 치환된 '망초꽃'은 온전한 실체로 구현되고 있지 않기 때문이다. 이 꽃은 마른 상태로 놓여 있었고, 따라서 삶의 건강성이라든가 활력소와는 거리가 먼 실체들이라 할 수 있다. 이 시기 시인이 발견한 자아의 상관물들은 대개 이런 형상을 띠고 있었다. 그것들은 '마른 꽃'이거나 '마른 풀'에 지나지 않았고, 경우에 따라서는 '찌든 잎'이라든가 '근심하는 풀'과 같은 불구적인 존재였다.

자아를 세우고 건강한 이성을 향한 열망은 시인에게 필생의 과제 가운데 하나였다. 하지만 그러한 노력에도 불구하고 시인이 도달하고자 하는 이상과 목표는 매우 높은 곳에 위치에 있었다. 무언가 잡힐 듯 하면서도 결코 다가오지 않는 일이 반복되었다. 그래서 이에 대한 시인의 갈증은 더욱 심화되었고, 이를 해소해줄 것들에 대한 사유의 끈 역시 놓지 않았다. 자아는 굳건해야 했고, 시대의 도전에 적절한 응전을 해야만 했기 때문이다.

하지만 서정의 공백을 메우는 일은 결코 녹록지 않았다. 그는 그러한 갈증을 채우기 위해 또다른 모색을 해야 했다. 서정의 장이 아닌 새로운 장을 예비해야 했던 것이다. 그 갈증을 채우기 위해 시인은 서정의 울타리를 넘어서기 시작했고, 그리하여 그가 발견한 것이 윤동주의 자의식과 전원의 유토피아였다. 그는 이 시기 우리 시사에서 처음으로 윤동주 평전을 쓴 연구자이다[3]. 이는 완결된 자아를 향한 갈증의 표현에서 나온 것인데, 어두운 시대와 운명 속에 갈 길을 잃은 자아를 다시 세우고자 했던 윤동주의 실존적 고민, 윤리적 의무에 대해 주목한 것이다. 이는 윤동주 자의식에 대한 섬세한 탐구이면서 이건청 자신에게 던지는 질문이기도 했다. 그 연장선에서 시인은 혼탁한 사회에 대한 안티 담론으로 전원 세계의 아름다움에 주목하기도 했다. 이는 이후 그의 자연시가 추구한 주요 테마 가운데 하나로 자리하게 되는데, 시인은 1986년 「한국 전원시 연구」라는 제목으로 박사논문을 제출하기에 이르른다[4]. 이 글은 우리 시사에서 전원시에 대한 최초의 체계적인 글일 뿐만 아니라 혼탁한 현실에 대한 대항 담론의 표현이기도 했다. 자아와 현실에 대한 긍정과 이상향에 대한 시인은 열망은 이렇듯 서정의 영역 뿐만 아니라 그 너머의 영역에서도 치열하게 전개되고 있었던 것이다. 이런 면들은 시인만이 포지하고 있는 성실성과 진실성이 없이는 불가능한 것이었다.

그리고 다른 하나는 로댕에 대한 발견이었다. 시인은 1989년 『시집 로댕-청동 시대를 위하여』를 상재했다. 여기서 그는 로댕의 조각에서 얻은 충격을 자신의 언어로 표현했는데, 잘 알려진 대로 로댕은 '생각하는 사람'이라는 조각을 통해서 근대적 인간형이 필연적으로 감내할 수밖에 없는 사유의 지난한 과정을 표현한 작가이다. 인간이 생각할 수 있다는 것이야말로 봉건적, 신적 단일성을 초월하는 새로운 패러다임이었

---

3) 이건청, 『나의 별에도 봄이 오면』, 문학세계사, 1980. 이후 그는 윤동주의 또 다른 평전인 『신념의 길과 수난의 인간상』(건국대 출판부, 1994)을 펴내게 되는데, 이는 윤동주에 대한 시인의 지대한 관심을 보여주는 것이 아닐 수 없다고 하겠다..
4) 이 논문은 수정과 보완을 거쳐 『한국 전원시 연구』(문학세계사, 1986)로 간행된다.

다. 시인이 주목한 것도 이 부분인데, 실상 60년대 이후 이건청은 사유라는 도도한 강물에서 단 한 번도 벗어난 적이 없다. 그는 현대란 무엇이고, 산업사회란 또 어떤 것이며, 그 아우라 속에 갇힌 인간이란 도대체무엇인가에 대해 끊임없이 고민해온 터이다. 게다가 그는 전쟁과 4·19의 영향으로부터도 자유롭지 못한 경우였다. 그 어둠과 암흑 속에서 자아는 깊은 늪으로 침잠했고, 그 어둠 속에서 헤어나오지 못한 것이 초기부터 형성된 그의 자의식이었다. 이로부터의 초월이 시인이 펼쳐보인 필생의 서정적 과제였거니와 그 표현이 뚜렷한 이성, 건강한 자아에 대한 열망이었다. 희미한 이성이나 불구화된 자아로는 근대를, 현실을, 문명 사회를 제대로 응시하거나 이해할 수 없다고 본 것이다. 그의 실존적 고민, 윤리적 자의식은 여기서 비롯되었다. 그 사유의 표백이 자아 세우기였고, 그 도정에서 다가온 목마른 갈증들을 윤동주를 통해서, 로댕을 통해서 채우고자 했던 것이다.

4. 자아의 건강성과 더 넓은 세계로의 확장

뚜렷한 이성을 만들어내기 위한 사유의 오랜 모색 끝에 이건청은『하이에나』(1989, 문학세계사), 『코뿔소를 찾아서』(고려원, 1995)와 같은 동물을 소재로 한 시집들을 거듭 상재하게 된다. 하지만 동물에 대한 시인의 관심은 이 두 시집에 이르러 처음 표명된 것은 아니었다. 첫 번째 시집이었던『이건청 시집』에서도 '말'이나 '귀뚜라미' 등등으로 이미 표현된 바 있기 때문이다. 하지만 동물에 대한 관심은 여기서 그치지 않고 계속 이어져 왔는데, 『시집 로댕』을 제외하면 동물의 이미저리들은 시인의 모든 시집에서 드러나고 있다고 해도 과언이 아닐 정도로 일상화되어 있는 것이다.

시인이 '짐승'이라는 소재에 관심을 갖게 된 것은 "짐승은 위기의 순간을 누구보다 먼저 자각하고 자신을 지키는 본능적 판단과 정확성"이 있기 때문이라고 했다. 그리하여 "일상사 속에서 길들여진 사람을 버릴 수만 있다면 기꺼이 짐승의 길"을 갈 것이라고 했다[5]. 동물에 대한 시인의 이해를 충실히 받아들이게 되면, 동물은 그의 시세계에서 몇 가지 함의를 갖게 된다. 하나는 방황하던 자아에게 구체적 물상으로 구현되었다는 것이고 다른 하나는 그것이 본능의 영역과 관련되어 있다는 것이고, 세 번째는 그것이 휴머니즘의 세계, 곧 인간성과도 불가분하게 결부된다는 사실이다.

이건청의 시들은 '하이에나'라든가 '코뿔소'와 같은 객관적 상관물을 발견함으로써 이제 비교적 뚜렷한 자의식을 갖게 된다. 이는 무딘 감각과 불활성의 상태에 놓인 생명이 비로소 수면 위로 올라오게 되는 거멀못과 같은 역할을 하게 된 것이다. 시인은 자신의 작품을 두고 '구체성'이 갖는 중요성을 이야기한 바 있다[6]. 그는 추상적이고 관념적인 영역에 자신의 담론 체계가 걸쳐있는 것을 용인하지 않았다. 이는 초기시부터 그러했는데,《현대시 동인》들이 어둠의 지대 속에서 몽롱한 자아라는 추상화의 길을 걸을 때, 시인은 자신의 무뎌진 자아를 일깨우고 현실로 과감하게 나아가고자 했던 시도 역시 이와 밀접한 관련이 있다고 하겠다.

---

5) 『하이에나』 서문, 문학세계사, 1989.
6) 위의 글. 시인은 여기서 시가 추상화시대에 구체성을 찾아가는 일, 그것이야말로 시인의 소명이라고 한 바 있다.

두번째는 본능의 길이다. 근대성의 불온한 사유 가운데 하나가 인간 중심적인 것에 있음을 이해한 시인은 자신의 시세계에서 소위 인간적인 것들을 사상하고자 했다. 그 일단의 표현이 인간의 동물화 작업이다.

짐승 여러분, 인간 하나 소개합니다.
인간의 성대를 버리고
짐승의 소리로 우는 사내,
인간을 떠나
숲에 숨어든 사내
그는 두 손을 버린다.
엎드려 기어가기 위해서
손을 버린다.
옷을 버린다. 신발도
표정도 버린다. 버린다.
인간의 길을 버린다.
인간을 버리고 짐승의 숲을 찾은
인간 하나 소개합니다.
짐승 여러분.

「황야의 이리 · 10」 전문

근대 초기, 처음 시도된 계몽의 정신은 긍정적인 것이었고, 중세의 미신을 타파하는 데 결정적인 역할을 해왔다. 하지만 그 희망의 빛에는 부정의 정서 또한 분명 내재해 있었는바, 그 가운데 하나가 이분법적인 사유의 전파였다. 바로 인간과 자연의 철저한 분리였는데, 그러한 구분이 현재의 위기를 만들었거니와 이를 초월하기 위해서는 이들 사이에 내재한 거리를 무화시켜야 했다. 인간과 자연의 합일할 수 없는 평행선을 극복해야 했던 것이다.

그러한 구분을 초월하기 위해서는 하나의 계통으로 묶여야 한다. 인간과 자연은 둘이 아니라 하나가 되어야 하는 것이다. 짐승이 되기 위해서는 인간 또한 짐승의 아우라에 포함되어야 한다. 언어를 버려야 하고 의복같은 인간의 표식을 지워야 하는 것이다. 그리고 궁극에는 인간만의 사회를 포기해서 자연이라는 거대한 단일체가 되어야 한다. 이럴 경우에만 인간과 자연이라는 이분법적 사고는 더 이상 존재하지 않게 될 것이다.

그러나, 시인의 작품에서 동물이미지는 꼭 본능에만 부합되는 것은 아니다. 그것은 인간적인 것과 밀접하게 결합되어 나타나기도 하는데, 가령, '코뿔소'가 그러하다. 시인은 이 시집의 서문에서 자연 그대로의 코뿔소 뿐만 아니라 우리 역사의 이면에 자리했던 '코뿔소'들을 만나게 된다고 했다. "칠흑 같은 봉건의 어둠 속으로 달려간 그 코뿔소들의 신념과 힘"[7]을 만날 수 있다는 것인데, 다산이나 만적, 혹은 전봉준의 경우처럼 봉건의 암흑을 털어내고자 했던 역사 영웅들이라든가 비극의 주체들을 코뿔소의 이미지 속에서 읽어내고 있었던 것이다. 이들은 인간적인 삶을 살고자 했던, 그리하여 그러한 삶을 이루어내고자 했던 비극적인 인물들이라는 점에서 공통성이 있는 경우이다.

시인의 시선들은 자아내부에 갇혀있지 않고 이제 서서히 수면 위로 떠오르고 있었다. 거기서 시인은 지금 이곳 뿐만 아니라 지나간 역사에까지 더듬어 들어가기 시작한다. 시인은 이들을 통해 인간적 삶을 위해

---

7) 『코뿔소를 찾아서』 자서, 고려원, 1995.

헌신한 비극의 주인공을 만나기도 하고, 공룡이 뛰놀던 시원의 공간을 기웃거리기도 한다. 무언가 닿을 듯한 실체를 위해, 사유의 갈증을 채우기 위해 계속 순례의 길을 떠나고 있었던 것이다.

   이러한 순례의 길들은 현실의 어두움을 딛고자 하는 것이고, 궁극에는 인간적 삶의 조건을 개선시키고자 한 사유의 표백일 것이다. 그러니 그의 시선이 닿은 곳엔 늘 역사가 있었고, 경우에 따라서는 지금 여기의 불온한 현실이 있었다. 바로 인간적인 삶을 위한 길이었던 것인데, 그 도정에서 그는 보우트 피풀을 만나기도 하고(「보우트 피풀」), 인도 보팔시의 비극을 주시하기도 한다(「눈먼 자를 위하여」).

   1984년 12월 3일
   보팔市의 소들은 들판을 가로질러
   우리에 돌아왔다. 문이 닫히고
   목처더미가 먹이로 주어졌다.
   눈을 껌벅이며 지순한 짐승끼리
   꼬리를 휘저어 파리를 쫓거나
   암소의 머리에자신의 머리를 부딪기도 하였다.
   (---)
   가스의 유출이 시작되자 흘러나온
   CH_3NO, CH_3NO 휘발성이 강한 가스는
   물을 만나 불이 되었다.
   물을 만나 불이 되었다.
   아, 불이 된 사람드릐 눈이 타오르는 동안
   농부 다야 맬은 딸 아브람 칸을 안고 달렸다.
   높은 곳으로 높은 곳으로 하늘이 가까운 곳으로

소와 말들이 울고, 묶인 끈을 당기면서 울고
눈이 아픈 사람들은 먼 곳으로 달렸다.
(---)
죽은 자 위에 죽은 자가 눕혀졌다.
죽은 자와 산 자는 서로의 육신을 베고 누워
인간의 지평을 엄습해오는
백, 천 개의 유니언 카바이트사를 보았다.
건물을 에워싼 철조망엔
OFF LIMITE, OFF LIMITE
팻말이 걸려 바람에 흔들렸다.
폭발을 목전에 둔 것들은
도처에 있고
메틸 이소시아네이트뿐이랴
인류의 멸망도 가능케 할
백 메가톤 천 메가톤의 核 옆에서
어린 것들의 입술과 눈망울을 하염없이 바라보고
고기값과 두부 한 모의 크기를 생각한다.
백 메가톤 천 메가톤의 核 옆에서
잠들고 유방과 Sex를 꿈꾼다.
무심히 날으는 잠자리를, 어둠 속으로
숨어드는 바퀴벌레를 본다.

「눈먼 자를 위하여」부분

이 시의 배경은 인도 중부에 있는 보팔 시이다. 여기서 1984년 12월 3
일 미국 유니언 카바이트사의 살충제 원료가 유출되어 2,500여명 이상이 죽고 20여만 명이 눈이 먼 비극적 사건이 일어났다. 산업 사회에서 일어날 수 있는 비극이 발생한 것인데, 실상 이 시기 이러한 면을 시로 표현한 경우는 흔한 것이 아니었고, 환경의 중요성과 인간의 생태학적 조건에 대한 인식이 있는 경우에만 가능한 경우였다. 우리 시사에서 생태적 상상력에 기반한 시들이 본격적으로 쓰여진 시기가 1980년대 후반임을 감안하면, 이건청의 이러한 작업들은 시대를 앞선 선구적인 것이라 할 수 있을 것이다.

이를 계기로 이건청의 시들은 산업 사회에서 일어날 수 있는 비극의 현장들에 적극적으로 그 시선을 돌리게 된다. 뿐만 아니라 소위 인간적인 것과 자연적인 것들이 갖고 있는 함수 관계에 대해서도 주목하기 시작한다. 그 일단의 노력이 『석탄 형성에 관한 관찰 기록』(시와시학사, 2000)으로 결실을 맺게 되는데, 시인은 여기서 석탄이 만들어지는 비극적 현장에 대해 발언하는가 하면(「塵肺를 앓는 오후」), IMF가 만든 정리해고의 아픔을 담아내기도 했다(「낙타죽이기」).

이처럼, 인간성이 말살되는 현장과 그에 대한 고발, 그 대항담론으로서의 시원에 대한 그리움의 정서 등은 모두 이성의 냉철한 눈이 있기에 가능한 것이었다. 그의 자의식은 이제 혼돈의 늪에서 헤매이는 자아가 아니라 깨어있는 자아가 되었고, 냉철한 자아를 갖게 되었다. 거기서 포착하는 일상의 끈들이 만들어낸 것이 그의 시작의 근간이자 시세계의 원형이라 할 수 있다. 그의 사회시들은 이렇게 만들어졌다.

5. 한국 자연시의 계보-반문명으로서의 자연과 시원에 대한 그리움

이건청은 《한국일보》 신춘 문예를 통해 문단에 등단했지만, 목월에 의해 또다시 추천되어 문인이 되었던 까닭에 그로부터 많은 영향을 받은 것이 사실이다. 목월은 〈청록파〉의 주요 일원이었고, 그들이 탐구한 세계가 자연임은 익히 알려진 일이다. 이들이 자연에 경도된 것은 그들의 스승이었던 정지용에게서 영향받은 것인데, 정지용과 〈청록파〉가 형성하고 있는 교집합이란 곧 자연이었다. 이런 점을 염두에 둔다면, 이건청의 문학 역시 스승인 목월과 그 뿌리인 정지용의 문학세계와 불가분의 관계에 놓여 있는 것이라는 점은 어렵지 않게 짐작할 수가 있다.

이건청 시의 주요 흐름이 자아의 각성과 그에 따른 현실의 올바른 직시였다. 곧게 세워진 이성을 통해 현실의 어두운 면들을 수면 위로 끌어올리는 것이 그의 작시법이었던 것인데, 하지만 이성을 강조했다고 해서 그가 이성 만능주의를 절대적으로 신봉한 것은 아니었다. 오히려 현대 사회의 부정적 국면들이 이성의 도구화에 그 원인이 있음을 인지한 그는 그 너머의 세계에 대해서 끊임없는 탐색의 시선을 보냈다. 이러한 면들은 그의 첫시집인 『이건청 시집』에서도 어렵지 않게 발견할 수 있는데, 가령, 「갈대밭에서」, 「추위」 등이 그러하다. 하지만 여기서 시인이 응시한 자연은 형이상학적인 의미에서가 아니라 '메스'나 '낫'의 경우처럼 무딘 자아의 감각을 일깨우는 기제로서만 수용했다. 그럼에도 이 시집에서 그가 응시한 자연들은 문명이전의 세계, 의식 이전의 세계와의 관련성을 전연 부정한 것은 아니었다. 이런 면들은 분명 정지용이나 목월의 영향과 분리할 수 없는 것이라 할 수 있는데, 실상 자연을 소재로 한 작품이나 그 형이상학적 의미에 대한 탐색의 시들은 『망초꽃 하나』
에서부터 본격적으로 등장하기 시작한다. 가령, 「부리」가 그러하다.

> 새가 죽었다.
> 두 마리 중의 한 마리,
> 노란 깃털의 작은 새가
> 횟대에서 떨어져 얼어 있었다.
> 베란다 양지쪽에 내놓은 새를
> 실내로 들여놓기를 잊고 잠든 그 밤,
> 영하 13도 5분의 혹한은
> 두 마리 새 중의 한 마리를 횟대에서
> 떨어뜨리고
> 아내는 자기 탓이라고 눈물을 보였지만
> 아내여,
> 조롱을 실내에 들여놓기를 잊은 그대보다
> 더 큰 탓은
> 영하 13도 5분의 혹한에 있고,
> 마침, 지독한 추위를
> 그 밤에 베푼
> 섭리에 있을 것이다.
> 이 밤에도
> 새들은 횟대에서 떨어지고
> 살아남은 새들은 또
> 통 속의 먹이에로 부리를 옮긴다.
> 아내여, 언젠가

새장 속의 새는 그 안에서 죽을 것이고

새장 밖의 우리는 그 밖에서 죽을 것이다.

횃대는 어둠을 가로지르고

우리는 전신을 그 곳에 기댄 채 잠든다.

누가 우리를 실내로 옮기길 잊고 잠들지라도

그리고 우리를 횃대에서 떨어뜨릴지라도

살아남은 새는 통 속의 먹이에로 부리를 옮길 것이고

날개를 푸득이며 맑은 소리로 노래할 것이다.

「부리」 전문

 이 시가 말하고자 하는 것은 자연의 법칙, 곧 순리이다. 이법이란 인간 이전의 세계, 곧 선험적인 것이다. 따라서 그것은 결코 인간적 질서에 편입되지 않는다. 이 작품은 생활 속에서 그 시적 소재가 얻어진 것인데 그의 시학의 주요 의장 가운데 하나인 구체성의 미학이 여기서 그대로 재현되고 있다. 그리고 그러한 구체성이 생활 속에서 직조되고 있는 것은 목월의 후기시가 펼쳐보였던 특징들과 닮아있기도 하다[8]. 하지만 이건청의 자연시들은 생활 속에서 구현되긴 하지만 생활 그 자체에서 한정되지 않고 이를 형이상학적인 국면으로 승화시킨다는 점에서 목월시가 포지한 생활시의 의미와는 다른 경우이다.

 이건청의 자연시들이 갖고 있는 두 번째 특성은 동물성과 관련이 깊다는 점이다. 동물이 자연의 한 구성요소로 등장하고 있다는 점에서 그

---

8) 목월은 자신의 후기시들이 구강산이나 자하산 같은 초월적인 것이 아니라 생활 속에서 끌어들여진 것이라고 하면서, 시와 생활의 일원성, 곧 생활 속에서 채택된 시라고 강조한 바 있다. 곧 시와 생활을 일원화시킨 것이 자신의 후기시의 특성이라는 것이다. 「난, 기타-박목월씨와의 대화」, 『새벽』, 1960.4.

의 시는 정지용의 「백록담」으로부터 영향받은 것처럼 보이고, 또 동물들의 축제가 벌어지는 박두진의 「香硯」과도 유사한 면을 보이고 있다. 문학이 앞선 세대나 당대의 문학과의 상호 교류하는 영향관계에 놓여 있다고 한다면, 이런 흐름들은 충분히 짐작할 수 있는 일이다. 하지만 중요한 것은 영향에 대한 진단이 아니라 이를 딛고 나아간 국면, 승화의 국면일 것이다. 이런 맥락에서 그는 정지용부터 시작된 한국 자연시의 계보를 충실히 계승한 시인이라 할 수 있다. 한국 자연시의 원조, 곧 1세대가 정지용이라면, 2세대는 청록파이고, 3세대는 바로 이건청이었던 것이다.

3세대의 충실한 자연시 계승자인 이건청의 시편들은 이렇게 구성된다. 우선, 이건청의 문학에 등장하는 자연의 이미저리들은 식물성보다는 동물적인 것들이 대부분을 차지한다. 그렇기에 살아 숨쉬는 역동성이 식물보다 훨씬 강하게 스며나온다. 뿐만 아니라 시인은 이러한 힘에 사회성과 역사성을 부여했다. 따라서 그의 자연들은 당대라는 수평적 차원에 놓여 있는 것이 아니라 역사라는 수직적 차원에 놓여 있다. 여기서 수직이라는 것이 위계질서를 말하는 것이 아님은 자명한 것이거니와 시인은 자연의 그러한 시간이 갖는 함의를 찾아내기 위해서 머나먼 과거 속으로의 여행을 감행한다. 시간 속으로 떠나는 이런 자연관은 정지용이나 목월을 비롯한 청록파 시인들에게서는 결코 볼 수 없는 단면들이다. 그런데 이렇게 머나먼 과거로 떠나는 시간여행은 이미 초기 시집부터 그 씨앗을 보여준 바 있다. "날은 뇌수에 깊이 박힌 채/사유의 잎을 떨어뜨린다/모두를 잊고/한덩이 탄이 된다"(「소리」)가 그러한데, 여기서 알 수 있는 것처럼, 이미 시인은 초기시부터 탄(炭)의 세계, 곧 역사 너머의 저 아득한 세계에까지 그 시선을 돌리고 있었던 것이다.

이렇게 확장된 시야 속에서 당대의 수평적 자연과 과거의 수직적 자연, 그리고 역사적 자연이 한데 어울려 나오게 된다. 그리하여 시인의 담론 속에서 그러한 자연들이 모여서 여러 다층적 국면들이 의미화되기 시작한다. 하지만 그의 자연들은 여기서 머무르지 않고 한발 더 나아간다. 이건청은 이 모두의 자연을 포회하는 아득한 근원이나 시원의 세계에 대해서도 주목하는 것이다. 그것이 바로 역사 너머의 세계, 인류의 유년 시대에 관심과 탐색이다. 시인은 석탄이 발굴되는 현장에서 산업 사회가 갖고 있는 병리적인 면들에 대해 비판하고자 했을 것이지만, 오히려 그 이면에는 그들이 형성되었던 시기, 그 근원에 대해 많은 관심을 가졌던 것으로 이해된다. 그가 석탄을 캐는 과정에서 만난 순간을 다음과 같은 전율로 표현하고 있는데, 가령 "최초의 숲이 밀리고 있었다/짐승들이 포효하고 있었다"(「석탄 형성에 관한 관찰 기록-12,010」)에서 보듯 그는 탄소의 기호에서 '방대한 은유와 상징'을 읽어내고 있었기 때문이다. 그것이 가지고 있는 가치랄까 내포를 알기에 시인은 시원으로 향하는 길을 결코 포기할 수가 없었다.

 1900년 8월 동부 사이베리아 베레조프 강가 만년빙 속에서 매머드 한 마리가 발견되었다. 살아 있던 그대로 얼음에 갇혀 있었다. 지상에는 코와 다리만 조금 드러나 있었다. 네 다리로 버티고 서 풀을 뜯으며 巨象의 꿈을 꾸던 홍적세의 짐승, 혁명처럼 엄습해온 빙하기에 전멸해버린 짐승이 낙엽송 늘어선 사이베리아 혹한의 얼음 속에서 모습을 나타낸 것이다.
 페테르부르크 과학 아카데미는 세 명의 과학자를 낙엽송 늘어선 거기로 보냈다. 그들은 기차를 타고 이르크추크까지 가서 다시 썰매로 6,000 *km*를 달려 매머드한테 갔다. 페테르부르크 과학 아카데미로 이 연구자료를 옮겨가기 위하여 그들은 얼음에 덮인 이 짐승을 싸고 통나무집을 지었으며 그 안에서 불을 지폈다. 방안의 온도가 오를수록 얼음이 녹기 시작하였다. 얼음이 녹고 얼어붙었던 연구자료가 해동돼가면서 살은 썩어 악취를 풍겼다. 살점이 물러지고 내장이 들어났다. 이 연구 자료의 내장 속에서 백리향과 미나리아재비 그리고 용담꽃이 나왔다.

　사람들은 이 연구자료를 해체해 살과 뼈를 가죽부대에 넣고 그 부대를 실로 꿰맸다. 살과 뼈는 1,000*kg*이 넘었다. 얼음 속에서 모습을 들어낸 거상은 그렇게 해서 백리향과 미나리아재비 그리고 용담꽃을 잃었고 조각 조각 해체되어 썩은 고기와 앙상한 뼈가 되었다. 네 마리의 말이 끄는 썰매에 실려 이 연구자료는 몇 만 년을 머물던 거기를 떠났다. 그렇게 해서 거상은 사라져 버렸다. 결국, 썩은 고기마저 썩어서 사라져 버리고 앙상한 뼈만 사람들 차지였다.

「우리들의 역사 시간」 전문

　만년설 속의 메머드는 죽어있는 것이지만 결코 그렇지가 않은 것이다. 다만 죽은 것처럼 보일 뿐이다. 하지만 인간의 손에 닿게 되면, 그 마지막 흔적조차도 사라지게 된다. 곧 그나마 있던 흔적조차 잃고 완전히 사라지는 것이다. 인간의 손이란 파괴적인 것이고 무서운 것이다. 인간의 손에 닿기만 하면 모든 것이 사라지고 훼손된다. 그러니 자연의 근원성을 지키려면 인간은 자연으로부터 되도록 멀리 떨어져 있어야 한다. 인간의 손길이 자연으로부터, 그리고 근원으로부터 멀어져야 비로소 자연이라든가 근원은 지켜질 수가 있는 것이다.

　이렇듯 후기로 내려오면서 그의 시선들은 자연, 그 가운데에서도 아주 근원적인 것으로 더 적극적으로 옮아가고 있다. 자연의 모든 것을 아우를 수 있는 시원에 대한 관심이 그러하고, 그에 대한 복원이랄까 그

세계 속에 편입되어야만 지금 이곳의 위기랄까 위험들이 극복될 수있을 것으로 보는 것이다. 그렇기에 그의 시선은 지금 여기로부터 저 멀리, 아니 저 역사 너머의 세계로까지 뻗어나가게 된다. 그의 시선에 들어오는 반구대 암각화나 가장 최근의 시집에서 원시 척추 동물의 먼 조상으로 추정되는 실라캔스의 화석(『실라캔스를 찾아서』, 북치는 마을, 2021)을 찾아나서는 것도 이 때문이라 할 수 있다.

이건청이 묘사한 자연은 단순한 차원의 것이 아니고 다층적인 것이다. 거기에는 이법이나 질서와 같은 형이상학적인 의미도 있고, 사회와 역사의 의미가 중첩되어 나타나기도 한다. 그리고 그 시선은 인류의 시원에까지 뻗어나가고 있다. 이는 모두 인간 이전의 세계, 훼손되기 이전의 세계에 대한 그리움의 표현일 것이다. 60년대의 혼돈에 갇혀있던 자아가 그 껍질을 벗어던지고 사회와 역사를 통과하면서 찾아낸 것이 이렇듯 총체적 차원의 자연이었던 것이다. 근원과 역사, 사회, 그리고 시원이 녹아들어가 있는 복합적 자연, 그것이 이건청 자연시의 특징이거니와 이는 지금껏 우리 자연시에서 볼 수 없었던 이 시인만의 득의의 영역이라는 점에서 그 시사적 의의가 있는 것이라 하겠다.

찾/아/보/기

송 기 한

서울대학교 국문과 및 동대학원 졸
문학박사. 문학평론가
UC Berkeley 객원교수
현재 대전대학교 국어국문창작학과 교수

주요 저서로는 『정지용과 그의 세계』, 『소월연구』, 『치유의 시학』, 『한국 근대 리
얼리즘 시인 연구』, 『한국 현대 현실주의 시인 연구』, 『제의의 언어들』, 『해방 공
간의 한국 시사』 등이 있고, 산문집으로 『내안의 그 아이』가 있다.

한국 현대 작가 연구

초 판 인 쇄 ǀ 2024년 5월 9일
초 판 발 행 ǀ 2024년 5월 9일

지   은   이 송기한

책 임 편 집 윤수경

발   행   처 도서출판 지식과교양
등 록 번 호 제2010-19호
주   소 서울시 강북구 삼양로 159나길18 힐파크 103호
전   화 (02) 900-4520 (대표) / 편집부 (02) 996-0041
팩   스 (02) 996-0043
전 자 우 편 kncbook@hanmail.net

ISBN 978-89-6764-206-8 93800   정가 30,000원